Kidnappé par un pirate

KEIRA ANDREWS

Kidnappé par un pirate
Écrit et publié par Keira Andrews
Couverture par Dar Albert
Traduction française de Alexia Vaz
Relectures et Corrections de Lily Rose
Formatting : BB eBooks

ISBN : 978-1-988260-86-0

Note de l'autrice

Je remercie grandement Alicia, Anara, Becky, Mary, Leta Blake, Davina Jamison et Robert Winter pour leur aide lors de l'écriture de ce roman. Tous mes remerciements également à Elizabeth J., orthophoniste, pour son aide inestimable.

Bien que je m'efforce toujours d'être exacte – sur le plan historique et autre – dans mes livres, une licence créative est parfois utilisée. Comme vous devez le savoir, j'en suis sûre, l'Île Primevère est purement fictionnelle.

Dédicace

J'ai grandi en lisant des romans à l'eau de rose, dans les années quatre-vingt, et ce livre est un tendre hommage à ces histoires délicieusement clichées de pirates, de vierges et de flibustiers en pleine mer !

Chapitre 1

1710

SI NATHANIEL BAINBRIDGE devait connaître une mort terrible et sanglante causée par des pirates, il aimerait que ceux-ci se manifestent maintenant.

Le pont, balayé par les rafales, était humide sous ses pieds nus et lui faisait penser à l'herbe mouillée de rosée, chez lui. Il donnerait tout pour avoir la liberté de courir dans les champs de la Propriété Hollington, le vent martelant dans ses oreilles et couvrant la pulsation régulière de son cœur, alors que le monde disparaissait dans son sillage.

Il se retrouvait plutôt confiné sur une mer infinie et agitée qui le raillait par sa démesure. En Angleterre, il avait entendu d'innombrables récits sur les méchants pirates et leurs actes odieux. Les conteurs faisaient croire que l'océan grouillait de brigands, mais jusqu'à maintenant, ce voyage n'avait été qu'une succession de milles nautiques et il ne se passait… *rien*.

Nathaniel secoua la tête en réalisant sa stupidité. Il n'avait pas concrètement envie que des pirates attaquent leur bateau et les massacrent. Si seulement il pouvait *bouger*, cela l'empêcherait de s'ennuyer.

Il s'agrippa au bastingage. Il mourait d'envie d'avoir de la boue sous les ongles, des griffures sur sa paume à cause de l'écorce d'un arbre qu'il escaladait et explorait, ou des muscles admirablement douloureux après des heures passées dans le lac. Si seulement il pouvait courir sur deux kilomètres, rien que ça. Sur n'importe quelle distance, en fait. Étant coincé sur ce bateau, une telle bande de terre serait merveilleuse.

Il essuya l'eau de mer ayant éclaboussé ses yeux. Si seulement la capacité de courir, de sauter et de nager valait quelque chose dans son monde, plutôt que de n'être qu'un tas de sottises puériles qu'il aurait dû abandonner en grandissant. Les hommes ne grimpaient pas aux arbres et ne nageaient pas pendant des heures. Et il était certain qu'ils ne couraient pas par pur plaisir, comme il le faisait à Hollington.

Bien sûr, cette propriété n'était plus à eux, puisqu'elle avait été vendue pour rembourser des dettes. Ainsi, même s'il retournait dans le Kent, un jour, il ne retrouverait jamais ces paysages vallonnés. Ces arbres verdoyants aux troncs larges ainsi que le lac tranquille accueilleraient une nouvelle famille.

Non, dans un avenir proche, son chez-lui deviendrait L'Île Primevère, une colonie récente que son père voulait désespérément voir prospérer. Walter Bainbridge s'était rendu compte que ses fortunes ne valaient rien en Angleterre, et en tant que gouverneur dans le Nouveau Monde, il avait ce qu'il aimait le plus : du pouvoir.

La future femme de Nathaniel l'attendait là-bas. Elizabeth Davenport devait hériter d'une sacrée fortune, et pour que la colonie – et Walter – s'épanouisse, des alliances devaient être conclues. Ainsi, Nathaniel accomplirait le seul acte utile et se marierait.

Il essuya une autre éclaboussure d'eau de mer saumâtre sur son visage tout en observant la nuit infinie et en s'agrippant fermement au bastingage. Sa chemise sortie de ses hauts-de-chausse s'agitait sous la brise et les attaches sur les pans inférieurs de son bas étaient ouvertes au niveau des genoux.

Dans l'obscurité, personne ne pouvait commenter sa tenue

débraillée et il supposait que l'équipage s'en moquait totalement, de toute façon. Ses cheveux courts bouclaient aux extrémités à cause de l'humidité et il coinça une mèche derrière son oreille. Couper ses cheveux plus courts que la plupart des gentlemen avait été son petit acte de rébellion. S'il pouvait l'éviter, il ne porterait pas non plus ces perruques redoutées.

Les nuages s'amassèrent pour cacher les étoiles et le croissant de lune plus fin qu'une lame de rasoir. Nathaniel frissonna dans le froid de cette nuit de la fin septembre. Il aurait vraiment dû enfiler ses souliers et le gilet qu'il haïssait.

Au moins, le vent n'était plus d'un froid mordant, comme en plein Atlantique, puisqu'ils se rapprochaient des Caraïbes. Il tangua d'un pied sur l'autre, les levant tel un cheval de course trépignant sur la ligne de départ.

Le *Fier William* était assez grand. Il s'agissait d'un navire marchand transportant une cargaison de poisson salé et d'outils en fer forgé jusqu'aux colonies. Néanmoins, lorsque Nathaniel avait tenté de trottiner simplement sur le pont principal, l'équipage avait réagi, au mieux, avec consternation, et au pire, avec hostilité.

Courir était son activité préférée et c'était dans ce domaine qu'il excellait – au plus grand dégoût de son père. Nager dans le lac en été, briser l'eau calme avec des brassées assurées et régulières était également une grande joie.

Cependant, être entouré d'un océan infini, mais être incapable d'y plonger pour apaiser les crampes dans ses muscles était la pire des tortures. Il avait demandé au capitaine s'il pouvait seulement monter sur le mât ou le gréement et on le lui avait tout bonnement refusé.

Ainsi, il demeurait près du bastingage et faisait parfois les cent pas, tout en prenant soin de ne pas incommoder l'équipage. Au moins, il avait appris qu'ils progressaient rapidement et qu'après un mois de voyage – trente et un jours et treize heures depuis qu'ils avaient quitté l'Angleterre, pour être exact –, ils n'auraient plus qu'à attendre deux semaines pour atteindre l'île, si le vent restait constant.

On lui avait expliqué que certains bateaux mettaient plusieurs mois à rejoindre les colonies. Deux navires pouvaient quitter Londres le même jour et arriver avec plusieurs semaines de décalage. Ainsi était la mer.

Fixant le vide, il interrompit ses déambulations tourmentées et plissa les yeux. Le croissant de lune presque invisible avait vaillamment échappé aux nuages, pour l'instant, et Nathaniel crut remarquer un mouvement étrange. La nuit laissa apparaître une forme avant de redevenir uniforme.

Peut-être s'était-il agi d'une grande créature de l'océan remontant à la surface – une baleine, un calamar géant ou un monstre mystérieux.

Il gloussa. Plus tôt dans la soirée, Susanna avait lu à voix haute des fables dans un livre à la vieille couverture en cuir qu'elle avait apporté de la maison, et l'imagination de Nathaniel était donc déchaînée.

Susanna avait toujours été bien plus indulgente que son autre sœur aînée et il savait qu'elle avait choisi les romans qu'il aimait, même si elle avait plutôt tendance à préférer les récits d'aventures aux histoires à l'eau de rose que les femmes étaient censées lire. Ils appréciaient tous les deux le journal d'un capitaine de la marine ayant servi sur plusieurs navires de la compagnie, qui décrivait sa vie à bord avec des détails explicites.

Bien que la cabine qu'il partage avec sa sœur soit minuscule, au moins, ils avaient leur intimité. Il devrait vraiment la rejoindre, à présent, pour dormir et mettre fin à une autre journée interminable, mais les murs se refermaient sur lui et il avait l'impression d'être en prison. Les ronflements tonitruants de Susanna n'aidaient pas non plus, mais il ne pouvait rien lui reprocher.

Pour la centième fois, il se demanda à quoi ressemblerait sa vie sur L'Île Primevère. La colonie n'avait que quelques années et il avait entendu des rumeurs sur les difficultés de l'agriculture et du commerce, sur la corruption et les colons qui repartaient déjà.

Il serait obligé de travailler pour son père, ou à d'autres postes respectables qu'on lui dégoterait, comme le mari de Susanna, Bart. Le beau Bart avait trente ans et n'avait pas un sou, mais il était de bonne famille et occupait une position agréable. Susanna et lui avaient insisté pour se marier et avaient patienté plusieurs années, jusqu'à ce que leurs deux pères cèdent et donnent leur accord pour cette union.

Bart paraissait suffisamment satisfait de répondre aux demandes de son beau-père, y compris quand il s'était agi de partir plus tôt pour l'Île Primevère, plusieurs mois auparavant, sans savoir à l'époque que Susanna portait la vie. Lorsque Walter Bainbridge vous demandait quelque chose, il s'attendait à ce que son souhait soit respecté. Parfois, Nathaniel s'émerveillait du fait qu'un homme qu'il avait si rarement vu depuis son enfance puisse avoir une telle importance.

Susanna et Bart avaient détesté l'idée d'être séparés, mais on avait besoin d'elle pour superviser le départ de la propriété et la mise aux enchères des meubles les plus chers. On ne pouvait certainement pas laisser cette responsabilité à Nathaniel, qui n'aurait pas su par où commencer, étant donné qu'il avait passé autant de temps que possible dehors, loin de cette maison décorée.

Nathaniel avait envisagé de refuser, quand Susanna et lui avaient été appelés. Mais qu'aurait-il fait ? Où aurait-il vécu ? Son mariage avec Elizabeth avait été réglé par leurs pères et s'il n'accomplissait pas son devoir, Walter le renierait. Il n'aurait plus rien, pas même un toit sur la tête.

La bile lui monta à la gorge. Non, ça n'était pas possible. Ainsi, il était parti pour l'Île Primevère, afin d'épouser une femme convenable choisie par son père. Tout ce qu'il savait d'Elizabeth Davenport était qu'elle avait vécu avec sa famille aisée en Jamaïque, pendant quelques années, avant que son père ne s'allie à

Walter afin d'établir une compagnie maritime sur Primevère.

Enfin, il savait également que son écriture était impeccablement nette et, d'après ce que Susanna avait dit de la lettre, cette Elizabeth appréciait la couture et avait hâte de passer sa vie avec lui.

Il avait reçu son courrier juste avant de quitter l'Angleterre et l'avait brûlé dans la cheminée de sa chambre. Au moins, le voyage était une bonne excuse pour ne pas lui répondre. Et il avait beau vouloir rester en Angleterre, il ne pouvait pas laisser sa chère Susanna traverser seule ce dangereux océan Atlantique.

Toutefois, étant donné que leur voyage avait été parfaitement calme, qu'il n'y avait eu aucune bête des profondeurs ni même de coup de vent remarquable, il avait été inutile de se faire du souci. Il était tout de même parti.

Il avait accepté depuis des années qu'il était faible d'esprit, et bien qu'il sache qu'il devrait être heureux d'avoir l'opportunité d'obtenir un poste d'une certaine importance dans la nouvelle colonie, il redoutait l'idée d'être véritablement sous la coupe de son père, une fois de plus.

Cela avait été un bonheur, pendant des années, de savoir que cet homme était à l'étranger. Nathaniel avait supposé qu'il devrait avoir des remords, à force d'entretenir des pensées si grossières, mais tant de choses consumaient déjà sa culpabilité.

Tant de choses, effectivement.

Il tourna le dos au bastingage et se résolut à passer une autre longue nuit à se balancer dans le hamac. Susanna, bien sûr, dormait dans le lit étroit de l'unique cabine que leur père pouvait se permettre de payer, maintenant qu'il avait gaspillé autant d'argent.

Un cri au-dessus de sa tête perça l'obscurité de la nuit et Nathaniel sursauta.

— Navire en vue !

Dans le tumulte d'activité et de hurlements, il se colla au bastingage alors que l'équipage émergeait de la coque comme des fourmis. Nathaniel plissa les yeux dans le noir, se tourna de tous les côtés, mais ne vit rien.

Puis il la remarqua. La silhouette d'un bateau se dessinait dans l'obscurité. Pas une seule lumière ne vacillait dessus et il était attiré par le *Fier William* comme un papillon de nuit autour d'une flamme. L'estomac de Nathaniel se tordit horriblement lorsqu'il se rendit compte qu'il avait effectivement vu un monstre et que celui-ci arrivait sur eux.

Il se précipita vers sa cabine et surgit à l'intérieur. Ses boucles châtains détachées et retombant sur ses épaules, Susanna se leva brusquement sur son lit étroit et son livre bascula. Une main posée sur son ventre rond, elle cria :

— Qu'est-ce que c'est ?

— Je crois que ce sont des pirates.

Il arrivait à peine à croire les mots qu'il prononçait.

Les aurait-il invoqués en grommelant quand il s'ennuyait ? Oh, comme il était idiot !

Le doux visage rond de Susanna blêmit.

— Des pirates ?

— Je ne vois pas ce que ça pourrait être d'autre.

Il ouvrit un coffre, sortit sa dague de son fourreau et se maudit de ne pas avoir lancé l'alerte plus tôt. Son esprit s'affaira et ses pensées s'entrechoquèrent quand il saisit la garde de son arme et jeta l'étui en cuir sur le côté.

Le tambourinement des pas de l'équipage fit trembler le plafond et la poussière s'en délogea tandis que des cris fendaient l'air. Susanna baissa les yeux et regarda désespérément sa chemise de nuit.

— Pas le temps pour les jupons et autres sottises.

Elle enfila sa robe verte ample et sa voix fut étouffée lorsqu'elle ajouta :

— Mon Dieu, ce sont vraiment des pirates, n'est-ce pas ? Oh, je crois que je suis coincée.

Nathaniel l'aida à tirer le tissu sur son ventre gonflé. Elle émergea des plis du doux vêtement et leva les yeux vers le plafond, comme si elle pouvait voir à travers la coque. Des bruits de bagarre et des pas tonitruants résonnèrent alors que des voix nerveuses donnaient des ordres trop lointains pour être entendus clairement.

Susanna chuchota.

— Pas de coups de feu. Ils doivent être trop nombreux. L'équipage ne lutte pas. Aide-moi à fermer ça.

Elle avait arrêté de porter son corset, adoptant plutôt ce qui ressemblait à un style français pendant sa grossesse.

Après avoir suffisamment serré le tissu avec une épingle pour que la chemise de nuit digne d'une robe reste en place – et s'être piqué le doigt jusqu'au sang dans sa hâte –, Nathaniel tira sur ses bas et rattacha ses hauts-de-chausse sous les genoux avant d'enfoncer ses pieds dans ses souliers à boucle. Il n'affronterait pas ces brigands en petite tenue.

Il coinça sa dague à l'arrière de son pantalon et mit son gilet sans manche, ses doigts tâtonnant maladroitement sur les boutons. Mais il n'avait pas le temps d'enfiler un foulard ni une veste. De fortes voix faisaient déjà écho dans le couloir. Il fit volte-face, espérant trouver tardivement un objet avec lequel barricader la porte.

Susanna avait apparemment la même idée.

— Les malles ne sont pas assez lourdes. De plus, ça ne ferait que les courroucer. C'est inutile.

— Cache-toi derrière moi.

Il l'encouragea à aller au fond de la cabine, qui était à peine assez large pour tendre un bras.

— Prends garde à ce que tu dis, lui intima-t-elle. Tu sais que tes pensées passent parfois de ta tête à ta bouche sans que tu aies eu le temps d'y réfléchir.

Il soupira.

— À ton avis, que vais-je dire à des *pirates*, exactement ?

— Chhut !

Elle lui tapota l'épaule. Ils attendirent en tendant l'oreille.

Davantage de pas et de cris indéniablement féroces résonnèrent. Les poils sur le corps de Nathaniel se hérissèrent et sa bouche s'assécha. Peut-être les pirates passeraient-ils devant eux sans les voir ? Peut-être pilleraient-ils la marchandise et se contenteraient-ils de ça. Peut-être…

La porte s'ouvrit brusquement et sauta presque de ses gonds. Nathaniel faillit ne pas retenir son cri. Son cœur tambourinait si fort qu'il était certain que les deux intrus l'entendaient. L'un d'eux écarta des cheveux emmêlés de ses yeux. Ils portaient tous les deux des pantalons déchirés et tachés, aussi amples que leur chemise, et leurs bottes étaient usées.

L'homme aux longs cheveux et au regard perçant les scruta de haut en bas avant de demander à son compagnon trapu :

— Tu t'es déjà tapé une catin en cloque ?

L'estomac de Nathaniel se retourna. *Comment sont-ils au courant ?* Susanna était cachée derrière lui. Il releva le menton et s'obligea à parler d'une voix forte.

— Je vous interdis de poser un seul de vos sales doigts sur ma sœur.

L'ignorant, l'homme trapu prit un air lubrique et dévoila des dents à la fois jaunes et obliques. Il répondit à la question de son ami.

— Elle est bonne et juteuse, moi je te le dis.

Susanna enfonça ses doigts dans l'épaule de son frère. Le cœur au bord des lèvres, il saisit la dague dans la ceinture de ses hauts-de-chausse et la brandit vers les pirates.

—Arrière !

Les deux brigands clignèrent des yeux en observant Nathaniel, puis se regardèrent mutuellement, avant de laisser échapper un rire rauque.

— Oh non, nous sommes perdus, Deeks, déclara l'individu aux longs cheveux.

Des pas lourds retentirent dans le couloir, effrontés et impérieux. Se raidissant, les pirates se décalèrent alors qu'un homme arrivait dans l'embrasure de la porte, les épaules frôlant presque le cadre. Il était assez grand pour devoir se baisser légèrement en entrant. Son regard vif balaya la cabine, qui n'avait jamais paru aussi petite.

Il portait du noir de la tête aux pieds, sans compter ses orteils ornés d'or. Sa chemise était ouverte au niveau du col, son pantalon était coincé dans des jambières et un long manteau de cuir gonflé par le vent traînait derrière lui. Un pistolet était rangé dans sa large ceinture et un coutelas scintillait sur sa hanche. Sa boucle de ceinture dorée brillait, assortie aux petits carrés sur son oreille gauche, aux bagues autour de ses doigts et à l'extrémité de ses bottes noires.

Une étoffe rouge pendait sur sa hanche, unique éclat coloré en dehors du doré. Il devait être deux fois plus âgé que Nathaniel. Son visage était buriné et une cicatrice partait de sa tempe gauche. Ses mèches noires étaient coupées très court, ce qui était surprenant, puisque Nathaniel s'était attendu à ce que tous les pirates aient de longs cheveux emmêlés, comme les animaux qu'ils étaient.

Sa barbe taillée assombrissait sa mâchoire carrée. Sous la lumière tamisée, la couleur de ses yeux plissés était impossible à définir, mais Nathaniel imagina qu'ils devaient être aussi noirs que l'âme de ce pirate.

Il s'agissait peut-être du diable en personne.

La paume du jeune homme suait autour de la poignée de la dague et il détesta les tremblements de son bras tendu. Sa gorge était douloureusement sèche et il déclara d'une voix grave :

— N-nous n'avons aucun objet de valeur. Pas d'or ni de bijoux qui vaudraient la peine.

— Même mon alliance est plaquée or, ajouta Susanna.

Tully, l'un des jeunes membres de l'équipage du *Fier William*, était entré dans la cabine. L'homme – le capitaine des pirates, sans aucun doute – lui jeta un coup d'œil. Tully hocha la tête.

— C'est vrai. Rien qu'des vêtements et des babioles dans leurs malles.

Il renifla d'un air dédaigneux et rejeta ses cheveux roux en arrière.

— N'a rien trouvé de caché ici, d'puis qu'on a quitté Londres.

Nathaniel se serait attendu à mieux de la part de l'équipage, mais il vit à quel point il avait été naïf. Tully avait dû informer les pirates que Susanna était enceinte.

— Tu es un vrai lâche, Tully.

Il ricana.

— Dès que j'ai vu l'drapeau, j'ai su qu'on était foutus. Tout l'monde sait qu'le Faucon des Mers vous détruit d'la proue à la poupe une fois qu'il vous a pris dans ses serres. Je vais pas mourir pour d'la marchandise dont je me fous et pour un capitaine qui nous traite comme des porcs.

— Votre destination est l'Île Primevère ? s'enquit le pirate – ce Faucon des Mers – d'une voix grave et calme.

— Oui, répondit Nathaniel. Il s'agit d'une nouvelle colonie.

Tully acquiesça.

— Son mari s'y trouve, annonça-t-il en parlant de Susanna. Nous d'vons les déposer à leur père. Le vieux est le gouverneur ou un truc du genre.

Sur ces mots, le Faucon des Mers sembla ébranlé. Un instant plus tard, l'onde de choc s'était évanouie et il était à nouveau immobile, terrifiant et rationnel. Nathaniel crut qu'il avait imaginé ce sursaut.

Pourtant un éclat apparut dans les yeux diaboliques du capitaine et la peur saisit Nathaniel. Le Faucon des Mers se rapprocha de lui et exigea, de cette même voix réfléchie, mais catégorique :

— Ton nom, gamin.

— Euh…

Il ne put en dire plus à cause de son cœur tambourinant.

— Çui-là s'appelle Bainbridge, déclara obligeamment Tully.

— Bainbridge, répéta le capitaine, dans un léger murmure. Comme Walter Bainbridge ?

Les doigts s'engourdissant autour de sa dague, Nathaniel acquiesça. Il aurait des ecchymoses là où Susanna s'accrochait à lui, tandis qu'elle expirait brusquement sur sa nuque. Il était inutile de le nier.

— Notre père.

— Tu es le fils pour lequel Walter Bainbridge a dû tuer sa femme ?

Être au centre de l'attention du capitaine lui provoquait des frissons dans toute la colonne vertébrale.

Il fut incapable de dissimuler sa grimace et fut obligé d'acquiescer. Sa mère ne l'avait jamais tenu dans ses bras, ses forces vives s'étant épuisées avant. Susanna n'avait que six ans, à l'époque, et avait regardé par le trou de la serrure. Elle l'avait avoué à son frère quand celui-ci l'avait harcelée, enfant, pour en savoir plus.

Il était étrange pour lui de connaître, même après dix-huit ans, cette douleur, l'absence et le vide causé par la peau de sa mère qu'il n'avait jamais touchée.

Les yeux du capitaine scintillèrent. Mon Dieu, il était immense. Nathaniel était assez grand, du haut de son mètre soixante-treize, mais ce monstre faisait bien plus d'un mètre quatre-vingt. Nathaniel eut tout le mal du monde à garder ses positions et à ne pas tituber contre Susanna. L'extrémité de sa lame vacillait à quelques centimètres du cœur noir de ce pirate.

Le Faucon des Mers baissa les yeux vers eux, comme s'ils n'étaient que des proies qu'il avait hâte de dévorer.

— Votre père est un menteur. Un corrompu. Un scélérat en bas de soie et à la perruque bouclée.

Nathaniel déglutit difficilement et sa main trembla. Pouvait-il bondir et enfoncer le poignard dans le cœur infâme de cet homme ? Il n'aimait pas beaucoup son père, mais pour qui se prenait ce *pirate* en traitant un autre de scélérat ?

Les yeux du Faucon des Mers luirent et trahirent sa haine.

— Votre père m'a trompé. Il avait un devoir de justice, d'impartialité. Au lieu de ça, il a conspiré pour voler ce qui m'appartenait. Il m'a qualifié de pirate quand je n'étais qu'un corsaire.

— Ce n'est pas la même chose ? laissa échapper Nathaniel.

Sur ces mots, les narines du Faucon des Mers s'évasèrent et Susanna plongea les ongles dans les épaules de son frère.

— Non, ils ne sont absolument pas pareils, lança le pirate. Les corsaires ont un permis. Légal. Les corsaires respectent des règles. Des lois. C'est ce que votre père était censé faire en tant que juge à la Cour de l'Amirauté en Jamaïque. Il a essayé de nous priver, mes hommes et moi, de tout ce pour quoi nous avions travaillé et souffert. Nous lui avons échappé, mais dans les années qui ont suivi, il n'a jamais payé le prix.

La peur dévorait Nathaniel. La cupidité et l'avarice de son père allaient une fois de plus être cause de tourment. Sans la montagne de dettes de Walter, Nathaniel et Susanna seraient en sécurité, chez eux, en train d'attendre qu'elle ait accouché avant d'entreprendre le voyage. Ils n'auraient pas eu besoin de vendre Hollington. Et désormais, ils affrontaient Dieu seul savait quoi et étaient à la merci des pirates.

Oh Seigneur. Je vous en prie, épargnez Susanna et son enfant !

La bile lui monta à la gorge quand il imagina qu'on puisse faire du mal à sa sœur. La terreur rendait sa peau moite et la sueur coulait dans son dos.

— Je…

Il se creusa la tête pour trouver quelque chose – n'importe quoi – à dire ou un moyen de s'échapper. Sa dague trembla et il lécha ses lèvres sèches.

— Je suis navré.

Il *devait* arranger ça.

Un sourire épouvantable recourba lentement les lèvres du diable.

— Je n'en doute pas.

Chapitre 2

FAUCON IGNORA LE poignard tremblant du garçon et hocha la tête en direction de ses hommes.

— Transmettez ces ordres à monsieur Snell : confisquez toute marchandise de valeur. Laissez le bateau et l'équipage intacts et assurez-vous qu'ils aient assez de nourriture et d'eau pour survivre. Cette damoiselle continuera jusqu'à l'Île Primevère. Et ne sera pas maltraitée.

Tandis que les hommes partaient hâtivement, suivis par le marin roux qui avait joyeusement révélé tous les secrets du *Fier William*, il baissa les yeux vers le précieux fils de Walter Bainbridge.

— Ton voyage va être retardé.

— Re-retardé ? s'enquit Bainbridge.

Son visage était lisse et fin. Il avait de longues jambes, mais des iris d'un marron ordinaire. Ses cheveux courts et châtain clair étaient trempés de sueur. Il avait décalé un bouton en attachant son gilet noir et celui-ci pendait donc de guingois par-dessus sa chemise blanche et ses hauts-de-chausse foncés.

Ses souliers noirs et à bouts carrés étaient étonnamment éraflés. Ses bas étaient pliés autour de ses chevilles. Des taches rouges ornaient ses joues pâles. Il n'avait certainement pas été usé par le dur labeur, un seul jour de sa vie.

Il était parfaitement banal, si on oubliait sa filiation.

— Tu viens avec nous.

La femme hurla. Faucon manqua de rire quand Bainbridge rassembla tout son courage et bondit sur lui. D'un simple coup de poignet, puis d'une pression de sa main, le pirate fit tomber la dague par terre. Elle était constituée d'une fine lame dans un manche en bois banal.

— Ne te blesse pas, mon garçon. Ton père ne paiera pas pour une carcasse.

Il repéra le fourreau sur le sol et tendit une main autoritaire dans sa direction. Bainbridge se pencha et le lui donna, à contre-cœur. Faucon rangea l'arme à sa ceinture.

— Payer ? bafouilla la fille de Bainbridge. Mais il n'a presque pas d'argent !

Faucon l'observa de la tête aux pieds. Une robe modeste et des bijoux fantaisistes. Il fit un pas en avant et les deux jeunes gens reculèrent tel un seul homme.

— Et comment cela est-il arrivé ?

Il connaissait probablement la majeure partie de l'histoire, mais peut-être que les enfants Bainbridge pouvaient lui apprendre de nouvelles informations.

Elle se décala pour se tenir aux côtés de son frère et lui agrippa la main.

— La fortune familiale est allée à son aîné. Il a dilapidé tout ce qu'il lui restait dans son rêve de l'Île Primevère. Il a réussi à en devenir le gouverneur, mais sans l'argent de la Couronne pour établir la colonie, il n'a presque rien.

Ce sacré salaud n'a même pas dépensé mes richesses sagement après me les avoir volées. Le galion espagnol était chargé d'épices, d'or et d'une tonne d'argent attendant d'être frappé. Faucon grimaçait encore quand il se souvenait à quel point il avait été fier de se pointer à la Cour de l'Amirauté avec son butin durement gagné, quelques années plus tôt. Il avait été prêt à donner sa part à l'Angleterre, en accord avec les règles en vigueur, et accomplissant sa mission lors de la guerre contre l'Espagne. Comme il avait été idiot.

Il fit semblant d'y réfléchir.

— Dans ce cas, je vais lui offrir la justice qu'il m'a refusée.

Le frère et la sœur soupirèrent et leurs épaules s'avachirent tant ils étaient soulagés.

— Merci, monsieur, dit la jeune femme. Peu importe ce que notre père a fait, je jure…

— Je vais lui donner un mois pour réunir l'argent avant notre arrivée. Cent mille livres.

Leurs mâchoires se décrochèrent.

— C'est trop ! bafouilla le garçon.

Peut-être, mais un homme arrogant qui considérait que son héritier avait de la valeur trouverait un moyen. La fierté de Bainbridge l'exigerait. De plus, Faucon n'avait pas attendu sa revanche pendant des années pour ménager ce porc maintenant.

Ignorant leur incrédulité, il ajouta :

— La nuit de la prochaine lune noire, environ, nous arriverons à l'Île Primevère et nous nous annoncerons. Votre père viendra personnellement dans le port sur un skiff. Seul. Il ramera jusqu'à mon bateau. J'échangerai son fils contre la rançon. C'est simple.

Les enfants Bainbridge se regardèrent fixement, communiquant leur impuissance alors que des larmes coulaient sur les joues de la jeune femme. Faucon comprenait leur peur. Leur terreur. Il se rappelait la sienne, après avoir été injustement condamné par leur père, et se délectait donc de leur malheur.

— Monsieur, ayez pitié ! cria-t-elle. Mon pauvre frère n'a commis aucun péché.

— Pitié ? C'est votre père qui m'a créé, moi, le Faucon des Mers. Et je suis devenu le monstre qu'il va affronter, et même bien plus. Et ton frère ne sera que le premier à souffrir si Bainbridge n'obéit pas. Dis à ton paternel que sa précieuse Île Primevère saignera et brûlera à moins qu'il satisfasse mes exigences.

Elle ouvrit la bouché pour ajouter quelque chose, mais Faucon en eut assez de ses supplications. Il l'interrompit donc.

— Si je ne suis pas trahi, ton frère vivra. Mais si Bainbridge complote contre moi…

Sa voix restait basse. Une phrase prononcée calmement était parfois plus menaçante qu'un cri. Il regarda intensément le garçon, qui avait passé un bras autour des épaules tremblantes de sa sœur.

— Si votre père me défie, ce garçon meurt. Douloureusement. *Lentement.* Je vais l'étriper comme un poisson, le couper en morceaux et les livrer un par un à votre père.

Il avait été si patient avant de prendre sa vengeance, et c'était à présent *son* heure. Il attrapa son captif à deux mains, sans aucune pitié.

La jeune femme s'exclama et écrasa une main sur sa bouche. Le torse du cadet Bainbridge gonflait et retombait rapidement, mais il gardait la tête haute.

Les yeux de sa sœur se noyèrent encore une fois sous les larmes.

— S'il vous plaît. Je vous en supplie. Laissez mon frère venir avec moi. Il doit se marier ! Nous entamons une nouvelle vie ! Il n'a jamais fait de mal à personne. Il est gentil et bon.

Le Faucon soupira. *Ça suffit.* Il appuya sa langue contre sa joue et observa la jeune femme d'un air lubrique.

— Si tu préfères prendre la place de ton frère…

— Non ! hurla le garçon.

Les yeux de Bainbridge brûlaient d'une férocité dont il avait manqué jusque-là.

— Je ferai ce que vous voulez. Mais ne faites pas de mal à ma sœur.

Les lèvres de Faucon se retroussèrent. S'il était sensible, il aurait presque été touché. Mais en l'état…

Respirant difficilement, Bainbridge attira sa sœur dans une étreinte.

— Tout ira bien pour moi. Je t'aime, Susie.

Elle s'accrocha à lui.

— Ne t'en va pas. Ne le laisse pas t'emmener.

Souhaitant lever les yeux au ciel, Faucon sortit Bainbridge de la cabine, le traînant par la peau du cou. Le jeune homme ne se rebella pas, il capitulait apparemment pour le bien de sa sœur, ou peut-être avait-il déjà déployé les ultimes lambeaux de son courage.

La fille aurait été inutile. Si le capitaine des pirates avait bonne mémoire, il savait que Walter Bainbridge avait deux filles. Mais la rumeur disait qu'il avait été obsédé à l'idée d'avoir un garçon pour perpétuer son nom et cela avait eu plus de valeur à ses yeux que la santé de sa propre femme. Et ce fils était là, sous l'emprise de Faucon.

Il ne saurait jamais pourquoi le Destin l'avait si franchement béni, ce soir-là, mais il n'allait pas le remettre en question. Tous les vents qui soufflaient dans ses voiles ne le menaient pas sur de tels coups de chance. Voilà enfin l'opportunité pour lui de se venger.

Ce serpent pourrait-il réunir l'argent ? Peut-être. Très probablement, étant donné ses connaissances. Mais au moins, le Faucon avait l'héritage inestimable de Bainbridge entre les mains. Oh, il donnerait tout pour voir le visage du vieil homme quand il apprendrait la nouvelle.

Le pirate éclata de rire, son plaisir faisant écho sur l'océan tout autour d'eux. Il poussa le garçon vers Snell, près du bastingage.

— Voyez donc notre butin, monsieur le quartier-maître. Le précieux fils de Walter Bainbridge.

Snell était légèrement plus grand que Bainbridge et un peu plus gros, avec des muscles solides sous les couches superficielles qui s'étaient accumulées avec l'âge, depuis qu'il avait dépassé les cinquante ans. Avec ses doigts ornés d'argent, il s'agrippa impitoyablement au bras du jeune homme.

Ses yeux sombres croisant le regard de Faucon sous ses cheveux blonds clairsemés, Snell rit, la bouche grande ouverte, tandis que ses boucles d'oreille scintillaient à la lumière des torches. Sa chemise noire était ouverte au niveau de son cou et révélait un tatouage en forme d'ancre juste sous sa gorge. Il avait cinq ou six tatouages sur la peau. Faucon ne s'était contenté que d'un seul.

Après avoir confirmé ses ordres auprès de Snell, le capitaine des pirates donna ses instructions pour la rançon à celui du navire marchand, un vieux marin bourru qui haussa à peine les épaules et hocha la tête, puisqu'il ne se préoccupait manifestement pas de la vie du garçon. Bainbridge observa cet échange avec un désarroi évident.

Quant à Snell, il scruta le jeune prisonnier en haussant simplement un sourcil sur son visage buriné.

— Viens, alors. À toi de passer.

Le garçon cligna des yeux devant la longue planche de bois reliant le navire marchand à *La Manta Maudite*. Il jeta un coup d'œil par-dessus son épaule, en direction des escaliers qui menaient sous le pont, où les sanglots de sa sœur faisaient écho. Son corps se crispa, comme s'il s'apprêtait à courir ou à fuir.

— Là, là, n'y pense même pas, déclara Faucon avec un sourire narquois. Où irais-tu ?

Une obscurité en lui ne faisait que décupler la terreur du jeune Bainbridge.

— À moins que tu aies prévu de te transformer en nourriture pour requins, tu n'as plus qu'un endroit où aller, à présent.

Il porta son regard sur la silhouette sombre de son bateau, sur ses voiles élégantes temporairement repliées et sur l'équipage suivant ses ordres à la lettre. C'était sa maison depuis des années, et pourtant, il était tourmenté.

C'était le moment. C'était enfin le moment, bon sang.

Il pourrait finalement prendre sa revanche. Jusqu'à ce soir, la chance avait filé entre les doigts de Faucon. Il l'avait senti. Il rencontrerait son destin au fond de la mer, transpercé d'une lame ou au bout d'un nœud coulant. Maintenant, voilà que le garçon Bainbridge se tenait là, comme une opportunité en chair et en os de retrouver une partie de ce qu'il avait perdu.

Il aurait peut-être même l'occasion de recommencer une nouvelle vie. C'était stupide, mais… *Peut-être.*

— Monte.

Snell poussa le prisonnier sur la planche.

— Le Capitaine Faucon n'est pas un homme patient, je te préviens. Et moi non plus.

Respirant difficilement, Bainbridge grimpa, ses jambes tremblant manifestement. Il regarda la *Manta*, puis Faucon.

Il baissa ensuite les yeux vers les vagues.

— N'envisage même pas un sacrifice noble, railla le Faucon des Mers en sautant derrière lui. Sinon, on prendra ta sœur, en fin de compte. Elle ne sera plus très jolie quand on en aura fini avec elle.

Il attrapa une nouvelle fois le garçon par la nuque.

— Avance.

Quand ses bottes se posèrent sur ce pont familier, il guida le prisonnier vers la poupe et resta là, à observer son équipage, tout en tenant Bainbridge. Lorsque la planche fut retirée et que les crochets libérèrent le *Fier William*, Faucon ordonna de hisser les voiles. Dans l'aube grisâtre, ils partirent au vent.

Même alourdie par la marchandise volée, *La Manta Maudite* était le bateau le plus rapide. Faucon demeura tout de même à la poupe, surveillant pour s'assurer que le navire marchand ne tentait pas de le suivre. Des choses plus étranges s'étaient déjà produites.

Bainbridge frissonna à côté de lui, les poings serrés et les lèvres pincées, regardant le *Fier William* rapetisser dans leur sillage.

Certains pirates favorisaient les vaisseaux de guerre, mais Faucon préférait l'agilité d'un sloop, ses quarante-six hommes ne faisant pas le poids par rapport à l'équipage d'autres bateaux. Il y avait moins de marins avec qui partager le butin. Moins de matelots pour lui causer des ennuis.

L'esprit de Faucon se mit à virevolter. Durant la majorité de son existence, il avait rêvé d'une vie dans les vagues, mais il n'avait jamais voulu devenir pirate. Walter Bainbridge ne lui avait pas laissé le choix. Il ne pouvait restaurer son honneur terni, mais avec sa part de la rançon, peut-être pouvait-il échapper à la brutalité.

Peut-être pouvait-il trouver... un endroit quelconque. Une petite île tranquille hors de portée de l'Angleterre. Un lieu où il pourrait pêcher et élever quelques animaux, suffisamment pour vivre de manière confortable. Pour vivre dans une paix qu'il aurait lui-même définie. Il serait seul, mais il s'y était habitué depuis longtemps.

Un picotement lointain se manifesta, mais il était étouffé depuis tout ce temps. Des années plus tôt, il avait imaginé pouvoir trouver un compagnon, un homme avec qui partager sa vie. Même un homme à aimer. C'était absurde.

Spontanément, le souvenir de cheveux blonds et d'yeux bleus espiègles apparut avant de retourner dans le bourbier du passé. Il avait aimé pendant un bref moment avant que cela lui soit arraché. Ah, la folie de la jeunesse.

Pourtant, voilà que je me retrouve à rêver d'une vie paisible. C'est de la folie, effectivement.

Faucon se reconcentra sur la tâche qui l'attendait et regarda au loin. Ils étaient assez éloignés. Ainsi, il traîna le garçon sous le pont, vers sa cabine, et ignora ses cris.

La lumière opaque qui filtrait par les fenêtres à la poupe était tout juste suffisante pour ne pas avoir à s'embêter avec une allumette. Son bureau était au fond et son lit était encastré dans le mur opposé, de l'autre côté de la cabine. Dans cet espace ouvert, Faucon croisa les bras et observa son prisonnier de haut en bas.

— Mon garçon...

— J'ai dix-huit ans, répondit Bainbridge en gonflant son maigre torse. Je suis un homme.

Le capitaine fut obligé de rire et prit brusquement une inspiration.

— Ah, vraiment ?

À quarante et un ans, il se souvenait à peine d'avoir été si jeune.

— Écoute, *mon garçon*. Voilà comment ça va se passer.

— Je m'appelle...

— Aucune importance, aboya le pirate.

Il avait certainement déjà entendu son prénom quand il s'était renseigné sur l'histoire de Bainbridge, mais ça n'avait plus d'importance, à présent. En réalité, c'était plus facile ainsi.

— Tu n'es qu'une marchandise. Mon trésor, mon prix, ma pépite. Voilà tout ce que tu es jusqu'à ce que ton père paie ce qu'il me doit. Je te mettrais bien dans la cale, mais les hommes seraient tentés de s'en prendre à toi et ton père ne voudrait pas récupérer ce qu'il reste de ton corps. Tu comprends... Pépite ?

Voilà l'unique nom dont avait besoin le prisonnier, en plus de son nom de famille maudit.

N'attendant aucune réponse, Faucon ouvrit un coffre à tribord et en sortit une couverture en laine rêche qu'il utilisait rarement. Il la jeta et elle heurta Bainbridge au niveau du torse avant de tomber à ses pieds. Le capitaine hocha la tête vers le coin près des fenêtres.

— Tu dormiras là.

Bainbridge saisit brusquement la couverture sur le sol et se releva maladroitement.

— Pendant un mois, le temps que ton père réunisse les fonds, tu ne quitteras pas cette cabine. La nourriture et l'eau te seront apportées. Tu utiliseras un seau que nous viderons régulièrement pour que ta crasse n'empeste pas dans ma cabine. Ne parle pas aux membres de l'équipage. Ne me parle pas à moins que je t'adresse la parole. Hoche la tête si tu comprends.

— Je ne vais pas quitter cette cabine ? lâcha Pépite, tandis que l'horreur se lisait explicitement sur son visage enfantin.

— Clairement, tu ne comprends *pas*.

Faucon fit un pas en avant, satisfait quand le jeune homme recula brutalement.

— C'est… Ce n'est que… s'il vous plaît. Je ne vous causerai aucun ennui.

Sa respiration était rapide et son torse s'élevait lourdement.

— Ne puis-je pas aller sur le pont, de temps en temps ? Pour m'étirer les jambes ?

— Sois déjà heureux que je ne t'enchaîne pas au lit.

Faucon parcourut du regard son prisonnier de la tête aux pieds, instillant la peur en lui grâce à un ricanement lubrique.

— Nu.

Pépite écarquilla ses yeux d'un marron clair et observa le matelas. Le pirate tourna les talons et récupéra la clé sur son bureau. Maintenant qu'ils avaient réglé ça, il…

— Je pourrais travailler ! Sur le pont. Aider l'équipage avec… ce qu'ils font.

Incrédule, le capitaine se redressa entièrement et fit volte-face en s'assurant que… oui, son manteau gonfle derrière lui. Il n'avait pas bâti la réputation terrifiante du Faucon des Mers en quatre ans seulement sans ajouter quelques effets théâtraux. Pourtant, extraordinairement, Bainbridge *ne cessait de parler*.

— Je serai ravi de travailler.

Son regard était implorant et ses doigts tordaient la couverture.

— Je ferai tout ce que vous dites.

Manifestement non, étant donné que l'ordre de fermer sa satanée bouche avait été ignoré.

Faucon ricana.

— Travailler ? *Toi* ? Dis-moi, as-tu déjà travaillé un seul jour dans ta vie si délicate ?

Les joues rouges, le garçon fixa ses souliers éraflés en guise de réponse.

— Tu resteras dans cette cabine et tu ne parleras que lorsqu'on t'adressera la parole. Mais je ne suis pas radicalement cruel.

Il agita magnanimement la main en direction de la bibliothèque.

— Tu peux lire autant que tu le veux.

Bainbridge observa les romans avec un désespoir étrange mêlé à du dédain. Ses épaules s'affaissèrent encore davantage.

La fureur éclata dans le corps du pirate et le fer s'enfonça dans sa paume quand il serra la clé.

— Ma bibliothèque n'est pas à votre goût, *monseigneur* ?

— Si, si. Je suis sûr qu'elle est excellente, répondit faiblement Pépite en reculant d'un pas.

— La plupart des hommes sur ce bateau ne peuvent même pas signer leurs noms. Il m'a fallu des années pour apprendre. Des années pour m'améliorer, mot après mot. Tu es une petite merde privilégiée alors tu t'assieds, tu la fermes et tu pries pour que ton serpent de père me verse l'argent qu'il me doit. Sinon, c'est toi qui paieras. Toi et ta sœur. Son marmot.

À vrai dire, le Faucon ne blesserait jamais une femme ou un enfant innocent – il n'autoriserait pas non plus son équipage à le faire –, mais Bainbridge n'avait pas besoin de le savoir.

— Me suis-je bien fait comprendre ? *Pépite* ?

La tête baissée, celui-ci chuchota :

— Oui.

Faucon rejoignit la porte en deux longues foulées. Il la claqua derrière lui, mit la clé dans le verrou et…

Rien.

Le fer crissa lorsque ce verrou obstiné refusa de se tourner. Le pirate secoua la clé quelques instants. Cette serrure aurait pu se bloquer à n'importe quel moment, mais il fallait que ça arrive quand il terrifiait un prisonnier. *Merde alors*. La mâchoire contractée, il ouvrit brutalement la porte. Pépite se tenait encore là où il l'avait laissé, agrippé à la couverture.

Lui tirant impitoyablement le bras, Faucon le traîna hors de la cabine en hurlant :

— Monsieur Cooper ! Réparez le verrou. Vous avez dix minutes.

Il sourit à Bainbridge avec mauvaise humeur.

— Manifestement, tu as un moment de répit. Ce sera le dernier.

Chapitre 3

SUBITEMENT, LE CAPITAINE Faucon le tira vers l'échelle menant au pont. Nathaniel aperçut les quartiers de l'équipage à la proue du bateau. L'espace était limité, sombre et puait la transpiration, la moisissure et Dieu seul savait quoi d'autre.

Un cuisinier travaillait au-dessus d'un fourneau et les hommes rangeaient leur hamac sous le lever du soleil avant d'installer de longues tables pour manger. Nathaniel fut alors violemment poussé vers l'échelle.

Sur le pont, il inspira l'air frais et vivifiant avec plaisir. Le soleil l'aveuglait, là où il commençait à apparaître, à l'horizon. Il s'imprégna de la vue et des odeurs autour de lui. La menace d'un mois passé seul dans la cabine du capitaine des pirates l'effrayait à un tel point qu'il risquait de s'effondrer.

Il était déjà assez horrible de se retrouver confiné sur un bateau. Mais être enfermé dans une seule et même pièce ? Son estomac se retourna.

Il regarda au loin, son cœur bondissant alors qu'il repérait des voiles. Était-ce le *Fier William* ? Cela devait être le cas, puisque personne ne s'y intéressait. Abattu, Nathaniel le vit rapetisser jusqu'à ne devenir qu'une poussière.

Mais Susanna était en sécurité, c'était ce qui comptait. Il détestait l'idée qu'elle reste seule pour le reste du voyage, surtout dans son état délicat. La culpabilité monta en lui, même s'il savait qu'il ne pouvait rien faire.

Il lança un regard noir au capitaine qui, au moins, avait enlevé sa vilaine main de son épaule. Le lever du soleil révélait les yeux du pirate, qui étaient étonnamment d'un bleu vibrant tacheté de gris. Ses petites boucles d'oreille dorées et carrées scintillèrent.

Le quartier-maître, un certain monsieur Snell, d'après la salutation bourrue de son supérieur, approcha.

— Capitaine, les hommes veulent une partie du poisson salé que nous avons dérobé. Devrais-je en donner au cuisinier ?

— Oui.

L'estomac de Nathaniel gronda quand il pensa à de la nourriture, mais il mourrait de faim avant de demander à manger au Capitaine Faucon – non, simplement *Faucon,* parce qu'il ne méritait pas un quelconque titre prestigieux ou honorifique. Alors que Faucon et monsieur Snell s'éloignaient de quelques pas, discutant d'une voix si basse qu'il ne pouvait les entendre, Nathaniel examina sa prison.

La *Manta Maudite* était un sloop à mât unique qui avait probablement été un navire marchand par le passé. D'épaisses cordes enroulées chargeaient le bateau. S'il y avait auparavant eu un pont arrière au niveau de la poupe, Nathaniel soupçonnait qu'il avait été retiré pour ajouter davantage d'armes. Il compta quatorze pas, sur le pont supérieur, ce qui représentait environ dix-huit mètres de la proue à la poupe et il était parfaitement plat.

Au loin, le sloop paraîtrait plus bas sur l'océan. Le pont serait également idéal pour courir et les pieds de Nathaniel le démangeaient tant il avait envie de faire la course de la proue à la poupe avant de tourner autour de l'imposant gouvernail et de repartir.

Il ne savait pas précisément combien de pirates trimaient à bord, mais il devina qu'il devait y avoir entre quarante-cinq et cinquante hommes. Il s'agissait manifestement d'un groupe varié, avec des hommes de toutes les couleurs, de tous les âges et de toutes les tailles. Certains avaient les cheveux longs, d'autres des cheveux courts. Certains avaient des visages propres, d'autres des barbes hirsutes.

Beaucoup portaient des pantalons larges, mais quelques-uns avaient des bas plus moulants. Des tatouages et des piercings ornaient leur peau nue. Un matelot en veste de cuir avait le bras recouvert de tant d'encre que Nathaniel avait d'abord pensé qu'il portait une chemise.

Bien au-dessus de sa tête, une vigie avait été installée sur la vergue raccrochée au mât. Le fanion noir des pirates voletait toujours dans le ciel. Le tissu avait été agrémenté d'un oiseau de proie blanc, les ailes déployées et le bec cruellement baissé. Il supposa qu'il s'agissait d'un balbuzard, aussi connu sous le nom de faucon des mers.

Alors qu'il inspectait les alentours, les hommes tirèrent sur les cordages afin d'abaisser le drapeau, le gardant hors de portée de vue afin d'appâter le navire qui serait leur prochaine victime. Il quitta les voiles et le gréement des yeux. Faucon et Snell semblaient désormais parler de lui et le surveillaient d'une telle manière que les poils sur les bras de Nathaniel se hérissèrent.

Incapable de supporter leurs regards scrutateurs, il se retourna pour observer les vagues, tout en ayant la chair de poule. Le vent balaya ses oreilles et il ignorait s'il devait être heureux ou non de ne pouvoir distinguer ce qu'ils disaient.

En réalité, il soupçonnait atrocement que Faucon surestime sa valeur auprès de son père. Il était vrai que Walter avait souhaité un fils avec une ferveur se rapprochant plutôt de l'obsession. Du moins, c'était ce qu'on avait raconté à Nathaniel. Son oncle – le frère aîné de son père – n'avait pas seulement hérité de la fortune familiale, de la propriété et du titre de baronet, il avait également réussi à engendrer trois fils intelligents et bien charpentés.

Walter les avait tous jalousés amèrement, et avait été déterminé à posséder son propre fils, un emblème de sa virilité. Margaret, la mère de Nathaniel, lui avait d'abord permis d'acquérir la propriété de Hollington. Puis elle lui avait donné une fille, Jane, qui vivait actuellement dans le Kent avec son mari, un officier naval souvent en mer, et leurs quatre enfants.

Susanna était ensuite arrivée – nouvelle déception pour Walter. Ainsi, encore et encore, il engrossait Margaret malgré les avertissements du médecin, puisque les deux premiers enfantements avaient failli la tuer.

Nathaniel ne savait pas vraiment combien de bébés avaient été perdus avant qu'elle réussisse à lui donner naissance. Walter avait finalement obtenu sa récompense, et même s'il avait sincèrement pleuré sa femme selon l'avis général, Nathaniel se disait surtout que le plus grand chagrin de son père était que son fils ne ressemblait en rien à celui qu'il avait désiré avec tant de ferveur.

Affirmer qu'il avait été une déception était un euphémisme. Pendant un instant, il s'autorisa à ressentir cette soif d'amour puéril pour cette mère qu'il n'avait jamais connue. Elle avait donné sa vie pour lui et il était certain que l'échange n'avait pas valu la peine. Elle aussi, il l'aurait désappointée. Imbécile et pécheur qu'il était.

— Le temps est écoulé, annonça Faucon en l'arrachant à ses pensées rebelles.

L'homme plissa ensuite ses yeux bleus.

— Pourquoi prends-tu un air si coupable ?

— P-pour rien.

D'une seule foulée souveraine, Faucon réduisit la distance entre eux et Nathaniel fut projeté contre le bastingage. Le pirate se pencha en avant et se dressa au-dessus de lui.

— Peu importe les idées héroïques que tu avais en tête, débarrasse-t'en. Si tu tentes une quelconque attaque sur moi ou sur mes hommes, ou si tu souhaites te jeter par-dessus bord en croyant à tort faire un sacrifice noble, nous pourchasserons ce navire marchand et nous nous assurerons que ta sœur et son enfant souffrent. Oh, comme ils souffriront. Suis-je clair ou as-tu besoin de précisions ?

Nathaniel secoua la tête, ayant désespérément envie de s'éloigner du ricanement moqueur de Faucon. Il était douloureusement coincé, sans possibilité de battre en retraite, puisque le corps de l'homme était un mur inébranlable d'une volonté impénétrable.

Le pirate avait raison – passer par-dessus bord serait du suicide et Nathaniel n'avait aucun espoir de supplanter un seul marin sur ce bateau, encore moins cinquante. Il était piégé.

— D'autres questions ?

— À qui avez-vous dérobé ce navire ?

Les mots avaient voleté dans son esprit et s'étaient curieusement échappés par sa bouche. Le jeune homme ferma brusquement la mâchoire et le sang vint tambouriner à ses oreilles.

Faucon se redressa comme s'il avait été vexé.

— C'est *mon* navire, grogna-t-il. Je l'ai gagné à la loyale lors d'un pari. C'est ton père qui a essayé de me le dérober.

— Je ne comprends pas. Pourquoi ?

— Ce que tu comprends n'a aucune importance, lança-t-il avec les dents serrées, mais après des années de labeur, j'ai enfin obtenu mon propre vaisseau. J'envisageais de transporter des marchandises, mais je voulais faire plus pour mon pays, malgré…

Nathaniel attendit quelques instants et vit la manière dont la mâchoire de Faucon se crispa.

— Malgré quoi ?

— Rien, cracha-t-il. On m'a accordé ma lettre de marque qui me permettait d'assaillir les navires ennemis. J'étais un fier partenaire de la Couronne et je me battais contre l'emprise espagnole dans les Caraïbes. J'ai suivi les règles et partagé mes butins. J'étais respectable. Légitime.

— Alors comment êtes-vous tombé aussi bas pour devenir *ça* ?

L'immense main du Faucon se resserra autour de la gorge de Nathaniel, ses bagues en métal s'y enfonçant douloureusement et lui coupant le souffle. Il se baissa à nouveau.

— Reste poli, mon garçon, sinon je te tranche la langue et te la fais manger. D'accord ?

Nathaniel hocha désespérément la tête tandis que l'horreur le saisissait, ses poumons le brûlant déjà. Il tapa des pieds, souhaitant donner des coups pour se libérer d'une manière ou d'une autre. La poigne de Faucon se détendit, mais il ne le lâcha pas. Au moins, ce fut suffisant pour que Nathaniel puisse à nouveau respirer. À peine.

Le visage fermé, le pirate continuait de se pencher au-dessus de lui.

— Un jour, il y a sept ans, à la Cour de l'Amirauté, quand j'ai présenté mon galion espagnol chargé de trésors, ton père a annoncé que le capitaine espagnol avait revendiqué un traitement cruel de ma part, ce qui était une infraction directe aux régulations. Je savais que c'était un mensonge, puisque l'homme était resté dans ma cabine et qu'il s'en était sorti indemne. Je m'assurais qu'un prisonnier ne soit jamais blessé sur mon navire.

— Peut-être était-ce le capitaine espagnol qui mentait ? répondit Nathaniel d'une voix rauque.

À vrai dire, son père paraissait parfaitement capable de faire une telle chose. Il ferait n'importe quoi pour assouvir ses propres désirs égoïstes.

— Bien sûr, le capitaine n'a rien pu dire, puisqu'il est soudainement mort dans la nuit, la veille de mon audience à la cour. Mais ma lettre de marque a été invalidée et en un clin d'œil, j'ai été désigné comme pirate. Mon navire et mes hommes allaient également être saisis.

Il resserra les doigts autour du cou de Nathaniel.

— Ton père et ses camarades nous ont condamnés à la potence, mon équipage et moi, sans y réfléchir à deux fois. Ils se sont approprié le galion et ont envoyé une infime partie du trésor dans les coffres de l'Angleterre, d'après ce que j'ai appris plus tard. Ton père est un menteur cupide. Tu es sans doute exactement comme lui.

Nathaniel lutta pour respirer, levant les mains vers le poignet de Faucon, alors que la peur le saisissait. *Il ne va sûrement pas me tuer tout de suite !*

Par chance, le pirate détendit ses doigts. Le bastingage s'enfonça dans le dos de Nathaniel et il jura contre son père.

Qu'ils soient maudits, lui et sa cupidité insatiable.

Il avait entendu des histoires sur la corruption effrénée qui faisait rage dans le Nouveau Monde et le trésor d'un navire espagnol serait certainement une récompense tentante. Une fois encore, son paternel dominait sa vie, même en son absence.

Nathaniel leva les yeux et observa l'expression inébranlable de Faucon, ainsi que la torsion amère de ses lèvres. Walter pouvait attendre. Le jeune homme devait déjà gérer le méchant qui le serrait actuellement dans ses serres alors que l'odeur de transpiration et d'eau de mer emplissait ses narines.

Faucon poursuivit.

— Ton père et ses conspirateurs ont sous-estimé mes matelots – monsieur Snell et une grande partie de cet équipage. Ils ont vaincu les soldats envoyés pour les arrêter et m'ont sauvé dans ma cellule. Nous avons repris possession de *La Manta*, mais c'était le nom d'un navire respectant la loi. Puisque nous étions désignés comme pirates, je me suis dit qu'un changement était de mise. Il s'appelle *La Manta Maudite*, maintenant.

Il resserra sa poigne autour de la gorge de Nathaniel.

— Et je ne garantis aucunement le bien-être des prisonniers.

Sur ces mots, il repoussa à nouveau le captif sous le pont, vers sa cabine, où un membre nerveux de l'équipage se tenait avec un outil en métal.

— La serrure est réparée, Cap'taine.

Il tendit la clé en fer.

Nathaniel se retrouva allongé, la tête la première, quand Faucon le poussa à l'intérieur. Il avait manqué de peu le rebord du bureau et appuya sur ses mains pour s'asseoir. Il détestait sa façon de se recroqueviller et pourtant, il était tenté de ramper sous le bureau alors que le pirate se dressait au-dessus de lui. L'idée d'être étranglé à nouveau était insupportable.

L'homme ricana avant de se retourner et de se débarrasser de son long manteau qu'il posa sur un crochet. Sa chemise noire et ouverte au niveau du col possédait des manches légèrement bouffantes. En plus de son épée et de son pistolet, Nathaniel aperçut les manches de deux poignards coincés dans la ceinture de Faucon, dont l'un était celui qu'il lui avait pris.

Il était étourdi tant il avait honte. Il était un tel échec. Il n'avait même pas réussi à écorcher ce démon avec sa lame avant qu'elle lui soit arrachée comme s'il n'était qu'un vilain gamin. Que penserait monsieur Chisholm ?

Que j'échoue dans tous les domaines et pas seulement dans mes études.

Il cligna des yeux tandis que la porte se refermait et que la clé cliquetait dans la serrure. Le pirate disparut sans un mot. Merci Seigneur, il avait un bref répit. Moins il subissait la présence de cette brute, mieux il se porterait.

Toujours au sol, Nathaniel examina sa cellule. Le soleil réchauffait l'atmosphère grâce aux carreaux perçant la poupe. À bâbord, des étagères étaient fixées sur la coque. D'épais livres et des cartes marines enroulées étaient nettement rangés. Il ne prit pas la peine de se rapprocher pour lire les titres.

À tribord, des tiroirs étaient encastrés et un coffre était posé sur le plancher – c'était là que Faucon avait récupéré la couverture. Nathaniel avait du mal à en supporter le contact et il la jeta dans un coin d'un coup de pied.

Il resta assis là et attira ses genoux contre son torse, ses pensées défilant bon gré mal gré. *Aurait*-il *pu* en faire plus avec son poignard ? Le visage de monsieur Chisholm apparut dans son esprit et un picotement de désir traversa Nathaniel. Son tuteur avait toujours paru si capable, si fort et si intelligent.

Le jeune homme ferma les paupières et invoqua l'image de la mâchoire carrée de monsieur Chisholm, ses yeux verts et ses cheveux blonds attachés sur sa nuque. La largeur de ses épaules et la manière dont son manteau recouvrait son torse…

Monsieur Chisholm lui fit un clin d'œil.

— Le monde est dangereux, là-bas, dans les colonies. Sur terre et en mer.

Nathaniel examina avec précaution le métal luisant dans sa main, retournant la poignée en bois lisse entre ses doigts.

— Vous me le donnez ?

Son cœur martelait tant que c'en était presque douloureux.

— Je sais que la plupart des tuteurs t'offriraient un livre, quelque chose qui s'en rapproche, mais je crains que ce soit du gâchis avec toi. Tu n'es pas d'accord ?

Si, il l'était. Nathaniel avait tant envie de passer les bras autour de lui et de presser ses lèvres sur la bande de peau nue au-dessus du foulard de monsieur Chisholm. Depuis qu'il était petit garçon, il en rêvait, tout en sachant que son tuteur était un homme bon et correct, non pas un pêcheur comme Nathaniel. Il l'admirait et se désespérait à la fois.

Après avoir serré la main de son tuteur comme un gentilhomme, il le regarda, le cœur au bord des lèvres, alors que monsieur Chisholm roulait jusqu'au bout de leur allée, puis tournait au coin et disparaissait pour toujours.

Luttant contre un flot de larmes, Nathaniel ouvrit les yeux. Il était encore assis sur le plancher de la cabine du roi des pirates. C'était réellement en train d'arriver. Il avait été kidnappé. Ce n'était pas un genre de cauchemars qui tremperait de sueur sa chemise de nuit, mais le laisserait indemne.

Son enseignant avait essayé de le protéger du monde autant qu'il le pouvait, mais il était impossible de se préparer à ça. Il manquait terriblement à Nathaniel. Le jeune homme convoitait douloureusement sa présence rassurante, ses douces réponses réfléchies et ses conseils.

Ils n'avaient pas eu assez d'argent pour payer la scolarité de Nathaniel à Cambridge ou Oxford et monsieur Chisholm avait simplement prévenu Walter qu'il ne « possédait pas les aptitudes » pour les études universitaires ou les cours de droit. C'était sa façon généreuse d'annoncer que Nathaniel était bien trop stupide.

Même l'Église n'était pas une option, puisque la lecture était une exigence trop importante. Enfin, Nathaniel n'avait pas un brin d'envie de devenir religieux. Il avait envisagé la marine, mais Walter avait insisté pour qu'il épouse d'abord Elizabeth.

Ses études avaient été laborieuses depuis aussi longtemps qu'il s'en souvenait. Si Susanna était ravie de passer des heures et des heures à lire, Nathaniel avait toujours souhaité être dehors – de courir, de grimper et de nager. De *bouger*.

Les mots sur une page n'apparaissaient pas et ne s'écoulaient pas comme ils le faisaient apparemment pour les autres. Quand Susanna lui faisait la lecture à voix haute, elle ne bafouillait pas et ne devenait pas confuse. Les mots jaillissaient comme de l'eau, avec sens et intonation. Nathaniel comprenait tout ce qu'il entendait. En revanche, quand l'encre était sur papier, les mots le déconcertaient.

Lorsqu'ils étaient enfants, elle l'avait aidé à mémoriser des mots et à expliquer ce qu'ils signifiaient. Elle avait été une meilleure enseignante que n'importe quel tuteur, même son cher monsieur Chisholm. Elle avait été une mère merveilleuse, patiente et gentille, avec un côté espiègle qui perdurerait jusqu'à la fin de sa vie, l'espérait-il.

Un jour, quand il était adolescent, Nathaniel avait confié à son tuteur qu'il enviait les domestiques et leurs tâches physiques. Monsieur Chisholm lui avait lancé un regard sévère inhabituel et avait dit :

— Cela sort de la bouche d'un garçon privilégié qui ne servira jamais personne.

Il avait raison. La honte picotait encore Nathaniel quand il songeait à quel point il était mécontent de sa vie, alors que beaucoup d'autres menaient une existence bien plus compliquée. Il aimerait simplement ne pas se sentir si... *anormal.* De bien des manières.

Monsieur Chisholm s'était ensuite radouci et lui avait tristement dit que la cigogne l'avait déposé devant la mauvaise maison, avant d'enchaîner sur des exercices de conjugaison latine, une entreprise inutile s'il en était.

Il se moqua de lui-même, peu amusé. *La cigogne.* Quand monsieur Chisholm avait décrété que Nathaniel était assez âgé pour être informé du véritable processus grâce auquel les enfants naissaient, Susanna le lui avait déjà expliqué avec force détails. Encore aujourd'hui, il ne savait pas vraiment comment elle l'avait appris, puisque Jane la guindée n'avait jamais été femme à commérer.

Susanna. Allait-elle bien ? Il ne pouvait la réconforter et le désespoir monta à nouveau en lui, ainsi qu'une vague de solitude qui l'aurait abattu s'il n'avait pas déjà été au sol. Il ferma les yeux, les souvenirs envahissant son esprit.

Lorsqu'il avait posé des questions sur la théorie de la cigogne, Susanne avait murmuré qu'ils pourraient observer l'étalon engrosser leur nouvelle jument, et que cela expliquerait tout.

Lors de cette journée pluvieuse et grise, ils s'étaient faufilés au coin de la grange, ventre contre terre et le manteau trempé. Chacun à leur tour, ils regardaient par la longue-vue ornementale – bien que parfaitement fonctionnelle – de leur père. Dans l'enclos, la jument avait henni et couru d'un bout à l'autre avant d'être enfin piégée et montée.

— C'est ce que Père a fait à Mère ? avait chuchoté Nathaniel, horrifié.

Susanna avait pouffé.

— Non, seuls les animaux le font ainsi. Les femmes s'allongent sur le dos. Mais autrement, c'est la même chose.

En voyant l'étalon faire son affaire, le sang de Nathaniel avait frémi d'une manière qu'il avait été incapable d'interpréter. Plus tard, quand il avait enfin commencé à se réveiller dans des draps mouillés et avec son sexe raidi par une volonté manifestement propre, il s'était souvent masturbé et l'image de cet étalon emplissait constamment son esprit.

Une robe noire comme de l'asphalte, des jambes arrière épaisses et puissantes alors qu'il maîtrisait la jument tremblante.

Lorsqu'il l'avait acculée, son pénis pendait, incroyablement long et épais. Nathaniel s'était imaginé la sensation que devait provoquer cette chair chaude et raide en lui. En entendant parler de sodomie grâce à l'un de ses cousins plus âgés, cela avait secoué quelque chose de profond et de bouleversant en lui.

Tandis que ses amis des propriétés voisines fantasmaient en s'imaginant lever les jupes des dames ou toucher leur poitrine laiteuse et délicate, Nathaniel restait impassible devant les charmes des femmes. Non seulement était-il faible d'esprit, mais il était également déviant.

Il voulait une verge – dure, épaisse et implacable. Parfois, la pluie, la boue ou une vive brise faisait apparaître des souvenirs frappants de cet étalon, vu un jour de printemps. Puisqu'il vivait en Angleterre, cela était devenu dangereux.

Il grimaça en songeant qu'il allait condamner une pauvre fille à une vie non seulement avec un imbécile qui arrivait à peine à lire deux mots sans bafouiller, mais aussi avec un pécheur aux imperfections contre nature. Il savait qu'il devait s'évertuer à passer outre sa nature, mais toutes ses tentatives l'avaient laissé découragé et impuissant.

Peut-être que la malheureuse Elizabeth Davenport et lui-même s'en porteraient mieux si ces pirates grossiers causaient sa perte. Ses désirs immoraux de vivre un rut avec des hommes et de les laisser le consumer n'avaient fait que grandir quand il essayait de les étouffer. À plusieurs reprises, il avait désespérément souhaité se confier à Susanna, mais il avait trop craint son rejet.

Nathaniel cligna des yeux en observant la cabine. Il avait fini par ouvrir les paupières, mais il était toujours là. Si seulement il pouvait se réveiller sur le *Fier William* avec les ronflements tremblants de Susanna. Sa gorge se crispa douloureusement. Mon Dieu, la reverrait-il un jour ?

Il ne pouvait pas simplement rester planté là. Il devait tenter de faire quelque chose. N'importe quoi ! Un œil rivé sur la porte, Nathaniel avança sur la pointe des pieds, faisant craquer le plancher. Il pariait que le pirate ne reviendrait pas avant un moment.

Il s'arrêta pour détacher la boucle de ses souliers et rouler ses bas de laine qu'il finit par jeter dans le coin qu'on lui avait réservé. Soulagé, il écarta ses orteils sur les planches usées.

Jetant un coup d'œil dans les tiroirs, il trouva des vêtements sombres – des pantalons et des chemises. Certains sous-vêtements en lin pâle. Pas de bas ni de gilet. Quelle en serait l'utilité pour un pirate ? Nathaniel ne put nier qu'il ressentait une brève jalousie face à cette liberté. Il déboutonna son propre gilet qu'il détestait et le lança aussi au coin.

Il ne savait même pas ce qu'il cherchait. Imaginait-il qu'il allait tomber sur une arme, et puis… quoi ? Il devrait supplanter non seulement le capitaine des pirates, mais également l'équipage tout entier ? Il chercha tout de même.

Le coffre ne dissimulait que davantage de vêtements et des bricoles. Le bureau en bois sombre dominait la majeure partie de la cabine, face à la porte encastrée dans la coque à bâbord. Le lit était bâti contre le mur adjacent à cette porte.

Des rideaux en velours rouge étaient accrochés par des pampilles jaunes de chaque côté du lit, les couleurs ayant déteint à cause du soleil. À en juger par la quantité de poussière sur ce velours, les rideaux n'avaient pas été fermés ou secoués depuis longtemps.

Les draps étaient froissés, bien qu'étonnamment blancs. Nathaniel jeta un regard noir à sa couverture miteuse et moisie. Se méfiant des bruits de pas dans le couloir, il examina le large bureau en bois sombre.

La fibre de bois était teintée de rouge et le meuble était bien construit, s'étirant à l'avant et sur le côté pour rejoindre la coque, tel un unique bloc solide.

Le fauteuil sculpté était fait d'un bois presque noir. Le dossier était haut et taillé de la forme d'un oiseau aux ailes déployées – un faucon des mers naturellement – se dressant au-dessus de serpents. Le balbuzard avait saisi le cou de l'un d'entre eux dans son bec et le déchiquetait avec ses serres. Les crochets du reptile étaient inutiles dans sa lutte.

Ce fauteuil était une véritable déclaration.

Le coussin était une nouvelle fois en velours rouge usé. Le bureau était propre. Une carte marine enroulée et le carnet de bord épais du capitaine n'étaient pas loin, avec de l'encre et une plume. Un candélabre recourbé en argent, avec des restes de bougie fondue, était posé sur le côté, quelques gouttes de cire ayant coulé sur le bureau et séché là.

Il n'y avait pas de chaises pour les invités, de l'autre côté du bureau, indiquant peut-être que le pirate n'appréciait pas franchement les entretiens. Bien évidemment, il était orné de tiroirs. Des bouteilles de rhum et de porto étaient entassées dans l'un des tiroirs les plus bas.

Alors que Nathaniel se rapprochait de celui du haut, il entendit un grondement et des voix derrière la porte. Le cœur au bord des lèvres et la panique jaillissant dans ses veines, il se hâta de rejoindre son coin et se recroquevilla contre le mur, sur l'horrible couverture. Il garda les yeux rivés sur la porte attendant que la clé cliquette dans le verrou.

Ce ne fut pourtant pas le cas, et tandis que les minutes passaient, personne n'entra. *La Manta Maudite* voguait, sa coque grinçait et tanguait doucement lorsqu'il fendait les vagues. Le navire marchand atteindrait-il l'Île Primevère quand son capitaine l'avait prédit ? Et son père s'en préoccuperait-il suffisamment pour tenter de sauver Nathaniel ?

Passerait-il les derniers jours de sa vie enfermé dans cette pièce, seul ou avec un monstre pour unique compagnie ? Il ne savait pas franchement ce qui était le pire alors qu'il levait ses doigts vers sa gorge sensible, qui palpitait toujours après le traitement rustre infligé par le Faucon.

Il imagina la main fine de Susanna passée dans le creux de son bras tandis qu'ils déambulaient sur les ponts du *Fier William* en plein après-midi. Il entendait l'intonation de sa voix enjouée alors qu'elle lui lisait histoire après histoire.

Des larmes inutiles lui picotèrent les yeux. Il baissa la tête et pria pour qu'elle et son bébé sortent indemnes de leur voyage jusqu'à l'Île Primevère. Si seulement leur père ne les avait pas poussés à le rejoindre dans le Nouveau Monde. Nathaniel chassa sa peur et opta plutôt pour le ressentiment.

Son père avait dépensé des sommes d'argent ridicules afin d'importer des primevères et autres fleurs d'Angleterre jusqu'à l'île. D'après le mari de Susanna, il avait été furieux qu'elles ne s'enracinent pas et que les plantes tropicales les piétinent et les étouffent avec leurs lianes et leurs bourgeons éclatants.

L'île était auparavant inhabitée, et Nathaniel espérait secrètement qu'elle ne serait pas domptée avant des années. Pourtant, il savait que la présence de la végétation avait beau être inflexible, si l'Angleterre était déterminée à l'apprivoiser, elle le ferait sans se préoccuper de ceux qui souffraient et de ceux qui finissaient esclaves par la même occasion.

Quelques années plus tôt, lors de l'une des visites de Walter après un retour de Jamaïque, Nathaniel et lui s'étaient querellés devant le petit déjeuner sur le fait de payer des salaires justes aux travailleurs des colonies. Si la loi disait que personne ne pouvait être esclave en Angleterre, comment cela pouvait-il être acceptable dans le Nouveau Monde ?

Il visualisait toujours le visage rouge de colère de son père face à ses idées « radicales », la salive voletait de ses lèvres tandis qu'il exigeait de savoir si Nathaniel avait appris quoi que ce soit auprès de son tuteur.

Protégeant monsieur Chisholm, Nathaniel avait répondu qu'il avait vu un pamphlet quaker lors d'un voyage à Londres. « *Et comment l'as-tu lu, benêt ?* » Nathaniel avait insisté sur le fait qu'un de ses jeunes voisins lui avait relayé le message. En réalité, il y avait bien *eu* une publication quaker, mais c'était monsieur Chisholm qui la lui avait lue.

Peut-être Nathaniel pouvait-il se battre pour la justice sur l'Île Primevère. Bien qu'il soit peu probable qu'il y arrive, étant donné sa lenteur d'esprit. Tout de même, il comptait essayer – s'il survivait. Il se blottit dans un coin de sa prison, où il resterait pour les… quoi ? Quatre semaines suivantes, avait dit le diable. Et si Walter refusait de payer…

Non, Nathaniel ne pouvait s'attarder là-dessus. Il ne pouvait qu'espérer que cela ne le mènerait pas à une mort sanglante. Il toucha à nouveau sa gorge sensible et se souvint de l'écrasement de la main puissante du Faucon. Il devait supporter sa captivité. Il deviendrait complètement fou s'il ne mettait pas sa peur de côté.

Nathaniel était incapable d'agir dans toute cette histoire, sauf avec son esprit et, s'il pouvait simplement rester occupé, il survivrait. Il jeta un coup d'œil à sa prison et son cœur s'enfonça dans sa poitrine. Bien sûr, rester occupé était plus facile à dire qu'à faire quand il ne pouvait bouger.

Même après avoir été *kidnappé par des pirates*, l'ennui fébrile allait une nouvelle fois être son compagnon. La cabine du capitaine était certainement la plus grande du navire, mais coincé à l'intérieur, Nathaniel deviendrait fou en quelques jours seulement.

Chapitre 4

LE SIFFLEMENT DU maître d'équipage, appelant tout le monde sur le pont, retentit et les hommes se réunirent. À la barre, Snell à ses côtés, Faucon les scruta tous en silence, attendant qu'ils arrêtent de changer de place et de se bousculer. Il patienta jusqu'à obtenir leur attention pleine et entière.

Il portait encore toutes ses armes, y compris le poignard confisqué au prisonnier. Le creux de ses reins protestait à cause du poids supplémentaire à sa ceinture. Il se maudit de ne pas les avoir enfermées à clé dans son bureau avant de revenir sur le pont.

Il s'assura que sa voix se fasse entendre jusqu'à l'autre bout du navire.

— À cette heure, vous êtes tous au courant du trésor inattendu que nous avons capturé. Mes frères, cette aubaine nous offrira une récompense plus grande que nous n'aurions pu l'imaginer quand nous avons repéré ce navire marchand. Notre nouvelle mission est d'échanger le fils de Walter Bainbridge contre une rançon.

— Pour combien ? demanda une voix.

— Cent... dit le Faucon avant de marquer une pause pour l'effet théâtral. *Mille* livres.

Les hommes se toisèrent, murmurant et souriant, les images de leur part du butin dansant dans leur esprit. Pourtant l'un d'entre eux, du nom de Deeks, prit la parole.

— On n'aurait pas dû voter ?

Faucon soupira intérieurement. Si, ils auraient dû et il n'y avait même pas réfléchi une seconde puisqu'il n'avait vu que le prix double de sa revanche contre Bainbridge et de la possibilité d'une retraite paisible loin de la mer. Toutefois, il voulait également rendre service à son équipage, leur laisser suffisamment d'argent afin qu'ils puissent vivre convenablement, à moins de tout gaspiller, ce que certains feraient sûrement, mais cette gestion serait hors de sa portée.

Il hocha la tête.

— Oui. Pardonnez-moi, mes frères. J'ai été emporté par mon enthousiasme en imaginant nos richesses futures. Mais je vous en prie, votons. Voici les options : continuer à voguer sans aucun plan et espérer tomber sur un butin. Peut-être un peu de tabac ou de sucre que nous pouvons échanger à Nassau pour suffisamment d'argent afin de passer quelques jours à boire et à fréquenter les prostituées avant de partir pour tout recommencer. Encore. Et encore.

Il attendit et laissa son équipage encaisser cette éventualité.

— Ou alors, nous demandons une rançon de cent mille livres pour le fils unique de ce menteur et ce tricheur de Walter Bainbridge.

Enfin, ils prendraient ce que Bainbridge réussirait à réunir, mais les hommes n'avaient pas besoin de le savoir.

Faucon avait mis la barre haut pour le bien de ses matelots et il espérait que la rançon s'en rapprocherait suffisamment pour qu'ils puissent partager un butin généreux. Ce serait plus qu'ils ne pourraient s'attendre à gagner, à moins de tomber miraculeusement sur un navire abritant un trésor dans ses cales.

— Pendant un mois, nous nous détendons. Nous ne nous battons pas pour les restes avec d'autres navires aux pavillons noirs. Nous ne risquons pas la mort en nous battant contre ces bateaux. Nous restons loin des canaux commerciaux. Nous livrerons ensuite cette simple marchandise et deviendrons plus riches que nous ne l'aurions cru possible en un seul coup.

Il laissa également son équipage digérer son discours.

— Monsieur Snell, le vote, si vous le voulez bien ?

Réussissant admirablement à ne pas lancer un sourire narquois, le quartier-maître s'éclaircit la gorge.

— Nous savons tous que le capitaine est homme à respecter sa parole. Bien que la plupart des capitaines corsaires gardent jusqu'à quatorze parts du trésor, le Capitaine Faucon n'en a toujours réclamé qu'une seule, tout comme aujourd'hui. C'est un partage honnête, étant donné le boulot qu'il effectue en nous guidant. En nous protégeant. Monsieur Walker, combien gagniez-vous à faire ce travail éreintant, sur le domaine du riche propriétaire de Boston ?

— Douze livres puantes par an, répondit l'intéressé.

Snell observa les hommes.

— Douze livres. Par *an*. Nous sommes quarante-six sur le navire. Le capitaine touchera deux parts, moi, une et demie. Une partie des bénéfices ira au fonds pour les blessés, et cetera. Mais quand tout sera réglé, vous obtiendrez dix mille livres chacun. Je sais que nous rêvons tous d'or espagnol clinquant sur le prochain galion que nous verrons à l'horizon. Bien que ce butin ne se compte pas en millions, il ne doit pas être sous-estimé. Qui est pour ?

Les mains se levèrent dans une acclamation enthousiaste. Faucon sourit.

— C'est l'esprit de la *Manta Maudite* !

Il attendit quelques instants avant de lever les mains et de faire taire les hommes.

— Le garçon va rester dans ma cabine. Indemne. Intact. Certains de vous s'occuperont de lui quand ce sera nécessaire – pour lui donner de la nourriture, de l'eau et pour vider son pot de chambre si je suis occupé ailleurs. Ne lui parlez pas et ne le laissez pas vous prendre au piège. Certains de vous doivent se souvenir de son père ou ont entendu les récits de sa supercherie. Walter Bainbridge est comme un serpent dans l'herbe et son fils est certainement aussi trompeur et fourbe.

Les hommes acquiescèrent et murmurèrent leur approbation.

— Ne vous laissez pas avoir par sa contenance innocente. C'est un gamin paresseux et pourri gâté à qui on a tout donné sans qu'il lève le doigt, sans jamais connaître l'adversité.

Ils hochèrent à nouveau la tête.

— Que s'passe-t-il si l'vieux paie pas ?

Faucon identifia l'homme qui avait pris la parole. Des cheveux roux, maigrichon, une faim avide dissimulée dans ses longs membres. C'était le matelot qui venait tout juste de les rejoindre après avoir déserté le *Fier William*.

Prendre la parole avec autant d'audace dès le début ne pouvait être qu'un signe de problèmes, mais Faucon allait lui offrir le bénéfice du doute. Il savait à quel point ces navires marchands pouvaient être horribles, tout comme la marine – l'équipage s'épuisait à la tâche pour presque rien.

— Ah, notre nouveau frère. Ton nom ? s'enquit Faucon.

— Tully.

Il jeta un coup d'œil autour de lui, comme s'il mettait quiconque au défi de le contredire.

— C'est une question sensée. J'ai confiance en Bainbridge pour payer la rançon.

Un autre homme prit la parole.

— Je croyais que L'Île Primevère était un échec. Il n'y a pas de fric là-bas, pas assez de bouffe et de plus en plus de gens plient bagage pour rejoindre les Carolines ou la Jamaïque. Je pensais que c'était pour ça qu'on ne s'était jamais pris la tête avec cet endroit.

— C'est parfaitement vrai. Mais Bainbridge est un homme vénal et cupide. Nous avons entendu dire qu'il vit dans une grande demeure sur la colonie, qu'il prospère alors que son peuple est en difficulté. Il s'accroche au pouvoir. Quel message enverrait-il au reste du Nouveau Monde s'il laissait des pirates assassiner son fils unique ? S'il faisait preuve d'une telle faiblesse, d'une telle vulnérabilité ?

Les hommes murmurèrent avant de hocher la tête. Faucon poursuivit.

— Il ne peut se le permettre. Sa fierté ne l'accepterait pas. S'il ne possède pas les fonds, il les acquerra d'une manière ou d'une autre, sinon sa réputation prendra un coup fatal. Peu importe la vérité, il ne peut passer pour quelqu'un d'impuissant. J'en suis convaincu. Je suis également convaincu que nous devrons nous battre, une fois que l'échange aura été fait.

Faucon leur lança un sourire carnassier.

— Mais *La Manta Maudite* ne fuit jamais le combat quand le butin est si précieux. Qui est avec moi ?

Les hommes l'acclamèrent en levant le poing.

— La revanche sera tellement bonne ! hurla l'un d'entre eux.

Faucon était parfaitement d'accord.

— Partons maintenant pour Nassau afin d'échanger le reste de la marchandise.

Il y eut d'autres vivats et le capitaine ne les interrompit pas pour leur dire que l'arrêt à Nassau serait bien, bien plus bref qu'ils ne le souhaiteraient. Il serait trop risqué de jeter l'ancre là-bas trop longtemps. Si la rumeur de leur rançon se propageait, ils devraient se battre contre d'autres pirates.

Non, il valait mieux rester en mouvement, loin des canaux commerciaux, et voguer près de l'Île Primevère, mais pas trop.

Les marins se remirent au travail, l'enthousiasme visible dans leurs pas. Faucon se retourna pour observer la mer derrière eux et les ondulations laissées dans leur sillage. Snell le rejoignit après un moment.

— Avez-vous remarqué quelque chose qu'on ne voit pas ?

Faucon rit légèrement.

— J'ai bien peur que ma vue ne soit plus ce qu'elle était.

— Mon corps entier n'est plus ce qu'il était.

Snell passa une main sur ses cheveux blonds clairsemés et tapota son ventre proéminent.

Un silence agréable s'abattit sur eux et le capitaine scruta l'horizon. Il était vrai que sa vue n'était plus aussi précise qu'elle l'avait été des décennies avant qu'il gagne son surnom, mais il était toujours un observateur attentif.

Adolescent, il était rapidement devenu la meilleure vigie sur le navire qu'il servait. *Il a des yeux de faucon, là-haut !* Il attribuait ce mérite à son enfance sur les falaises galloises, à regarder la mer et à se languir de son étreinte.

Attention à ce que tu demandes.

De temps à autre, la tranquillité de la vigie manquait à Faucon. Là-haut, il serait loin de l'agitation et des discussions. Son équipage était bon et travailleur, mais s'ils pouvaient simplement *la fermer* parfois… Il secoua la tête.

— Je deviens trop vieux pour ça.

Snell ricana.

— Si vous êtes trop vieux, je suis une antiquité.

— Eh bien, je n'allais pas le formuler ainsi, mais…

— D'accord, d'accord.

Le sourire de Snell disparut.

— Putain de Walter Bainbridge. Cette merde. J'imagine qu'il était inévitable que nos chemins se croisent à nouveau.

Il resta silencieux un moment, mais Faucon savait que Snell avait plus à dire. Il patienta donc.

Finalement, le quartier-maître continua, le regard rivé sur l'horizon.

— Je me suis demandé pourquoi on avait fui Bainbridge après ce qu'il avait fait. À cause de lui, on a failli être pendus. Beaucoup d'hommes lui auraient rendu visite pour régler leur compte, bien avant aujourd'hui. Mais pas vous.

— Au début, ça ne valait pas la peine de prendre le risque. On devait gagner notre vie, nous établir sous pavillon noir.

— Oui. Créer la réputation du Faucon des Mers.

— Hmm. Quand Bainbridge est devenu gouverneur de cette nouvelle colonie, j'ai envisagé de lui rendre visite. Je l'ai fantasmé.

Il s'agrippa à la rambarde et visualisa ses mains autour de la gorge de Walter Bainbridge, la peau de ce bâtard prenant une teinte d'un rouge intense, ses yeux sortant de leurs orbites et sa langue dépassant, alors que Faucon lui arrachait toute vie. Ou peut-être le transpercerait-il de son épée, ou qu'il l'attacherait et…

— Pourtant, on est restés à l'écart. Pourquoi ?

Inspirant profondément, Faucon chassa les images de la mort de Bainbridge.

— Je m'étais attendu à ce que vous me le demandiez bien avant aujourd'hui.

Snell lui jeta un coup d'œil et un sourire narquois.

— J'ai appris il y a longtemps que vous faites quelque chose seulement quand vous êtes sûr et prêt, pas une seconde avant.

Le capitaine fut obligé de sourire.

— Ce n'est pas faux. La dernière chose dont j'avais envie, c'était de faire de cet homme un martyr. C'est ce qu'il se serait passé si nous étions arrivés soudainement sur la nouvelle colonie et que nous l'avions pendu. Cela aurait été une autre preuve contre les méchants pirates et il aurait été notre victime innocente. Ils auraient probablement érigé une foutue statue à son effigie. Non. Je ne pouvais le tolérer. Je savais que le jour viendrait où je pourrais prendre ma revanche et que je le reconnaîtrais. Effective-ment. Voilà où nous en sommes.

— Et pour l'instant, nous savons que Bainbridge a perdu la confiance de la Couronne, puisqu'il gère mal les affaires de l'Île Primevère. Le fait que nous ayons kidnappé son fils sera un autre coup dur.

— Oui. La rumeur dit qu'il n'aura bientôt plus le pouvoir. J'imagine que l'avenir de la colonie elle-même est remise en question. L'Angleterre ne veut pas envoyer d'argent si c'est une mauvaise idée.

— Pourquoi le feraient-ils ? Le reste du Nouveau Monde prospère tellement.

Le sang du Faucon frémit face à cette promesse d'obtenir enfin sa revanche.

— Bainbridge aura désespérément envie de préserver le peu de réputation qu'il possède encore et de ne pas paraître faible. L'argent est le moins qu'il puisse nous offrir après avoir anéanti notre gagne-pain d'un coup de plume. Et quand je le tuerai, maintenant, peu le pleureront et personne ne le canonisera.

— Ce bâtard nous a sous-estimés par le passé. Il ne le fera probablement plus. Je ne sais pas si c'est une bonne ou une mauvaise chose.

— Moi non plus. Nous devons nous montrer prudents.

— Le fils nous causera-t-il des ennuis ?

Faucon secoua la tête d'un air dédaigneux.

— Il n'est qu'un petit homme. Un lâche pleurnichard comme son père.

À vrai dire, Bainbridge semblait prêt à tout pour protéger sa sœur, mais ce n'était qu'un mince critère dans l'évaluation de sa valeur.

— Il ne sera pas un problème.

Snell sifflota.

— Imaginez si on y arrive.

Faucon écarta grandement les mains sur le bastingage et observa les reflets du soleil scintiller sur les vagues. Une impuissance inhabituelle l'envahit.

— Ce sera peut-être l'ultime coup du Faucon des Mers.

— Excusez-moi ?

Riant à moitié, Snell le fixa et fronça les sourcils.

— C'est quoi cette ânerie ?

Résistant à l'envie de tanguer d'un pied sur l'autre sous ce regard scrutateur, le capitaine resta concentré sur la mer.

— Avec cette rançon, je vous laisserai, les hommes et vous, dans de bonnes conditions. Vous pourrez devenir le capitaine quand je serai parti.

Snell ricana.

— Je suis un excellent quartier-maître parce que je sais comment faire en sorte que les hommes soient assez heureux pour tenir les rangs. Les capitaines doivent planifier les batailles, être mystérieux et menaçants. Ce n'est pas mon domaine. En plus, vous n'irez nulle part.

L'estomac du capitaine se tordit.

— Ah non ?

— J'ai déjà vu ça, par le passé. Cette fébrilité. Ça va passer. Vous serez incapable de partir quand l'heure sera venue. Enfin, qu'est-ce que vous feriez de votre vie ?

Il haussa les épaules, rougissant.

— Pêcher. Cultiver un peu. Je ne me battrai plus.

Snell rit de bon cœur.

— Un jour plus tard, vous vous ennuieriez déjà ! L'herbe semble toujours plus verte ailleurs, mais pourriez-vous vraiment adopter un tel style de vie ?

Il posa une main sur l'épaule du Faucon, son sourire s'atténuant.

— En plus, la mer n'abandonne pas ses serviteurs aussi aisément. Vous savez qu'il n'y a qu'une seule porte de sortie. Alors on devrait profiter du temps qu'il nous reste.

Une sensation écœurante submergea le Faucon et ses membres n'en devinrent que plus lourds, comme s'il avait un boulet de canon au fond de l'estomac.

— Oui, dit-il d'une voix rauque.

Snell soupira.

— Une fois que ces bras cassés se seront ressaisis.

Il cria derrière lui.

— Peters, tu es sourd ou quoi ? Qu'est-ce que je t'ai dit, ce matin ?

Faucon lui lança un sourire obligeant tandis que Snell posait une nouvelle fois sa main sur son épaule et allait s'occuper de ses affaires. Observant le vaste néant, le capitaine des pirates ne put s'empêcher de s'imaginer ce qui se trouvait au-delà.

Une petite maison, une cheminée et du thé chaud le matin, une journée de travail honnête devant lui. Une bonne nuit de sommeil dans un lit décent, un sol qui ne tanguait pas constamment sous ses pieds.

Peut-être même un homme pour réchauffer ce lit, pour vivre dans le confort à ses côtés.

Il se moqua terriblement de lui-même. Ce n'était effectivement que des conneries. Ceux qui subsistaient grâce à leur épée n'appréciaient pas les retraites paisibles. Il n'en méritait pas et, dans tous les cas, Snell avait sûrement raison : ça ne lui conviendrait pas le moins du monde.

Une vie en mer était ce dont il mourait d'envie depuis aussi longtemps qu'il s'en souvenait, alors pourquoi voudrait-il abandonner ? Surtout maintenant qu'il était un capitaine pirate avec plus de pouvoir qu'il ne l'avait jamais imaginé.

Pourtant, Faucon n'arrivait pas à chasser totalement ce fantasme. Il l'éloigna dans un coin de sa tête puisqu'il était apparemment déterminé à se tourmenter, bien qu'il sache que c'était une erreur.

Il se mit à la barre pendant un moment. La journée passa lentement, et à plusieurs reprises, il dut s'empêcher de retourner dans sa cabine pour voir comment se portait son prisonnier. Plus longtemps il laisserait Pépite seul, plus vite le garçon serait intimidé. Faucon mangea son dîner avec les hommes du deuxième tour de garde quand le soleil se coucha.

Le jeune posté devant la cabine de Faucon se mit au garde à vous quand il approcha.

— A-t-il essayé de marchander avec vous ? s'enquit le capitaine.

— Non, monsieur. Il a à peine levé les yeux du sol.

Faucon tendit la main pour avoir la clé.

— Très bien, monsieur Porter. Assurez-vous d'être sur vos gardes, avec lui, dans les jours à venir. Rompez.

Suivant son propre conseil, le capitaine tourna promptement la clé et entra dans la cabine en se préparant à être attaqué. Ce ne fut nullement le cas. Les bras autour de ses genoux, Pépite était blotti dans son coin, où le côté tribord de la coque rencontrait le côté bâbord. Faucon ne pouvait qu'apercevoir le sommet de son crâne par-dessus le bureau.

Il le contourna d'un air arrogant, comme s'il ne se souciait de rien, et resta en alerte, la main nonchalamment posée sur la garde de son épée. Pépite maintenait le regard rivé sur ses pieds, désormais nus. Au moins, il avait eu le bon sens de se débarrasser de ses souliers et de ses bas.

Après une journée au soleil, Faucon mourrait d'envie de retirer ses bottes étouffantes. Mais pas encore. Il observa le bol de nourriture sur au sol. Il semblait intact. Il avait parlé trop vite, concernant la sagesse de ce garçon.

— Mange.

Aucune réponse.

Faucon grogna.

— Serais-tu devenu sourd ?

Pépite marmonna.

— Regarde-moi, exigea le pirate.

Le captif leva la tête.

— J'ai dit que je n'avais pas faim !

— Ah oui ? Et qu'est-ce qui te fait croire que ça m'intéresse, si tu as faim ou non ? Tu mangeras quand je te le dirai. Dois-je te tenir le nez et t'enfoncer ce ragoût au fond de la gorge ?

Le garçon mentait. Évidemment qu'il avait faim. Il avait vidé presque toute sa coupe d'eau, au moins. Mais cette rébellion stupide devait être matée. Faucon fit un pas pour se rapprocher et écarta légèrement les jambes en se penchant au-dessus de son prisonnier.

— Dois-je t'enchaîner, nu, au lit, après tout ?

Sa pomme d'Adam s'agitant, Pépite détourna le regard vers le renflement dans le pantalon du pirate et son souffle se coupa. Était-ce simplement de la peur ou quelque chose d'autre ?

Un éclat, semblable à une étincelle provoquée par un silex, crispa les testicules de Faucon. Hmm. Était-il possible que Bainbridge *apprécie* d'être violé ?

Mais non, les lèvres de Pépite se recourbèrent de dégoût.

— Vous êtes répugnant. Vous n'êtes qu'un animal grossier.

— Continue de me repousser et tu verras à quel point je le suis.

Pépite frissonna.

— Vous savez que mon père ne paiera pas si vous me faites du mal, monstre.

Faucon prit son temps pour le regarder comme s'il était son morceau de viande. Il lui lança alors un sourire lubrique.

— Je peux te faire un tas de choses qui ne laisseront aucune marque.

— Vous en voulez à mon père de vous avoir collé l'étiquette de pirate, mais il est clair que votre cœur était déjà noir.

Le pirate baissa la voix d'une autre octave.

— Je t'obligerai à aimer. Imagine comme tu te détesteras après ça.

Bainbridge n'eut aucune réponse à offrir, mais il tendit la main vers le bol et mit une pleine cuillérée de ragoût dans sa bouche. Il mâcha furieusement. Faucon le laissa à sa rage impuissante.

Pépite était l'une des marionnettes de la société anglaise. Évidemment qu'il était horrifié à l'idée que deux hommes prennent du plaisir. Il vivait une petite vie pathétique et guindée d'obéissance à son père. Cette excursion sur un navire pirate serait probablement le seul moment d'excitation de toute son existence.

Autant lui offrir la totale, alors.

Lentement, avec insouciance, Faucon fit le tour de la cabine en se déshabillant petit à petit. Il retira sa ceinture et rangea ses armes, y compris le poignard du garçon, dans un coffre qu'il ferma à clé.

Il envisagea d'ordonner à Pépite d'enlever ses bottes. Faucon s'assiérait sur le côté du lit, son pantalon délacé et torse nu, ses jambes aussi écartées que possible, et il obligerait le prisonnier à s'agenouiller.

Cette pensée fit monter le désir en lui, dans un élan chaud et profond. Il s'agissait sans doute du frisson persistant de la chasse et de la capture qui le bouleversait encore. Tourmenter le fils de Bainbridge était une chose, mais il devait surveiller son désir. Habituellement, ce n'était pas un problème. Il pouvait largement se contenter de se satisfaire avec sa main pendant des mois.

Pourtant, il y avait quelque chose d'enivrant chez Pépite et ses petits actes de rébellion. De nombreux hommes se seraient faits dessus et auraient pleuré. Le pirate l'avait suffisamment constaté au fil des ans.

Malgré tout, il avait déjà accordé trop de temps à ce garçon. Bien que ce soit amusant de jouer avec lui…

Faucon retira sa chemise et détacha son pantalon avant de le glisser, en même temps que son caleçon, sur ses jambes. Il portait encore ses bottes. Il était presque certain d'avoir l'attention de Bainbridge tandis qu'il se penchait, dénudé, et libérait ses pieds. Il résista à l'envie de soupirer de soulagement lorsqu'il étira ses orteils et jeta son pantalon sur le côté.

Nu, il contourna lentement son bureau et passa à quelques centimètres seulement du prisonnier. Le regard de Bainbridge, chaud sur sa peau, le suivait sans aucun doute. Faucon ouvrit le premier tiroir et retira ses bagues une par une, dissimulant sa contrariété quand l'une d'elles se coinça obstinément sur une cicatrice au niveau de son articulation.

Il aimait sa boucle d'oreille en or – il l'oubliait la plupart du temps et en était surpris, à l'occasion, en la voyant dans son miroir à main lorsqu'il se rasait et taillait sa courte barbe. Toutefois, il trouvait les bagues encombrantes et il les mettait donc uniquement quand le Capitaine Faucon était en tenue d'apparat.

Après avoir éteint la lampe, le pirate s'étendit, nu, sur son matelas et grimaça à cause de la raideur dans son dos.

— File droit, ordonna-t-il. Sinon, souviens-toi que ta sœur souffrira. Compris ?

— Compris, répondit le jeune homme d'une voix suintant de rancœur.

Malgré sa détermination à ignorer son prisonnier, Faucon sourit.

Chapitre 5

— Je t'obligerai à aimer. Imagine comme tu te détesteras après ça.

À l'aube, les mots faisaient toujours écho dans la tête de Nathaniel, comme s'ils avaient été prononcés par le diable en personne. Inutile d'imaginer quoi que ce soit. Il méprisait sa faiblesse face à son incapacité à se débarrasser de ses désirs perfides.

Il avait fait semblant de dormir quand Faucon s'était levé dans l'obscurité. Quelques instants de silence s'étaient écoulés lors desquels il avait été convaincu d'être surveillé, et il comprenait maintenant pourquoi une biche se figeait sur place dès qu'elle était observée par un prédateur.

Même quand la clé avait cliqueté dans la serrure et qu'il avait été certain d'être seul, Nathaniel était resté blotti sous l'horrible couverture pour se reposer par intermittence.

À présent, le soleil était haut dans le ciel et Nathaniel ignorait quelle heure il était. On ne lui avait pas apporté d'eau ni de nourriture, mais peut-être cela n'arriverait-il qu'une fois par jour. Il devrait rationner son eau, au risque de siroter les bouteilles d'alcool de Faucon, ce qui le mettrait en danger s'il était surpris. Il n'avait jamais été attiré par la boisson, mais il était tenté d'atténuer ses sensations.

Seigneur, une seule journée s'était écoulée. Il ne survivrait jamais un mois sans devenir fou. Et peut-être qu'il ne survivrait pas du tout. Si son père ne payait pas…

Il avait envie de crier. Il était impossible d'anticiper son avenir. Il devait donc se concentrer sur le présent et chasser ses inquiétudes, de peur de perdre la tête.

Il repoussa la couverture, transpirant, son pantalon tendu par une érection matinale. Ce gonflement s'exacerba encore plus lorsque les images du capitaine des pirates retirant ses vêtements lui apparurent.

Je n'arrive même pas à contrôler mon faible esprit.

Il avait essayé de ne pas regarder. Sincèrement. Pourtant, il avait observé la chair bronzée et musclée et l'encre noire du tatouage sur le sternum de l'homme représentant un balbuzard – quoi d'autre ? – dont les ailes étaient grandement déployées.

Le démon avait laissé tomber son caleçon et son pantalon autour de ses chevilles, *puis* il s'était penché pour retirer ses bottes. Les globes pâles et fermes de ses fesses s'étaient retrouvés face à Nathaniel.

Le jeune homme se demanda à nouveau comment les longues cicatrices avaient fini sur les fesses du pirate. Ces traits d'un rose estompé avaient sans aucun doute été d'un rouge sang, lorsque les coups avaient été infligés. Il n'imaginait pas Faucon se plier aux désirs de quiconque, être dominé ou assujetti.

Pourtant, il l'avait clairement été, puisqu'il y avait peu de place au doute. Ces cicatrices étaient les traces d'une punition. Curieux. Comment les avaient-ils obtenues et quand ? Nathaniel croyait que les hommes étaient fouettés sur le dos, et non plus bas.

Ce raisonnement lui fit évidemment penser à ce qu'il y avait *plus bas* et au sexe, ainsi qu'aux testicules du brigand, pendant lourdement entre ses cuisses.

— *Je t'obligerai à aimer.*

Le souvenir du grognement de Faucon, de son accent qui dissimulait peut-être un soupçon de l'Ouest, traversa Nathaniel de flammes de désir. Il parlait avec l'obscénité de la mer, mais aussi comme un homme cultivé.

Le prisonnier se demanda comment il était devenu non seulement un pirate, quand il avait été désigné ainsi, mais aussi le formidable Faucon des Mers. Il était grand et large, marqué et abîmé par les éléments, des poils noirs recouvraient ses muscles épais. Redoutable et audacieux, il était parfaitement *et primitivement mâle,* tels un cheval ou une bête de la jungle.

Nathaniel gronda, cédant à l'envie de défaire ses hauts-de-chausse, sa respiration accélérant alors qu'il enroulait sa paume autour de sa longueur. Il dut admettre la vérité : le diable n'aurait pas à faire beaucoup d'efforts pour l'obliger à aimer.

Crachant dans sa main, le jeune homme se masturba et tenta, sans succès, de se concentrer uniquement sur la sensation physique.

Couche-t-il réellement avec d'autres hommes ? Me pousserait-il à sucer son sexe impressionnant ? À me pencher pour le prendre ?

Gémissant, Nathaniel écarta les genoux, ses pieds aplatis sur le plancher. Il avait utilisé ses propres doigts, par le passé, mais à quoi cela ressemblerait-il d'avoir la verge d'un homme en lui ? Pas celle de n'importe qui… celle de cette fripouille de pirate ? Elle serait immense quand elle l'ouvrirait…

Lorsque monsieur Chisholm lui avait enseigné la lutte afin de pouvoir retourner la situation avec ses cousins plus âgés et contrariants, cela était tout de même resté une activité entre gentilshommes. Nathaniel avait adoré la pression de leur corps l'un contre l'autre et avait fiévreusement rêvé de plus, tout en se procurant du plaisir dans l'intimité de ses appartements.

Toutefois, s'il essayait d'invoquer le visage de monsieur Chisholm – avec ses cheveux blonds et ses yeux verts commençant à avoir des rides depuis qu'il avait la trentaine – il ne voyait que l'obscurité. Le roi pirate, dans le costume noir orné d'or qu'il portait lors des assauts, était aussi audacieux et fier que l'étalon, ce fameux jour, dans l'enclos.

Nathaniel ne devrait pas vouloir *cela.* Il devait désirer un homme bon et gentil qui se montrerait doux. Pas un monstre. Pourtant, alors qu'il se touchait, il leva la main gauche, ses doigts effleurant les ecchymoses douloureuses que Faucon avait laissées sur sa gorge. Il se rappela la grande paume puissante qui l'avait étranglé, qui aurait pu lui briser le cou aussi simplement qu'une branche. Il gémit à nouveau.

Il passa les doigts sur son visage, qui refusait obstinément de s'orner de poils. Son autre main voletait sur son sexe tandis qu'il songeait à la barbe autour de la bouche de Faucon, qui serait sans doute rêche contre sa peau, en opposition aux joues laiteuses et tendres des dames.

De nouvelles images se succédèrent : Faucon le penchant par-dessus le bastingage du navire, le montant, le maîtrisant…

Nathaniel posa la main sur son gland quand il jouit, cognant sa tête en la projetant vers le sol, alors qu'il frissonnait à chaque pulsation. Le plaisir ardent le brûlait, le laissait à vif.

Le laissait vide et amèrement honteux.

Son estomac se retournant, il chercha un tissu pour nettoyer sa semence. Le cauchemar commença alors puisque de lourds pas s'approchèrent et que quelqu'un tourna la clé dans la serrure.

Essuyant désespérément sa main sur la maudite couverture, Nathaniel réussit à peine à attacher ses hauts-de-chausse et à tirer sur sa chemise, avant de se lever brutalement dès que la porte s'ouvrit.

Bien sûr, il ne s'agissait pas d'un membre quelconque de l'équipage, mais du diable en personne. Faucon se figea dans l'entrée et plissa les yeux. Il ferma la porte.

— Qu'est-ce que tu mijotes ?

Nathaniel recula dans un coin.

— R-rien.

Le regard féroce du pirate balaya la cabine avant de se poser à nouveau sur Nathaniel.

— Sans rire, lança-t-il en s'approchant d'un pas vif. Qu'est-ce que tu as là ?

Nathaniel se rendit compte trop tard qu'il avait instinctivement mis sa main poisseuse derrière son dos quand Faucon était entré dans la cabine. Désormais, l'homme lui tordait le bras et le prisonnier grimaça à cause de la douleur lancinante. Il n'avait pas pu effacer toutes les preuves. Il ne savait plus où se mettre.

Avec un rire moqueur, Faucon baissa les yeux vers les doigts gluants de Nathaniel qu'il tenait cruellement.

— Je croyais que tu occuperais intelligemment ton temps, hmm ?

— Je n'ai rien d'autre à faire !

Nathaniel redressa les épaules et leva la tête en retirant brutalement sa main, surpris lorsque Faucon le relâcha.

— Je… Eh bien, pourquoi ne devrais-je pas le faire ?

— Pourquoi, en effet ? Tu rêves de trousser ta petite promise ?

Nathaniel bafouilla.

— Quoi ? Qui ?

— Ta sœur a dit que tu devais te marier, répondit le pirate en haussant un sourcil sombre.

— Oh. Oui.

Il s'éclaircit la gorge et releva le menton.

— Je vous interdis de parler d'elle.

Faucon l'accula contre le mur, tout en chaleur et en muscles, et une applique s'enfonça dans le cou de Nathaniel.

— Tu m'interdis de faire quelque chose ? Non. Pas dans ma cabine. Pas sur mon navire. Jamais. Compris ?

Le jeune homme réussit à hocher la tête, jurant tant son corps rougi se crispa une nouvelle fois à cause de la proximité de son geôlier. Le pirate se retourna et s'assit à son bureau. Il déroula une carte marine et ouvrit son carnet de bord avant de saisir la plume qu'il trempa dans l'encre. Pendant quelques minutes, la plume gratta sur le papier et Nathaniel resta contre le mur, ne sachant pas vraiment quoi faire.

Finalement, il se laissa glisser vers le sol et Faucon ne cilla aucunement, puisqu'il l'ignorait. Quand un homme arriva avec de l'eau et des rations pour Nathaniel, le capitaine ne lui jeta même pas un coup d'œil.

Le prisonnier décréta qu'il allait attendre que Faucon parte avant de manger. Il serra ses genoux contre son torse et maintint son regard rivé sur le plancher. Il patienta. Et patienta.

Et patienta.

Il céda et but une gorgée de l'eau tiède, observant le pirate du coin de l'œil. Rien. C'était comme s'il n'était même pas là. Curieusement, cela donna l'impression à Nathaniel d'être plus inférieur et désespéré que lorsque Faucon avait enroulé une main autour de son cou.

Pourquoi désirerait-il l'attention du démon qui pourrait le tuer ? Non, bien sûr qu'il ne la désirait pas.

Après un moment, le quartier-maître arriva. Il interrompit sa foulée quand il remarqua Nathaniel, comme s'il avait oublié qu'ils avaient fait un prisonnier. Faucon lui posa une question et continua d'ignorer la présence du jeune homme.

Monsieur Snell finit par l'ignorer également en parlant de soucis de navigation et de nuages noirs au loin. Pourtant, de temps en temps, ses yeux déviaient vers Nathaniel et il tanguait d'un pied sur l'autre, toujours penché au-dessus du bureau derrière lequel le capitaine était assis.

Quand Snell partit et que Faucon recommença à écrire dans son carnet de bord comme s'il était seul, l'esprit de Nathaniel vagabonda pour se focaliser sur le problème de sa future épouse. Il connaissait les devoirs d'un mari et ferait ce qu'il faudrait. Peut-être qu'Elizabeth et lui deviendraient des amis proches. De plus, avoir des enfants à adorer ne serait pas déplaisant, loin de là. Il avait toujours aimé les petits.

— *Tu rêves de trousser ta petite promise ?*

Il ne savait même pas à quoi ressemblait Elizabeth. Elle n'était rien de plus qu'une notion, une vague idée de jupes amples et de parfum fleuri d'une dame. Ça n'avait aucune importance – son visage pouvait tout aussi bien être beau, cela ne changerait pas ses inclinations naturelles. Serrant sa main poisseuse, il frissonna et la honte s'accumula au fond de son ventre.

Tant de fois, il avait voulu demander à monsieur Chisholm ce qui faisait de certains hommes des abominations, mais il n'avait jamais osé. L'instinct lui avait appris qu'il ne pourrait jamais le demander sans se trahir.

Bien que son tuteur ne l'ait jamais montré, Nathaniel se demandait de temps à autre s'il soupçonnait la vérité. Mais soupçonner et *savoir* étaient deux choses bien différentes.

Par conséquent, pourquoi était-il né ? Était-il puni d'avoir tué sa mère afin de vivre ? Puisqu'il l'avait effectivement tuée, même si le pirate accusait le père du jeune homme.

C'était Nathaniel, qui l'avait ouvert et lui avait volé son dernier souffle. Il était devenu un homme adulte, au cerveau défectueux. Il était incapable de lire et ses désirs étaient immoraux.

Contre nature.

Le prisonnier se rendit compte que la plume de Faucon s'était tue. Plongé dans le silence, il se risqua à lui jeter un coup d'œil. Il vit alors le pirate souffler sur l'encre fraîche de son carnet de bord afin qu'elle ne bave pas. Avait-il une femme, quelque part ? Une maîtresse ? Ou peut-être qu'il fréquentait simplement les bordels qui poussaient telles de mauvaises herbes dans les Caraïbes, comme on l'avait expliqué à Nathaniel.

— *Je t'obligerai à aimer.*

Il ne pouvait chasser les mots de son esprit et il songea une nouvelle fois aux implications. Le roi des pirates pouvait-il réellement partager les inclinations du jeune prisonnier ?

Bien sûr, les matelots trouvaient un moyen de se satisfaire quand ils le devaient, du moins, d'après les cousins de Nathaniel, qui l'avait supposément entendu de source sûre. Ils avaient tous frissonné à cette idée, tandis que le jeune homme s'était tant mordu la langue que le sang avait coulé, alors qu'il s'était efforcé de ne pas exiger davantage de détails.

Faucon ne prendrait sans doute que du plaisir à tourmenter Nathaniel, à le contrôler, à le punir. Ce dernier n'avait jamais – à sa connaissance – rencontré un gentilhomme qui partageait réellement son péché, qui *choisirait* un homme, et non une femme, plutôt que de se prêter au jeu d'un ébat contre nature à cause des circonstances. Un homme qui désirerait le contact d'un autre, mais également des baisers, des sourires et une compagnie semblable à celle d'une épouse.

Ce n'était pas non plus le genre de sujet qu'on évoquait lors des dîners et des réceptions en plein air.

Relisant apparemment ses mots, Faucon roula ses manches bouffantes d'un air absent sur sa chemise noire et les remonta jusqu'au coude. Sa peau bronzée était saupoudrée de poils sombres et ses avant-bras étaient épaissis par d'imposants muscles.

Pourtant, Nathaniel remarqua que sans son manteau noir gonflant au vent, le pirate n'était pas aussi immense qu'il l'avait d'abord cru. Il faisait toujours une bonne tête de plus que lui, mais il n'était pas le *géant* pour qui il se faisait passer.

Une autre cicatrice ornait le dos de la main droite du Faucon, posée sur le carnet de bord, tandis que la gauche trempait la plume délicate dans l'encrier avec grande précision. Écrire de la main gauche était prétendument la marque du diable. Ainsi, Nathaniel se disait qu'il ne devrait pas être surpris.

C'était une folie de croire qu'il était réellement là. Sur *un navire de pirates*. Qu'il n'allait pas se réveiller en se balançant dans cet horrible hamac, en faisant semblant de dormir encore pendant que Susanna utilisait le pot de chambre. Qu'il ne passerait pas une nouvelle journée longue et ennuyeuse à bord d'un vaisseau marchand où il ne pouvait courir, nager ou grimper.

— Mange.

Faucon ne le regarda pas, les yeux toujours rivés sur la page.

— Je n'ai…

Nathaniel interrompit son mensonge. Il *avait* faim. Inutile de le nier ou de s'affaiblir en refusant ses rations. Il prit une bouchée de ce mauvais ragoût de poisson tandis que les cloches sonnaient. Il avala ses pommes de terre trop molles et mordit douloureusement dans un biscuit fin, dur comme de la pierre, pendant que Faucon quittait la cabine en tournant la clé dans le loquet.

Nathaniel songea à l'Île Primevère, à son père et à la jeune femme convenable du nom d'Elizabeth, à la nouvelle vie qui l'attendait sur une colonie. Une nouvelle vie qui le piégerait encore plus qu'il ne l'était déjà. Il éclata ensuite de rire en se disant qu'être le captif d'un monstre sur un navire pirate et finir sa vie ici était peut-être préférable.

C'était effectivement de la folie.

<h1 style="text-align:center">Chapitre 6</h1>

— AURAI-JE LA permission de me laver dans le mois qui vient ?

Faucon ne leva pas les yeux de la carte qu'il examinait.

— Oui, laisse-moi appeler les domestiques. Nous ferons remplir ta baignoire d'eau parfaitement chauffée en moins de temps qu'il n'en faut pour le dire. Nous ajouterons un parfum de lavande… ou préférerais-tu du jasmin ?

Bainbridge soupira dans son coin.

— Ça fait une semaine que je suis ici.

Sa voix laissait transparaître un éclat d'espoir.

— Peut-être pourrai-je nager si nous jetons l'ancre près de la côte ? Quelques minutes seulement ? C'est tout ce que je demande. Ce n'est pas grand-chose.

— Tss tss, le contredit Faucon avec une compassion feinte. Je ne suis né au monde que pour être le modèle des malheureux, et le blanc et le but où visent et vont donner toutes les flèches du malheur.[1]

Il jeta un coup d'œil à Pépite, qui l'observait impassiblement.

— Tu as certainement lu *Don Quichotte*.

— Bien évidemment ! répondit le jeune homme un peu trop rapidement, en détournant le regard et en rougissant.

Étrange.

---

[1] *L'ingénieux Hidalgo Don Quichotte de la Manche*, tome 2, Cervantes. Traduction d'Aline Schulman.

— Bien que je sache que tu as souffert des coups et des flèches d'un destin atroce, je t'assure que cela pourrait être pire. Bien pire.

— J'ai été kidnappé par des pirates. Si ce n'est pas un destin atroce, j'ignore ce que c'est.

Il n'avait pas tort. Faucon laissa échapper un soupir maîtrisé qui menaçait de se muer en rire.

— Tu pourrais avoir envie de bien pire que d'un bain et d'un ennui manifeste, même si je t'ai offert des dizaines de livres pour passer le temps. Évidemment, tu pourrais toujours t'amuser de manière plus *physique.*

Il n'eut pas besoin de jeter un coup d'œil à Pépite pour savoir que celui-ci rougissait furieusement. La raillerie avait eu l'effet escompté et le silence s'étira sur plusieurs minutes. En revanche, la conséquence inattendue fut que des images du prisonnier en train de se masturber pénétrèrent l'esprit de Faucon — ses lèvres entrouvertes par de petits cris, son sexe raidi, il se perdait dans quelques minutes d'abandon, de liberté.

Le garçon avait une âme agitée que le pirate ne s'était certainement pas attendu à trouver chez le fils de Walter Bainbridge. Bien qu'il geigne pour prendre un bain, Faucon avait la sensation qu'il s'agissait plus de retourner sur le pont et d'avoir la liberté de bouger. Il était comme un ressort torsadé, désespéré à l'idée d'être retenu et gigotant infiniment. Faucon avait imaginé une créature bien plus nonchalante.

Effectivement, Pépite finit par dire :

— Si je pouvais ne serait-ce qu'aller sur le pont, la prochaine fois qu'il pleut... Comme la pluie me manque. Avant, je partais explorer les environs sous la pluie pendant des heures. Mais même quelques minutes...

— Peu importe le stratagème que tu as concocté, oublie-le.

— Ce n'est pas un stratagème ! Cela fait plusieurs jours que le temps est nuageux, il va bientôt pleuvoir. J'ai simplement envie de respirer l'air frais et de me nettoyer.

Les fenêtres à la poupe, dans la cabine de Faucon, étaient fermées à cause du vent frais, et si le môme ne prenait pas la peine de les ouvrir de temps en temps, qu'il aille au diable. Il était clairement paresseux, finalement.

— Non.

— Si je suis si inutile, pourquoi ne pas me laisser monter ? Que pourrais-je faire sur un navire rempli de pirates ?

— À part te mettre en travers de leur foutu chemin ?

— J'ai dit que j'aiderais. Je suis certain que je pourrais apprendre.

Faucon s'esclaffa.

— Tu ne sais sans doute même pas comment faire un simple nœud sur une corde.

— Je pourrais apprendre, répéta-t-il. Je parie que je le peux.

L'agacement frémissant du pirate s'embrasa.

— Un pari ? D'accord, faisons les choses à ta façon. Nous allons te faire passer une épreuve. Tu auras une démonstration et une chance de nouer la corde, seul.

Pépite hocha la tête avant de se relever impatiemment.

— Si je gagne, j'ai le droit de passer la journée sur le pont. Je ne tenterai pas de m'échapper ou de blesser quiconque.

— Comme si tu le pouvais. Et non. Si tu gagnes… Si tu gagnes, tu auras un seau d'eau et un fin morceau de savon.

Les lèvres pincées, le garçon hocha la tête.

— Marché conclu.

Il sautilla sur le bout de ses orteils.

— Allons-y.

Faucon se reconcentra sur sa carte, saisit son compas, le cuivre frais se réchauffant dans sa main alors qu'il mesurait la côte d'une île à l'ouest de Nassau.

— On ira quand je le dirai.

Tandis qu'il continuait de travailler, Pépite s'agita d'avant en arrière, puis fit les cent pas à travers la cabine. Les minutes s'écoulèrent et Faucon aurait pu arrêter, mais il avança vers la bibliothèque, sortit une autre carte et se réinstalla derrière son bureau pour apprécier l'effervescence de plus en plus grande dans les pas de Pépite.

— Je suis sûr que tu avais l'habitude de tout avoir en un claquement de doigts, releva-t-il enfin. Malheureusement, tu vas être déçu à bord de ce navire.

Pépite rit amèrement.

— Je n'ai jamais eu ce que je désirais réellement. Je ne l'aurai jamais.

— Oh, et quels pauvres désirs contrariés te font souffrir ? Dis-m'en plus, je t'en prie.

Pépite ferma brutalement la bouche et le pirate ajouta :

— Si tu veux apprendre ce qu'est la véritable adversité, nous avons libéré un navire négrier au printemps dernier. Certains de ces hommes ont choisi de rester avec nous. Je suis sûr qu'ils auront beaucoup de choses à te dire à ce sujet.

Le visage rougi, le captif laissa ses épaules s'affaisser.

— Oui. J'en suis certain. Vous avez raison.

Ébahi par cette capitulation, Faucon cligna des yeux en observant son prisonnier quelques instants. Il jeta ensuite son compas et contourna son bureau.

— Très bien, il est l'heure de te mettre à l'épreuve.

Il attrapa le bras de Pépite et le fit brusquement sortir de la cabine, puis monter l'échelle vers le pont principal.

L'équipage arborait un air désapprobateur et Snell approcha.

— De quoi s'agit-il ?

Faucon poussa Bainbridge pour qu'il s'agenouille.

— J'ai conclu un petit pari avec notre prisonnier. Il pense pouvoir nouer une corde aussi bien que n'importe quel homme à bord.

Les matelots s'esclaffèrent à gorge déployée et l'épaule de Pépite se crispa, là où le pirate le tenait fermement.

Faucon imaginait à quel point ses joues étaient rouges.

— Qu'en dites-vous ? Devrions-nous laisser ces mains délicates prouver leur courage en échange d'un seau d'eau ?

Au milieu des acclamations et des rires, une voix demanda :

— Je croyais qu'on n'avait pas le droit de parier sur ce bateau.

Tully. Il avait été utile quand ils avaient assailli le navire marchand et il n'avait pas tort sur ce point. Toutefois, alors que certains grommelaient, Faucon aurait aimé que Tully ferme sa grande bouche avant qu'il soit obligé de lui rabattre le caquet.

— C'est vrai, répondit Snell. Mais étant donné que nous tuons le temps en attendant notre récompense, nous pouvons peut-être faire une exception cette fois-ci.

Il jeta un coup d'œil au Faucon.

— À condition que les hommes puissent eux-mêmes faire des paris.

— Bien sûr. Rien que pour cette fois.

Snell savait toujours maintenir la paix parmi les matelots, ce qui faisait de lui un excellent quartier-maître. Le sale gamin échouerait en un rien de temps, donc les paris ne dégénéreraient pas.

— Très bien, lança Faucon. Commençons avec une simple demi-clé à capeler. Monsieur Lee, voulez-vous bien nous faire la démonstration ? Le garçon aura ensuite une chance.

Tandis que les hommes murmuraient entre eux, plaçant des paris, Pépite regarda par-dessus son épaule.

— Et combien de nœuds vais-je devoir réussir avant de gagner ?

Faucon lui lança un sourire carnassier.

— Autant que je le décréterai.

Il donna un violent coup de pied dans le dos du prisonnier.

— Très bien. Montre-nous que nous avons tort. Noue la corde.

Et puis… *il s'exécuta.*

Pépite réussit du premier coup chaque nœud dont Lee faisait la démonstration. Nœud en huit, nœud plat et même nœud de jambe de chien. Faucon le contourna et observa la concentration sur son visage, sa langue rose serpentant parfois entre ses lèvres tandis que son regard se concentrait sur les mains de Lee, ignorant le murmure grandissant de l'équipage qui faisait des suggestions au matelot pour qu'il pose une colle au prisonnier.

Curieusement, rien ne fonctionna. La corde rêche rougit les doigts et les paumes de Pépite, mais il n'hésitait pas à imiter les mouvements de Lee, le scrutant attentivement tandis que la sueur coulait sur son front dans la fraîcheur de la journée.

Malgré lui, le capitaine devenait admiratif. Pépite restait invaincu et aucunement intimidé. Certains membres de l'équipage commencèrent à l'encourager et les paris s'envolaient furieusement.

Après quelques minutes, sa tentative d'épissure s'effilocha et Faucon mit fin à la démonstration.

— À votre avis, a-t-il gagné sa récompense ?

Les *oui* furent presque unanimes.

Pépite lui sourit alors.

L'espace d'un instant incroyable, le capitaine eut envie de lui *sourire en retour*. Nom de Dieu, clairement, son cerveau était embrouillé à cause de trop nombreuses journées dans une routine paisible à bord de son navire, au lieu d'écumer les mers à la recherche de proie.

Heureusement, il se reprit à temps et releva le jeune homme, avant de le pousser précipitamment vers la cabine. L'un des pirates apporta un seau d'eau de mer et Faucon coupa une tranche de savon.

Derrière son bureau, il ne put détourner le regard tandis que Pépite retirait sa chemise, révélant des muscles étonnamment fermes et minces. Le captif se rendit compte qu'il était observé et ses mains hésitèrent sur ses hauts-de-chausse, au niveau de sa taille.

Faucon faillit tourner la tête et se sentir étrangement coupable, avant de se rappeler qu'il était un fichu brigand et que ce gamin était son prisonnier, à qui il ne devait aucune politesse et pas le moindre soupçon d'intimité.

Il pivota pour être face au coin de Pépite et s'enfonça sur son fauteuil. Toujours en hauts-de-chausse, le jeune homme battit des paupières. Il baissa les yeux vers son corps avant d'observer Faucon. Il était clairement perturbé, mais il y avait autre chose, une vibration dans la pièce, un léger tiraillement entre eux. Faucon reconnut quelque chose en ce garçon qui dilatait ses narines et faisait frémir son sang.

Les jambes écartées sur son fauteuil et les bottes aplaties sur le plancher, le capitaine le scruta.

— Où le fils pourri gâté de Walter Bainbridge a-t-il appris à nouer une corde marine ?

— Je ne l'avais jamais fait jusqu'à aujourd'hui. Je suis simplement doué avec mes mains.

Il était plus que doué et plus rapide que la plupart des hommes avec qui Faucon avait navigué. Peut-être y avait-il plus chez ce jeune Bainbridge que l'œil n'en révélait. *Mais ça n'a pas d'importance, puisqu'il n'est qu'un moyen d'arriver à mes fins.*

Pourtant Faucon se surprit à demander :

— Ah oui ? Hmm. Tu as plus de muscles que je ne m'y attendais. Tu es petit, mais fort. Je t'aurais cru beaucoup plus… doux.

— J'ai… J'ai toujours…

Il haussa un sourcil.

— Continue.

— J'ai toujours aimé être en extérieur. Grimper sur des arbres, courir, nager. Et il y a la lutte. Mon tuteur me l'a enseignée.

Sa peau rougit, de son visage jusqu'à son torse, pendant qu'il tanguait d'un air coupable d'un pied sur l'autre.

— Ah oui ?

Faucon sourit lentement, malicieusement. Il baissa la voix

pour prendre un ton de conspirateur.

— Ton tuteur t'a aussi sodomisé follement ?

L'idée qu'un autre homme ait pu découvrir ce trésor était étrangement décevante.

Pépite écarquilla largement les yeux et une exclamation franchit ses lèvres.

— Non ! C'était quelqu'un de bien. Pas comme…

Il déglutit difficilement et pensa ensuite apparemment qu'il valait mieux ne rien dire.

— Non. Je n'ai jamais… Jamais, je ne ferais ça ! Mon tuteur n'était pas comme ça. Il était gentil et convenable.

— Ah. Les hommes gentils et convenables sont rares. Comme tu as de la chance. Et c'est dommage que ta chance ait tourné.

Pépite se lécha les lèvres et baissa les yeux vers le renflement entre les jambes écartées du pirate. Il frissonna et le désir fut immanquable dans ses pupilles.

Ah oui. Le voilà.

Les instincts de Faucon ne s'étaient pas trompés, il le savait jusque dans sa moelle. La question était : pourquoi cela lui importait-il ? Quelle importance s'ils partageaient des désirs communs ? C'était le cas de beaucoup d'hommes.

Au fil des ans, depuis l'éclat initial d'excitation et de tendresse, le pirate n'y avait pas franchement réfléchi et s'était contenté de trouver un individu quelconque et inconnu pour se satisfaire.

Cela avait été si différent avec lui. *John.*

Un sourire irrépressible, des cheveux blonds retombant sur ses yeux bleus, rebelles et beaux. Ils avaient été si ingénus, si naïfs, croyant qu'ils pouvaient vivre quelque chose de bon et de pur dans le ventre de cette frégate. Qu'ils pouvaient être heureux malgré les mauvaises circonstances et leur emprisonnement virtuel.

Peut-être que l'innocence criante de Pépite l'attirait. La sodomie était strictement interdite dans la Marine Royale et l'aventure de Faucon avec John était demeurée secrète. Mais chez les corsaires et, à présent, chez les pirates, ce n'était pas inhabituel. Les hommes prenaient leur pied comme ils le souhaitaient, blasés et loin du vertige de la découverte juvénile.

Le capitaine n'avait pas pensé à John depuis des années, et il était faible et idiot de le faire maintenant. Toutefois, tandis qu'il bannissait le spectre de son ancien amant, il ne put quitter son prisonnier des yeux. Alors que les tétons de Pépite durcissaient, son membre gonflant désormais immanquablement dans ses hauts-de-chausse, Faucon lutta contre sa propre excitation pendant que ses testicules se contractaient.

Il souhaitait entacher cette innocence. La dérober. S'en délecter. Il résista à l'envie d'attirer Pépite entre ses cuisses afin de pouvoir lui suçoter les tétons, l'un après l'autre, et entendre ses halètements de plaisir.

Il demanda plutôt :

— Tu n'as vraiment jamais forniqué avec un homme ?

— Évidemment que non !

Pépite fit volte-face, s'agenouillant et s'éclaboussant avec l'eau du seau. Sa voix était rauque.

— Ce serait contre nature. Un péché.

Il secoua violemment la tête.

— C'est dégoûtant. Honteux. Aucun homme décent n'entretiendrait une telle idée. Vous êtes un monstre.

Ah, oui. Voilà. Il était stupide d'être déçu, mais cette impression pesa lourdement sur les membres de Faucon. C'était parfaitement ridicule, puisqu'il allait peut-être tuer Pépite dans quelques semaines.

Il retourna son fauteuil vers son bureau, clairement mal à l'aise et ayant la nausée. Il rapprocha son carnet de bord et glissa les doigts sur le dos robuste et la couverture en cuir usé.

Cela lui avait toujours procuré un certain confort d'écrire les activités du navire dans son carnet de bord. Il rapportait la météo et notait tout ce qui pouvait avoir un quelconque intérêt. Comme si le mettre sur papier rendait sa vie insignifiante plus concrète.

Il plongea sa plume dans l'encrier et noircit une nouvelle page. *Le prisonnier est un gentilhomme typique. Il est hypocrite et refuse le plaisir pour l'illusion de moralité anglaise.*

— Tu as une minute pour te laver, aboya-t-il. À compter de maintenant. Ne perds pas ton temps à me sermonner.

Du coin de l'œil, il aperçut l'étendue de peau pâle alors que Pépite se débarrassait de ses hauts-de-chausse et s'éclaboussait avant de se savonner. Faucon n'aurait pas dû avoir envie de tourner la tête et de jeter un coup d'œil plus appuyé. Il n'aurait pas non plus dû être surpris que le fils de Walter Bainbridge insiste sur cette ineptie de honte et de péché.

Pourquoi avait-il cru un instant qu'il y avait plus chez lui ? Qu'ils avaient quelque chose en commun ? Évidemment, Pépite était tout aussi faux que son père.

— Le temps est écoulé. Pose le seau près de la porte.

Faucon riva son regard sur son carnet de bord et trempa sa plume. Il avait dû dissimuler son inclination et favoriser sa main gauche pendant des années, lorsque son père lui avait infligé des coups de bâton à cause de ses désirs. Il se disait que c'était l'avantage d'être un pirate – tout le monde vous croyait déjà démoniaque.

Bien qu'il baisse la tête vers le carnet, il se surprit à observer les progrès de Pépite. L'eau coulait sur sa peau nue, ses fesses fermes et rondes se contractaient alors qu'il se penchait.

Quand le prisonnier se retourna, Faucon se reconcentra sur la page et y découvrit des taches d'encre. Jurant, il l'arracha et recommença de plus belle.

Chapitre 7

DES CRIS.

Confus et affolés, ils firent écho au-dessus de la tête de Nathaniel et l'arrachèrent à un somme déplaisant et sporadique, dans son coin, sur son horrible couverture. Le soleil était haut dans le ciel. Les fenêtres à la poupe agissaient comme une loupe et la sueur coulait donc sur la peau du jeune homme et mouillait ses boucles emmêlées.

Il n'y avait aucun rideau et il ne pouvait que se blottir dans son coin quand la température montait. Ils devaient bel et bien voguer vers les Caraïbes, désormais, puisque cette journée était plus chaude que les précédentes.

Se levant brusquement tandis que des bruits sourds faisaient écho, il se frotta les yeux et écouta, son souffle se bloquant dans sa gorge. Oui, il y avait plus de cris et d'affolements à présent. Le navire semblait changer de cap. Nathaniel se précipita vers les fenêtres à la poupe et regarda par ses petits carrés de verre encastrés dans le bois. Il ne voyait rien d'autre qu'un horizon infini.

Il patienta tandis que les minutes s'égrenaient, que les pas tambourinaient au-dessus de lui et que des ordres étaient criés. Ils n'étaient pas assez clairs pour qu'il les comprenne depuis sa prison. Malgré ce fourmillement d'activité, le temps passa sans que rien d'autre ne se produise concrètement. Puis il y eut un calme étrange, lors duquel le cœur de Nathaniel martela bruyamment à ses oreilles.

Le temps continua de s'écouler. Peut-être n'était-ce rien du tout. Un simple changement de cap et ils reprenaient maintenant leur routine ordinaire, l'eau léchant la coque et le navire grinçant.

Pourtant, il y avait quelque chose dans l'air – un sentiment d'impatience palpable. Il attendit. Ils avaient peut-être repéré un autre vaisseau marchand à piller au loin. Ou peut-être…

Là ! Dans le coin de son champ de vision, à travers les fenêtres, il voyait effectivement un autre bateau. Un trois-mâts, plus grand que leur sloop. Le cœur de Nathaniel accéléra. Était-ce la Marine Royale ? Ou une galère espagnole ? Il plissa les yeux et appuya son front contre le verre chaud, se demandant si Faucon avait une seconde longue-vue rangée dans son bureau.

Peu importait ce que c'était, il était visiblement en train de les suivre, les voiles déployées se gonflant au vent.

Nathaniel s'accroupit sur l'étroite banquette sous la fenêtre et enroula ses mains devant ses yeux pour éliminer tous les reflets et tenter de découvrir l'origine de ce vaisseau. Il priait pour voir l'Union Jack vaciller dans le ciel. Inutile. Il était trop loin.

Le temps continua de s'écouler, le navire réduisant avec assurance la distance entre eux. La peau moite du captif couina sur le verre. Le bateau mystérieux pivota encore de quelques degrés et Nathaniel vit enfin le drapeau s'agiter au vent. Son estomac plongea dans ses talons.

Noir.

Il était d'un noir définitif. Il n'était aucunement orné de blanc ou de rouge, il s'agissait d'une simple déclaration d'intention. Mais pourquoi les pirates s'attaqueraient-ils entre eux ? Il supposa qu'ils le faisaient pour la même raison qu'avec n'importe quel autre vaisseau. Il était idiot de s'attendre à une certaine loyauté entre les voleurs. Les pirates étaient sûrement tous rivaux.

Le navire disparut et Nathaniel patienta. *La Manta Maudite* n'essayait manifestement pas de le distancer, à présent. Peut-être que les capitaines se connaissaient et étaient amis. Maintenant qu'ils étaient assez proches, ils pouvaient identifier…

Nathaniel quitta précipitamment le rebord de la fenêtre quand une explosion secoua le bateau. Son souffle se coupa dès qu'il tomba au sol, sur le dos. Il y eut une autre explosion, puis encore une. Et encore et encore. Le bois se brisait, le *boum* de chaque coup de canon le faisait grincer des dents, ses oreilles sifflaient et son cœur était sur le point de jaillir de sa poitrine.

Il tâtonna dans l'espace sous le bureau imposant, replaçant le fauteuil derrière lui comme si cela pouvait aider. Il se roula en boule, heureux que le bois rejoigne le plancher sur trois côtés, lui offrant une cachette commode.

L'air humide et écœurant dans cet endroit était encore plus difficile à respirer et la terreur saisit ses poumons. Si les autres pirates gagnaient, qu'adviendrait-il de lui ? Le voudraient-ils comme rançon ou lui trancheraient-ils simplement la gorge avant de le jeter par-dessus bord ? Ou pire ?

Il serra davantage les genoux, se faisant tout petit, espérant être aussi oublié que les toiles d'araignée qui s'étiraient sous le bureau. Et s'ils le gardaient ? S'ils se le passaient ou le torturaient, ou Dieu seul savait ce dont les pirates étaient capables ?

Il avait beau détester être le prisonnier de Faucon, ainsi que l'idée de vivre sur L'Île Primevère avec une femme anonyme et d'obéir aux ordres de son père, ses deux perspectives semblaient pourtant préférables à l'inconnu terrifiant qui venait de lui tomber dessus.

Il se recroquevilla davantage, chuchotant une prière, tandis que les explosions continues faisaient des ravages sur ses nerfs. Des cris déchirèrent l'atmosphère, irréguliers et désespérés. Le chant des hommes en train de mourir.

Le navire frémissait et grognait, ses propres canons envoyant des boulets. Il poursuivait encore et encore, se secouant et tanguant sous un ciel d'orage. Nathaniel se boucha les oreilles et ne sut qu'il criait qu'à cause de l'irritation dans sa gorge.

À cet instant, il fut convaincu que *La Manta Maudite* allait se désintégrer dans le rugissement des coups de feu et qu'ils s'enfonceraient dans les fonds marins. Ce bureau serait son cercueil.

Brusquement, les revolvers se turent. Davantage de hurlements résonnèrent sur le pont et les canons de l'autre navire tirèrent à nouveau, mais ils semblaient manquer leur cible en l'éclaboussant grandement. Avançaient-ils ? Il n'en était pas certain. Enfin, il n'y eut plus un seul coup de canon.

S'étaient-ils rendus ? Les ennemis allaient-ils embarquer ? Il se raidit et tendit l'oreille, mais il ne comprenait rien. Il était à présent trempé de sueur et il s'essuya les yeux, sa chemise et ses hauts-de-chausse collant à sa peau alors qu'il attendait, respirant à peine, craignant de se faire dessus.

Nathaniel ne sut pas vraiment combien de temps il était resté blotti sous le bureau avant que la clé ne tourne dans la serrure de la porte de la cabine. Il se pinça les lèvres, figé. *Oh, Seigneur. Je vous en prie. Je vous en prie, sauvez-moi. Je vous promets d'être un homme meilleur.*

La porte s'ouvrit.

La personne qui était entrée ne dit pas un mot. Nathaniel serait invisible sous ce bureau robuste. Pourtant, il manquait un petit morceau de bois en bas, un creux qui s'était peut-être formé lors d'une bataille inconnue, ou peut-être était-ce simplement à cause de la maladresse de ceux qui avaient déplacé le bureau.

Son cœur tambourinant à ses oreilles, Nathaniel se pencha pour regarder par ce trou. Il n'aurait jamais cru pouvoir être si soulagé de repérer les bottes aux embouts dorées. Il soupira hâtivement tandis que Faucon s'exclamait :

— Mais où es-tu, bordel ?

Le jeune homme n'avait pas eu l'intention de le mettre en colère. À présent, il demeurait immobile, terrifié à l'idée qu'un quelconque mouvement ou qu'une réponse soit l'ultime acte de sa vie. La porte claqua et les bottes de Faucon martelèrent le plancher. Il semblait pourtant qu'il n'avait pas sa démarche confiante habituelle. Il y eut ensuite un vif bruit – un juron venimeux et un coup de poing puissant.

Nathaniel sursauta tant qu'il quittait sa petite cachette. Il poussa le fauteuil, rampant et sortant pour se retrouver presque face à face avec Faucon, qui était tombé à quatre pattes. Du sang avait éclaboussé son visage. Il grimaça et montra toutes ses dents. Il portait son manteau, qui devait lui tenir terriblement chaud, bien qu'il soit déboutonné.

Nathaniel ne put qu'ouvrir et fermer la bouche comme un poisson impuissant sur un hameçon. Il attendait que le pirate explose à ses pieds et qu'il transperce possiblement son prisonnier avec son épée, toujours accrochée à sa ceinture.

Nathaniel se rendit alors compte d'une chose : il en était incapable. Était-il… oui, il était blessé. Le redoutable roi pirate s'était effondré, non pas parce qu'il s'apprêtait à déloger le jeune homme de sous le bureau, mais parce qu'il était *tombé*.

Et, manifestement, il ne pouvait pas se relever.

— Je… Êtes-vous… ?

Nathaniel se rapprocha dangereusement au point d'être à portée de main. Faucon siffla simplement sa réponse et grogna d'une voix sauvage et gutturale. Le captif pivota vers la porte fermée.

— Devrais-je demander de l'aide ?

— *Non* !

L'idée même paraissait exaspérer le pirate à un point tel que la rage le poussa à se relever, mais il s'appuya lourdement contre le bureau.

Nathaniel ne vit pas exactement où Faucon était blessé, jusqu'à ce que celui-ci se tourne pour se tenir devant lui. Le manteau était ouvert et il remarqua donc le morceau de bois logé dans sa cuisse droite. Prenant une inspiration, il s'approcha.

— Vous avez besoin du médecin.

Les tendons se crispant dans son cou, le pirate secoua la tête.

— Les hommes ont plus besoin de lui.

— Sommes-nous en sécurité, à présent ?

— Nous avons abattu son mât principal. Le navire pansera ses blessures un bon moment. Ça leur apprendra à essayer de nous attaquer. Foutu Alfred le Borgne et son satané *Javelot*. Il attaque n'importe qui sans provocation, peu importe les risques. Quel fou !

— J'avais l'impression que c'était un assez gros bateau.

Grimaçant, Faucon répondit :

— Oui, mais plus gros ne veut pas toujours dire meilleur. Ces navires massifs ne sont pas…

Il agita la main comme s'il cherchait un mot.

— Agiles ?

— Oui, espèce de petit prétentieux. Ils ne sont pas aussi *agiles*.

Il s'éloigna du bureau.

— Reste hors de mon chemin pendant que…

Il tituba et se serait effondré si Nathaniel ne s'était pas hâté pour l'attraper, s'écroulant presque sous le poids alors qu'il passait son épaule gauche sous l'aisselle droite de Faucon. Celui-ci insista :

— Je n'ai pas besoin d'ai…

— Oh pour l'amour de Dieu, vous en avez clairement besoin.

Nathaniel fit un pas et supporta le poids du pirate autant que possible. Leurs flancs étaient collés l'un contre l'autre alors qu'ils traversaient la cabine vers le lit.

La respiration difficile de Faucon résonnait bruyamment dans les oreilles de Nathaniel et l'odeur de poudre, de sang et de transpiration envahissait ses narines. Au moins, la cabine était étroite et il ne fallut que quelques pas avant de soulever le bras du capitaine et de le déposer au bord du matelas.

— Je vais bien, grimaça Faucon.

Il frissonna en tentant de retirer son manteau.

— Retourne dans ton coin.

Peut-être aurait-il dû laisser cet homme dans sa misère, puisqu'il ne méritait aucune assistance et certainement aucune compassion. Pourtant voilà où il en était, ce puissant roi pirate : il grimaçait et saignait, handicapé par sa blessure comme d'innombrables marins avant lui. Il n'était pas un dieu intrépide et intouchable qui s'en sortait malgré le danger.

Non, il était simplement *un homme*.

Nathaniel aurait dû être satisfait de le voir si affecté. Il aurait dû triompher. Mais cela le perturbait d'une manière qu'il ne comprenait pas. Ce qu'il considérait comme vrai précédemment avait volé en éclats, telle la coque de *La Manta Maudite* sous les boulets de canon.

Si le Faucon des Mers était vulnérable, quel espoir avait Nathaniel de survivre dans la brutalité du Nouveau Monde ? Voilà que Faucon était là, ensanglanté et *blessé*, et le jeune homme voulait faire en sorte que ça s'arrête.

Il grimpa sur le lit derrière lui et retira son manteau, délivrant les bras du Faucon de ses manches. Le cuir était chaud sous sa main. Il s'agenouilla aux pieds du pirate et saisit l'une des bottes ostentatoires. Il leva les yeux en haussant un sourcil.

Faucon l'observa, son habituelle expression impassible ou moqueuse remplacée par une confusion sincère, les sourcils froncés et le nez légèrement plissé. Toutefois, il leva le pied et Nathaniel le libéra doucement de sa chaussure.

Il retira ensuite l'autre, qu'il enleva lentement puisqu'il s'agissait de la jambe blessée. Il se pencha. Le bois faisait cinq centimètres d'épaisseur. Il était irrégulier, fendu et logé dans la cuisse du pirate. Son pantalon moulant et noir était déchiré là où le muscle avait été empalé et le morceau restait enfoncé dans la chair sur quelques centimètres. Avec un peu de chance, il avait surtout touché de la graisse.

Nathaniel secoua la tête.

— Vous avez besoin du médecin.

— Je te l'ai dit, mes hommes ont plus besoin de lui. Retire-le simplement.

— Vous avez des bandages, au moins ? N'importe quoi pour nettoyer la blessure ?

Faucon hocha la tête en direction du bureau et Nathaniel fouilla à l'intérieur, trouvant une bouteille de rhum, des bandages propres et une boîte contenant des instruments médicaux. Lorsqu'il se retourna, le pirate retirait ses armes et les gardait à portée de main, derrière lui, sur le matelas. Il plissa les yeux.

— Si tu complotes quoi que ce soit pour te faire du mal, je t'assure que ça ne se terminera pas bien.

Nathaniel secoua la tête.

— Combien de fois dois-je vous rappeler que je ne mettrai pas ma sœur en danger ? Je suis à votre merci.

Il devrait laisser la blessure gangrener et peut-être finir par le tuer. Toutefois, il ne pouvait s'empêcher de lui porter assistance et d'imaginer à quel point la douleur était affreuse.

Faucon tenta de retirer le pantalon, ses doigts maladroits posés sur la fermeture et la ceinture débouclée. Manifestement, la situation avait changé et c'était maintenant Faucon qui se retrouvait à la merci de Nathaniel. Du moins, pour le moment.

Son pouls tambourinant à cause d'un nouvel élan d'excitation étrange, Nathaniel s'agenouilla et chassa les mains du pirate en finissant le travail.

— Levez.

Le pirate obéit et souleva ses hanches afin que le jeune homme puisse baisser son pantalon et son caleçon, prenant un soin particulier au-dessus du morceau du bureau et déchirant le tissu pour rendre les choses plus faciles. Faucon s'agrippa aux bords du lit, les doigts blêmes.

À présent, l'homme était nu sous la taille et Nathaniel se retrouvait face à une verge et des testicules épais et substantiels, nichés dans une tignasse de poils noirs. La gorge sèche, le captif détourna le regard et se concentra plutôt sur la plaie ensanglantée.

Il donna le rhum au pirate.

— Buvez.

À nouveau, Faucon obéit et la peau de Nathaniel le picota tandis que son souffle se coupait. Cet homme allait peut-être le tuer, pourtant il frémissait à l'idée d'être si près de lui, de l'aider. Peut-être également de gagner son approbation en quelque sorte. C'était de la folie.

Il souleva la jambe de Faucon et posa la main sur son genou. Il ne pouvait rien faire d'autre que de retirer l'éclat aussi délicatement que possible. Il saisit la protubérance.

— Détendez votre jambe autant que vous le pouvez, ordonna-t-il.

Faucon obéit.

Heureusement, le bois se libéra sans qu'il fasse trop d'efforts. Malgré tout, plusieurs échardes de tailles variées restèrent enfoncées dans la chair de Faucon. Nathaniel leva la tête et découvrit que du sang tachait la lèvre inférieure du pirate. Il se rendit compte que celui-ci s'était mordu.

— Vous pouvez crier. Je doute que l'équipage l'entende, étant donné le raffut sur le pont.

Des pas martelaient le plancher et des voix braillaient dans un brouhaha général à la suite de la bataille.

— Inutile, grinça Faucon.

Le jeune homme leva les yeux au ciel.

— Oui, il est clair que tout va bien.

Il sortit une pince à épiler de la boîte. Il songea à nouveau qu'il devrait laisser les échardes, lui assurant quasiment une infection. Mais si Faucon mourait, Nathaniel ignorait ce que le reste des matelots ferait avec lui ou *de* lui.

Il vaut mieux rester avec le démon que je connais.

Avec la paume gauche aplatie sur le haut de sa cuisse, à quelques centimètres de son entrejambe, Nathaniel se pencha en avant et se mit au travail. Le sang suintait de la blessure et il dut s'arrêter pour l'éponger.

Le regard du pirate pesait sur lui alors qu'il délogeait un fin éclat de bois. Il avait bien conscience du parallèle avec la fable du lion à l'épine.

Quand Faucon prit la parole, il le fit dans un aboiement rauque.

— Pourquoi fait-il si chaud, ici ?

— Parce que, curieusement, vous n'avez jamais songé à installer des rideaux pour occulter le soleil.

Faucon lui lança un regard cinglant.

— Les fenêtres s'ouvrent pour laisser passer la brise.

— Oh.

Nathaniel cligna des yeux et en les contemplant, il ne vit toujours pas comment les ouvrir.

— Il faut pousser les carreaux de chaque côté, marmonna le pirate. Pousse-les et assure-toi qu'ils soient accrochés.

Nathaniel traversa la cabine et fit comme l'homme le lui avait indiqué, soupirant avant de prendre une profonde inspiration de l'air frais et vivifiant.

— C'est tellement mieux.

— Effectivement. Tu as bientôt fini ?

Nathaniel sortit une poudrière et alluma une lanterne, avant de la tendre au pirate.

— Tenez-la près d'ici.

Il tapota la plaie aussi prudemment qu'il le pouvait. La respiration laborieuse de Faucon devint rauque et les autres bruits du navire s'évanouirent au loin.

— Est-ce à cause des cordes ? demanda Faucon.

Nathaniel fronça les sourcils et il ajouta donc :

— Tes mains. Elles ne sont pas aussi lisses que je m'y serais attendu, étant donné ton statut.

— Je grimpe aux arbres.

Le pirate le scruta et le jeune homme gigota, mal à l'aise, ce regard picotant sa peau tels des éclats de bois.

— J'aime… utiliser mon corps.

Les lèvres de Faucon tressaillirent et il examina son prisonnier d'un air *taquin*.

— Ah oui ?

Sans l'avertir, Nathaniel versa du rhum sur la blessure, appréciant le hurlement indigné de son bourreau. Il le banda ensuite rapidement, sans s'attarder sur son visage démoniaque ni ses parties intimes.

— Là. Je crois que vous vivrez, mais le médecin en aurait une meilleure idée.

Faucon lui mit la lanterne dans les mains, et répondit sans un soupçon de méchanceté :

— Ça suffit.

Il se releva et tomba promptement, la tête la première, le bandage rouge et trempé.

Nathaniel posa la lanterne sur le plancher et replaça le pirate sur le lit, soulevant ses pieds et faisant pivoter ses jambes.

— Pour l'amour de Dieu, reposez-vous ici quelques minutes, au moins.

Perché sur le bord du matelas, il appliqua un autre bandage sur la plaie suintante. Les draps et le sol étaient tachés de rouge et le haut de Nathaniel ainsi que ses hauts-de-chausse étaient également ensanglantés.

Détournant le regard de la nudité de Faucon, Nathaniel demanda :

— Beaucoup d'hommes ont été blessés ?

— Certains.

— Tués ?

— Deux, au dernier décompte.

— Oh.

Nathaniel se souvint comme l'autre navire était promptement arrivé sur eux, la situation passant alors de normale à l'alerte rouge en un clin d'œil. Tout aussi rapidement, une vie pouvait être arrachée.

— Avaient-ils une famille ?

— Nous.

— Que serait-il arrivé si l'autre bateau s'était assez rapproché pour qu'ils embarquent ?

— Nous aurions plus de morts sur les bras. Dans les deux camps.

Il se demanda combien d'hommes Faucon avait tués au fil des ans, mais il ne pensait pas qu'il était prudent de poser la question. Au moins, le pirate avait enfin cédé et se reposait contre son oreiller, le regard rivé sur le plafond tandis que Nathaniel maintenait la pression sur la blessure.

Faucon ferma les paupières après un instant et le pouls du jeune captif virevolta à cause de l'intimité du moment. Le roi pirate était mortel, le sang coulait obstinément – mais plus lentement, à présent – entre les doigts de Nathaniel.

Malgré ses efforts intenses, les yeux de ce dernier se focalisèrent sur le membre mou et rougi de Faucon, reposant lâchement sur son pubis. Ses testicules imposants étaient poilus et épais. Ils étaient impossibles à ignorer et il eut le bref luxe de pouvoir les regarder.

Remplie de sang, la verge du capitaine serait… impression-nante. Nathaniel se demanda ce qu'il ressentirait en l'ayant dans la main, si elle était chaude au toucher. Serait-elle amère ou salée, comme de la sueur sur sa langue ? Sa semence aurait-elle le même goût que celle de Nathaniel, quand il l'avait honteusement léchée sur sa main, un jour, par le passé ?

Il déglutit difficilement. Que ressentirait-il si ce membre était plongé en lui ? Il ne s'enfuirait pas devant, comme la jument avait tenté d'échapper à l'étalon. Non, avant de mourir, Nathaniel voulait connaître la sensation du sexe d'un homme en lui, rien qu'une fois. Il irait en enfer pour ses désirs impurs, quoi qu'il arrive, alors autant que le voyage en vaille la peine.

Et si je meurs sur ce navire ?

Un halo de panique lui coupa le souffle et il dut stabiliser sa main sur la blessure de Faucon, luttant contre l'envie urgente de s'éloigner. Il baissa les yeux vers le pirate. *Et s'il me tue ?*

Cet homme l'étriperait-il réellement si Walter ne payait pas ? Peut-être que si Nathaniel continuait de l'aider – s'il pouvait s'attirer ses bonnes grâces – Faucon serait incapable de l'occire ou de mettre à exécution ses menaces contre Susanna. Peut-être que Nathaniel pouvait se sauver.

Son regard se reposa sur le membre de Faucon, une petite vibration d'envie résonnant en lui. Il pouvait possiblement se sauver *et* satisfaire ses désirs. Il avait toujours imaginé qu'il avait tout le temps du monde pour explorer ses fantasmes, pour rencontrer un homme à qui il pouvait confier son secret.

Mais même s'il survivait au voyage jusqu'à l'Île Primevère et à l'échange de rançon, devrait-il épouser rapidement Elizabeth Davenport ? En grandissant, il avait su qu'il finirait nécessairement par se marier, mais peut-être pas avant ses trente ans. Ce qui lui laissait largement le temps.

Pourtant, à présent, le sable s'écoulait inexorablement dans son sablier de verre. Il s'était dit qu'il n'avait besoin que d'une fois, qu'il devait simplement être pris comme il l'avait visualisé, afin de satisfaire sa curiosité et son désir. Et cette démangeaison, une fois soulagée, serait gérable. Il pourrait donc se marier comme on le lui demandait et être un époux fidèle.

Toutefois, les risques de trouver un homme de confiance sur l'Île Primevère, qui lui était inconnue, étaient immenses. Il aurait dû le faire avant de quitter l'Angleterre, mais à moins de choisir un domestique qui serait prêt à le faire, il n'en avait pas eu l'opportunité.

Il aurait grandement aimé que monsieur Chisholm partage ses désirs, mais l'homme était bon, gentil et dévoué à sa femme ainsi qu'à sa jeune fille. Nathaniel avait compris qu'il serait rejeté. Il avait été incapable de supporter la perspective d'une telle déception – et pire, du dégoût – dans les yeux de son tuteur.

Sa respiration était rauque à ses oreilles. Être bouleversé par les parties génitales de Faucon était au-delà de l'immoralité et de l'inconvenance, surtout que le sang de cet homme se répandait partout et que la main de Nathaniel était posée sur une blessure ouverte. Moins d'une heure plus tôt, Nathaniel s'était caché sous le bureau, certain qu'il serait avalé par la mer d'un instant à l'autre.

La peur avait laissé un étrange désir vibrer en lui. Pas simplement un désir pour les hommes – il le ressentait déjà depuis des années – mais une envie lancinante de tendre la main et de s'accrocher à la vie pendant qu'il le pouvait encore.

Il sentait le pouls de Faucon à travers la plaie, la palpitation régulière de son cœur rebelle et il eut envie de le toucher, de le goûter, de se délecter du fait d'être en vie.

À cet instant, une autre volée de boulets de canon pouvait fendre l'air afin de les anéantir. Rien n'était certain, chaque respiration était un petit miracle.

Il observa le pirate, se demandant quelle serait sa réaction s'il se penchait en avant et prenait sa verge entre ses lèvres. La plupart des hommes ne protesteraient sans doute pas si une bouche chaude et humide s'enroulait autour d'eux, peu importait à qui elle appartenait.

L'un des garçons, sur une propriété voisine, avait un jour reçu la fellation de la fille d'un amiral et il l'avait décrite avec des détails si grivois que Nathaniel avait bandé dans ses hauts-de-chausse sans savoir de qui il était plus jaloux – de son ami à qui on avait procuré ce plaisir ou de la fille qui avait pu prendre ce membre brûlant dans sa bouche.

— Tu aimes ce que tu vois ?

Nathaniel releva la tête et arracha son regard à l'entrejambe de Faucon, remarquant que celui-ci était en train de l'observer. Sa bouche s'était asséchée et il répondit donc d'une voix rauque :

— Quoi ? Non.

Il s'affaira ensuite à changer une nouvelle fois le bandage.

— Vous avez besoin de sutures. Sans l'ombre d'un doute.

— Hmm. Le temps nous le dira.

Nathaniel souffla. Pourquoi cette ordure était-elle si têtue ?

— Je vous parie que oui.

Faucon croisa alors son regard, ses yeux bleus insondables, mais ses lèvres tressaillant.

— Quel sera le prix, cette fois-ci ?

Était-ce possible ? Non seulement le roi pirate était mortel – il saignait et se montrait aussi vulnérable que les autres face aux blessures –, mais en plus, il plaisantait ?

Son cœur accélérant, Nathaniel songea à la question.

— La prochaine fois que vous jetterez l'ancre, je vous accompagnerai. J'aurai le droit de courir sur la plage aussi vite que je le souhaiterai.

Faucon s'esclaffa d'un ton sardonique.

— Oui, je suis certain que tu aimerais t'échapper.

— Je ne courrai pas pour m'échapper, simplement pour faire de l'exercice. Purement pour l'exercice.

— C'est tout ? demanda le pirate en fronçant les sourcils. Tu veux… courir ?

— Cela fait trop longtemps que je n'en ai pas eu l'opportunité.

Faucon haussa les épaules avec insouciance.

— Le pari est lancé.

Il ne pouvait imaginer qu'il allait gagner, étant donné la quantité de sang trempant déjà le bandage nouvellement posé. Nathaniel se contenta d'acquiescer et d'accepter ce remerciement tacite, son propre pouls tambourinant trop vite dans la tranquillité de cette cabine.

Chapitre 8

ASSIS AU BORD du lit, Faucon dissimula une grimace quand un monsieur Pickering grisonnant appuya un doigt sur sa cuisse. Ses cheveux gris retombant sur son front, le physicien hocha la tête.

— Les sutures guérissent déjà correctement.

Il jeta un coup d'œil au coin de la cabine.

— Nous devons grandement remercier le jeune monsieur Bainbridge pour ses soins.

Faucon grogna et Pickering commença à appliquer un nouveau bandage. Il était vrai que Pépite l'avait aidé et il se demandait encore pourquoi. Il était clair que le captif avait une idée derrière la tête.

Le capitaine devait rester vigilant et ne pas se laisser émouvoir par un quelconque acte de gentillesse, puisque celle-ci avait toujours un prix. Le prisonnier voulait seulement entrer dans ses bonnes grâces et sauver sa peau. Faucon avait déjà tenu ce pari idiot, mais cela devait cesser.

Évidemment, Pépite avait eu raison, et dès que Snell avait jeté un coup d'œil à tout le sang dans la cabine de son capitaine, il avait hurlé qu'on appelle le physicien, qui était ensuite arrivé avec son aiguille et ses fils.

Toutefois, Faucon devait se souvenir que ce garçon était son captif. Il ne représentait rien de plus que de l'argent et une chance de se venger. De laisser la justice de la mer vaincre. Il n'avait pas de quoi être reconnaissant.

Pourtant, il avait été impressionnant de voir que le jeune homme n'avait pas eu peur du sang. Pour quelqu'un ayant vécu dans le luxe, il était étonnamment pragmatique et habile pour les tâches physiques. Le poids de sa main contre la blessure avait été rassurant, tout comme ses doigts sur le front de Faucon, à plusieurs reprises dans la nuit, puisque Pickering avait ordonné qu'on surveille sa fièvre.

La dernière fois que Nathaniel l'avait touché, quelques instants avant l'aube, Faucon avait feint de dormir. Les fenêtres étaient toujours ouvertes, la brise fraîche était agréable sur sa peau et son drap était repoussé sur le côté. Il avait perçu l'effleurement des pas de Pépite sur le plancher et senti la pression des doigts contre son front alors que le jeune homme évaluait son état et retirait ensuite sa main. Il avait patienté jusqu'à l'entendre battre en retraite, mais Pépite était resté près de son lit.

Il avait remarqué cette envie, quand le prisonnier avait épié sa verge, après s'être occupé de sa blessure. Sans la douleur lancinante dans sa cuisse, Faucon aurait pu jouir sous l'effet de cette impatience.

Tôt dans la matinée, ce regard avait refait son apparition, lui brûlant la peau, et le pirate l'avait autorisé à l'observer. Ses testicules l'avaient picoté et il avait dû gigoter et s'étirer pour que le jeune homme retourne hâtivement dans son coin.

Pickering termina le bandage et grogna en se redressant et en cambrant le dos. Faucon fronça les sourcils.

— Vous n'avez pas été blessé, hier, n'est-ce pas ?

Les cheveux du physicien devenaient manifestement de plus en plus gris chaque semaine. Il avait été obligé de servir un bateau pirate des années plutôt, à cause d'un mauvais pari, mais il avait découvert qu'il aimait ça, finalement.

Pickering rit.

— Non, c'est simplement la vieillesse. Tous les jours, il y a plus de douleur et de souffrance, visiblement.

Faucon connaissait cette sensation, mais il garda cela pour lui et enfila un pantalon propre et froissé, conscient que le regard de Pépite était posé sur lui. Il se prépara, déterminé, avec ses bottes et le reste, prêt à se battre, même s'il était traité comme un invalide. Il jeta un coup d'œil à ses pieds. Le cuir pourrait être poli et les extrémités dorées s'étaient estompées. Il devrait les faire briller, maintenant, au lieu de traîner sans but. Il se leva et le cadre du lit grinça.

Pickering lui sautait déjà dessus.

— Non, non, non, vous allez rester au lit toute la journée. Vous avez insisté pour organiser les funérailles hier soir et vous êtes monté comme si vous étiez indemne alors que vous agonisiez. Vous pouvez tromper vos hommes, mais je suis plus malin. Vous avez perdu une bonne quantité de sang et l'infection pourrait vous tuer. Vous allez donc rester là et vous reposer jusqu'à demain, au moins, ainsi que les jours suivants, de préférence. Le soleil brille, le vent souffle et nous nous rapprochons de Nassau sans le moindre signe de voile à l'horizon. Si cela change, vous en serez informé. Pour le moment, reposez-vous, nom de Dieu. Sinon, je vous administre un calmant.

Se lever avait provoqué un nouvel élancement brûlant dans sa cuisse, et bien qu'il grommelle, Faucon était heureux de se rasseoir. En tant que capitaine, il devrait vouloir surveiller son royaume, s'assurer que tout se déroulait sans accroc.

Mais, à vrai dire, ses muscles étaient endoloris et une légère migraine, qui était manifestement présente depuis des années, palpita. De plus, bien évidemment, l'entaille sur sa jambe était impossible à négliger. L'idée de se rendre sur le pont avec tous les hommes et leur *bruit* incessant était repoussante à l'extrême. Il fit tout de même mine d'être mécontent et Pickering l'ignora résolument avant de s'en aller.

Il était à peine parti qu'on frappa à la porte et qu'une voix minuscule annonça :

— Rations.

— Attendez, dit Faucon en se levant du lit et en grimaçant.

Pépite ouvrit la bouche depuis son coin de la cabine.

— Mais le physicien vient juste de dire…

— Ferme-la.

Boitillant, Faucon se plaça derrière son bureau. Rester assis serait probablement pire. Il prit donc son carnet de bord et se pencha lourdement au-dessus, les mains sur le bois marqué.

— Entrez.

Tully, le roux du navire marchand qui avait rejoint l'équipage, arriva avec de l'eau fraîche et un bol de viande salée accompagnée de petits pois. Il jeta un coup d'œil autour de lui comme s'il cherchait quelque chose. Tout le sang avait évidemment été nettoyé.

Il plissa les paupières en direction de Pépite, qui portait une vieille chemise du capitaine, trop grande pour lui. Ses manches étaient relevées et son col lâche retombait presque au milieu de son torse, de légers poils clairs éparpillés dépassaient du tissu blanc. La chemise de Pépite avait été détériorée par le sang, mais ses hauts-de-chausse n'avaient que quelques taches invisibles dissimulées.

Tully fit un signe de tête en direction du prisonnier.

— J'ai sa bouffe. J'sais pas pourquoi on la gâche.

Faucon fixait son carnet de bord d'un regard vide et ses doigts se resserrèrent autour du bureau.

— Je ne me rappelle pas avoir sollicité votre opinion.

— Eh bien, voilà pour toi, Bainbridge, foutu flemmard.

Le matelot laissa tomber négligemment le verre et le bol qui heurtèrent le sol dans un bruit sec près de Pépite.

— J'me demande comment elle est, ta catin de sœur. J'ai t'jours été sympa avec elle et elle a jamais fait attention à moi. Elle se la raconte, cette puterelle. J'espère que ton père va pas payer et qu'on aura l'occasion de se la faire.

Le prisonnier se leva immédiatement, les poings serrés.

— Je t'interdis de parler de ma sœur. Personne ne posera la main sur elle, tant que je respire.

— J'suis sûr qu'on peut s'arranger pour qu'tu respires plus.

Faucon ferma brutalement le carnet de bord et se redressa, ignorant la palpitation féroce dans sa jambe.

— Monsieur Tully.

Il le scruta. Il avait des cheveux roux et sales, des taches de rousseur, des dents jaunes (et il en manquait une), un corps mince, robuste et sauvage ainsi qu'un regard perçant.

— J'ignore ce que vous espérez gagner avec cette démonstration, mais si c'est pour m'impressionner, vous ratez votre cible. Partez et dites à monsieur Snell que vous n'avez plus accès à ma cabine.

Après avoir ouvert la bouche, visiblement pour le contredire, Tully y réfléchit apparemment à deux fois et sortit. Pépite fit quelques pas, comme pour le pourchasser.

— Je peux me protéger contre lui.

Faucon ricana.

— Bien. Mais ça ne te concernait pas. Monsieur Tully doit apprendre à obéir à mes ordres.

Il réussit à retourner sur le lit avec des pas réguliers, ravalant un grognement tandis qu'il s'allongeait à nouveau, ses bottes souillant sans aucun doute le drap. C'était un luxe d'avoir un véritable lit avec des draps soyeux et non pas un hamac.

Il devrait profiter de son repos, puisqu'il n'en avait pas souvent l'occasion, pourtant il se surprit à penser à son captif.

— Mange, maintenant, et si tu dis que tu n'as pas faim, je te mets moi-même cette bouffe dans le gosier.

Après une minute de silence, Pépite répondit :

— Vous devriez manger aussi. Ou boire, au moins.

Il se frotta le visage. Il y avait un peu plus qu'un duvet de pêche, mais il n'y était clairement pas habitué.

Le pirate avait une cruche d'eau à côté de son lit et il but une gorgée dans un verre.

— Là. Tu vois comme je peux être conciliant ?

Ce fut au tour de Pépite de ricaner. Faucon dut s'empêcher de sourire. Pourquoi diable *souriait*-il au fils de ce satané Walter Bainbridge ? La perte de sang avait dû être sévère, effectivement. Il s'étendit à nouveau sur son lit.

— Quel âge aviez-vous quand vous avez tué un homme pour la première fois ?

Faucon cligna des yeux à cause de cette question inattendue. Pépite poussa sa nourriture et ajouta :

— Je me demandais simplement qui était le premier ?

John. La réponse fut spontanée. Faucon n'avait pas tiré le boulet de canon, à vrai dire, mais il sentait encore la poigne des mains de John quand ils l'avaient mis en sécurité. Il sentait encore l'éclaboussure du sang. Secouant la tête pour chasser le passé, il répondit :

— Quinze ans.

— Oh. C'était horrible ?

Il répondit simplement avant de pouvoir inventer une explication plus appropriée.

— Oui.

En tant que capitaine pirate, il aurait dû rire d'un air cruel et proclamer qu'il aimait chaque instant de ces bains de sang.

En vérité, il avait fait ce qu'il avait dû au fil des ans, mais il n'avait jamais apprécié. Lutter et chasser constamment, avoir un pouvoir ténu sur ses hommes, regarder par-dessus son épaule avec une main sur son coutelas, avoir l'illusion d'un contrôle sur la mer... Oh, comme il souhaitait une vie où il pouvait simplement *exister.*

Assez. S'ils devaient rester coincés dans la cabine ensemble pour le moment, il devait devancer toutes ces fichues questions futures. Impérieusement, il ordonna :

— Lis-moi quelque chose. Du Shakespeare.

Au coin de la pièce, le silence régnait. Lorsque Faucon regarda dans cette direction, Pépite demeura figé, un morceau de viande séchée entre les doigts et la main à mi-chemin de sa bouche.

— L-lire ?

Était-ce l'imagination du capitaine ou le prisonnier avait-il blêmi ?

— Je m'ennuie. Toi aussi, sans aucun doute. Voilà la solution.

Il plissa les yeux. Ce serait une manière agréable de passer la journée. Pourtant, Bainbridge donnait l'impression qu'on lui avait ordonné de marcher sur la planche.

Pépite sembla reprendre ses esprits et secoua la tête.

— Je crains de ne pouvoir le faire. Je n'ai pas pu apporter mes lunettes quand vous m'avez kidnappé.

Il mit le morceau de viande dans sa bouche et mâcha.

— Il y a une loupe dans le tiroir du haut dans mon bureau.

Sa gorge cliqueta quand il déglutit.

— Oh. Je suis… Je ne suis pas sûr que ça aura le même effet.

— Essaie, répondit le pirate qui commençait à être agacé.

Le visage pincé, Pépite avança vers le bureau, ses pieds nus hésitant. Il ouvrit le tiroir avant de le refermer.

— Je ne la vois pas.

— Regarde. Mieux. Si je dois sortir du lit et qu'elle y est, je ne serai pas content.

Soupirant, le jeune homme ouvrit le tiroir et saisit promptement la loupe. Pourquoi diable était-il si opposé à cette idée ? Plus il traînait les pieds vers les étagères, plus la perplexité de Faucon cédait la place à de l'agacement.

— Je veux *La Tempête*, déclara-t-il.

Inclinant la tête pour lire le dos des couvertures, Pépite glissa les doigts dessus, la loupe abandonnée dans sa main droite. Les secondes s'égrenèrent et il n'avait toujours pas choisi le bon livre.

Allait-il s'entêter juste pour le plaisir ? Nom de Dieu, maintenant que Faucon avait décidé qu'il *souhaitait* se reposer, son prisonnier était apparemment déterminé à lui rendre la vie dure.

— Le bleu, au bout.

Pépite apporta le livre dans son coin. Très, très lentement. Le pirate prit une profonde inspiration, les poings serrés. Clairement, il avait été trop détendu. Ou, du moins, le voir abattu par sa blessure avait donné des idées à Bainbridge et il croyait donc avoir le contrôle. Pépite était son prisonnier et on devait le lui rappeler.

— Commence à lire. *Maintenant*, lui ordonna Faucon.

Les pieds sous ses fesses, le jeune homme ouvrit le livre, faisant craquer le vieux cuir. Il leva la loupe, mais ne l'utilisa point.

— Euh… Je crois que nous commençons sur un bateau, en pleine mer, n'est-ce pas ?

Faucon ricana.

— Tu es érudit, non ?

Il avait travaillé si dur pour apprendre à lire et à écrire plus ou moins comme un gentilhomme, problème que le fils de Walter Bainbridge ne pourrait jamais comprendre. Faucon avait voulu faire passer le temps agréablement pour eux deux et le prisonnier le remerciait avec cette étrange rébellion ?

Les joues de Pépite rougirent encore davantage et quelque chose étincela dans ses yeux – de l'embarras, de la peur, de la *honte*. Il s'agrippa tant au livre que ses doigts étaient blêmes. Faucon se rendit compte qu'il avait un minuscule trou sur le menton, qui n'était visible que sous un certain angle et qui n'était pas une vraie fossette.

Tandis que Pépite serrait la mâchoire, Faucon l'observa, perplexe, sa vive colère et sa frustration cédant la place à une véritable confusion. Bainbridge avait-il élevé un garçon si paresseux qu'il n'avait pas appris à *lire* ? Non. Impossible.

Le malheur se vit sur le visage de Pépite et toucha le pirate. Lors d'un instant de folie, il aurait aimé pouvoir apaiser cette douleur mystérieuse. Il chassa cette impulsion et prit une voix sévère.

— Es-tu stupide ?

Au lieu de le nier, indigné, Bainbridge ferma brutalement le livre et hurla :

— Oui

Faucon cligna des yeux.

— Quoi ?

Pépite serra le livre contre son torse, le regard rivé sur le plancher.

— Je suis un benêt. Je ne sais pas lire.

Ridicule. Faucon rit, peu amusé.

— À quel jeu crois-tu jouer ?

Il tenta d'imaginer ce que le captif pouvait gagner avec cette ruse, mais fit chou blanc.

— Tu penses que *je* suis stupide ? Ton statut, ta façon de parler… Évidemment que tu sais lire.

Le visage de Pépite était écarlate et son torse se gonflait et retombait promptement.

— Je vous dis que je ne sais pas lire. Je suis stupide.

La fureur poussa Faucon à se lever malgré le couinement de protestation provoqué par sa blessure.

— Et je crois que tu mens. C'est un mensonge étrange, je te l'accorde. Un simple d'esprit ne connaîtrait pas les mots que tu connais. Il ne pourrait les utiliser aussi convenablement que toi. Tu as trahi ton intelligence quand tu appris si rapidement à nouer les cordes et à soigner ma jambe. Pourquoi insistes-tu sur ce boniment ?

Pépite s'affala contre le mur et lorsqu'il prit la parole, sa voix fut rauque.

— J'ai à peine lu la moitié des romans que lisent les autres enfants. Même pas un quart. C'est la vérité. Susanna me fait la lecture depuis que je suis petit. Elle lit *pour* moi et dissimule ma déficience. Aucun de mes tuteurs n'a réussi à m'éduquer. Puis, monsieur Chisholm est arrivé et…

Baissant les yeux, il déglutit difficilement.

Oui, il y avait clairement quelque chose à creuser, de ce côté-là. Une vulnérabilité envers son tuteur. Faucon garda cette information dans un coin de son esprit, ignorant l'éclat de quelque chose qui ne pouvait *pas* être de la jalousie avant de déclarer :

— Et quoi ?

— Il a été capable de m'en apprendre plus que tous les autres, mais il ne pouvait rien faire quant à mes déficiences. Je n'ai pas la capacité de lire et d'apprendre comme les autres hommes. Comme les femmes. Mes sœurs me sont bien supérieures, intellectuelle-ment parlant, mais elles ont dû se marier et avoir des enfants. Susanna aurait excellé à Cambridge ou Oxford. Hélas.

S'agrippant toujours au livre, il s'éclaircit la voix.

— Monsieur Chisholm a tout tenté pour m'éduquer, mais c'était inutile. Il a fait en sorte de m'inculquer du vocabulaire. Il s'est assuré que personne en société ne s'en rende compte, lors des discussions de salon. Il ne pouvait en faire plus.

Faucon se tenait là, face à la défaite de Pépite, et découvrit qu'il détestait ça. Pendant des jours, il avait tenté de le soumettre, mais à présent, il était résolument – et surtout inopportunément – troublé.

— Comment est-ce possible alors que tes capacités mentales ne sont pas réduites ?

Le prisonnier s'esclaffa amèrement.

— J'aurais aimé le savoir. Attendez, je vais vous montrer.

Ouvrant à nouveau le livre, il lutta pendant la première partie de la scène. Sa voix manquait d'intonation. Il mélangeait les petits mots et butait sur les plus longs, particulièrement les noms confus. Il ne marquait pas de pause quand il le fallait, les mots sortant telle une bouillie, comme s'ils n'avaient aucun sens et qu'il lisait une langue étrangère.

Faucon leva une main.

— Ça suffit.

Il se rassit lourdement au bord du lit, ses sutures tirant et lui brûlant la cuisse. Il ignora cette sensation.

— Je te crois.

— Merci, marmonna Pépite, la tête baissée, en serrant toujours le livre contre son torse tel un bouclier.

— Qu'en pense ton père ?

Il avait l'impression de connaître la réponse. Non pas qu'il devrait s'en préoccuper. *Ce n'est que de la curiosité.*

Pépite leva la tête, l'air maussade.

— Mon père avait beau vouloir un fils quand je n'étais qu'une vague idée, la réalité a été franchement décevante. Susanna et mon tuteur ont fait de leur mieux pour me protéger, mais bien évidemment, mon père a découvert la vérité. Il était furieux, précisa-t-il en frissonnant. Il a souligné le fait que je n'y mettais pas du mien. Il…

Après quelques instants, Faucon fut si tendu qu'il décida d'insister.

— Qu'a-t-il fait ?

Pépite regarda ses pieds.

— Quand j'avais dix ans, il m'a frappé les doigts avec une règle jusqu'à ce que je sois capable de lire un verset de la Bible sans bafouiller, jusqu'à ce que je puisse prononcer chaque mot correctement. Après une heure d'échec, il m'avait brisé la main. Elle a terriblement gonflé. Susanna et Jane étaient horrifiées. Je crois que moi aussi, parce qu'il m'a laissé seul, ensuite. Il a accepté que je ne sois qu'un cancre inutile. À vrai dire, il ne paiera probablement pas un sou pour me récupérer.

Dès que les mots lui échappèrent, il sursauta et écarquilla les yeux.

L'espace d'un instant, Faucon ne put reprendre sa respiration. Bainbridge paierait. Il le *devait*. Avant que le capitaine ne puisse répondre, le prisonnier ajouta :

— Je ne voulais pas… Non, vous voyez, il est certain qu'il réglera la rançon. Tout le monde sera au courant et il ne tolérerait aucunement d'avoir l'air faible.

La bile frémit dans le ventre de Faucon. Si Bainbridge ne payait pas et que les hommes ne recevaient pas leur part, ce serait un véritable capharnaüm.

— Et il se vante toujours de moi, en dehors de la famille. Il glorifie mes succès fictifs. Il ne laissera pas des pirates me tuer. Il tient à moi. À… sa façon.

— Il vaudrait mieux.

La ferveur de Faucon pour la rançon demeurait forte, bien que l'envie d'étrangler Walter Bainbridge à mains nues se soit atrocement intensifiée.

Cela n'avait aucun sens d'être offensé pour Pépite à l'idée que Walter le traite aussi mal à cause de ses problèmes de lecture. Et il avait beau être déterminé à avoir un fils, cet homme n'était toujours pas satisfait, même si ce dernier était intelligent, doué et…

Ça suffit. Faucon réprima cette envie absurde de le rassurer d'une manière ou d'une autre. Le garçon était son prisonnier ! Il était acceptable. Rien de plus. Recevoir l'argent était la seule chose qui comptait. Se venger, aussi.

Faucon demeurait confiant à l'idée que la fierté de Walter Bainbridge ait raison de lui.

— Il réunira la rançon ou fera face à une grande dérision et une surveillance approfondie de la part de ses pairs dans le Nouveau Monde.

Pépite acquiesça impatiemment.

— Oui. Il déteste être perçu comme inférieur, de quelque façon que ce soit. Même si je dois m'épuiser jusqu'à la moelle pour le rembourser, il trouvera une manière de réunir l'argent. Susanna et son mari s'en assureront. Susie m'aime réellement et il est impossible de lui résister quand elle est déterminée à faire quelque chose. Elle a toujours réussi à convaincre notre père.

Faucon grommela.

— Ton père ferait mieux de payer.

Ils restèrent assis dans un silence gênant, alors qu'il se maudissait d'avoir engagé la conversation avec son prisonnier.

— J'imagine que je vais simplement devoir me faire la lecture pour passer le temps.

Tendant la main, il attendit le livre. Pépite le lui donna, puis battit en retraite dans son coin. Le pirate s'allongea avec précaution, puisque sa blessure était douloureuse. Il ouvrit le livre, dont les pages étaient légèrement jaunies et délicates et la couverture se détachait. Pépite s'assit, les jambes contre son torse, son front sur ses genoux.

— *Une tempête, en mer. On entend le tonnerre et la foudre.*

Pépite leva la tête et Faucon remarqua que ses yeux n'étaient pas réellement marron, mais avaient plutôt la couleur du miel chaud. Alors qu'il lisait, prenant parfois une voix plus aiguë ou plus grave en fonction des différents personnages, Pépite écouta avidement, un petit sourire recourbant ses belles lèvres.

Chapitre 9

O BSERVANT LES HOMMES rassemblés, Faucon gardait la tête haute, sa blessure ne palpitant que légèrement, à présent. Elle était un brin perceptible. Après trois jours dans sa cabine à lire du Shakespeare, du Cervantès et du Marlowe à voix haute pendant que Pépite écoutait, manifestement satisfait, il était temps de reprendre ses devoirs. De temps à autre, il remontait sur le pont afin que l'équipage ne soupçonne rien, et désormais sa jambe était assez en forme pour qu'il boitille à peine.

— Nous allons jeter l'ancre à Nassau.

Tandis qu'une acclamation résonnait, il leva la main.

— Seulement pour la journée, afin d'échanger la marchandise et de nous réapprovisionner. Nous resterons strictement en service. Nous n'irons pas boire. Nous n'irons pas voir les prostituées.

Un grommellement parcourut alors le pont.

— Je vous assure, je vous offrirai tout le rhum que vous pourrez boire ce soir quand nous serons de retour à bord et que nous serons en sécurité dans une crique, le long de la côte. Et ce ne sera pas de la piquette – ce sera le meilleur de toutes les Caraïbes.

— On ne peut pas faire venir les filles sur le quai, au moins ? gémit une voix. On ne dira rien, on le jure.

Faucon ravala un soupir.

— Vous savez bien que ces dames ont tendance à dénicher des informations qu'elles pourraient vendre à un autre équipage.

Davantage de grognements résonnèrent et O'Connell, un escroc irlandais qui s'était avéré censé et courageux, dit :

— Le capitaine a raison. Inutile de risquer notre rançon pour quelques minutes de plaisir.

Un troisième homme intervint.

— Parle pour toi ! Je tiens beaucoup plus longtemps.

Des rires s'élevèrent, le courant de ressentiment se dissipant. Faucon les fixa intensément.

— Nous devons garder nos esprits. Personne ne souffle mot sur notre otage à quiconque. Aucune exception. Pas une goutte d'alcool. Et si vous osez frapper à la porte de madame Atherton pour rendre visite à ses filles, vous perdrez votre part de la rançon. Compris ?

— Oui, capitaine, cria Snell.

D'autres se joignirent à lui, certains plus réticents que d'autres. Faucon sourit.

— Ce sacrifice à court terme vaudra la peine, je vous le promets. Gardons notre tête et nos regards rivés sur le butin !

Les pirates s'exclamèrent et il les congédia avant de se tourner vers la proue. Snell le rejoignit à lui, disant :

— Ce rhum ferait mieux d'être exquis, sinon ils voteront pour élire un nouveau capitaine.

Faucon gloussa à cause de cette plaisanterie et ignora son léger malaise. Il avait gardé le contrôle en restant ferme, mais juste. Toutefois, de nombreux capitaines avaient été renversés par des mutineries. Dans quinze jours, ils auraient leur butin et constateraient que les sacrifices en avaient valu la peine.

— Ce sera le meilleur de Nassau.

— De la pisse, donc. Mais ils vont tout de même l'engloutir.

Snell leva les yeux vers le ciel.

— Des nuages arrivent du nord. Il faudrait trouver un port sûr, ce soir, près de Nassau. La Crique de Perle, peut-être ?

— Oui.

— Qui surveillera le prisonnier pendant que nous serons à quai ?

Un étrange picotement coupable bourdonna dans son ventre. Ce serait une torture pour Pépite d'être si proche et d'être pourtant incapable de marcher sur la terre ferme.

— Je vais l'enfermer. Mettez… Grady de garde. Il est digne de confiance. N'est-ce pas ?

— Oui. Et vous devriez vous détendre. Je peux m'occuper de l'échange. Vous devriez peut-être vous trouver un arrière-train pour un bon coup.

— Peut-être.

Cela faisait une éternité et ce serait agréable.

Certains matelots à bord le faisaient entre eux et, à Nassau, personne ne s'intéressait à ceux qui prenaient leur pied. Dans le monde de la piraterie, les hommes pouvaient aussi bien être mariés, s'ils le voulaient. Certains portaient les bagues de leur compagnon et s'unissaient même officiellement.

— C'est l'esprit.

Snell lui mit une claque sur l'épaule et le laissa en paix.

Le capitaine savait que son quartier-maître et les autres étaient probablement déconcertés qu'il ne se tape personne à bord. Mais il avait décrété plusieurs années auparavant qu'il préférerait que sa verge ne tombe pas à cause d'une maladie vénérienne et que sa propre main serait suffisante.

De temps à autre, il avait été tenté d'accepter les offres de jeunes hommes audacieux lui proposant leur bouche ou leurs fesses, mais il s'était institué une règle contre le fait de coucher avec des membres de l'équipage. Cela ne faisait qu'alimenter la compétition et l'hostilité. Il valait mieux se tenir à l'écart. Rester intouchable.

Cette privation n'avait même pas été si difficile. La dernière fois qu'il avait connu la fièvre d'un véritable désir, il avait été à peine plus qu'un enfant et passait ses nuits dans un hamac avec

John dans le ventre noir et puant du *H.M.S. Leaside*.

Il s'accorda un moment pour se remémorer le sourire espiègle de John ainsi que l'épi de cheveux blonds retombant sur son front, l'intensité à couper le souffle avec laquelle ils s'embrassaient et se touchaient, chaque exploration inédite et exaltante. Ils étaient assez jeunes pour que personne ne s'intéresse au fait qu'ils partagent un hamac.

Le souvenir s'évanouit, comme toujours, dans l'explosion des canons et avec les Espagnols qui les avaient assaillis à l'aube. La bataille avait été sanglante et durement gagnée, mais ils avaient échappé à la galère. Faucon entendait encore le soulagement du quartier-maître quand il avait dit : *ça aurait pu être pire. La plupart des hommes sont encore en vie.*

La plupart.

La tête de John avait presque été arrachée, ses joues roses et son joli visage ayant disparu avant même que Faucon comprenne ce qu'il s'était passé : John l'avait mis à l'abri du danger.

Son sang avait taché le visage de Faucon — ses mains, ses lèvres, son cœur même — quand ils l'avaient passé par-dessus bord avec une dizaine d'autres morts, chacun enveloppé dans un tissu. Le quartier-maître avait prononcé le nom de John à voix haute avant le bruit d'éclaboussures, comme s'il s'agissait d'une offrande aux Dieux de la mer. Peut-être était-ce le cas.

Faucon était resté solennel, avec les autres, le long du bastingage tandis que le drapeau voletait en berne. Il avait observé le tissu recouvrant John flotter quelques instants avant de s'enfoncer sous les vagues et dans les profondeurs pour toujours.

Néanmoins, quand le dernier corps avait disparu de leur champ de vision, les hommes avaient repris leurs tâches, fourmillant et passant à autre chose, préparant le navire pour recommencer quand cela serait nécessaire. Faucon n'avait pas eu d'autres choix que de suivre, à moins de vouloir plonger derrière John.

Il avait été douloureusement tenté.

Les mois suivants, Faucon avait découvert que la souffrance était paralysante et n'avait aucun bénéfice pour lui. Les nuits étaient les plus difficiles, quand il se retrouvait seul dans un hamac sans les baisers de John blotti contre lui, et il s'était dit : *plus jamais*. Au fil des ans, il avait couché avec des hommes. Mais leurs lèvres ne touchaient jamais les siennes, ses mains ne s'attardaient jamais sur leur peau nue. Il ne les serrait jamais contre lui pour qu'ils dorment ensemble.

Cela faisait si longtemps, à présent. John n'était plus qu'une poussière au loin, dans le sillage de Faucon. Le capitaine ignorait pourquoi il apparaissait dans son esprit, ce jour-là. Il ne se souvenait sans doute même plus correctement de ce visage. Au fil des ans, il s'était certainement transformé et refaçonné dans sa mémoire.

Pourtant, il visualisait toujours les croix rouges sur les voiles espagnoles. Avec le goût métallique du sang de John dans la bouche, Faucon avait grimpé sur le mât pour accomplir sa mission de vigie et avait observé les mers, impatient de vivre une autre bataille. Il aurait aimé que les Espagnols les poursuivent une fois de plus afin de pouvoir les briser en mille morceaux.

Ce jour-là, peut-être, il s'était destiné à devenir corsaire privé et maintenant ceci, ce pirate sans foi ni loi.

Secouant la tête, il descendit de l'échelle. Pépite attendait dans la cabine, agitant les bras et les jambes tant il était enthousiaste.

— Vous savez quelle longueur fait la plage ? Jusqu'où s'étend-elle ? Si je cours…

— Tu ne courras pas.

Pépite sourit et un gloussement lui échappa quand il montra ses dents blanches.

— Je vous l'ai dit, je n'ai pas l'intention de m'enfuir. Je suis résigné à mon destin de prisonnier. Vous avez menacé ma sœur et jamais je ne mettrai Susanna ou son bébé en danger. Jamais. Je vais revenir. Ou vous pourriez courir à mes côtés ? Non, pas avec votre jambe. Un autre membre de l'équipage le pourrait-il ?

Faucon ne pouvait se permettre d'être influencé.

— Non. Tu resteras à bord.

Il avança vers le bureau et s'assit sur son fauteuil avant de prendre sa plume.

Son captif ne riait certainement plus.

— Mais nous avons conclu un pari. J'ai gagné. Je sais que vous vous en souvenez. Ces sutures dans votre jambe devraient vous rafraîchir la mémoire.

— Je m'en souviens. Nassau n'est pas convenable. Il y a bien trop de monde. C'est impossible.

— Mais vous avez *promis* !

Aussi incroyable que cela puisse paraître, une *excuse* se forma sur sa langue et il la retint à peine. Pourquoi devrait-il s'excuser de briser un serment envers un otage ? Il était pirate, après tout. À cause de Walter Bainbridge.

Il se surprit tout de même à dire :

— Il y a trop de monde. On trouvera une île assez grande. Nous devons effectuer des réparations à cause de cet aliéné d'Alfred. Un endroit inhabité. Assez grand pour que tu puisses courir.

Voilà, il était raisonnable.

Pépite secoua la tête, fit les cent pas et releva ses manches au-delà de ses coudes, dévoilant un soupçon de muscles fermes et bien taillés sous le tissu.

— Puis-je au moins aller sur le quai ? Descendre de ce bateau et m'étirer les jambes.

— Tu resteras ici.

— Vous êtes un menteur, cracha Bainbridge.

Ses joues laiteuses rougirent quand il continua de faire les cent pas.

Si Faucon l'avait trouvé quelconque après le premier coup

d'œil, il était désormais attiré par son visage. À quelques reprises, quand il lisait à voix haute, il avait perdu sa phrase puisqu'il s'était surpris à scruter Pépite et la manière dont il l'écoutait, les paupières fermées, un sourire rêveur fendant sa bouche.

Quelques grains de beauté sur son nez attirèrent d'ailleurs le regard de Faucon. Pépite se lécha ensuite les lèvres.

— Pourquoi vous ai-je cru ne serait-ce qu'un moment ? s'enquit-il. Pourquoi ai-je eu une meilleure estime de vous parce que vous m'avez fait la lecture et que vous vous êtes montré gentil à propos de mes déficiences ?

Faucon détourna le regard.

— Je ne sais pas, puisqu'apparemment je dois te rappeler que je suis un putain de pirate !

La colère et la souffrance du jeune Bainbridge n'auraient pas dû l'émouvoir. Il n'aurait pas dû avoir envie de répondre à de quelconques attentes. Pourquoi diable devrait-il s'en préoccuper ? Il n'avait rien à prouver.

— Puis-je au moins aller sur le pont ?

— Non.

Il voulait expliquer qu'il y avait de trop nombreux risques, que si Pépite était capturé par un autre équipage, il pourrait être torturé, voire pire. *Et je n'obtiendrais pas ma rançon. Et c'est ce qui compte vraiment.* Il ricana.

— Tu survivras.

Il reporta son attention sur ses tâches, lisant la liste de marchandises à échanger, et, bientôt, ils se retrouvèrent à Nassau. Des voix résonnaient sur l'eau et Pépite s'agenouilla près de la fenêtre ouverte, se tordant le cou. Faucon regarda derrière lui, ne s'empêchant nullement d'observer les fesses fermes et rondes de son captif.

D'ici, on ne pouvait qu'apercevoir les palmiers et les cahutes, ainsi que le monde s'affairer là où la plage se recourbait.

— Si tu cries…

Grommelant, Pépite soupira.

— Je n'en ferai rien.

Faucon attrapa son manteau et partit avant d'être contraint à faire d'autres promesses.

AVEC UN VERTIGE agréable, Faucon laissa les hommes profiter de leur joie sur le gaillard, refermant un loquet derrière lui. La musique et les hurlements tumultueux estompés sur la poupe, les bourrasques de vent et la pluie grondaient à ses oreilles.

Dans un soupir, il monta sur le pont principal et fut trempé jusqu'à la moelle en quelques instants, son manteau ayant été oublié près du tonneau de rhum. Il fit sa ronde et prit des nouvelles des pauvres idiots qui avaient perdu à la courte paille et étaient donc de garde cette nuit, avant de leur promettre une portion de grog supplémentaire, demain. Ils avaient jeté l'ancre dans un endroit sûr, mais le temps sur le pont était toujours terrible.

Portant un petit sac, il descendit et s'approcha enfin de sa cabine. Il hocha la tête en direction de Grady.

— Des soucis ?

— Aucun, Capitaine.

— Rompez. Mangez et buvez autant de rhum que vous le désirez.

Souriant, Grady lui passa la clé et se hâta. Faucon hésita. Il était idiot de se sentir encore coupable – ou de se sentir coupable, tout simplement –, mais il détestait ne pas respecter un pari, peu importait avec qui il était fait.

Il était resté sur le pont quand ils avaient quitté Nassau et se dirigeaient vers la crique, puis il avait mangé et bu trop de rhum avec les hommes, Snell le scrutant en haussant les sourcils. Il ne pouvait l'éviter, à présent, et il tourna la clé dans la serrure.

Pépite était dans son coin, recroquevillé sur la couverture. Il dormait, ou faisait au moins semblant. Il avait allumé l'une des lanternes et elle vacillait encore. Faucon s'apprêtait à entrer sur la pointe des pieds quand il reprit ses esprits et avança audacieuse-ment, ses bottes martelant le sol. *C'est ma cabine, nom de Dieu.*

Il laissa tomber le sac sur le plancher.

— Il y a des fruits. De la mangue, de l'orange et une prune.

Cessant sa comédie, Pépite s'assit et ouvrit le sac en toile rêche.

— Merci.

Il sortit la mangue et la prit dans sa main, l'observant curieu-sement avant de toucher la peau.

— Tiens.

Faucon saisit le poignard à sa ceinture et le lui tendit. Lorsque le manche en cuivre se retrouva dans la main de Pépite, il s'interrompit pour se demander ce que diable il faisait. *Voilà pourquoi j'aurais dû m'en tenir à un verre de rhum.*

Toutefois, le prisonnier éplucha le fruit avant de lui redonner l'arme. Il prit une bouchée hésitante de mangue et gémit. Le jus coula sur ses doigts et il tira la langue avant de les lécher comme s'il ne voulait pas en perdre une seule goutte.

Faucon se retourna et commença à retirer ses vêtements trem-pés, s'obligeant à ignorer la chaleur qui s'amassait dans son ventre. Il se déshabilla et s'étendit, nu, sur le lit, déterminé à s'endormir.

La journée avait été longue et il était resté sur ses gardes à Nassau – pesant chacun de ses mots, faisant semblant et portant son manteau horriblement chaud, satisfait par les chuchotements qu'il entendait dans son sillage. « *Voilà le Faucon des Mers.* »

Désormais, il pouvait souffler et se détendre. Enfin, il le pour-rait si Pépite arrêtait de faire des bruits si obscènes. Chaque son de déglutition et soupir de plaisir se dirigeait directement vers le membre de Faucon.

Oh, tant pis.

Il se prit en main. Pourquoi diable ne le devrait-il pas ? C'était sa cabine et il n'avait pas à se soucier de ce que son prisonnier pensait. Même si un coup d'œil à ce dernier l'informa que le jeune homme était désormais captivé, le reste de son fruit abandonné sur ses genoux et le regard rivé sur la verge raidie de Faucon.

Sa main droite coincée derrière la tête, le pirate écarta les jambes. Il lécha sa paume d'un long et lent coup de langue, avant de cracher dedans à quelques reprises. Paresseusement, il se masturba jusqu'à bander parfaitement, le regard fiévreux de Pépite s'insinuant dans sa peau et l'embrasant.

Il ne pouvait qu'apercevoir l'ombre de Pépite du coin de l'œil, dans la lumière tamisée et vacillante de la lanterne, mais il était certain que le prisonnier observait chaque mouvement de Faucon sur son membre.

Finis-en et dors.

Pourtant, il ne pouvait ignorer la faim curieuse de Pépite. Il ne pouvait nier qu'il en était enchanté, même s'il savait que c'était une folie. Il s'était contenu pendant si longtemps.

Plus que ça, Faucon n'avait plus été désiré si purement et si honnêtement depuis longtemps. Pourquoi ne pourrait-il pas goûter au fruit défendu ? Rien que cette fois, si Pépite le souhaitait.

Est-ce de l'honnêteté ? Ou se joue-t-il de moi comme monsieur Cooper joue du violon ? Pour tenter de s'assurer qu'il resterait en vie ?

La mélodie joyeuse que Cooper jouait actuellement sur le gaillard alors que les hommes faisaient ribote résonnait légèrement sur le navire, malgré le vacarme de la tempête. Faucon devrait fermer les yeux, se masturber rapidement jusqu'à jouir avant de laisser la musique lointaine le bercer.

Pourtant, son désir ne pouvait être nié. Faucon laisserait le choix à Pépite. Touchant son gland, il demanda :

— Ça te fait bander de me regarder ?

Pendant quelques secondes, lors desquelles son cœur battait de plus en plus fort, il craignit que le jeune homme ne réponde pas.

Puis, dans l'obscurité, celui-ci chuchota :

— Oui.

Le soulagement n'aurait pas dû enflammer ses veines, mais le sang y circula encore plus vite. Il n'était pas sage de jouer à cela avec son prisonnier – son butin. Mais, honnêtement, quelle meilleure revanche que de déflorer le fils de Bainbridge ? Ce serait un sacré coup pour la fierté de ce serpent.

Et si cela offrait à Faucon l'opportunité de toucher ces muscles fermes, de goûter et d'explorer… C'était encore mieux. Un sourire s'étira lentement sur ses lèvres.

— Tu veux regarder de plus près ?

Hésitant, Pépite s'approcha et écarquilla les yeux tandis qu'il observait le visage et le sexe de Faucon. Inclinant la jambe après avoir aplati le pied sur le matelas, le pirate ignora le picotement des sutures et cambra les hanches, le corps en feu. Il risquait de se consumer sous le seul regard de son prisonnier, par le désir qui s'y trouvait.

Si tout cela était feint, Pépite avait sa place sur les scènes londoniennes. Son torse s'élevait et retombait rapidement, et il se lécha les lèvres avant de laisser échapper :

— Je veux… Si je dois mourir, d'abord je veux…

Il sembla chercher les bons mots.

— Je ne veux pas mourir comme ça, déclara-t-il d'une voix rauque.

— Comment ?

Faucon parcourut du regard le jeune Bainbridge de haut en bas avant de remonter. La chemise pendait mollement, dissimulant la tension dans ses hauts-de-chausse, mais le capitaine était certain qu'il bandait. Oh, il avait terriblement envie de voir cette verge gonflée, de contempler les preuves du désir de Pépite.

Ce dernier ouvrit et ferma brutalement la bouche. Le pirate le délivra ensuite de sa misère et de ses joues rougies.

— Vierge ?

Soupirant, Pépite acquiesça.

— J'avais trop peur.

Le sang de Faucon frémit, une envie urgente et possessive le traversant hâtivement.

— C'est donc vrai ? Aucun homme ne t'a jamais pris ? Aucune femme n'a glissé une main dans tes hauts-de-chausse derrière les rosiers ou n'a exercé son œuvre ?

— Jamais. Je ne veux pas de dame. Ou de prostituée. Seulement un homme. Je ne sais pas pourquoi, ça a toujours été comme ça pour moi.

Son innocence était aussi enivrante que du rhum, et Faucon tendit la main avant de plier le doigt.

Pépite, avec sa pomme d'Adam cliquetant, resta hors de portée.

— Est-ce… ? Préféreriez-vous avoir une femme ? Ou… chuchota-t-il.

Son regard brillait d'un espoir immanquable.

— Êtes-vous comme moi ? Contre nature ?

Il était absurde de trahir une quelconque vérité, pourtant, penser à John plus tôt avait fait resurgir les souvenirs de la peur et de la solitude qu'il avait ressenties pour le crime causé par sa nature même. Il se surprit à hocher la tête.

Toutefois, son désir n'était pas désintéressé, loin de là. L'envie d'être le premier à décrire des va-et-vient dans ces douces fesses serrées battait comme un tambour de guerre et il fut incapable de se maîtriser davantage.

Relâchant sa verge un moment, de peur de s'embarrasser, il caressa plutôt ses tétons, satisfait que le regard de Pépite se pose sur ses doigts.

— J'ai essayé une femme, une fois, dit le pirate. La friction a fait le nécessaire. Mais ce n'était pas ça.

Il reprit son membre et mit le pouce sur son gland.

— Tu veux que je te montre ? Comme ça peut être entre deux

hommes ?

Hochant la tête, Pépite retira ses vêtements et les jeta courageusement sur le côté. Son long pénis fin se dressait au milieu d'un nid de boucles foncées et ses testicules pendaient lourdement entre ses jambes. La tension traversait ses muscles fermes, et sous la lumière tamisée, sa chair apparaissait dorée, légèrement couverte de poils châtains au niveau de son torse et sur le reste de son corps. Ses tétons étaient d'un rose poudré et pointaient sans même avoir été touchés.

Oh, comme Faucon avait envie de les toucher.

Pépite se lécha les lèvres.

— Que devrais-je faire ?

— Va chercher la bouteille d'huile dans le tiroir du milieu, dans mon bureau. Reviens ici, ensuite.

Au lieu d'hésiter, Pépite se précipita vers le bureau, puis revint vers le lit, observant son geôlier de haut en bas. Ce dernier plaça les deux mains derrière sa tête et haussa un sourcil.

— Eh bien ?

En prenant une brusque inspiration, Pépite grimpa sur le lit. Ils frissonnèrent tous les deux lorsque leurs chairs nues se rencontrèrent. Le pirate lui saisit les hanches, tentant de se plonger directement en lui, mais se maîtrisant.

— Comme... comme ça ? s'enquit Pépite en le chevauchant, tendu.

Il était certainement effrayé, mais il continua pour s'approcher du bord du précipice et se préparer à bondir. Ses muscles frémirent, l'excitation illuminant ses yeux couleur miel. Faucon se demanda s'il avait la même allure quand il courait.

— C'est comme ça ?

Pépite l'observa avec une grande vulnérabilité pour lui demander de le guider. Il lui faisait confiance, malgré toutes les raisons pour lesquelles il ne le devrait pas. Un petit froncement de sourcils apparut chez le jeune homme.

— Ça fonctionne, comme ça ? Ou est-ce que je devrais me mettre à quatre pattes ? Comme… Comme un animal ?

Malgré toutes les raisons pour lesquelles il ne le devrait pas non plus, Faucon s'ouvrit également, attiré par l'innocence de Pépite. Il lui sourit et glissa des mains apaisantes sur ses cuisses tendues.

— Ça fonctionne de bien des façons.

Depuis John, il n'avait jamais eu quelqu'un d'aussi adorable. Il aurait beau adorer s'enfoncer en Pépite s'il était à quatre pattes, à cet instant, il valait mieux le ménager et satisfaire son envie candide. Pour le récompenser de cette confiance. Ils la voulaient tous les deux. Pourquoi ne devraient-ils donc pas voler le plaisir où il se trouvait ?

Il saisit les doigts du jeune homme et y versa de l'huile. L'odeur de noix de coco s'éleva, douceâtre et écœurante.

— Ouvre-toi pour moi.

Impatiemment, Pépite tendit les mains derrière lui avant de se crisper et de haleter.

— Vous ne rentrerez pas, lâcha-t-il.

Son membre douloureusement raidi, Faucon dessina du bout des doigts de petits cercles sur les cuisses fermes du prisonnier. Il observa avidement les muscles se contracter.

— Lentement. Tu t'es déjà pénétré comme ça, avant ?

— Oui. Mais ça prendra trop de temps d'y aller lentement, gémit Pépite.

Ses paupières vacillèrent et sa bouche s'entrouvrit.

— Prenez-moi maintenant. Faites-le.

— Patience.

Ne voulant pas le briser en l'emplissant, Faucon sentit son sang commencer à frémir quand il le regarda s'affairer, bien que son orifice et ses doigts soient hors de portée de vue. Ne pas voir rendait la chose plus excitante et l'anticipation grandissait. Chaque gémissement et chaque soupir envoyait de petites étincelles jusqu'à ses testicules.

— S'il vous plaît, ça suffit.

Pépite retira sa main lubrifiée et se pencha contre Faucon. Il se renfrogna, comme s'il souffrait.

— S'il vous plaît.

Le pirate huila son sexe avant de saisir les hanches du jeune Bainbridge et de le guider dessus. Son gland poussa l'orifice étroit.

— Est-ce ce que tu désires ?

En guise de réponse, Pépite ferma les paupières et descendit courageusement, prenant toute l'extrémité de sa verge. Il eut les larmes aux yeux quand il haleta.

— Oh !

La peau de son torse rougit et Faucon la suivit du bout des doigts avant de tourner autour des tétons de son prisonnier et de lui provoquer un gémissement éhonté.

Centimètre par centimètre, Pépite se baissa et le capitaine tint fermement ses hanches, accusant une partie de son poids et ravalant un grognement. Cette chaleur parfaite et tendue l'entourait, l'embrassait, et la pression était presque trop bonne. Il ne se souvenait pas de la dernière fois qu'il avait ressenti une telle chose pendant un ébat. Habituellement, il regardait à peine son partenaire, mais avec Pépite, il était focalisé.

Il observa les émotions défiler sur son visage – la douleur, l'émerveillement, l'exaltation. Ce jeune homme était si intrépide, il prenait audacieusement ce qu'il désirait. Sa chaleur était exquise, et la sueur perlait sur le front du pirate tandis qu'il luttait pour garder le contrôle.

Faucon avait-il été si courageux lors de sa première fois ? Elle avait été hâtée, maladroite et douloureuse, bien que John ait pris autant de précautions que possible. Faucon fut frappé par l'idée qu'il ne voulait pas faire de mal à Pépite, ce qui était ridicule.

Il allait peut-être devoir le *tuer*.

Son souffle se coupa et ses muscles tressaillirent. Le jeune homme ouvrit les yeux, presque totalement empalé sur la verge de Faucon, tremblant alors qu'une larme s'attardait sur ses cils.

Le capitaine devrait le faire rouler à quatre pattes et le ravager comme il l'aurait fait avec un anonyme sur une plage de Nassau, au cœur de la nuit. Toutefois, il tendit presque la main pour essuyer la larme avant qu'elle coule sur la joue rouge de Pépite.

Heureusement, celui-ci l'essuya en premier, grinçant des dents alors qu'il s'installait totalement et ne reculait pas. Il baissa les yeux avant de regarder Faucon, un sourire incrédule et étourdi fendant son visage.

— Ça rentre, souffla-t-il. J'ai une verge en moi.

Il glissa une paume sur le torse de Faucon, provoquant des étincelles dans son sillage.

— J'en rêve depuis si longtemps.

Son sourire vacilla et son front se plissa alors qu'il respirait plus fort. Faucon vit quasiment les affres de la honte pourchasser le jeune homme dans son esprit. Celui-ci murmura :

— Je sais que je ne devrais pas. Et avec vous, en plus. Pourtant…

Il roula des hanches, tâtonnant.

— Mon Dieu, c'est si bon.

Prenant une profonde inspiration, il acquiesça.

— Je dois l'avoir. On ne m'en empêchera pas.

Le pirate se surprit à sourire, la chaude satisfaction le submergeant non seulement à l'idée qu'il était le premier à franchir cet orifice vierge, mais aussi parce qu'il donnait à Pépite ce qu'il désirait et qu'il s'était refusé. Cela comblait une envie si profonde en Faucon qu'il avait même ignoré son existence.

Il s'était montré patient, mais avait besoin de toucher. Le sexe de Pépite avait quelque peu faibli. Le pirate versa de l'huile dans sa paume et la posa ensuite sur la longueur, gratifié par la contraction des fesses de Pépite, son long gémissement et la manière dont sa verge réagit presque immédiatement en se gonflant.

Faucon le caressa et glissa sa main droite le long du flanc du prisonnier, puis sur ses tétons qu'il tordit et taquina.

— Tu as déjà imaginé ça, par le passé ? Être pris par la queue d'un homme ?

— Oh que oui.

Son regard était assombri par le désir, la fièvre et l'audace.

Faucon saisit les hanches de Pépite et s'enfonça vivement. Le prisonnier rejeta la tête en arrière, se cambrant comme un arc, et cria, de petits sons s'échappant de ses lèvres ouvertes, telle une chanson désespérée et entêtante. Cela résonnait profondément en Faucon et il donna de sa personne pour que le jeune homme se brise totalement sur son membre.

Essayant de trouver l'endroit précis, le pirate tenta plusieurs coups avant d'effleurer parfaitement le nœud gonflé. Pépite faillit s'effondrer quand il se pencha au-dessus de lui.

— Oh mon Dieu, c'est… Tu es si profond.

Ses cuisses se contractant, le captif s'empala tout seul et ses fesses serrées furent un paradis. Ses mains aplaties sur le torse de Faucon, ses doigts s'enfonçant pour se stabiliser, il bougea dans un rythme saccadé, luttant pour trouver le bon endroit à chaque coup de reins.

Le jeune homme haletait si joliment, ses cheveux couleur sable étaient mouillés et bouclaient sur son front. Ses yeux de miel brillaient sous l'effet de la découverte et du désir, de petits gémissements échappaient à sa bouche rose.

— *Oh, oh, oui.*

Les dix points de pression provoqués par les doigts de Pépite allaient sans doute lui provoquer des ecchymoses, de nouvelles taches foncées au milieu de ses tatouages, mais le soupçon de douleur enflamma les testicules de Faucon. Pépite était déchaîné et libre au-dessus de lui, les yeux fermés alors qu'il s'empalait férocement.

Le pirate tendit la main pour la poser sur sa joue, ayant besoin de revoir ses yeux. Il ravala son propre gémissement quand Pépite l'observa avec un plaisir pur et un abandon imprudent. Il demeurait intrépide, tandis qu'il prenait ce qu'il voulait.

Le jeune Bainbridge était censé être le prisonnier, pourtant c'était Faucon qui était pris au piège. Il était incapable de lui refuser quoi que ce soit, tel un navire de pêche pris dans le sillage d'une frégate, balayée d'un côté et de l'autre et ne pouvant rien faire d'autre qu'attendre.

— Oh, oh, j'ai besoin…

Pépite s'écrasa sur lui en grimaçant.

Faucon brûlait d'envie de lui offrir cette délivrance. Le sexe suintant de Pépite était d'un rouge profond, tandis que son gland était décalotté. Le pirate glissa un pouce sur son extrémité avant de le caresser rapidement et avec autorité, de bout en bout. Lors de son troisième passage, le captif hurla et jouit sur le torse du capitaine. Son orifice se contracta agréablement et ses yeux se refermèrent, dans l'extase.

Pendant que le jeune homme tremblait, Faucon s'enfonça dans cette chaleur persistante avec des coups de reins puissants, incapable de se contenir un instant de plus. Pépite ouvrit les yeux, un cri au bord des lèvres, tandis qu'un jet de semence s'écrasait sur le torse du capitaine.

Il se contracta et il n'en fallut pas plus au pirate pour jouir, le feu le balayant de la proue à la poupe puis dans le sens inverse tandis qu'il se vidait et que leurs regards se rivaient l'un sur l'autre. Faucon réussit à peine à crisper sa mâchoire et à ravaler son hurlement.

— Dieu du Ciel, marmonna Pépite en laissant retomber sa tête.

Ses bras se relâchèrent alors qu'il se retenait toujours, les doigts qui s'étaient enfoncés dans la chair de son partenaire se détendant.

— Je dirais plus qu'on est dans l'arène du diable, déclara lentement Faucon.

Sa tentative de plaisanterie sonnait creux. Effectivement, Pépite l'ignora. Le pirate dut se libérer et retrouver ses esprits, mais il tenait encore les hanches du jeune homme et ses mains bronzées contrastaient avec la peau pâle.

Son sexe avait commencé à ramollir et ressortait de l'orifice lubrifié et usé de Pépite, où il était entré le premier. Contrairement à ses ébats précipités habituels, il n'était pas prêt à se retirer. Il tendit plutôt la main pour tracer les contours de l'anus gonflé autour de lui.

Son torse s'élevant et retombant, Bainbridge releva la tête. Son regard troublé croisa celui de Faucon avant de descendre. Il déglutit difficilement, clignant des yeux comme s'il reprenait ses esprits après un rêve fiévreux. Le capitaine craignait de voir la culpabilité froncer une nouvelle fois ces sourcils. Pourquoi leurs désirs devraient-ils être considérés comme indignes ? Parce que l'Angleterre le disait ? Qu'elle aille se faire foutre.

Faucon leva son pouce et l'appuya sur le petit creux dans le menton de son prisonnier, se demandant s'il était né avec ou s'il l'avait acquis lors de l'une de ses aventures, peut-être en courant ou en grimpant à un arbre. Leur peau était trempée de sueur, là où ils étaient collés, et Faucon fut frappé par l'envie de faire rouler Pépite sous lui et de le couvrir de la tête aux pieds.

Pépite essuya sa semence, mais ne fit qu'empirer les choses, entortillant les poils sur le torse de Faucon et traçant les contours de son tatouage.

— Je suis désolé.

Ses doigts tremblèrent lorsqu'il tenta de le nettoyer.

— Il n'y a pas de honte.

Le pirate saisit le poignet de Pépite et leva sa main avant de suçoter ses doigts. Cette gourmandise musquée et acidulée se mêlait au jus de mangue restant sur la peau du jeune homme, qui l'observait d'ailleurs en écarquillant les yeux.

— Nathaniel.

Son regard se riva sur celui du capitaine et celui-ci se figea.

— Mon nom, c'est… ajouta-t-il d'une voix rauque.

Faucon le souleva brusquement, non seulement loin de sa verge, mais il le chassa aussi totalement du lit en le reposant sur ses pieds. Bainbridge vacilla et le pirate s'agrippa quelques instants à lui avant de le relâcher. Après tout, cela serait inconvenant de laisser son butin tituber et se fracasser le crâne.

S'obligeant à bâiller à s'en décrocher la mâchoire, le pirate se pencha en avant et saisit le caleçon en lin de Pépite où il avait été abandonné, sur le sol. Avec de rapides mouvements, il nettoya son membre et ce qu'il put sur son torse, avant de jeter le sous-vêtement poisseux à son prisonnier, qui était trop ébahi pour l'attraper. Le tissu blanc atterrit à ses pieds.

Bien que son cœur martèle trop prestement, Faucon garda une voix calme. Désintéressée.

— Là. Maintenant, tu ne mourras pas vierge.

Il croisa les bras derrière sa tête et ferma les yeux, poussant sa respiration à reprendre un rythme normal. Habituellement, le tangage du navire le berçait et il s'endormait instantanément, les soirs où il ne se préoccupait pas pour les hommes, pour les autres bateaux, la météo ou la marchandise. Ou par l'idée d'être capturé par les Anglais. Ou les Français. Ou les Espagnols.

Ses membres étaient détendus et il aurait dû être capable de s'assoupir immédiatement. Il n'y avait aucune raison de se demander comment se sentait Pépite. Et clairement aucune raison de *s'inquiéter*. De l'apaiser. Faucon lui avait donné ce qu'il souhaitait.

Il avait aussi pris ce qu'il désirait. Cela faisait trop longtemps qu'il ne s'était pas perdu dans un ébat. Et à présent, il l'avait fait. Il avait troussé le fils unique de Walter Bainbridge, cochant une autre case à sa revanche.

Ça n'allait pas plus loin.

Pourtant, le sommeil restait hors de sa portée tandis qu'il

écoutait Pépite battre en retraite dans son coin. Le pirate ouvrit les yeux et le regarda se laver, la lampe vacillante lançant des ombres tremblantes. Saisissant le seau que Faucon lui avait une nouvelle fois accordé, le prisonnier éclaboussa son caleçon souillé, avant de tendre la main vers ses fesses et de grimacer.

Il imagina les talents qu'acquerrait Pépite grâce à sa nature passionnée et curieuse. Oh, Faucon pouvait lui enseigner tant de choses.

Ça suffit.

Cela avait été l'histoire d'une fois. Il avait marqué l'héritier de Bainbridge, et même si le serpent ne l'apprenait jamais, Faucon, lui, était au courant. Nathaniel aussi.

Non. Son nom est uniquement Pépite. Mon butin. Ma revanche. Rien de plus.

Il ferma résolument les yeux face à la peau laiteuse, à l'épuisement et aux membres transpirants de Pépite. Bientôt, la lampe fut éteinte et la cabine plongée dans l'obscurité. Deux mots firent écho dans son esprit.

Plus jamais.

Chapitre 10

J'AI ÉTÉ TROUSSÉ.

Enfin, pour être plus précis, Nathaniel s'était largement troussé tout seul. Il avait chevauché le membre immense du roi des pirates, comme il avait imaginé une prostituée le faire – dévergondée et désespérée. Éhontée.

Le souvenir crispa ses testicules, picota ses tétons et retourna son estomac. Recroquevillé sur le plancher, l'horrible couverture poussée sur le côté, il admit la vérité, uniquement dans sa tête.

Je veux recommencer. Encore. Et encore.

Il avait pensé connaître le désir de son corps – la forme et le poids qu'il prenait, ses contours tranchants et ses profondeurs caverneuses –, mais il n'avait fait qu'effleurer la surface. Maintenant qu'il avait eu un membre en lui, la démangeaison s'était insinuée plus loin qu'il ne l'aurait cru possible. Elle brûlait chaque centimètre de son être.

Faucon était parti sur le pont et, à la lumière de l'aube, Nathaniel fouilla dans les coins et les niches, ouvrit les tiroirs. Il ne trouva aucun miroir. Celui que le pirate utilisait pour se raser et tailler son soupçon de barbe était apparemment enfermé avec les armes.

Nathaniel rit de lui-même, puisqu'il s'était demandé s'il avait changé, d'une manière ou d'une autre. Près du lit, qui était moins luxueux qu'il n'en avait l'air – le matelas avait été étonnamment dur sous ses genoux –, il tendit la main et la glissa sur les draps froissés.

Son estomac plongea une nouvelle fois, sa peau rougit, même si une voix le prévenait qu'il ne devrait aucunement se satisfaire de ce qui s'était produit. Surtout quand on songeait au genre d'homme qu'était Faucon. La main de Nathaniel flancha, son sourire s'estompa et la honte s'insinua.

Il était insensé de se sentir blessé par la manière dont il avait été sommairement congédié. Une fois que Faucon l'eut chassé du lit, il était retourné à sa place, dans son coin, poisseux à cause de l'huile et de la semence. Il s'était nettoyé et en avait eu la nausée.

Pourtant, lorsqu'il s'était réveillé, il aurait aimé que ce fluide soit encore en lui, qu'il puisse percevoir la preuve entre ses doigts, bien que l'irritation de ses fesses le rassure sur le fait que pas un seul instant n'avait été imaginé. Désormais, la culpabilité et un espoir fou oscillaient en lui comme un bateau tanguerait sur les vagues.

Qu'avait-il cru ? Qu'un ébat apporterait un quelconque changement à sa situation ? Que le pirate le serrerait contre lui comme un amant ? Qu'il l'embrasserait ?

Ce brigand avait promis de l'étriper si son père ne payait pas la rançon. Nathaniel avait beau essayer de ne pas s'attarder sur cette issue éventuelle, il ne pouvait s'attendre à un bouleversement du destin parce que Faucon l'avait besogné.

Et pourtant… le capitaine avait été *en lui*. Il s'était montré doux et encourageant. Il avait observé Nathaniel avec quelque chose de nouveau dans ses yeux bleus, une attention comme s'il avait réellement *vu* le jeune homme pour la première fois.

Il avait avoué qu'il partageait la même nature, et cela provoquait un frisson chez le jeune Bainbridge de savoir qu'il n'était pas seul. Il avait perçu la palpitation de la verge de Faucon au fond de ses entrailles. Il avait été rempli par sa semence. Le pirate avait non seulement offert sa confiance, mais sa personne. Serait-il encore capable de le tuer, quand l'heure serait venue ?

Tournant le dos au lit, Nathaniel soupira, frustré. Il savait qu'il ne devrait pas interpréter cet ébat comme plus que ce qu'il n'avait été. Ils n'étaient pas *amants*. Faucon avait pris son pied, comme la plupart des hommes le feraient si on le leur proposait. Le fait qu'il n'ait pas été brutal ne signifiait rien.

Le désir palpita en lui à l'idée d'être dominé. Nathaniel maudit son envie. Malgré tout, l'idée persistait : *je veux le refaire.*

Si seulement il pouvait en discuter avec quelqu'un. Il avait enfin trouvé un homme comme lui et pourtant, il était toujours seul. Il avait couché avec quelqu'un et c'était *glorieux*. À présent, l'idée d'épouser Elizabeth Davenport était plus inimaginable que jamais. S'il survivait. Si son père payait la rançon.

Faucon va-t-il effectivement me tuer ?

Il avait songé pendant des heures et des heures que le pirate avait lu à voix haute pour le divertir. Qu'il avait refusé l'idée que Nathaniel soit stupide. Qu'il avait apporté des fruits frais. Pourquoi cette gentillesse si le capitaine n'était réellement rien de plus qu'un assassin au sang-froid ?

Les mains tremblotantes, Nathaniel fit les cent pas dans la cabine – d'avant en arrière, de gauche à droite. Sa poitrine était comprimée et son souffle court. Il avait besoin de *courir*, de sentir le sol sous ses pieds et le vent dans ses oreilles. Son esprit se viderait à chaque pas, la paix l'envahirait à chaque inspiration et ses muscles le brûleraient merveilleusement.

Des pensées conflictuelles le traversèrent, trop difficiles à suivre : la contrition, la rébellion, le chagrin, le refus. Coincé dans cette cabine maudite, il se précipita vers les fenêtres et poussa brutalement un carreau. Il ouvrit la bouche et inhala profondément l'air salé, l'eau éclaboussant son visage tandis que le navire s'agitait avec la houle et retombait de l'autre côté des vagues.

La mer des Caraïbes était d'un bleu clair comme il n'en avait jamais vu et il avait terriblement envie de monter sur le pont pour regarder dans toutes les directions. À Nassau, il avait aperçu le sable, presque blanc, et ses pieds l'avaient démangé tant il avait souhaité y enfoncer ses orteils et courir sur des kilomètres.

Bien sûr, on le lui avait promis, et Faucon était ensuite revenu sur sa parole. Nathaniel ne devrait pas croire un seul de ses mots, peu importait le nombre de livres qu'il lui lisait à voix haute. Peu importait à quel point ses doigts avaient paru tendres lorsqu'il avait tracé l'endroit où leurs corps étaient encore joints après leurs ébats.

La porte de la cabine s'ouvrit et le cœur horriblement idiot de Nathaniel bondit. Toutefois, lorsqu'il se retourna, le capitaine ne croisa pas son regard. En réalité, il ne le regarda pas du tout. Il contourna simplement son bureau, ses bottes martelant le plancher. Il tira sur son fauteuil et saisit son carnet de bord.

Il remonta les manches bouffantes de sa chemise noire et, bientôt, la plume griffa la page. Nathaniel repartit se mettre dans son coin. Il traversa ensuite la cabine vers l'étagère et resta planté là.

Il fit demi-tour. Il se plaça à côté du lit et arriva finalement devant le bureau. Faucon ne réagit nullement. Aucun éclat ne se lisait même dans son regard ni aucune hésitation alors qu'il plongeait sa plume dans l'encrier. Il n'y avait simplement… rien. Comme si Nathaniel n'était même pas présent. Comme s'il n'avait aucune importance.

Cela n'aurait pas dû le déranger. Il n'aurait pas dû laisser la douleur l'écarteler, mais redevenir invisible maintenant que ses désirs étaient enfin connus – et partagés – était insupportable. Les mots lui échappèrent avant qu'il puisse retourner dans son coin.

— Suis-je vraiment si inférieur à vous ?

Cette fichue plume se figea finalement et Faucon leva les yeux sans toutefois relever la tête.

— Si c'est ce que tu crois.

— Que suis-je censé croire ? Comment puis-je me sentir autrement que rabaissé, puisque vous ne me *regardez* même pas ?

Faucon s'assit au fond de son fauteuil, les sourcils froncés et un sourire moqueur fendant les lèvres. Les serpents et l'oiseau sculptés s'élevaient au-dessus de sa tête, l'encadrant comme une couronne.

— Pourquoi diable devrais-je m'intéresser à ce que tu *ressens* ?

Il repoussa le fauteuil pour se lever et avancer vers la porte.

— Tu es prisonnier sur un fichu bateau pirate. Si tu persistes dans ta honte parce que tu as pris du plaisir là où tu pouvais en trouver, c'est ton choix. Ton satané problème.

Nathaniel rejoignit le centre de la cabine, les jambes tremblantes, mais les poings serrés.

— Vous me *faites* sentir honteux en… me rejetant. En feignant de ne pas me voir. Vous êtes un hypocrite.

Faucon se retourna et déclara d'une voix suintant de condescendance, comme s'il s'adressait à un enfant :

— Tu es mon prisonnier, Pépite. Tu n'es rien. J'ai besogné ton cul de vierge pour prendre mon pied et te rendre souillé à ton père. Il n'y avait aucune autre signification.

— Là, vous voyez ! *Souillé.* N'est-ce pas un mot destiné à me faire sentir honteux ? Les signaux que vous m'envoyez sont brouillés, monsieur.

La mâchoire crispée, Faucon aboya :

— Je ne suis pas ton gentilhomme. Je ne te dois rien. Je ne suis pas non plus ta putain de domestique qui serait là pour apaiser tes petits bobos et te bercer. Je ne suis pas ton bien-aimé tuteur. Je ne suis pas quelqu'un de bien.

Il fit une longue foulée pour se rapprocher de lui. Puis une autre.

Les fesses de Nathaniel s'écrasèrent contre le bord du bureau quand il recula. Il posa les mains derrière lui, ses doigts parcourant les feuilles volantes tandis que le pirate se penchait au-dessus de lui.

— Tu as dit que ton tuteur, dont la gentillesse et la bienséance sont légendaires, t'avait appris la lutte. Dis-moi. Mourais-tu d'envie qu'il te sodomise ?

Nathaniel eut soudain le souffle coupé et le vertige. Il ouvrit et referma silencieusement la bouche, puis Faucon saisit son poignet et le retourna avant de l'incliner au-dessus du bureau en lui tordant le bras dans le dos.

La chaleur du corps du capitaine recouvrit le sien et son souffle retomba sur l'oreille de Nathaniel.

— Quand il te *coinçait*, tu voulais qu'il baisse tes hauts-de-chausse ?

Sa main s'insinua sous le corps du jeune homme et ouvrit les boutons. Un air plus frais caressa sa peau tandis que ses hauts-de-chausse et son caleçon étaient tirés jusqu'à ses genoux. Le cœur de Nathaniel commença à s'emballer.

De son autre main, le pirate appuyait sur la tête de Nathaniel pour la maintenir et coller le bois poli contre sa joue gauche.

— Voulais-tu qu'il te besogne ?

Le captif s'exclama tant ses poumons le brûlaient. Le mot lui échappa dans un murmure laborieux.

— Oui.

Les doigts de Faucon s'écartèrent sur le visage de Nathaniel et son pouce pénétra sa bouche. La peau était rêche et calleuse. Le jeune homme le suça désespérément, bandant. Il gémit tandis que le capitaine retirait sa main.

— Savais-tu ce que tu voulais ?

Faucon glissa son pouce mouillé entre les fesses de Nathaniel, et poussa l'extrémité contre son orifice.

Sa main était telle une barre de fer autour du poignet du prisonnier.

Tandis qu'il l'ouvrait avec son pouce, les genoux du jeune Bainbridge manquèrent de céder.

— Oui. Je savais comment... J'ai vu un étalon monter une jument, un jour, et j'ai su que c'était ce que je voulais.

Faucon grogna et marmonna quelque chose que Nathaniel ne put comprendre. Il poursuivit donc.

— J'ignorais si ça fonctionnait de la même manière pour les hommes, mais je…

— *Le voulais* ?

Il plongea son pouce.

Ravalant un cri, le captif répondit.

— Oui.

Son épaule le brûlait et son bras tordu le picotait.

— Et maintenant, tu sais exactement ce dont tu as envie.

— Oui, grogna-t-il.

Lorsque le pirate libéra son propre pouce et le poignet de Nathaniel, les joues de ce dernier rougirent. Il était penché et exposé, ses hauts-de-chausse autour des genoux. Il devrait se relever et fuir – bien qu'il ne puisse pas partir bien loin. Toutefois, il pouvait tout de même dire à Faucon d'aller au diable et de ne plus le manipuler ainsi.

Pourtant, il resta immobile, son bras toujours tordu dans son dos, ses jambes écartées, sa joue rougie contre le bureau froid. Il cligna des yeux en regardant la bibliothèque, les titres sur le cuir trop lointains pour qu'il puisse les lire, même s'il avait pu le faire sans être confus.

Il en avait envie. Au diable sa fierté. Au diable son inquiétude à propos de son destin ou du rôle que jouait Faucon dedans. Aucun homme ne pouvait réellement savoir de quoi demain serait fait. Aujourd'hui, Nathaniel était *en vie*, et il se ferait prendre autant de fois qu'il le pouvait.

Mon Dieu, il voulait être monté et pénétré avec la puissance d'un canon jusqu'à ce que ses dents en grincent, que sa peau soit contusionnée et qu'il soit épuisé. Il gémit.

— S'il vous plaît ?

L'espace d'un instant horrible et dévastateur, il crut que le pirate le laisserait bandant et souffrant. Humilié. Puis l'odeur exotique de l'huile qu'ils avaient utilisée la veille fit son apparition et un bruit de tissu froissé résonna.

Nathaniel soupira de soulagement. Sa peur exaltante se manifesta en même temps que Faucon avec son membre raide, épais et huilé, appuyé contre l'orifice du jeune homme. Plongeant les doigts dans sa chair, il l'ouvrit. Bainbridge retint sa respiration quand le pirate le pénétra très légèrement, sa verge dure comme de l'acier et bien trop grosse.

Toutefois, savoir que Faucon bandait pour *lui* provoqua chez lui un vertige et une euphorie qui le faisaient envisager certaines possibilités. Le capitaine le désirait clairement, malgré ses tentatives pour le maintenir à distance.

Nathaniel pouvait-il reprendre assez de valeur à ses yeux pour être épargné quand l'heure viendrait ? La connexion ténue et vacillante entre eux alimenterait-elle un feu dont les braises ne refroidiraient jamais ? S'il pouvait abattre les défenses du Faucon des Mers et atteindre l'homme qui se cachait en dessous, pouvait-il y avoir quelque chose de *réel* ?

L'orifice de Nathaniel le brûlait déjà, endolori et à vif à cause de la veille. Toutefois, ça n'avait aucune importance. Il désirait avoir Faucon en lui, plus que n'importe quoi d'autre. La souffrance intensifia curieusement le tiraillement plaisant dans son entrejambe.

Faucon saisit sa main droite où elle était encore posée contre le bas de son dos.

— Bon garçon.

La fierté gonfla en Nathaniel. Le pirate déplia son bras coincé et presque paralysé avant de le mettre sur le bureau, près de sa tête, et d'en faire de même avec le bras gauche. La chaleur de Faucon réapparut ensuite quand il se pencha pour parler à l'oreille de son prisonnier.

— Dis-moi. Que veux-tu, Pépite ?

— Votre queue. Tout entière.

— Hmm.

Le capitaine était à peine en lui. Il poussa sur deux centimètres supplémentaires.

— Que veux-tu que je fasse avec ma queue ?

Nathaniel grinça des dents.

— Baisez-moi avec, espèce de salaud !

S'esclaffant d'une voix tonitruante, Faucon s'enfonça jusqu'à la garde et chassa l'air de ses poumons comme un soufflet. La douleur monta, mais alors que l'homme le prenait, ses testicules lui heurtant les fesses, cette souffrance devint exquise. Le jeune Bainbridge était bel et bien coincé, par les poignets et par la verge de Faucon qui l'emplissait.

Il lui paraissait impossible que quelque chose de si gros puisse entrer, et il en fut bouleversé. Ses membres se muèrent en coton et le monde entier se réduisit au pénis qui le distendait, aux doigts de fer autour de ses poignets et à l'explosion brûlante des grognements du pirate.

— Oh, oui. J'en meurs d'envie depuis si longtemps, gémit Nathaniel.

Il se rendit compte que certains des bruits gutturaux qu'il percevait provenaient de sa propre gorge. Ses lèvres s'entrouvrirent alors qu'il se faisait prendre comme un chien. Il n'aurait pu bouger, même s'il l'avait souhaité, et cette pensée crispa ses testicules.

Son sexe tremblant et suintant était collé contre le bureau et se frottait au bois alors que Faucon s'enfonçait en lui.

— S'il vous plaît, le supplia-t-il.

— Ton tuteur si bon et bienséant t'aurait-il donné ce dont tu avais besoin ?

L'homme ponctua sa question d'un coup de reins particulièrement vicieux.

— T'aurait-il rempli de semence ?

— Non ! Il n'y a que vous.

Faucon se rapprocha et sa carrure surpassa largement celle de Nathaniel. Il se retira presque entièrement avant de le pénétrer avec des va-et-vient erratiques. Il s'inclina jusqu'à effleurer le point sensible qui faisait céder les genoux du prisonnier.

Des étincelles surgirent derrière ses paupières et de petits points blancs apparurent quand il cria. Après quelques coups de reins supplémentaires, Nathaniel jouit, tremblant et criant, restant toujours collé contre le bureau.

Le pirate recommença à le trousser avec force, leurs peaux claquant dans la cabine grinçante et oscillante. Nathaniel grogna en même temps que lui lorsqu'il se vida. Haletant par-dessus l'épaule du jeune homme, Faucon finit par poser la tête sur le sommet de sa colonne vertébrale.

C'était presque un baiser.

— Merci, murmura Nathaniel.

Les deux mains de fer autour de ses poignets se détendirent et Faucon vint caresser la peau rougie avec ses pouces. Il avait beau insister sur le fait que Nathaniel ne signifiait rien – il avait beau fanfaronner – il avait tout de même satisfait le désir le plus fou de son captif pour la deuxième fois.

Il savait qu'il était imprudent à l'extrême de sous-estimer son prisonnier, de lui autoriser une certaine fatuité ou un sentiment de sécurité. Pourtant, avec le pirate toujours logé en lui et les lèvres douces sur sa nuque, Nathaniel se demanda à nouveau où s'achevait réellement toute cette mascarade et où commençait l'homme – celui qu'il avait aperçu et qui était capable de gentillesse.

L'homme qui serait incapable de les blesser, lui et son innocente sœur. Peut-être qu'il était incroyablement naïf, mais ses instincts lui indiquaient que Faucon n'était pas le méchant qu'il prétendait. Celui qu'il *essayait* d'être.

Nathaniel resserra les fesses autour du membre de son geôlier encore en lui, et ce dernier gémit avant de poser les doigts sur ses cheveux. Les ébats étaient-ils toujours ainsi ? Nathaniel n'avait aucune autre expérience avec laquelle comparer. Faucon en avait sûrement vécu des tas. Mais restait-il habituellement proche de son partenaire ensuite ? Son autre main était encore posée sur celle de Nathaniel, sur le bureau, et son pouce le caressait régulièrement.

Le jeune Bainbridge haleta quand l'homme se retira, et ce vide soudain fut si choquant que ses cuisses en tremblèrent. Néanmoins, le capitaine ne l'abandonna pas, cette fois-ci, et le cœur du prisonnier chantonna quand il imagina les possibilités.

Des doigts épais et calleux repoussèrent à l'intérieur la semence qui coulait des fesses sensibles de Nathaniel.

— Il n'y a que moi, marmonna Faucon, qui était toujours penché au-dessus de son oreille.

Un frisson parcourut le dos du captif, comme une pierre le ferait sur la surface lisse d'un lac.

Il n'y a que vous.

Chapitre 11

— OH ! Il pleut.

Faucon leva les yeux de sa carte, qu'il étudiait inutilement depuis presque une heure, tentant sans y arriver de ne pas être distrait par Nathaniel – *Pépite* – dans le coin à sa droite. La pluie tombait sur le verre et le capitaine grogna.

Torse nu et ne portant que ses hauts-de-chausse, les attaches sous ses genoux se balançant, Pépite se hissa sur l'une des banquettes sous la fenêtre. Il s'éloigna du carreau et replia ses pieds sous ses fesses avant de jeter un coup d'œil dehors et de laisser les gouttes de pluie éclabousser son visage.

Faucon s'était réveillé ce matin-là avec son sexe douloureusement raide, et il mourait d'envie de prendre l'orifice serré de Pépite, d'entendre ses gémissements et ses petits cris, de lui procurer du plaisir. Ce qui était la raison pour laquelle il s'était obligé à se lever avant le changement de garde, pendant que le prisonnier dormait encore.

Il n'était retourné dans sa cabine qu'en milieu d'après-midi, quand Snell avait grommelé qu'il creusait des trous dans le plancher du pont à cause de son agitation. Pépite venait tout juste de commencer à muscler ses bras, soulevant son poids et se mettant en équilibre sur les orteils, son torse nu luisant de sueur. Ses muscles s'étaient crispés et il avait grogné en se relevant et en s'abaissant.

Faucon avait presque battu en retraite lorsque son membre avait gonflé. Mais pourquoi ne devrait-il pas passer le reste de la journée confortablement dans sa cabine ? Pourquoi devrait-il en être chassé par son captif ? Ou, plus particulièrement, par le désir qu'il ressentait envers lui ? C'était une erreur d'y avoir cédé, et désormais, il allait se contrôler.

Il s'était juré qu'il ne baiserait *plus* Pépite. Il ne se laisserait pas appâter comme la veille. Il avait été si doué pour l'ignorer avant que le prisonnier le mette au défi. Le pirate avouait d'ailleurs volontiers que le jeune homme avait raison et qu'il avait réellement utilisé la honte comme une arme.

Cette idée enflamma le sang de Faucon. Pépite ne s'était pas dégonflé et n'avait pas nié ses envies, mais il s'était promptement soumis. Lui avait perdu tout contrôle de lui-même et n'arrivait pas à le regretter.

Mais pas aujourd'hui. Il prouverait qu'il était non seulement le maître de son prisonnier, mais aussi de ses propres désirs. Il ne le prendrait pas. Jusqu'ici, il ne l'avait pas besogné, bien que son membre tressaute à cette seule pensée.

Nom d'un chien.

Il avait passé des mois sans rien d'autre que sa main et pourtant, maintenant, il débordait de désir. Trousser Nath… *Pépite* et le déflorer aurait dû satisfaire sa curiosité. La chasser. Malgré tout, elle persistait, aussi insistante qu'une colonie de fourmis.

La pluie tombait plus dru, à présent, et il se leva pour placer un seau sur le plancher, à bâbord, là où la coque avait tendance à fuir. Le navire se balançait entre les vagues. Rien d'alarmant. Les gouttes tombaient quasiment en ligne droite et les vents étaient gérables.

Derrière son bureau, il saisit son compas et calcula la distance entre l'Île Primevère et Nassau, le regard rivé sur la carte. Pourtant pour une raison mystérieuse, il demanda :

— Pourquoi la Couronne a-t-elle choisi d'établir une nouvelle colonie sur l'Île Primevère ? C'est assez isolé.

— Je l'ignore, répondit Pépite. Pour ajouter chaque bout de territoire disponible à son Empire, peu importe où il se situe ?

Il se rassit sur la banquette et essuya la pluie sur son visage.

Faucon ricana malgré lui.

— C'est manifestement ça.

— Sans le chagrin que cela provoquerait à ma sœur, je vous supplierais de me déclarer mort une fois que vous aurez récupéré la rançon, puis de me déposer sur une autre île.

Il devrait tuer cette conversation dans l'œuf. Malgré tout, il demanda :

— Et pour ton père ?

Il joua avec le compas en attendant la réponse.

Pépite demeura silencieux avant de soupirer.

— Cela fait des années que je ne l'ai pas vu. J'avoue qu'il ne m'a nullement manqué. L'Île Primevère serait une perspective bien plus attrayante s'il ne s'y trouvait pas. Je pourrais courir, nager et grimper sans que personne ne me traite d'idiot. Ou si quelqu'un le faisait, ça ne m'atteindrait pas. Je prendrais un autre nom et apprendrais à gagner honnêtement ma vie. Peut-être dans la menuiserie. Je travaillerais la terre et cueillerais des fruits. N'importe quoi pouvant se faire à l'air libre.

Pourquoi suis-je en train de poser ces questions ? Pourquoi ai-je envie d'en apprendre toujours plus ?

— Je comprends les mérites d'une telle vie, déclara-t-il.

Les mots étaient sortis de sa bouche, sans y avoir été invités ou invoqués. Une envie urgente de rassurer le jeune homme s'éleva en lui. Pourquoi devrait-il se préoccuper de l'exaspération de Bainbridge envers sa vie de privilégié ? C'était ridicule.

Assez.

— Pourquoi vous appelle-t-on Faucon ?

— Ça ne te regarde pas.

Son ton ne trahissait pourtant pas le mordant escompté, et

N... *Pépite* se contenta de glousser.

Lorsqu'il lui jeta un coup d'œil, une minute plus tard, le prisonnier était tant penché – ses fesses bien proportionnées dans le vide, ses genoux retombant sur la petite banquette – que le cœur de Faucon loupa un battement. Il se surprit à s'avancer vers le coin et à tenir les pieds de Pépite.

Le visage trempé, celui-ci regarda par-dessus son épaule. Un sourire exquis se dessina sur ses lèvres pendant qu'il se délectait du déluge. Il n'y avait aucun artifice, son bonheur face à de si petites choses, telles que les gouttes d'eau coulant sur sa peau, resplendissait et captivait Faucon, au même titre que la poussière était attirée par les rayons du soleil.

Il tenta de percevoir la chaleur qui le traversait, cette sensation inhabituelle qui ne ressemblait en rien à du désir ou à une satisfaction triomphante. C'était... Mon Dieu, il était *charmé*. Il lutta contre ces sentiments étranges, relâcha Pépite et recula jusqu'à heurter le coin de son bureau. Le bois s'enfonça dans sa hanche.

Tu me donnes à nouveau l'impression d'être jeune.

Seigneur, il était vraiment temps pour lui de prendre sa retraite, puisqu'il était clair que son cerveau s'embrouillait. Pourtant, dans ces eaux dangereuses, il se retrouva incapable de prendre du recul. Il voulait voir le monde à travers les yeux de Pépite. Il voulait être si... *nouveau*.

Tandis que Pépite revenait à l'intérieur de la cabine et se retournait sur la banquette, il sourit d'un air hésitant.

— Quoi ?

— C'est un plaisir simple, mais il est profond.

Sa peau était rougie jusqu'à son torse ferme, que Faucon devait arrêter *immédiatement* de reluquer. N... Pépite passa les doigts dans ses cheveux bouclés, toute trace d'exubérance disparaissant.

— Eh bien, je suis un benêt. C'est logique.

Le pirate fronça les sourcils.

— J'ai connu un bon nombre de lents d'esprit, au fil des ans. Tu n'en fais pas partie. Apprécier la joie apportée par les banalités est simplement sage. Qu'est la vie si ce n'est grandement banale ?

— Dit le roi pirate.

Un petit sourire incertain, tel un bourgeon perçant le sol au printemps, se dessina sur les lèvres de Pépite.

Faucon pivota pour se pencher au-dessus de son bureau, afin de ne pas sourire en retour.

— Je suis sûr que tu as vu par toi-même que l'ordinaire a bien sa place, ici.

— Oui, malgré vos impostures. Il s'avère que la piraterie est autant une pièce de théâtre qu'un acte ignoble.

— C'est vrai, admit le capitaine.

Inutilement, il bougea son encrier et sa plume d'un côté à l'autre du bureau avant de les replacer.

— Nous répandons la rumeur concernant la tyrannie du Faucon des Mers à Nassau, Port-Royal et Tortuga. Il est bien plus facile d'être pirate quand la plupart des navires se rendent dès qu'ils voient notre drapeau.

Le seau se remplissait à une vitesse alarmante et il alla donc inspecter le plafond, qui devrait être réparé. C'était le bon moment, pendant qu'ils attendaient leur rançon. Son regard fut de nouveau attiré vers Pépite et un nœud se serra dans son estomac.

Le jeune homme se mordit la lèvre, plein d'espoir, et Faucon plissa les yeux avant de comprendre ce qu'il désirait. Évidemment, il devrait le lui refuser, pourtant, il se surprit à glisser le seau en direction de Pépite avec sa botte et à le remplacer par un bol.

Il était suffisamment rempli pour que le prisonnier puisse se laver et, du coin de l'œil, le capitaine le vit se déshabiller et s'éclabousser avant de récupérer un bout de tissu qui avait été abandonné dans son coin. Il fredonna légèrement, restant près de la fenêtre en frottant son corps.

Il n'y avait absolument aucune raison pour que Faucon lui

coupe une tranche de savon. Il le fit pourtant et la lui donna sans le regarder, puis il grogna en réponse aux remerciements enthousiastes de Pépite.

Après quelques minutes, Faucon avait minutieusement examiné le côté bâbord de sa cabine pour repérer de nouvelles fuites et il en avait trouvé deux. Il se retourna et vit que le prisonnier frottait encore ce fichu tissu sur sa peau nue et qu'il scrutait Faucon pardessus son épaule.

La chaleur le submergea avec autant de force que la pluie sur les carreaux tandis que Pépite passait le linge entre ses fesses et que ses lèvres s'entrouvraient dans un soupir.

Cette petite merde savait exactement ce qu'elle faisait.

Le pirate imaginait que son orifice était assez sensible, étant donné qu'il avait été sévèrement troussé. Il était sans doute trop endolori pour être ouvert prochainement – bien que Faucon n'entretienne pas une telle idée, puisqu'il avait juré de plus plonger sa verge dans ces belles fesses. Enfin, certainement pas aujourd'hui, en tout cas.

Et ma langue ?

Les visions se déchaînèrent dans son esprit : Pépite à genoux, la tête par la fenêtre, les fesses relevées. Le visage de Faucon était blotti entre ses fesses et il le léchait tandis que le jeune homme gémissait et frissonnait. Le pirate lui faisait prendre son pied sans même le toucher, puis il se masturbait et jouissait sur le derrière et le dos de son prisonnier, marquant sa peau pâle, réclamant…

Assez !

— Remets tes vêtements, aboya-t-il.

Pépite cligna des yeux.

— Vous ne voulez pas… ?

Dans le silence qui suivit, il baissa la tête et récupéra sa chemise – la vieille chemise de Faucon. Il la colla contre son torse, clairement humilié.

— Il y a du boulot.

Faucon fouilla dans ses tiroirs et les referma brutalement, grinçant des dents. Il aurait aimé que son membre dégonfle et que le feu dans ses veines s'apaise.

Pépite enfila rapidement la chemise et ses hauts-de-chausse par-dessus sa peau nue. Il croisa les bras sur son torse et retourna dans son coin. Faucon se surprit à ajouter :

— De plus, tu n'aimerais pas monter sur le pont dévêtu.

Il ignorait pourquoi il avait dit ça. Il ne devrait pas avoir envie d'apaiser le picotement de rejet et offrir quoi que ce soit à son prisonnier. Mais il l'avait fait. Et Nathaniel… *Pépite* leva brutalement la tête, l'anticipation illuminant son visage. Faucon fut obligé de détourner les yeux lorsqu'il avança vers la porte.

— Viens. Ne parle pas aux hommes. Pas de ruse.

Sur le pont, l'équipage interrompit son travail afin de fixer Pépite, puis pour échanger des regards et se tourner enfin vers Snell. Tandis que le capitaine les fusillait du regard, ils se concentrèrent tous à nouveau sur leur tâche. Pépite inclina la tête en arrière, exposant sa gorge alors qu'il ouvrait la bouche et avalait les gouttes fraîches. Cela n'apaisa aucunement la semi-érection de Faucon, mais au moins, s'ils étaient sur le pont, il respecterait sa parole.

La chemise blanche de Pépite collait à sa peau et devenait translucide sous la pluie. Faucon ne se fit aucune promesse pour le lendemain.

Chapitre 12

L E PONT ÉTAIT presque sec sous ses pieds, le soleil ayant
réapparu dans toute sa gloire afin de bannir la pluie et les
nuages. Pourtant, *il* n'avait pas été renvoyé dans sa cabine.

Nathaniel resta près du bastingage, à bâbord, hors du chemin
des autres pirates, et il ne soufflait pas un mot. Manifestement,
Faucon l'avait oublié et il lui en était à la fois reconnaissant et
rancunier.

Il s'était senti si audacieux quand il avait retiré ses vêtements et
s'était lavé devant son geôlier. Il avait pris son temps, attendant
que le pirate vienne à lui et le trousse à nouveau.

Toutefois, il n'en avait rien fait. La peau de Nathaniel le picota
tandis qu'il bougeait maladroitement. Pour la centième fois, il
aurait aimé courir, nager ou se vider la tête. Peut-être que Faucon
en avait eu assez, maintenant, et que Nathaniel ne le tentait plus.

Il devrait en être ravi, mais bien évidemment, il en était désespéré. Comment allait-il s'en passer, à présent ? Que ce soit un
péché ou non, il s'en moquait. Il voulait à nouveau avoir Faucon
en lui. Il se fichait de savoir si c'était douloureux. Il accepterait
chaque ecchymose, chaque courbature s'il pouvait connaître
encore une fois cette délivrance, cette sensation de *normalité*, cette
impression qu'il était enfin devenu lui-même, qu'il était *réel* d'une
manière qu'il ne pouvait expliquer.

Seigneur, comme il voulait être embrassé, goûter la bouche de

Faucon et partager son souffle, sentir l'éraflement de sa barbe, être consumé…

L'idée qu'il n'intéresse plus le capitaine le faisait mourir d'envie. Ce qui était insensé puisque, comme une voix logique le lui rappelait, Faucon était un pirate. Un pirate qui l'avait kidnappé et qui avait lâchement menacé sa sœur.

Cet homme était un voleur et un tueur qui provoquait la terreur sur les mers. Il avait deux fois son âge, si ce n'est plus. La liste de raisons pour lesquelles Nathaniel devrait grimacer à chacun de ses contacts était longue. Pourtant…

Il était devenu intolérable de penser que Faucon mettrait à exécution sa promesse de tuer Nathaniel ou Susanna si la rançon n'était pas réglée. Nathaniel reconnut qu'il s'était peut-être trompé en espérant que le capitaine soit un homme bon sous sa coquille, mais ses chances de survie ne pouvaient qu'augmenter proportionnellement à leur rapprochement.

Croire qu'il y avait plus chez Faucon ne faisait donc pas de mal, n'est-ce pas ? S'il avait le sang-froid au point de pouvoir mettre ces menaces à exécution, le fait que Nathaniel se torture à cause de cette inquiétude rendrait simplement ses dernières semaines insupportables et ne changerait rien à l'issue. Prendre du plaisir avec Faucon ne pouvait que lui donner plus de chance – et lui offrir une satisfaction plus profonde qu'il ne l'aurait imaginé.

Non, Nathaniel ne permettrait pas au capitaine de le garder à distance. Il le refusait.

Il l'observait de temps en temps. Il se trouvait à la barre ou sous la proue, et s'entretenait occasionnellement avec monsieur Snell. L'équipage menait ses tâches à bien et ils n'étaient que des… hommes. Des hommes avec des espoirs et des peurs, qui pouvaient être frustes, oui. Mais la routine de travail sur ce navire était la même que sur n'importe quel vaisseau, peu importait son drapeau.

L'équipage respectait clairement Faucon et le craignait aussi, à en juger par les coups d'œil nerveux jetés dans sa direction quand un équipement quelconque tomba et dut être réparé. Il les fusilla du regard et monsieur Snell alla leur passer un savon.

Faucon se tenait à l'écart de ses matelots, et Nathaniel supposa que c'était ainsi que se comportaient habituellement les hommes de pouvoir. Il paraissait plutôt solitaire. Les pirates se targuaient d'être fraternels, mais lui ne faisait visiblement pas partie de cette compagnie.

Un cri fendit l'air. Nathaniel rejeta brutalement la tête en arrière pour voir la vigie suspendue sur le gréement de la grand-voile, agitant les bras. Seul un pied enchevêtré l'empêchait de venir s'écraser sur le pont bien plus bas.

Le cœur martelant, Nathaniel bondit sur l'échelle de corde, s'élevant comme il l'avait fait par le passé sur le chêne bordant le pré de la propriété Hollington.

Des cris se mêlèrent dans un vacarme indiscernable, s'évanouissant tandis que Nathaniel se focalisait sur la vigie terrifiée et ses hurlements aussi cassants que du verre. Plissant les yeux face au soleil impitoyable, le jeune homme grimpa, encourageant mentalement le matelot à s'accrocher quelques instants de plus…

Passant un bras dans un barreau de l'échelle, il s'étira sur la gauche.

— Attrapez ma main !

La vigie tenta frénétiquement de l'attraper, son visage écarlate sous sa longue barbe, ses cheveux sombres balayés sous la brise. Ses doigts poisseux glissèrent contre ceux de Nathaniel et la cheville de ce pauvre homme – qui tenait tout son poids, là où la corde était enroulée – était certainement sur le point de céder.

Nathaniel se pencha davantage, ses muscles se crispant. Il n'avait plus que le pied droit sur l'échelle, à présent. Son estomac se retourna et ses instincts lui hurlaient de se mettre en sécurité. Encore quelques centimètres et il perdrait l'équilibre, les condamnant tous les deux. Mais alors qu'il croisait le regard terrifié de l'homme, il ne put l'abandonner.

— À trois, vous vous balancerez de ce côté et je vais me pencher vers vous. Un, deux, trois !

S'agrippant au bord de l'échelle d'une main et d'un pied, Nathaniel se balança en même temps que la vigie et leurs doigts se heurtèrent fermement. Rapprochant l'homme tête en bas, il replaça ses deux pieds sur l'échelle.

— Maintenant, déroulez la corde autour de votre cheville. Détachez-la d'un coup de pied. Je vous tiens.

Seigneur, faites en sorte que je le tienne.

Haletant, le matelot fit ce qu'on lui demandait. L'espace d'un instant abject, la vigie tomba, leurs mains toujours jointes. Toutefois, Nathaniel tint bon et ignora la douleur de son corps, puisque le poids entier de cet homme pesait à présent sur son épaule. Il avait mal, mais ne cria pas. Il se mordit la langue et sentit le goût du sang.

Ne lâche pas ! Allez !

Il ne fallut probablement que quelques secondes à la vigie pour mettre les pieds sous Nathaniel et relâcher sa main afin de s'agripper aux cordes, mais une vie entière traversa son esprit dans un mélange d'images – le sourire étincelant de Susanna, monsieur Chisholm lui touchant affectueusement l'épaule, ses courses dans les champs et ses bains dans les lacs translucides en plein été, les yeux bleus de Faucon le transperçant, ses tatouages couverts de la semence de Nathaniel.

Avec un sanglot pitoyable, le matelot descendit, clairement désespéré d'avoir un vrai plancher sous les pieds. Nathaniel le suivit, impatient également de quitter cette corde vacillante.

Sur le pont, la vigie s'était agenouillée et un de ses compagnons lui tapotait l'épaule tandis qu'un autre lui tendait une dose de rhum. L'équipage s'était évidemment amassé et l'un des membres dit :

— Tu es à moitié singe ou quoi ?

Cillant, Nathaniel réalisa que l'homme s'adressait à lui. Il jeta un coup d'œil autour de lui, découvrant que tous les regards étaient posés sur lui, y compris celui de Faucon. Celui-ci le fixait avec tant d'intensité, ses narines se dilatant, que Nathaniel se rendit compte qu'il ne pouvait parler. Il hocha la tête, grimaçant alors que son épaule gauche l'élançait.

— Monsieur Pickering ! hurla Faucon. Il est blessé.

La gorge de Nathaniel s'assécha autant que le désert, mais il déclara d'une voix rauque :

— Non, je vais bien.

Faucon le scrutait toujours avec une expression tempétueuse, ses poings se crispant et se desserrant.

— Mais à quoi tu pensais ? Tu n'as rien à faire là-haut.

— Il a sauvé la vie d'O'Connell. Je dis qu'il a le droit à une tournée de rhum ce soir ! cria une voix.

D'autres se joignirent à lui pour montrer leur accord.

Monsieur O'Connell se leva, chancelant, son visage encore bien rouge, ses longs cheveux bouclant à cause de la sueur. Il tendit une main.

— Merci. Que Dieu vous bénisse !

Nathaniel saisit sa paume rêche et transpirante. Un « hourra ! » s'éleva parmi les hommes. Le prisonnier leur lança un sourire, mais il disparut promptement quand il croisa une nouvelle fois les yeux plissés de Faucon.

La mâchoire crispée, celui-ci déclara :

— Monsieur Pickering, emmenez-le dans ma cabine et examinez-le de la tête aux pieds.

D'autres « hourra » firent écho derrière Nathaniel quand il descendit l'échelle jusqu'au pont inférieur, la douleur dans son épaule gauche s'intensifiant à chaque pas. Le physicien, un vieil homme au ventre rond et aux cheveux gris, le poussa à s'asseoir au bord du lit. Ses joues le brûlèrent lorsqu'il se souvint des choses obscènes et *merveilleuses* qu'il avait faites sur cette surface, mais il fit ce qu'on lui demandait.

Faucon entra.

— Alors ? s'enquit-il auprès de monsieur Pickering.

L'ignorant, le physicien glissa ses lunettes rondes sur son nez puis le toucha et le palpa. Lorsqu'il fit tourner l'épaule de Nathaniel, celui-ci ne put retenir un halètement puisque son articulation était en feu. Faucon arriva soudain à ses côtés et attrapa le bras du physicien comme s'il avait l'intention de le jeter hors de la cabine.

— Ne lui faites plus mal ! hurla Faucon.

— J'évaluais simplement l'étendue de sa blessure.

Monsieur Pickering baissa les yeux vers son bras, où les doigts du capitaine s'enfonçaient.

— Si vous le voulez bien, Capitaine ?

Faucon le relâcha.

— Je me dis seulement que s'il ne retrouve pas son père vivant, nous aurons fait tout cela pour rien.

Monsieur Pickering se retourna vers Nathaniel, le visage neutre, si on ignorait le froncement narquois de ses sourcils.

— Oui, eh bien, il est sans doute passé à deux doigts de la dislocation, mais ce n'est qu'une entorse. Sa vie n'est incontestablement pas menacée, je vous l'assure. Je vais préparer un cataplasme de consoude pour apaiser l'inflammation. Autrement, vous n'aurez qu'à vous reposer.

Il lança un doux sourire à Nathaniel.

— Plus de sauvetage héroïque pendant quelques jours, d'accord ? Je reviens dans un moment.

Un silence gênant s'étira alors qu'ils patientaient. Faucon se tourna vers la fenêtre à la poupe, le visage vers l'extérieur, les mains jointes derrière son large dos, ses longues jambes musclées légèrement écartées et ses bottes plantées dans le plancher. Il était une silhouette frappante et sombre en contraste avec les rayons du soleil.

— Je suis désolé de vous avoir inquiété.

Le souffle de Nathaniel se coupa. Venait-il de prononcer ces mots à voix haute ?

Oui, il les avait prononcés, puisque la colonne vertébrale de Faucon se raidit. Il grogna.

— Je m'inquiète à l'idée que tu te fasses tuer avant que je puisse t'échanger contre l'argent qui m'est dû. Rien de plus.

Nathaniel avait déjà entendu ça par le passé, et il n'y avait aucune raison pour que ce soit douloureux, à présent. Pourtant, sa poitrine se comprima et sa gorge se serra tant qu'il n'aurait pu répondre, même s'il avait eu une réplique cinglante.

Tout de même... Faucon se tritura les mains et commença bientôt à faire les cent pas, jetant occasionnellement des coups d'œil vers Nathaniel et relevant la tête avant de marmonner dans sa barbe.

Cela ressemblait manifestement à de l'inquiétude, selon le point de vue du prisonnier, et il réprima son sourire.

Monsieur Pickering entra avec un petit mortier. Il le posa à ses pieds et tendit la main vers l'ourlet de la chemise de Nathaniel.

— Voilà, on va retirer ça.

— Ce sera tout, aboya Faucon. Reprenez votre poste.

— C'est *mon* poste, Capitaine. Mais comme vous le voudrez, dit-il en hochant la tête en direction du mortier. Étalez-le plusieurs fois par jour. La peau sera légèrement tachée de marron, mais cela disparaîtra rapidement.

Sur ces mots, il s'en alla et ferma la porte de la cabine derrière lui.

Nathaniel grimaça quand il tira sur l'ourlet, et un instant plus tard, Faucon repoussait ses mains. Il leva ses bras et son épaule protesta. Le pirate lui retira alors le lin usé.

Avec un genou posé sur le lit, il récupéra une poignée de cet onguent, qui était d'un gris verdâtre et qui sentait vaguement le pain séché.

Lentement, Faucon prit soin de l'épaule de Nathaniel et massa le remède sur l'articulation douloureuse d'une main douce. Bien que cela soit apaisant, le cœur de Nathaniel loupa un battement et il se rendit compte qu'il ne respirait plus.

Il haleta, ne voulant point trahir son… quoi ? Agitation ? Excitation ? Non, ce n'était pas ça, puisque sa verge ne se durcissait aucunement.

— Là.

Faucon s'éloigna et Nathaniel dut se mordre la lèvre pour s'empêcher de le rappeler, tant il était impatient de ressentir ce contact réconfortant. Il riva son regard sur le sol tandis que Faucon revenait avec une serviette qu'il étendit sur le matelas.

— Repose-toi, ordonna-t-il.

Nathaniel leva les yeux vers lui.

— Vous voulez dire… Ici ?

— Ou sur le sol, répondit-il avant de soupirer. Je m'en moque.

Il sortit de la cabine et Nathaniel s'allongea précautionneusement sur le matelas.

Comparé au plancher, le matelas dur et bosselé était digne d'une étreinte douce, comme un duvet en plumes. Le mouvement du navire le berça et une voix dans son esprit chuchota que, peut-être, Faucon tenait à lui.

— HOURRA !

Les hommes levèrent leur verre et burent une nouvelle fois à la santé de Nathaniel. Il tenta vaillamment de prendre une nouvelle gorgée. Le rhum brûlait moins maintenant qu'au début de la soirée et il ne sentait plus ses lèvres.

Le navire roula sur une autre grande vague, le vent s'était soudainement mis à souffler alors que la nuit tombait et les nuages de pluie étaient revenus se venger. La salive envahit la bouche de

Nathaniel et son estomac se retourna.

Monsieur Richards servit une nouvelle tournée, les matelots riants chahutant bruyamment et allègrement sans se préoccuper de la mer agitée. Non loin, quelqu'un jouait du violon et parfois, les hommes se lançaient dans un chant marin, leurs voix étonnamment mélodieuses.

Posant une épaule contre le mur, le capitaine était ancré comme un roc tandis qu'ils tanguaient d'avant en arrière. Il avait bu un verre, un seul, à moins que Nathaniel n'ait pas vu les autres. Il était certain que ce n'était pas le cas, puisqu'il avait gardé un œil sur lui toute la soirée.

Faucon le scrutait dans l'obscurité avec une expression insondable. La lumière des lanternes vacillantes pendues au plafond se reflétait sur l'or de la ceinture et la boucle à son oreille.

Son regard se riva alors sur celui de Nathaniel, le bleu apparaissant presque noir à la lueur tamisée du gaillard. Le prisonnier déglutit, étourdi, une excitation écœurante se déroulant en lui et lui donnant l'impression de flotter.

La coupe en métal fut remise dans sa main et l'un des hommes hurla.

— Santé !

Nathaniel avala vaillamment, profitant de la camaraderie avec l'équipage pendant qu'il le pouvait. Il voulait prouver qu'il était assez viril pour garder le rythme – et qu'il était quelqu'un qu'ils appréciaient trop pour le tuer.

Quand il éructa, son estomac se retournant dangereusement, ils rirent et l'acclamèrent. Toutefois, son verre fut à nouveau rempli et il ne put prendre qu'une gorgée puisque sa tête tournait.

Il se releva, son épaule palpitant, et réussit à peine à passer au-dessus du banc sans tomber la tête la première. Le navire tangua et il tendit les bras pour garder son équilibre, la salive montant hâtivement dans sa bouche. Il déglutit à plusieurs reprises avant de roter.

— Je crois que j'ai suffisamment bu.

Cela provoqua un éclat de rire parmi les hommes et un sourire narquois chez Faucon. L'estomac de Nathaniel vacilla et il en fit de même en rejoignant l'entrée. Cette fois-ci, il serait tombé la tête la première, mais le capitaine se retrouva subitement à côté de lui, le tenant par le bras, heureusement valide malgré son épaule endolorie.

Nathaniel se contenta d'éructer – l'odeur des restes du ragoût et de ce qui ressemblait à un flot infini de liquides qui n'était probablement que du rhum monta. Pire que ça, il vomit sur la chemise, le pantalon et les bottes de Faucon, éclaboussant le cuir poli et l'or quand il eut une succession de haut-le-cœur.

Toussant les dernières gouttes de bile acide, il se rendit compte qu'il y avait un silence total et qu'on entendait que les bourrasques, la joie des hommes s'étant évanouie. Les genoux de Nathaniel auraient cédé sans la poigne d'acier du capitaine le retenant.

Clignant des yeux en voyant un morceau de pomme de terre s'accrochant au tissu noir, le jeune homme rougit. Il ne put s'obliger à lever la tête et à observer la fureur de Faucon face à ce que son prisonnier avait atrocement recraché sur lui.

L'ombre et la lumière se mêlèrent dans un tourbillon de mouvements alors qu'on le retournait et qu'on le faisait avancer. Les pieds de Nathaniel effleuraient à peine le plancher tandis que Faucon le poussait dans le couloir. L'espace d'un instant déchirant, il craignit d'être jeté par-dessus bord, dans les profondeurs noires et infinies de la mer, mais ils se retrouvèrent plutôt dans la cabine et la porte claqua derrière eux.

Clignant des yeux, Nathaniel se focalisa sur la bibliothèque et les lanternes qui oscillaient. Il put à peine profiter du soulagement d'être en sécurité quand son estomac tressauta à nouveau et qu'il eut un haut-le-cœur qu'il tenta de réprimer. Faucon le relâcha et il tomba à quatre pattes.

Un seau – propre, heureusement – fut placé devant lui et il vomit dedans. Il toussa et cracha, les larmes lui montant aux yeux. Il se dit alors que, peut-être, être jeté par-dessus bord et mourir serait préférable.

— C'est ça. Vide tout.

Nathaniel tenta d'obéir à l'ordre de Faucon, bien qu'il n'ait pas parlé avec autorité, mais plutôt avec douceur. Après une autre minute à ne rien cracher de plus que des gouttelettes, son estomac vide se tordant inutilement, Nathaniel se rassit sur ses pieds et poussa mollement le seau.

Les yeux fermés, il prit une inspiration aussi profonde que possible, son cerveau semblant osciller au même rythme que le bateau. Il avait vaincu son mal de mer après quelques jours sur le *Fier William*, mais il ne pouvait lutter contre le rhum démoniaque.

Il sursauta lorsque quelque chose s'appuya contre sa bouche, puis il avala, reconnaissant, quand de l'eau fraîche franchit ses lèvres. La voix de Faucon était un doux murmure.

— Lentement.

Buvant de petites gorgées, le cœur de Nathaniel se serra tandis que quelque chose passait au-dessus de sa tête. Ouvrir ses paupières était une tâche monumentale, mais il se rendit ensuite compte qu'il s'agissait de la grande main calleuse de Faucon écartant ses cheveux trempés de sueur. Il n'était pas furieux ou cruel, mais infiniment tendre.

Puis, la main et la coupe disparurent et Nathaniel ravala un gémissement sous l'effet de cette perte. Il réussit à rouvrir les yeux et à ramper dans son coin. Ses vêtements avaient également été éclaboussés de vomi et il essaya de les retirer, impuissant, avant d'abandonner.

Il devait dormir et venait tout juste de se rouler en boule quand Faucon tira sur ses jambes pour une raison inexplicable. Il tenta de donner des coups de pied, mais c'était inutile.

Il fut ensuite relevé sur ses pieds nus. Le monde tourbillonna impitoyablement. Nathaniel aperçut le visage de Faucon, qui n'était toujours pas furieux, mais doux et patient, avant de refermer les yeux. Il frissonna tandis que l'air frais effleurait sa chair et que ses habits souillés étaient enlevés un à un jusqu'à ce qu'il soit dévêtu.

D'épaisses barres de fer chaudes le soulevèrent au niveau du dos et des genoux et il réalisa que Faucon le portait comme une damoiselle qui venait de tomber en pâmoison. Il aurait dû protester, mais préféra dissimuler son visage dans le cou nu de Faucon. Il se rendit compte que l'homme avait également dû retirer ses vêtements souillés.

Le lit dur fut une nouvelle fois un luxe et il s'y enfonça, reconnaissant. Il marmonna en disant qu'il avait eu de la chance deux fois dans la journée lorsqu'il s'installa et soupira. Des doigts doux et puissants déposèrent de l'onguent sur son épaule.

Bien que le bateau roule toujours sur la houle, sa tête en faisait de même. Nathaniel se recroquevilla sur son côté valide, impatient de s'échapper dans ses rêves, ses instincts lui indiquant qu'il était en sécurité. Le corps imposant et chaud de Faucon s'appuya rapidement contre lui, l'enveloppant, telle une ancre dans la nuit tempétueuse.

Chapitre 13

LES NUAGES AVAIENT évidemment cédé la place à la lune et aux étoiles, qui s'effaceraient bientôt au profit de l'aube. L'obscurité était à présent brisée par une lumière pâle et argentée révélant la forme du bureau et du fauteuil sculpté, de la bibliothèque et des cartes enroulées, ainsi que des morceaux de cire fondue sur le candélabre.

Le lit de Faucon était toujours dans l'ombre et il devait prochainement le quitter. Il aimait être présent pour le changement de garde, être avec ses matelots, les guider si nécessaire. Mais généralement, il restait à l'écart pour les observer.

Il devait s'habiller et monter sur le pont principal afin de donner les ordres essentiels tandis que la journée approchait. Il devait remplir ses devoirs de capitaine de *La Manta Maudite*.

Pourtant, pendant un instant, il se retrouva parfaitement satisfait d'être un homme simple. Un homme plus que ravi de demeurer blotti dans l'obscurité avec… qui, exactement ?

Mon amant.

Ces mots traîtres le secouèrent autant que le cliquètement de la cloche du navire, solides et véridiques. Il les répéta périlleusement et perdit l'équilibre.

Mon amant. Nathaniel.

Malgré le danger, Faucon découvrit qu'il n'arrivait plus à penser à lui d'une autre manière. Ce n'était pas « Pépite », ce n'était pas « le garçon », ce n'était pas une simple marchandise à échanger contre une rançon. Il était un butin, mais d'un type bien différent.

Nathaniel ronfla et se tourna sur le dos dans un murmure, posant la main sur le bras de Faucon, passé sur son ventre. Même dans son sommeil, Nathaniel le séduisait. Il pensa alors une nouvelle fois que si ce n'était qu'une supercherie pour gagner les faveurs de son geôlier, la place du jeune homme était sur les scènes londoniennes.

Le capitaine pouvait seulement distinguer ses lèvres entrouvertes sous la faible lueur et il se demanda ce qu'il se passerait s'il les goûtait, s'il avalait les doux gémissements de Nathaniel et ses soupirs, s'il dévastait sa bouche et le besognait avec sa langue aussi assurément qu'il le faisait avec son membre.

Ledit membre se gonfla à cette idée et s'appuya contre la hanche de Nathaniel. Cela faisait des années que Faucon n'avait embrassé personne. Il y avait eu quelques autres hommes, après John, mais uniquement des coups rapides, des moyens pour arriver à ses fins. Il avait découvert que s'il ne connaissait pas l'individu ou s'il se moquait de lui, il préférait se satisfaire sans faire davantage d'efforts.

Généralement, sa main était suffisante, bien que sur le premier navire corsaire sur lequel il avait servi, il existait un petit placard avec un trou idéal pour un pénis ainsi que des bouches inconnues, impatientes et anonymes de l'autre côté de la paroi. C'était parfait pour se soulager aisément.

Il pensait désormais à Nathaniel à genoux pour lui, ces lèvres roses étirées autour de sa longueur, l'avalant naïvement. Cela n'arrangea aucunement son érection.

Il s'était juré de ne plus coucher avec le jeune homme, mais c'était hier. Il ne l'avait pas juré, aujourd'hui. La journée venait tout juste de commencer et s'étendait cruellement devant eux.

Fermant les yeux, il reporta son attention sur le clapotis des vagues contre la coque et le tangage du bateau, plus doux maintenant que la nuit dernière. Ils avaient jeté l'ancre et ne dérivaient que légèrement.

S'il trouvait un moyen de prendre sa retraite, le bercement des vagues lui manquerait-il ?

La mer avait été son foyer pendant bien plus d'années que la terre et il ne pensait pas pouvoir la quitter totalement. Oui, une île serait parfaite. Une maison avec vue sur l'eau, un bateau de pêche se décolorant au soleil, là où le sable et l'herbe se rejoignaient, loin de la marée.

Il n'avait pas pêché depuis qu'il était enfant et il aimerait réapprendre. Peut-être même qu'il monterait à un arbre ou deux.

Des images de Nathaniel agrippé au gréement firent leur apparition et le cœur de Faucon accéléra, diminuant son érection. *Merde*, la terreur qui l'avait saisi quand le jeune prisonnier avait grimpé sans réfléchir au danger avait été… bouleversante.

Il avait grimpé si vite, époustouflant l'équipe et même Faucon dans les moments cruciaux. Quand le capitaine avait bondi pour le suivre, Snell l'avait retenu et lui avait légitimement expliqué que ce mouvement supplémentaire représenterait un danger de plus pour O'Connell et Nathaniel.

Ce dernier n'avait semblé qu'une poussière dans le ciel, bien au-delà de sa portée. L'instant où O'Connell avait été libéré de la corde effilochée et s'était balancé sur l'échelle du gréement était gravé dans la mémoire de Faucon.

Son esprit y substituait une issue différente, lors de laquelle le poids de l'Irlandais attirait Nathaniel et ils s'effondraient sur le pont, leurs crânes s'ouvrant comme des œufs, le sang et leur cervelle s'éparpillant sur le bois tandis que Faucon ne pouvait que les observer inutilement.

Voir cette lumière s'éteindre, ces yeux couleur miel devenir plus froid et distants, ne pas avoir l'opportunité de dire à Nathaniel… *Quoi* ? Faucon n'en était pas certain puisqu'un tumulte d'émotions mêlées le tourmentait.

Comment pouvait-il ressentir autre chose que du mépris à l'égard du fils de Walter Bainbridge ? Comment pouvait-il avoir envie de le garder près de lui, en sécurité ? Il ne devrait se préoccuper que de la rançon, de la revanche, et pourtant...

Grognant, Nathaniel étira ses bras au-dessus de sa tête. Lorsqu'il grimaça, toutes les autres pensées de Faucon furent balayées. Le jeune homme ouvrit ses yeux qui brillèrent, vaseux, dans le léger éclat de lune.

— Attention. Comment va ton épaule, ce matin ? murmura Faucon.

Nathaniel lécha ses lèvres sèches, et sa voix fut rauque.

— Ça va. Encore endolorie, mais ce n'est pas trop mal. Le physicien sait ce qu'il fait.

Le pirate étouffa le picotement irrationnel de rancœur envers le bon monsieur Pickering. Il était incroyable qu'il ait été jaloux de lui parce qu'il avait tenté de retirer la chemise de Nathaniel.

Toutefois, l'idée qu'un autre homme le touche déclenchait un feu dans ses veines qui attirait ses doigts impatients vers le manche de son coutelas.

Quelle est cette folie ?

Soupirant pour chasser la tension et réussissant à garder un ton aimable, Faucon tapota légèrement la tête de Nathaniel.

— Et là-dedans ?

— Hmm. Elle est assez... lourde.

Faucon ricana.

— Tu avais déjà bu du rhum, par le passé ?

— Non. Du vin pendant les dîners tardifs. Du scotch ou du porto, mais uniquement quelques gorgées.

— C'est ce que je me disais. Tu as géré ça comme un homme. Les autres étaient impressionnés.

Nathaniel grimaça.

— Jusqu'à ce que je vomisse sur vous. Je suis vraiment navré.

Il aurait dû feindre la colère, mais il se contenta de hausser les épaules.

— J'ai connu pire.

— Et j'ai mis de ce truc infâme partout sur vous et votre lit, n'est-ce pas ?

Il tapota le torse de Faucon, à la recherche des traces de ce liquide atroce.

— Vous auriez dû me laisser dans le coin.

Le pirate l'ignora.

— Plus d'actes héroïques et plus de rhum, ou du moins, un peu moins de rhum.

La main de Nathaniel se posa sur son torse et continua de le caresser. Faucon devrait rouler sur le côté, trouver des vêtements propres, nettoyer ses bottes et monter sur le pont. Huit coups de cloche avaient déjà résonné pour le changement de garde à quatre heures, puis un seul, une demi-heure plus tard et deux après trente minutes supplémentaires, marquant le temps qui passait.

Pourtant, il était là, à regarder Nathaniel, sa propre main se déplaçant sur son flanc et sa hanche. Bientôt, trois coups de cloche se feraient entendre.

— Vous aimez bien vos hommes ? chuchota Nathaniel.

Faucon n'était pas certain d'avoir bien entendu la question.

— Est-ce que je… les aime ?

— Hmm. Manifestement, vous ne leur parlez que pour leur donner des ordres.

— Je… Eh bien, ils sont nécessaires pour faire fonctionner ce navire. Je me préoccupe de leur avenir, tout comme eux. Tant qu'ils me sont loyaux, je leur suis loyal également.

— Mais ce ne sont pas des amis. Des frères.

L'écho du sourire espiègle de John apparut dans son esprit avant de disparaître.

— Ils l'ont un jour été, peut-être. Mais en tant que capitaine, je dois me tenir à l'écart.

Snell était un ami, en quelque sorte. Faucon lui faisait confiance. Il dépendait de lui pour maintenir la paix.

— Tant que nos buts sont les mêmes, les matelots et moi sommes tous d'accord. C'est tout ce qui compte.

— Ça ressemble à une vie de solitaire.

Nathaniel taquina les poils sur son torse avant de remonter sur la peau vulnérable de sa gorge. Lorsque Faucon déglutit, le jeune homme suivit le mouvement de sa pomme d'Adam du bout des doigts. Son cœur tambourina si fort qu'il était certain que son prisonnier pouvait l'entendre.

Ces doigts habiles effleurèrent son visage – entourant sa bouche, traçant la courbe de son nez, puis cherchant quelque chose près de sa tempe, explorant jusqu'à trouver la chair bombée d'une cicatrice. Il suivit cette vieille blessure de haut en bas avant de remonter.

Les lèvres de Nathaniel étaient très légèrement entrouvertes, et il serait facile de se pencher pour les réclamer. Il serait si facile de se perdre et de découvrir quels bruits adorables le pirate pouvait lui arracher rien qu'en utilisant sa bouche…

Assez !

Gonflant ses poumons, il saisit le poignet de Nathaniel et l'appuya contre le matelas alors que le jeune homme l'observait. Faucon n'allait pas l'embrasser – il avait déjà trop dérivé et le temps continuait de s'écouler.

Il devait retrouver son chemin jusqu'à la côte avant qu'ils atteignent l'Île Primevère, avant qu'il rende Nathaniel à la vie qu'il avait interrompue et qu'il récupère sa rançon. Le prisonnier ne pouvait pas être plus pour lui qu'un moyen d'arriver à ses fins.

Et si Walter Bainbridge ne paie pas ? J'ai promis un bain de sang aux hommes, dans ce cas-là. J'ai juré de tuer Nathaniel.

Faucon ignora toute son inquiétude, apaisant son esprit récalcitrant et prenant une profonde inspiration pour calmer son cœur galopant soudainement. Bainbridge allait payer. Nathaniel retournerait avec sa famille, indemne, et ce serait la fin de cette histoire. Pour l'instant...

Non. Faucon n'allait pas l'embrasser, mais il allait mettre ses lèvres au travail. Quel mal à ça ? Le jeune homme avait-il déjà connu le glissement chaud d'une bouche autour de son membre ? Le capitaine se disait que non, puisqu'il avait affirmé que sa verge n'avait jamais été touchée par autre chose que par sa propre main.

Faucon roula au-dessus de lui, l'encourageant à ouvrir les jambes pour se placer entre elles. Collant son visage contre le torse de Nathaniel, il ne perdit pas une minute et tira sur un téton, la fierté grandissant en lui lorsqu'il entendit un halètement choqué. Non, il n'allait pas l'embrasser, mais il comptait revendiquer cette partie de son corps.

Nathaniel gigota.

— C'est bon. Oh, Seigneur.

Faucon donna un coup de langue contre le bourgeon de peau sensible.

— Il n'y a que des diables ici.

Le jeune prisonnier cambra les hanches, son membre gonflé recherchant une certaine friction.

— Patience, lui dit le pirate en passant un bras au-dessus de ses hanches, près de sa verge. N'y mets pas trop de vigueur. Tu es encore en train de récupérer, tu te souviens ?

— C'est un bon remède contre le mal de tête.

Pouffant, Faucon se sentit étrangement léger alors qu'il embrassait, suçait et taquinait les tétons de Nathaniel jusqu'à ce que cela en devienne presque douloureux. Il sourit contre son ventre, frotta sa barbe sur la peau douce dissimulant des muscles solides et plongea la langue dans le creux qui l'avait un jour relié à sa mère.

Ce geste arracha un gloussement au jeune homme chatouilleux. Faucon était incapable de se souvenir de la dernière fois qu'il s'était *amusé* pendant le sexe. Il explora le nombril de Nathaniel, espérant reproduire ce son.

Leurs fornications avaient été intenses et parfois brusques.

Faucon apprit qu'il se délectait de la chance de pouvoir le caresser, le découvrir, explorer des endroits secrets et sensibles qu'il avait envie de cajoler plutôt que de besogner.

Quand Faucon saisit le gland sans avertissement, le cri de Nathaniel fit trembler les fenêtres. Le navire entier l'entendrait dans la tranquillité de la nuit, et cette idée donnait la nausée au capitaine. C'était entre eux. C'était privé.

Son bras était suffisamment long pour qu'il puisse coller sa main sur la bouche du jeune captif.

— Laissons les cloches réveiller les hommes, chuchota-t-il.

Tandis que Faucon le suçait fermement de la racine à la pointe, puis descendait, Nathaniel haleta contre sa paume avec son souffle humide. Cela faisait des années que Faucon n'avait pas goûté un membre palpitant et il grogna autour avant de se retirer pour respirer.

Il donna un petit coup de tête dans les cuisses de Nathaniel et celui-ci les écarta davantage, pliant les genoux pour exposer ses testicules, ces deux globes foncés sur les draps.

— Tu es un si bon garçon, lui dit-il.

Le prisonnier gémit contre sa main et leurs regards se croisèrent. Faucon titilla la fente de son membre avec sa langue et Nathaniel haleta contre sa bouche, fermant les yeux, ses cils retombant sur ses joues.

De ce point de vue privilégié, le minuscule trou sur son menton était visible. Faucon baissa la main pour le suivre du pouce. Des poils bouclés irritèrent son visage tandis qu'il suçait les testicules lourds de Nathaniel, les léchait et taquinait la peau sensible derrière.

Les gémissements et tremblements de son amant firent palpiter le sexe de Faucon contre le matelas. Il ne put lécher le membre du jeune homme et faire tourbillonner sa langue autour du gland suintant qu'une dernière fois avant que Nathaniel jouisse. Celui-ci inonda la bouche du pirate d'un fluide salé avec un soupçon de sucré et d'une odeur musquée et terreuse que Faucon avala comme un vin des plus délicats. Il commença à avoir le vertige, comme s'il s'agissait effectivement de vin.

Lorsqu'il lécha Nathaniel pour le nettoyer, il baissa la main afin de se masturber brutalement, sachant que cela ne lui prendrait pas longtemps. Néanmoins, le jeune homme figea son bras.

— Puis-je ? Je veux goûter votre semence.

Faucon ne pouvait le lui refuser – ou *se* refuser ce plaisir quand il était demandé si poliment. Il sourit contre la peau de son prisonnier. Toutefois, lorsque ce dernier grinça des dents et inspira brusquement pour tenter de se mettre dans une position plus confortable, le capitaine l'immobilisa.

Prenant soin de ne pas bousculer l'épaule de Nathaniel, Faucon chevaucha son torse et lui offrit son membre, grognant quand il fut avidement sucé. La bouche du captif était mouillée et il creusait bien ses joues, lui provoquant des frissons et la chair de poule.

Posant une main sur le mur, il se balança doucement. Nathaniel encaissa son rythme, apprenant vite, comme pour toute activité physique.

À présent, le jour filtrait suffisamment par les fenêtres à la poupe pour que Faucon puisse voir sa verge disparaître entre les lèvres roses de Nathaniel. Celui-ci le léchait et le suçait assidûment, la sueur trempant et bouclant ses cheveux. Faucon baissa sa main libre afin d'écarter ses mèches soyeuses et de les lisser entre ses doigts.

Nathaniel leva les yeux vers lui, la bouche pleine, les pupilles brillant d'une lumière à la fois tendre, sublime et profonde. L'orgasme traversa le corps du capitaine et il grogna en se déversant et en crispant la mâchoire pour retenir un hurlement de pur bonheur.

Il se vida par longs jets puissants et Nathaniel tenta vaillamment de tout avaler avant d'émettre un bruit désespéré depuis le fond de sa gorge et d'écarquiller les yeux.

Faucon se retira, les derniers jets éclaboussant le menton et les joues rougies du jeune homme. Un fluide laiteux suintait des bords de sa bouche et il le lécha, comme s'il était déterminé à en réclamer chaque goutte. La gorge du pirate s'assécha et l'envie de se pencher pour goûter sa semence sur la langue de Nathaniel palpita en lui.

Avant qu'il puisse commettre une autre idiotie, il roula sur le dos et son prisonnier se rapprocha de lui après s'être essuyé le visage. De son propre chef, le bras de Faucon glissa autour de Nathaniel, prudent au niveau de son épaule.

Tandis que la lumière perçait l'horizon et illuminait le plafond, le capitaine songea à son illusion d'île mythique et de bateau de pêche, sa simple maison et ses arbres fruitiers sur lesquels grimper. Il pensa ensuite à Nathaniel, qui monterait précipitamment dans les branches alors que le soleil illuminerait ses cheveux et que son rire résonnerait avec la brise quand des oiseaux s'envoleraient au-dessus de sa tête.

Son cœur se serrant puissamment, il frissonna et lutta pour respirer. Nathaniel, chaud et merveilleusement mou, blottit son nez contre le torse de Faucon.

— Tout va bien ?

Le pirate réussit à grogner son affirmation. Il devait le repousser. Il devait reprendre le contrôle du courant périlleux dans lequel il s'était laissé emporter. Il voulait chasser Nathaniel sur le côté, imposer sa volonté et rétablir l'ordre dans le monde de la *Manta Maudite*. Il serra plutôt le jeune Bainbridge contre lui encore une minute ou deux, attendant quatre coups de cloche.

Peut-être cinq.

Chapitre 14

— Qu'est-ce que tu crois faire avec ça ?

Nathaniel quitta des yeux la dague qu'il retournait dans ses paumes. Il était assis, les jambes croisées, sur le lit trop ferme de Faucon où il tentait de ressentir la brise à travers les fenêtres ouvertes à la poupe.

— Je me dis que je ne sais pas comment l'utiliser. Et je devrais apprendre.

Le pirate se trouvait sur le seuil, clé à la main, ses manches foncées roulées jusqu'à ses coudes et la sueur luisant dans le creux de sa gorge exposée. Il portait ses bottes aux embouts dorés, même si la journée était poisseuse et chaude.

Il ferma la porte avec son pied, puis observa le coffre ouvert par terre. Il regarda une nouvelle fois Nathaniel, son expression se durcissant.

— Je sais que je l'avais verrouillé.

— Oui. J'ai réussi à le crocheter.

Il hocha la tête en direction du bureau tout en grattant son torse nu. Il n'avait pas pris la peine de remettre sa chemise après avoir appliqué l'onguent sur son épaule, qui allait mieux.

— J'ai trouvé une épingle là-dedans.

— Une épingle ? Qui venait d'où ?

— Aucune idée. Mais j'ai finalement réussi à la placer comme il fallait dans le verrou et ça s'est ouvert.

Les sourcils de Faucon disparurent presque dans ses cheveux.

— Et tu… me le *dis* simplement ? s'enquit-il en jetant un coup d'œil vers la porte. Dois-je mettre une barricade ?

— Où irai-je ? À part sur le pont pour prendre l'air. Sincèrement, je suis plus libre dans cette cabine que je ne l'ai jamais été.

— Ah oui ?

Faucon posa les mains sur ses hanches.

— Oui, répondit le jeune homme en haussant les épaules. Vous me voyez comme je suis. Un sodomite. Un simplet.

— Tu n'es pas…

Faucon se pinça les lèvres et avança vers le coffre dont il ferma brutalement le couvercle alors que ses bottes martelaient le plancher. Il ne le verrouilla point.

— Je devrais te punir. Te retirer tes rations un jour ou deux.

Mais vous ne le ferez pas.

— Hmm, déclara simplement Nathaniel en soupesant toujours le poignard.

Une journée et demie s'était écoulée depuis qu'il avait été spectaculairement ivre et malade. Faucon n'avait fait que le harceler afin qu'il mange et boive suffisamment.

Au moins, le navire avait embarqué des denrées fraîches à Nassau, bien que les fortes épices n'aient aucunement aidé son estomac à s'en remettre. Finalement, il avait eu un bouillon clair et parfaitement chaud. Il soupçonnait le capitaine de l'avoir demandé spécialement pour lui.

Nathaniel avait également dormi dans le lit de Faucon une nouvelle fois, au lieu d'être banni dans un coin. Plus que ça, il s'était assoupi blotti dans les bras de l'homme, même s'ils n'avaient aucunement recherché le plaisir.

Une part du jeune Bainbridge voulait confronter Faucon et affirmer qu'il croyait de plus en plus que le pirate ne lui ferait pas de mal, peu importait ce qu'il advenait de la rançon. Qu'il n'était pas un monstre sans sentiments et qu'il en avait d'ailleurs pour

Nathaniel.

Toutefois, il était méfiant à l'idée de briser et de dévoiler l'intimité qui grandissait en eux comme une plante grimpante, s'enroulant et cherchant. Il devait attendre qu'ils soient trop entrelacés pour pouvoir le nier.

— Pourquoi souris-tu ?

— Pour rien, répondit-il sans essayer d'arrêter de sourire. Voulez-vous bien m'apprendre ? À utiliser ça ?

Faucon ouvrit son carnet de bord en ricanant.

— Pour que tu puisses m'étriper avec ? Je ne crois pas.

— Vous n'imaginez certainement pas que je peux apprendre si rapidement ? Bien sûr, j'ai gagné notre pari concernant les nœuds. En parlant de pari, je n'ai toujours pas eu ma récompense pour avoir prédit correctement que vous auriez besoin de sutures afin de fermer cette blessure.

— Tu courras bien assez tôt, grommela Faucon en plongeant sa plume dans l'encre et en baissant la tête vers les pages.

— Si ce n'est pas le cas, me récompenserez-vous en me suçant à nouveau ?

Faucon releva brutalement la tête et… *le voilà*. Malgré son rire incrédule, Nathaniel remarqua un véritable sourire qui creusait ses joues. Les rides autour de ses yeux bleus ressortaient et ses dents scintillaient de blanc, sans trahir cet habituel aspect féroce. Non, ce sourire était doux et sincère. Le jeune homme imagina qu'il était le seul à avoir été gratifié de cette vue.

Le sourire de Faucon devint légèrement sournois, un côté de sa bouche s'élevant et sa voix baissant d'une octave.

— Tu as aimé ?

— Vous savez bien que oui.

Son membre tressauta lorsqu'il se souvint de la pression mouillée et parfaite de la bouche ainsi que de la langue du pirate le taquinant sans cesse. Il aurait aimé que cette torture ne cesse jamais.

Plus que ça, la vue de son sexe disparaissant entre les lèvres de Faucon, se faisant chérir d'une telle façon – avec tendresse et intensité, l'unique but du pirate semblant être la jouissance de Nathaniel – avait été une chose dont il n'avait jamais osé rêver.

— Hmm.

Faucon l'observa. La plume toujours en main, il la plongea dans l'encrier.

Le jeune homme songea à la question avant de froncer les sourcils.

— Mais honnêtement, qui n'aimerait pas ça ?

Là. Un autre sourire se dessina sur le visage de Faucon et ses yeux se mirent à scintiller.

— Effectivement.

Nathaniel avait envie de s'accrocher à ces sourires et de les collecter comme une pie le faisait avec les objets brillants. Bien que ces cadeaux ne soient pas de simples babioles.

— Je peux vous sucer, alors ? C'est en forgeant qu'on devient forgeron, comme mon tuteur le disait toujours.

Le capitaine se rembrunit.

— Ce salaud inutile aurait dû t'apprendre comment utiliser ce poignard, dit-il en triturant quelque chose sur son bureau, la tête baissée. On a suffisamment discuté. J'ai du travail.

Était-ce une jalousie étrange envers monsieur Chisholm ? Nathaniel dissimula son sourire.

— Alors… Vous ne voulez pas que je me mette à genoux pour vous ? J'aimerais vraiment goûter une queue à nouveau. Si vous n'êtes pas intéressé, devrais-je trouver un volontaire parmi les membres d'équipage ?

Nathaniel lutta contre un sourire victorieux quand le pirate cracha :

— Je ne crois pas, non.

Il lui lança un regard noir.

Comme il mourait d'envie non seulement de goûter Faucon,

mais aussi de lui faire perdre la tête… Faucon avait gardé le contrôle, comme toujours, quand il avait baisé la bouche de Nathaniel et celui-ci voulait qu'il gémisse et soit à sa merci.

Il tenta un ton éhonté et un clin d'œil joueur.

— Ce ne serait que pour m'entraîner, bien sûr. Si vous avez d'autres engagements.

— Je ne pense pas que ton habileté à sucer des queues te sera très utile avec ta promise.

Nathaniel se redressa sur le lit, toute trace d'hilarité ayant disparu.

— Quoi ?

Il ouvrit et ferma la bouche.

— Mais… Non. Je ne peux plus l'épouser, à présent. Ce serait impossible.

Il n'avait pas formulé cette pensée jusqu'à maintenant, mais il reconnaissait qu'elle était véridique.

— Non ? Pourquoi pas ?

La tête de Faucon était toujours baissée alors qu'il fouillait sur son bureau.

— Vous savez pourquoi.

L'idée d'épouser Elizabeth Davenport, de battre une nouvelle fois en retraite et de dissimuler non seulement son incapacité à lire, mais son *essence-même* lui provoquait des frissons dans la colonne vertébrale malgré l'humidité.

On disait que les humains possédaient des âmes et il venait tout juste de découvrir la sienne, qui avait pris depuis un certain poids et une certaine forme.

Faucon fronça les sourcils.

— Tu comprends sans doute que d'innombrables hommes comme nous épousent des femmes et dissimulent leur nature. De nombreuses femmes le font aussi, d'ailleurs.

Tenant le poignard, Nathaniel imagina ce qu'il ressentirait s'il se transperçait la chair avec. C'était probablement la même sensation que lorsqu'il pensait vivre le reste de sa vie cloîtré, sa véritable nature rendue secrète. Sa voix se brisa quand il répondit.

— Oui. Je n'en ferai pas partie. Je ne peux pas. Je me transformerai en pierre.

Il fit apparaître une goutte de sang sur l'extrémité de son pouce. Elle resta là, sur sa peau. Un cercle parfait. Il fit ensuite glisser la lame sur la pulpe et vit la ligne prendre une teinte cramoisie.

— Mais qu'est-ce que tu fais ?

Faucon arriva de l'autre côté de la cabine grâce à ce qui ressemblait à un unique pas, lui arracha la dague et saisit le poignet de Nathaniel dans sa main de fer. Il suçota le doigt du jeune homme en y mettant une grande pression, et se pencha au-dessus de lui alors que celui-ci restait assis sur le lit.

— Vous voyez ? J'ai besoin de leçons, répondit Nathaniel d'une voix étouffée.

Relâchant son doigt dans un bruit sec, le pirate referma son poing autour de lui. Il souffla.

— Tu n'avais pas besoin de leçons pour savoir qu'il ne fallait pas te couper.

— J'ai toujours été un élève lent.

Faucon le regarda de ses yeux embrasés.

— Pas besoin d'employer de mots dans ce cas précis, donc cette excuse ne fonctionne pas.

— Je… m'assurais simplement d'être encore réel.

Je ne suis pas en pierre. Il me voit. Il me voit comme je suis concrètement.

Faucon fronça les sourcils et serra davantage le doigt de Nathaniel.

— Je t'assure que c'est bien de la chair que je tiens.

Que ressentirait-il en goûtant ces lèvres, en lui volant un baiser et en se rapprochant de lui pour s'en délecter ? Goûterait-il son sang sur la langue de Faucon ? Ce dernier le regardait et Nathaniel chercha donc quelque chose à dire.

— Pensez-vous que ce pirate nous attaquera à nouveau ? demanda-t-il. L'homme qui n'a qu'un œil ?

Faucon devenait de plus en plus troublé.

— Peut-être. Impossible de le savoir.

— Ou les Anglais, ou les Espagnols ? Que m'arriverait-il si vous et l'équipage, vous étiez vaincus ?

— Nous ne le serons pas.

— Tout de même. Je devrais apprendre à me défendre. Si ça ne m'est pas utile sur ce navire, ça le sera dans le Nouveau Monde.

— Ton père aura certainement des hommes. Tu seras en sécurité.

— Je ne resterai pas sur l'Île Primevère. Je l'ai décidé. Je dois m'inventer une nouvelle vie.

Il songea à Susanna et son cœur se pinça. Elle lui manquerait désespérément, mais elle aurait Bart et également un enfant, bientôt. Il se demanda pour la centième fois si elle était arrivée saine et sauve sur la colonie et priait pour que ce soit le cas.

Il s'éclaircit la gorge.

— Je ne vais pas suivre aveuglément et obligeamment parce que le monde dit que j'y suis forcé. Si être kidnappé par des pirates m'a appris une chose, c'est qu'il y a un univers derrière mes frontières.

S'asseyant derrière lui dans un léger grognement et lui tenant toujours le doigt, Faucon lui demanda :

— Alors, que feras-tu ?

— Je n'en sais rien.

La boucle dans son estomac se resserra tel un nœud en demi-clé ou peut-être en huit.

— Je vais m'enfuir, j'imagine. J'irai ailleurs, dans les colonies. Boston, peut-être ? Ou en Caroline. J'espère que ce sera plus facile pour quelqu'un comme moi dans le Nouveau Monde. Que ferez-vous ? Une fois que vous m'aurez échangé contre la rançon ?

Me laisserez-vous partir ? Ai-je une quelconque signification à vos yeux ? Ou bien tout ça n'est que dans ma tête ?

L'idée que Faucon et lui se sépareraient saisit Nathaniel bien plus profondément qu'il ne l'aurait cru possible. Cet homme l'avait kidnappé, menacé, et pourtant, voilà qu'il était là à arrêter le saignement de son captif, même si la coupure n'avait rien d'inquiétant.

Nathaniel avait réellement vu au-delà de ses frontières pour la première fois et il ne pouvait retourner à son ancienne vie. Et Faucon ? Était-il satisfait par l'existence incertaine et brutale des pirates ? Nathaniel ne le pensait pas. Il soupçonnait le Faucon des Mers de ne pas être du tout l'homme qu'il prétendait.

Frottant son menton poilu de sa main libre, le capitaine regarda au loin par les fenêtres de la poupe.

— Continuerez-vous à hanter les voies maritimes, à soulager les navires marchands de leur cargaison ? À fuir la marine ? Et la potence ?

Faucon soupira et resserra sa prise autour du doigt de Nathaniel, mais il le tenait toujours, bien que le sang ait sans doute cessé de couler.

— Peut-être que le moment où je recevrai mon butin marquera la fin du Faucon des Mers. Je pourrais trouver une île tranquille. Me construire une maison suffisamment résistante pour supporter les tempêtes estivales. Pêcher et cultiver. Rester proche d'un port sûr.

Ses mots étaient manifestement la vérité pure, et Nathaniel retint sa respiration, craignant de bouger et de briser l'enchantement.

Après avoir cligné des yeux pendant quelques instants de silence, Faucon se redressa et scruta Nathaniel comme s'il avait oublié sa présence. Il se leva ensuite et posa la main dans le creux de ses reins pour s'étirer.

— C'est n'importe quoi, évidemment. Les pirates meurent sur

la potence ou dans les profondeurs de l'océan.

Il redonna le poignard au prisonnier.

— Viens. Lève-toi.

Le cœur bondissant, Nathaniel se releva d'un saut. Faucon arriva derrière lui.

— La première chose qu'il faut apprendre, c'est comment le tenir.

Il couvrit la main de Nathaniel avec la sienne, moulant parfaitement leurs doigts autour de la poignée de la dague avant de le relâcher.

— Bon. Que ferais-tu si ton assaillant s'approchait *derrière* toi ?

Le coude collé à son flanc, Nathaniel tenta de tordre son bras, mais bien sûr, c'était inutile. Avec une paume sur la hanche du prisonnier pour l'immobiliser, Faucon couvrit de nouveau celle qui tenait le poignard.

— Dans cette situation, tu dois changer ta façon de le tenir.

Nathaniel regarda Faucon réarranger ses doigts et tourner la dague vers son poignet. Il s'appuya contre le mur formé par le torse du pirate et la chaleur se propagea jusqu'à lui.

— Là. Maintenant, souviens-toi au fur et à mesure de ce que tu sais grâce à tes leçons de lutte ?

— Que je suis un sodomite qui meurt d'envie d'être troussé par des hommes ?

Le rire de Faucon balaya les cheveux de Nathaniel et lui provoqua un frisson dans la colonne vertébrale. Le pirate lui donna un coup sur la hanche et le jeune prisonnier se surprit à sourire.

— Oh, vous voulez parler des stratagèmes de ce sport. D'accord.

Il se baissa et se retourna, se servant de l'élément de surprise pour tenter de déséquilibrer Faucon.

Ce dernier tituba et un éclat féroce se lut dans son regard quand il se redressa.

— Commençons.

Il lui enseigna ensuite les techniques de prise et de coup de poignard. Ils tournèrent en rond, l'un en face de l'autre, tandis que Nathaniel parait et donnait des coups, esquivait et slalomait. La sueur luisait de plus en plus sur leur peau au fil du temps et la cloche sonnait sur le pont pendant que le navire était ballotté par des vents plus forts.

Ils n'avaient d'yeux que l'un pour l'autre et Nathaniel écouta avidement le pirate corriger sa posture. Son épaule palpitait, mais il l'ignorait.

Au moins une heure s'était écoulée lorsque Nathaniel lança sa lame, utilisant l'élan de la fuite de Faucon pour s'accrocher à sa cheville et le faire chuter.

Au-dessus de lui, avec sa jambe gauche sur les hanches de Faucon, Nathaniel avait le poignard dans la main droite et la collait à la gorge du capitaine. Bien qu'il sache que ce dernier avait la force de le soulever et de renverser la situation en un clin d'œil, il ne put résister à un « aha ! » victorieux.

Faucon le laissa gagner. Il demeura immobile. Seul son torse s'élevait et retombait, tandis qu'ils respiraient tous les deux lourdement, leurs cheveux mouillés.

Sans y réfléchir, Nathaniel posa la main gauche sur l'entrejambe de Faucon et le pinça, la lame contre sa gorge.

— As-tu toujours été si impudent ? s'enquit le pirate en riant.

— Seigneur, non. Pas jusqu'à ce que je vous rencontre.

Il referma à nouveau sa main, sentant le membre de Faucon gonfler et le sien encore à demi dur depuis la leçon. Un grognement rauque échappa au capitaine et Nathaniel le caressa à travers le tissu rêche de son pantalon.

— Puis-je vous sucer, maintenant ?

— Est-ce le prix que tu désires pour ta victoire ?

Le jeune homme resserra sa main et la fit rouler sur le renflement. Il se lécha les lèvres. Le regard de Faucon, sous ses paupières lourdes, suivit le mouvement et son sexe tressauta contre la paume de Nathaniel, étirant le tissu.

— Oui. Je veux goûter votre verge. La rendre bien mouillée et l'avaler jusqu'à ce qu'elle soit aussi profonde que possible et que je puisse à peine respirer.

Il appuya son érection contre la hanche de Faucon.

— Je veux vous faire jouir et tout boire jusqu'à la dernière goutte.

Sa main trembla. L'extrémité de la dague restait contre la peau de Faucon, mais celui-ci ne tressaillit aucunement. Nathaniel pouvait lui trancher la gorge et plonger la lame dans cette chair vulnérable, mais le capitaine se contentait de le regarder et de se cambrer contre ses doigts.

Cette *confiance* coupait le souffle du jeune homme et en réponse, une impulsion le traversa. Il était difficile de croire que c'était le même pirate féroce et imposant qui avait embarqué sur le *Fier William* et qui l'avait kidnappé. Quel spectacle avait alors offert Faucon !

Maintenant que son bouclier avait été abaissé et que les couches de son déguisement avaient disparu, Nathaniel était déterminé à creuser davantage.

— Ou peut-être que je ne vous laisserai pas jouir tout de suite, ajouta Nathaniel en serrant le pénis de Faucon. Peut-être qu'une fois que votre queue sera bien mouillée, je vais la chevaucher. Prendre chaque centimètre en moi si profondément que j'aurai peur de me briser.

Faucon cambra les hanches.

— Comme la première fois ?

— Oui, souffla-t-il en massant le membre de Faucon et en se frottant contre lui.

À ce rythme, ils allaient jouir dans leur pantalon. Il s'inclina et saisit la boucle d'oreille dorée de Faucon entre ses dents, puis entre ses lèvres. Il suça le lobe tout entier, traçant le contour du carré doré avec sa langue.

Sa bouche contre l'oreille de Faucon, il chuchota :

— Peut-être que je vais me mettre à quatre pattes pour vous ou que je me pencherai au-dessus de votre bureau. Ou que j'écarterai les mains sur la coque et que je me préparerai à prendre votre queue comme si j'étais né pour ça.

Faucon grogna et Nathaniel se redressa suffisamment pour voir son visage. Les lèvres du pirate étaient entrouvertes et ses yeux bleus, assombris par le désir. Nathaniel se rapprocha. Il palpitait tant il avait envie de l'embrasser, de sceller ce pouvoir mystérieux entre eux qui était comme le courant de l'océan et qui les attirait tous les deux sous…

On frappa à la porte quelques secondes seulement avant qu'elle soit ouverte et Nathaniel releva la tête, scrutant avec perplexité monsieur Snell, puisque son cerveau était toujours troublé par l'idée d'embrasser Faucon jusqu'à ce que l'un et l'autre aient le souffle coupé ou celle de frotter sa barbe presque inexistante contre celle de Faucon jusqu'à ce que sa peau le brûle, que leurs langues s'emmêlent et les consument.

Toutefois, monsieur Snell sortit son pistolet.

— Espèce de salaud ! Lâche-le !

Serrant la poignée chaude de la dague oubliée, Nathaniel se redressa précipitamment et recula alors que Faucon hurlait :

— Non !

Il s'agenouilla sur le lit devant lui. Le pistolet brandi, monsieur Snell les regarda fixement, puis il soupira et secoua la tête en saisissant le sens de tout ça.

— Oh, merde alors, Faucon.

Il rangea l'arme dans sa ceinture. Ses lèvres n'étaient plus qu'une fine ligne maussade et les mots qu'il prononça ensuite furent saccadés.

— Si vous pouvez vous détacher de notre prisonnier – le sale morveux de *Walter Bainbridge*, la petite merde riche et pourrie gâtée qui ne vaut que cent mille livres à nos yeux – pendant quelques instants, on a besoin de vous sur le pont. *Capitaine.*

Leur excitation était évidente. Nathaniel se décala, haletant. Faucon se leva.

— Passez devant, monsieur le Quartier-Maître, déclara-t-il calmement à monsieur Snell.

Nathaniel les regarda partir, son souffle se coupant douloureusement. Le besoin de revoir le visage de Faucon – d'être reconnu – était plus grand que son besoin de respirer. Le capitaine n'avait apparemment pas ressenti ce tiraillement, ce courant entre eux parut s'évanouir aisément pour lui, comme la lune derrière un amas de nuages tempétueux.

Faucon regarda alors par-dessus son épaule et sourit, ses yeux se plissant et les creux dans ses joues devenant presque des fossettes. Quand la porte se referma et que le bruit de leurs pas s'estompa, Nathaniel crut presque qu'il l'avait imaginé. Mais non, tout cela avait été réel et ce geste n'avait été que pour lui.

Il était insensé d'inventorier les sourires de Faucon et de tenter de penser qu'ils n'étaient que pour lui. Il était insensé de mourir d'envie d'être caressé par Faucon, d'être pris par son membre, d'entendre ses doux gloussements et de voir ses terribles sourires narquois.

Pourtant, il ne pouvait résister, puisque dans ces instants, Faucon n'était pas tout en muscles et en os, mais il était plutôt comme un sable mouvant se façonnant entre les orteils de Nathaniel.

Chapitre 15

SUR LA PROUE, Nathaniel se tenait près de l'étai, sous un ciel taché d'encre. Les étoiles s'étiraient bien au-delà et depuis le point de vue de Faucon, au gouvernail, c'était comme si le jeune homme voguait au milieu des astres.

La posture de Nathaniel était quelque peu détendue et ses pieds étaient nus sur le pont mouillé. La chemise trop grande du capitaine gonflait autour de lui puisqu'elle n'était pas rentrée dans ses hauts-de-chausse qui étaient eux-mêmes ouverts au niveau des genoux.

Lorsque la pluie avait commencé à tomber, Faucon avait fait monter le prisonnier, ignorant les coups d'œil en biais de l'équipage qui semblait surpris que celui-ci ne soit pas couvert d'ecchymoses bleues et noires après avoir été réprimandé pour avoir vomi sur le capitaine, quelques jours plus tôt.

Les bottes en question étaient trempées, à présent, et le cuir mouillé lui irritait les pieds. Le vent et la pluie les avaient assaillis, mais seulement quelques instants. Les nuages disparaissaient, désormais, alors que des hommes prenaient leur nouveau tour de garde.

Faucon avait également méprisé les regards appuyés de Snell et ses tentatives pour engager la conversation. Il était tard, maintenant, et le pont était silencieux. Le capitaine avait manqué le repas du soir afin d'éviter son quartier-maître, mais il s'était assuré que

Nathaniel mange avant de le faire monter sur le pont principal.

Il était l'heure de dormir, mais il fit une nouvelle fois le tour du navire afin d'être certain que tout était en ordre. Il n'y avait aucune raison pour que cela ne soit pas le cas – aucune voile n'était en vue, la mer et le vent étaient calmes, à présent, et ils n'avaient pas besoin de jeter l'ancre.

Bien qu'il devrait lui-même être en train de dormir, Snell s'approcha et accula Faucon sur le côté bâbord de la poupe. La brise souleva des mèches de ses cheveux clairsemés.

— Capitaine. Nous avons voté.

Le cœur de Faucon loupa un battement et il se crispa de la tête aux pieds. Il réussit à répondre d'un ton nonchalant.

— Je ne savais pas qu'il y avait un problème.

S'ils avaient voté pour le destituer… Il ignorait ce que diable il ferait. Et Nathaniel ? Non. C'était le navire de Faucon. Il ne pouvait pas les laisser faire. Il ne le *ferait* pas.

— Le problème est le prisonnier.

Le quartier-maître jeta un coup d'œil à Nathaniel, hors de portée de vue sur la proue.

— O'Connell a plaidé en sa faveur et les hommes pensent qu'il devrait avoir le droit de monter sur le pont durant la journée. Il fait trop chaud maintenant, pour l'enfermer en bas. Il a sauvé l'un de nous et ils estiment donc qu'il a le droit de goûter à la liberté, ajouta-t-il en grimaçant. Ils ignorent bien sûr qu'il a pu goûter à d'autres petites choses, dans cette cabine.

— Ce n'est rien, insista Faucon.

— Rien ? Et comment appelez-vous ce que j'ai interrompu ?

Le capitaine redressa les épaules.

— J'appelle ça : ce ne sont pas vos affaires. Depuis quand surgissez-vous dans ma cabine de cette manière ?

— Depuis que vous ne montez plus pour le changement de garde, comme vous le faites toujours. Les hommes deviennent anxieux quand la routine est perturbée. La routine, c'est ce qui nous permet à tous de rester en vie, en bonne santé et qui nous fait travailler de concert.

Il baissa la voix pour pester.

— Et j'avais raison de m'inquiéter étant donné que notre prisonnier avait une foutue lame contre votre gorge !

Faucon grinça des dents.

— C'était une leçon.

— Sur quoi, exactement ?

— La façon de manier un couteau. Il devrait savoir comment se défendre.

Snell cligna des yeux quelques instants, ses sourcils rejoignant presque la limite de sa calvitie.

— Vous croyez que *notre captif* devrait savoir comment se défendre ?

— Pas contre nous. Pour l'avenir.

Quel serait-il ? Nathaniel irait-il s'exiler ?

— Depuis quand vous préoccupez-vous de l'avenir de ce petit salaud, au-delà du butin qu'il nous fera gagner ?

Serrant les poings pour lutter contre l'envie d'attraper son ami par le col et d'exiger du respect envers Nathaniel, Faucon se tourna vers le bastingage et regarda à l'horizon, où les étoiles et la mer ne faisaient qu'un.

Frottant son visage d'une main lasse, Snell s'appuya contre le garde-corps à ses côtés.

— C'est une chose de s'amuser un peu et de le besogner – bien que je n'aie jamais imaginé que ça vous intéresse à ce point.

Ce n'était pas faux. L'espace d'un instant dément, Faucon eut envie de confier qu'il avait la sensation d'avoir été ensorcelé. Qu'il ne pouvait se lasser du contact de Nathaniel, de ses gémissements essoufflés et de son enchantement pur pour les ébats. Son innocente passion donnait l'impression à Faucon d'être jeune à nouveau. Ses douleurs et ses souffrances s'estompaient curieusement.

Nathaniel l'écoutait avidement quand il lui faisait la lecture. La chaleur émanait de son corps lorsqu'il se blottissait contre lui pour dormir et c'était la première fois que Faucon partageait son lit depuis John. Pourquoi ne devrait-il pas profiter de quelque chose de bon, même si cela venait de la source la plus inattendue ? Même si ce n'était que pour un instant fugace ?

Après quelques secondes, Snell ajouta :

— Et je suis sûr que vous vous rendez compte qu'il se soumet à vous uniquement pour sauver sa peau.

Un déni féroce submergea le capitaine et il se retint à peine de cogner le visage de son quartier-maître avec son poing. Il crispa sa mâchoire et souffla.

— Peut-être. Ça n'a aucune importance. Pourquoi ne pourrais-je pas prendre mon pied ?

— Trousser le morveux est une chose. C'en est une autre de lui offrir un quelconque avantage. De vous mettre en danger. Vous ne pouvez pas lui faire confiance. Vous le savez.

Intellectuellement, oui. Pourtant, son âme protesta. Faucon ne pouvait l'expliquer et il n'essaya même pas.

Finalement, Snell soupira.

— Eh bien, comme je l'ai dit, la motion a été largement adoptée. Ils considèrent que Bainbridge a légitimement le droit de respirer l'air frais. Je crois que je vais suggérer qu'il occupe un hamac avec nous, dans le gaillard. Je le surveillerai de près. Ce n'est pas prudent de le laisser dans votre cabine.

Faucon s'agrippa au bastingage, son indignation grandissant.

— Je ne l'ai pas forcé, si c'est ce que...

— Ce n'est pas prudent pour *vous*, nom d'un chien. Le poignard était contre *votre* gorge et vous ne voyez peut-être pas le danger, mais il devient de plus en plus évident à mes yeux.

— Il reste dans ma cabine jusqu'à l'échange de la rançon.

Tandis que Snell ouvrait la bouche, Faucon cracha :

— Fin de la discussion. Faites votre boulot et assurez-vous que les hommes ne s'attachent pas trop à lui. Sinon, ce sera plus difficile lorsqu'il sera temps de le libérer.

Snell le fusilla du regard.

— Évidemment que ça le sera. Nous devrons peut-être même le tuer si son père ne paie pas.

Son estomac se nouant et la bile montant dans sa gorge, Faucon hocha la tête en sachant sans l'ombre d'un doute que jamais il ne pourrait occire Nathaniel ni autoriser qu'il soit tué. Pourtant, il n'agissait pas comme s'ils avaient un avenir ensemble. Cette idée était bien trop fantasque pour qu'il l'entretienne au-delà de ses rêves. Cette folie était temporaire et cette pensée le réconfortait.

— Je vais le rappeler aux hommes, dit Snell. Et vous feriez bien de vous le rappeler, aussi.

— L'argent, c'est ce qui compte, insista-t-il.

Finalement, il ne pouvait en être autrement. Leur monde fonctionnait ainsi.

— Effectivement. Nous pourrions partir à la recherche de nouveau butin, mais nous nous tournons les pouces. Ils veulent tous la part de ce que vous avez promis.

Le quartier-maître observa Nathaniel, qui s'était retourné et qui les scrutait, à présent. Le vent avait-il fait voler quelques mots de leur conversation ?

— Si les hommes n'obtiennent pas leur argent, les sentiments ne feront pas tout, ajouta Snell d'un air grave.

Acquiesçant, Faucon se mit face à la poupe et tourna le dos au regard intense du prisonnier. Snell partit sous le pont et le capitaine sortit sa longue-vue afin de balayer l'horizon et d'apaiser son pouls précipité. Sa perception du monde, au loin, était aussi précise que par le passé, bien que son esprit soit infiniment troublé.

Snell avait raison. Faucon devait immédiatement prendre ses distances avec Nathaniel. Il devait briser ce lien étrange qui les liait. Il devait reprendre ses esprits. D'accord, il ne le tuerait pas.

Cela ne signifiait pas pour autant qu'il s'enfoncerait volontiers dans cet abysse.

— Capitaine ?

Faucon baissa sa longue-vue et trouva un membre de son équipage, Peters, renfrogné à quelques mètres de lui.

— Vous voyez quelque chose ?

— Non.

Peters hocha la tête, bien qu'il en doute clairement, et retourna vers le gréement. Faucon supposa qu'il était inhabituel de le voir aussi tard sur le pont. Généralement, il faisait les cent pas dans l'intimité de sa cabine, à moins qu'il y ait un souci.

Il était grandement temps de redescendre. Il avait besoin de dormir. Qui pouvait savoir ce qui apparaîtrait à l'horizon, le lendemain ? Il n'y avait aucune raison d'hésiter.

De quoi diable ai-je peur ?

Avançant vers la proue, il saisit le bras de Nathaniel et l'attira vers l'échelle sans aucune explication. Parce que le jeune homme était son prisonnier et Faucon, un *pirate*. Il n'avait pas besoin de donner d'explication.

Une lampe brûlait toujours faiblement dans la cabine. Lorsque le capitaine eut fermé la porte à clé, il se retourna et vit la lumière jaune vaciller sur la peau nue de Nathaniel quand il retira ses vêtements. Faucon devrait lui dire d'arrêter, d'aller dans son coin.

Pourtant, il n'en fit rien. Le jeune homme s'agenouilla, tira sur les attaches du pantalon de Faucon et libéra son membre afin d'y déposer des baisers impatients et langoureux.

— Enfin, murmura-t-il.

Tout le sang de Faucon quitta son crâne et il frappa contre la porte en retenant un grognement lorsque Nathaniel le prit entièrement et maladroitement dans sa bouche.

Ça. C'est de ça que j'ai peur.

Le fait que son otage lui procure du plaisir, se soumette et se dénude à ses pieds n'aurait pas dû le troubler. Pourquoi n'aurait-il pas le droit d'apprécier ?

Pourquoi, effectivement.

Parce que ses doigts s'emmêlaient dans les cheveux de Nathaniel, qui avaient bouclé encore davantage à cause de la pluie. Parce qu'il ne se retirait pas et ne faisait pas de va-et-vient, mais se contentait de caresser le jeune homme qui le suçait, l'avalait et respirait laborieusement par le nez, tandis que ses lèvres s'étiraient et que la vibration de ses gémissements lui provoquait des frissons et le faisait douloureusement bander.

Parce qu'il aimait voir la manière dont son sexe s'appuyait contre l'intérieur de la joue de Nathaniel. Parce qu'il baissait la main pour sentir le renflement et se trouvait intolérablement vulnérable.

Parce qu'un crochet tirait sur sa poitrine. Il souhaitait que Nathaniel soit en sécurité et heureux, loin de son maudit paternel et de quiconque lui donnerait l'impression d'être inférieur à cause de ses désirs purs et honnêtes et de ses difficultés pour déchiffrer des mots sur une page.

Quelle diablerie est-ce donc ?

Nathaniel l'avait décalotté et suçotait désormais le gland luisant du membre de Faucon, glissant les mains dans son pantalon ouvert pour caresser impatiemment et audacieusement la chair nue.

— Tu t'es privé de ça, murmura Faucon.

Nathaniel croisa son regard, ses yeux de miel écarquillés et assombris sous la lumière vacillante. Il continua et caressa le crâne de son prisonnier.

— Tu aimes ça, avoir une queue dans la bouche. Ma queue.

Acquiesçant, Nathaniel suça plus ardemment, une main entourant la base de son sexe où ses lèvres ne pouvaient l'atteindre sans qu'il tousse. Il ne cessa d'essayer. Il était manifestement désespéré d'avaler Faucon tout entier.

Les larmes lui montant aux yeux, il eut un haut-le-cœur et dut se retirer. Le pirate lui caressa les cheveux avant de baisser son pantalon jusqu'à ses genoux. Il sentit alors le bois froid de la porte contre ses fesses nues.

— Mets ton doigt dans ta bouche, déclara-t-il d'une petite voix. Oui, c'est ça. Mouille-le.

Faucon observa Nathaniel sucer gracieusement son index, crachant et laissant la salive couler sur sa main. Le jeune homme leva les yeux vers lui, le doigt entre les lèvres, patientant, tandis que son torse s'élevait et retombait par à-coup. Il lui faisait tellement confiance.

Faucon fut obligé de le toucher. Il suivit le contour de l'oreille de Nathaniel et écarta les jambes autant que possible, avec son pantalon au niveau des genoux.

— Maintenant, suce-moi et enfonce ton index en moi.

Les yeux écarquillés, Nathaniel plongea à nouveau sur le membre de Faucon et tendit la main derrière ses cuisses afin de trouver son orifice. Il n'hésita aucunement et le pénétra impétueusement. Le capitaine ne put retenir son gémissement, ses testicules se crispant tandis qu'il se serrait autour du doigt fureteur de Nathaniel.

Cela faisait des années qu'il n'avait pas été ouvert par une verge et il n'avait jamais vraiment apprécié cela. Mais, à l'occasion, il immergeait son propre doigt dans son orifice et la succion mouillée de cette bouche affamée combinée à cette pression plaisante fit jouir Faucon sans même qu'il puisse avertir le jeune homme. Il perdit le contrôle comme s'il était à nouveau adolescent. Il tint la tête de Nathaniel en se vidant en lui et celui-ci avala spasmodiquement.

Lorsqu'il ressortit son index et s'assit sur ses talons, un long filet de semence s'étirait entre ses lèvres gonflées et le membre de Faucon. Les genoux de ce dernier faillirent céder et il fut incapable de détourner le regard, certain que c'était sans aucun doute la plus belle chose qu'il ait jamais vue.

Bien que la lampe se soit presque éteinte, les couleurs du corps et du visage de Nathaniel semblaient nettes, comme si un soleil étincelant filtrait soudainement à travers les fenêtres à la poupe.

Le souffle coupé et la sueur coulant sur sa peau, Faucon saisit le filet dans ses doigts et le mit dans la bouche de Nathaniel qui le lécha minutieusement. Le sexe de ce dernier était rouge et durci.

— Fais-toi jouir, lui murmura Faucon.

Comme s'il avait oublié, Nathaniel baissa les yeux et saisit son membre, gémit et inclina la tête vers l'avant pour la poser contre la hanche du capitaine alors qu'il se masturbait d'une main hâtive. Faucon lui caressa les cheveux et en peu de temps, sa semence jaillit et de petits cris franchirent ses lèvres rouges.

Respirant difficilement, Nathaniel se rassit sur ses talons et leva les yeux. Faucon se rendit alors compte que ses bottes étaient couvertes de semence et que les gouttelettes blanches contrastaient avec le cuir noir, quelques millimètres à droite de la boucle dorée sur sa botte gauche.

Il aurait dû être en colère contre son prisonnier qui venait de salir ainsi ses souliers, mais lorsque Nathaniel se mordit la lèvre avec un éclat malicieux dans le regard, le pirate ne put que sourire et cajoler la joue chaude de Nathaniel.

Le jeune homme se pencha alors et lécha les bottes pour les débarrasser de toute semence. Faucon grogna, des étincelles le sillonnant comme des cendres incandescentes dans un foyer qu'on ravivait. Il ne pouvait pas bander à nouveau si rapidement. Toutefois, ses testicules tressautèrent face à cette adorable soumission.

Nathaniel savait peut-être précisément ce qu'il faisait et l'effet que cela aurait, mais il paraissait parfaitement ouvert et sincère. Lorsqu'il se rassit, Faucon écarta ses cheveux humides et l'envie de le protéger de ceux qui lui feraient honte et le rabaisseraient palpita en lui à chaque seconde.

Il remonta son pantalon sans l'attacher autour de ses hanches.

— Il est l'heure de dormir.

Il aida Nathaniel à se relever, se montrant toujours prudent avec son épaule. Lorsque le jeune homme pivota vers son coin, Faucon l'attira vers le lit et le poussa à s'y allonger, tentant d'ignorer ce sourire reconnaissant qui s'enroula autour de son cœur et le comprima.

Tournant les talons avant de se perdre encore davantage, Faucon ordonna :

— Dors.

Il avança vers son bureau, tira le fauteuil et fouilla ensuite le contenu de son tiroir. Il devrait chasser Nathaniel dans son coin. Il devait récupérer la rançon et mettre fin à tout cela.

Lorsque la lampe fut éteinte depuis un moment, Faucon se déshabilla et s'allongea sur le ventre, sur le lit, sans prendre la peine de remonter le drap que Nathaniel n'avait pas touché non plus dans cette nuit humide.

Prenant soin de ne pas tourner la tête vers Nathaniel, le pirate aperçut le ciel étoilé par les fenêtres à la poupe, ouvertes pour laisser entrer l'air nocturne. Il écouta le clapotis de l'eau contre la coque tandis que le navire tanguait légèrement, ainsi que la douce respiration régulière de Nathaniel qui semblait en harmonie avec la mer.

Un frisson parcourut sa colonne vertébrale, mais ce n'était pas à cause de la brise. Le matelas avait bougé et Nathaniel traçait du doigt les cicatrices sur les fesses de Faucon. De haut en bas, de bas en haut. Le capitaine se surprit à répondre à la question tacite.

— Le fouet.

Nathaniel se rapprocha, sa jambe gauche glissant entre celles de Faucon. Il n'avait visiblement aucun autre but que d'être près de lui. Sa verge était molle contre la cuisse du pirate.

Ce dernier devrait se décaler et mettre de la distance entre eux, plutôt que d'autoriser cet enchevêtrement, mais ses membres étaient lourds et chauds. Le souffle de Nathaniel chatouilla son épaule et l'apaisa autant que le doux bercement du navire.

— Quand ? s'enquit Nathaniel.

Ne réponds pas. Dis-lui de dormir, sinon tu le remettras dans son coin. Sans se soucier de son raisonnement, Faucon répondit :

— J'étais un peu plus jeune que toi. Sur une frégate de la Marine Royale.

La main de Nathaniel se figea un moment avant qu'il poursuive son exploration des cicatrices.

— Je n'arrive pas à vous imaginer à mon âge. Ou suivant les ordres de quiconque.

Faucon fut obligé de sourire. Il garda la tête tournée vers la poupe. Curieusement, s'il ne regardait pas Nathaniel, la discussion semblait plus… justifiée.

— Je n'étais pas un pirate quand j'ai quitté le ventre de ma mère.

Le gloussement de Nathaniel effleura sa peau.

— Non, j'imagine que non.

Il continuait de tracer les cicatrices.

— Comment s'appelait-elle ? Votre mère ?

— Anne.

Cela faisait des années qu'il n'avait pas parlé d'elle et même qu'il n'avait pas pensé à elle. Il ne restait que des images fuyantes de cheveux noirs, de mains couvertes de farine, de mauvais caractère, mais aussi de caresses apaisantes quand Faucon avait été piétiné par un mouton paniqué dans l'enclos.

Nathaniel semblait attendre.

— Elle a succombé à une poussée de fièvre. Je la connaissais à peine.

— J'en suis désolé. Votre père ? C'était un marin ?

— Un fermier. Un berger. Il haïssait la mer et j'aurais vraiment aimé être le fils d'un pêcheur.

— Et que pensiez-vous de l'élevage de moutons ?

— Merde, je détestais ça.

Des souvenirs de boue, d'excréments et d'animaux puants traversèrent précipitamment son esprit. Des journées infinies passées derrière les clôtures de leur terre, coincé là pendant que le reste du monde s'étirait à l'horizon, hors de sa portée.

— La mer était si proche que je la sentais au-delà des falaises.

— Hmm. Vous viviez dans l'ouest ?

Faucon cligna des yeux, surpris.

— Non loin de Plymouth. En Cornouailles, près du Devonshire.

— J'avais bien entendu un soupçon d'accent dans votre voix. Un jour, nous avons reçu la petite noblesse de Plymouth à dîner. Avez-vous des frères et sœurs ?

— Sept. De temps à autre, mon frère Richard mentait pour moi et risquait la fureur de mon père quand je me faufilais hors des pâturages pour aller m'asseoir sur les falaises. Je regardais l'eau, les bateaux de pêcheurs et parfois, des navires, au loin. Je suis devenu doué pour repérer les voiles. Un infime mouvement, une... promesse. Ça m'a bien servi une fois que je me suis retrouvé en mer.

Nathaniel ne cessait de caresser les cicatrices de haut en bas.

— Et quel est votre vrai nom ?

C'était un nom qu'il n'avait pas prononcé à voix haute depuis de nombreuses années. Le cœur de Faucon tambourina. *Peut-être qu'il m'hypnotise*, songea-t-il tandis que la vérité glissait sur sa langue. Il réussit à peine à la ravaler au plus profond de lui.

Il se demanda ce que cela signifierait si son nom se retrouvait sur les lèvres de Nathaniel. Quelque chose se déploya en lui, un nœud sombre qui avait auparavant été catégoriquement serré. Il voulait l'entendre, mais ne pouvait se l'autoriser.

Laissant apparemment tomber cette question, Nathaniel demanda :

— Qu'a dit votre père quand vous avez décidé de devenir marin ?

Faucon ferma brièvement les yeux face aux étoiles lointaines, un frisson le parcourant. Peut-être qu'il devrait repousser le carreau, après tout. Pourtant, il ne bougeait pas et le poids lourd de la jambe de Nathaniel sur les siennes agit comme une ancre.

— Il n'a pas eu l'occasion de dire quoi que ce soit. Je rejoignais les docks pour aller pêcher. Un vieil homme, là-bas, était ravi de m'enseigner ce qu'il savait en échange de mon travail. Certains soirs, je sortais par la fenêtre et filais en catimini. Les journées à la ferme étaient longues, mais j'étais assez jeune pour que l'enthousiasme me soit aussi bénéfique que le sommeil.

— Jeune à quel point ?

— J'avais quinze ans. En fonction des marées, le pêcheur sortait parfois la nuit. Il était plus de minuit quand on rejoignait le port. J'étais mouillé et la puanteur de la morue remplaçait celle des moutons. J'aurais dû être plus prudent. J'aurais dû faire plus attention en passant devant la taverne. Mais je pensais au frisson des filets remplis, je goûtais encore le sel sur ma langue, je sentais le bateau tanguer sous mes pieds. Ils me sont tombés dessus en un instant.

La main de Nathaniel se figea, désormais posée sur les fesses bombées de Faucon.

— Ils ?

— Des racoleurs.

Le jeune homme prit une brusque inspiration.

— J'ai entendu parler d'eux.

— Ils étaient cinq avec des bâtons.

Des mains rêches l'attiraient à nouveau vers les docks, des haleines fétides et des pieds nus touchant à peine les pavés l'éloignaient de chez lui et de tout ce qu'il connaissait. Il était impuissant.

— J'ai essayé de leur dire que j'étais fermier, pas marin, mais tout prouvait le contraire. Et je n'avais pas d'argent pour les corrompre.

— Ils vous ont simplement... emmené ? chuchota Nathaniel.

— La marine a besoin d'hommes. C'est si vaste qu'ils ne peuvent fonctionner sans réquisitionner. Ils ont dit que mon devoir était de servir le roi et mon pays. Ils m'ont mis à bord du *Leaside* et on a levé l'ancre peu de temps après. J'étais enfin en mer.

Faucon rit d'un air dédaigneux.

— J'ai appris à faire attention à ce que je demandais, au cas où cela se réaliserait.

Manifestement, il n'avait pas encore totalement appris cette leçon.

— C'est horrible. Barbare. Vous n'avez même pas eu l'occasion de leur dire au revoir ?

Cette douleur lui rappelant que sa famille lui manquait s'était estompée depuis longtemps pour n'être plus que l'écho d'une autre existence.

— Je serais parti d'une manière ou d'une autre. La vie de fermier n'était pas faite pour moi. Mon père ne pouvait le comprendre. C'était un homme bon. Juste. Travailleur. Mais il trouvait que j'étais idiot puisque j'imaginais ce qui se passait au-delà de nos champs. Enfin, j'aurais tout de même aimé faire mes adieux.

— Je suis désolé.

Nathaniel déposa un baiser sur l'épaule de Faucon.

Retenant son souffle, ce dernier regarda les étoiles bouger à cause du tangage du navire.

— N'aie pas trop pitié de moi, déclara-t-il d'une voix plus sévère. Je t'ai kidnappé, après tout.

La présence chaude de Nathaniel ne tressaillit aucunement et il avait toujours la main posée dans le dos de Faucon.

— J'imagine que oui. J'ai aussi appris à faire attention à ce que je demandais.

— Comment était-ce ? Sur la frégate ? s'enquit Nathaniel avant que Faucon ne puisse exiger plus d'explications.

— Humide. Bondé. Gelé ou étouffant, sans jamais de juste

milieu. Les rations étaient composées de biscuits secs qui grouillaient parfois de charançons. Il y avait de la viande séchée. Les officiers mangeaient mieux, bien sûr.

— Bien sûr.

— On m'a offert la possibilité de me « porter volontaire » et de servir, ou de rester un conscrit et de ne rien obtenir. Les volontaires recevaient deux mois de salaire en avance pour acheter un tricot – un vêtement bon marché – chez le commissaire de bord, et peut-être un hamac. Puisque je n'avais clairement pas le choix, j'ai accepté d'être volontaire. Et on m'a promis un salaire plus grand, mais j'ai à peine reçu un shilling. J'aurais probablement dû refuser leur offre, pour mes valeurs morales, mais j'avais l'impression que c'était futile et que cela me ferait plus de mal qu'à eux.

La voix de John fit écho dans son esprit. « *Je ne vais pas leur donner cette satisfaction.* » Il avait été entêté et droit dans ses bottes. Il était beau dans sa rébellion et sa rage. Mais il avait souri si adorablement quand Faucon lui avait proposé de partager son hamac, une nuit, puis toutes les suivantes jusqu'à ce que…

Nathaniel caressa sa colonne vertébrale de haut en bas et Faucon se rendit compte qu'il s'était crispé de la tête aux pieds. Une part de lui avait envie de repousser le jeune homme et de bondir du lit pour s'échapper sur le pont principal et respirer l'air de la nuit jusqu'à reprendre ses esprits et apaiser cet aveu de vérité, lent et régulier.

Pourtant il n'arrivait manifestement pas à bouger. Il soupira sous les caresses de Nathaniel, tournant toujours la tête comme si c'était une sorte de protection.

— Je croyais qu'ils ne pouvaient pas réquisitionner de garçons de moins de dix-huit ans.

— Cet amendement est assez nouveau dans la loi. À l'époque, il n'y avait pas de limites. Et les règles de la Couronne, sur le papier, n'ont souvent aucune importance dans le monde réel.

— Qu'avez-vous fait à bord du navire ?

— Aide-artificier, au début. Je portais la poudre à canon de l'arsenal jusqu'à l'artillerie. J'étais encore petit, alors je pouvais me faufiler dans les espaces étroits.

— Vous ? Petit ?

Faucon se surprit à sourire.

— Je le répète, je ne suis pas sorti ainsi du ventre de ma mère. Mais mon père était grand et j'ai fini par pousser après quelques années. J'ai grandi sans jamais m'arrêter.

— Quelles étaient vos missions en dehors de la bataille ?

Il commença à avoir une crampe dans son bras droit plié, puisque le corps de Nathaniel collé à son flanc pesait dessus. Pourtant Faucon ne se décala nullement pour le soulager.

— Remonter l'amarre. M'occuper du fond de cale. Toutes les tâches ingrates qu'ils m'ordonnaient puisqu'ils ont fini par se rendre compte que j'étais bien un fermier, après tout. Mais j'avais hâte d'apprendre à faire comme les autres marins. Ce n'était pas ce que j'imaginais et la réalité était brutale comparée à mes fantasmes puérils concernant la liberté offerte par la mer. Néanmoins, j'étais déterminé à en profiter au maximum. À m'améliorer. Ils ont rapidement découvert que j'avais l'œil assez vif pour devenir vigie. Ils m'appelaient le petit faucon des mers.

Nathaniel rit légèrement.

— Ah. Cela explique tout. Et vous avez continué d'apprendre au fil des années ?

— L'un des officiers s'est intéressé à moi. Comme un père, en quelque sorte. Il a vu mon potentiel, comme il dit. Il a également fini par m'apprendre à lire.

Il s'interdisait de penser au Lieutenant Wiltshire depuis des années. À présent, Faucon ferma les paupières en se souvenant des yeux écarquillés et du cou de l'homme dans lequel s'était empalé un morceau de bois après l'explosion de la coque qui venait de recevoir un boulet de canon.

Les caresses subtiles de Nathaniel réapparurent sur les cicatrices estompées ornant ses fesses.

— Qu'était votre crime pour que vous méritiez ça ?

— Vol de rations.

En réalité, c'était John qui avait mis cette nourriture supplémentaire de côté. Déterminé à déserter dès qu'ils le pourraient, il se disait qu'ils auraient besoin de force. Il avait protesté quand Faucon avait assumé la faute, mais ce dernier ne supportait l'idée que cette chair pâle et lisse soit marquée.

Il poursuivit.

— J'étais encore jeune, alors j'ai eu de la chance. J'ai dû embrasser la fille du canonnier plutôt que d'avoir le dos fouetté sur l'estrade du pont. On m'a condamné au martinet – cinq lanières plutôt que neuf. Mais ils m'ont frappé vingt fois pour démontrer la sévérité de mon crime.

Nathaniel s'exclama.

— Embrasser la fille du canonnier ?

— Me pencher au-dessus d'un canon afin qu'ils puissent me fouetter les fesses. Les bras tendus devant moi, le long du canon, le pantalon baissé. L'équipage s'est réuni autour de moi, surtout les autres garçons pour qu'ils puissent retenir la leçon. Le maître d'équipage m'a administré la punition. C'était humiliant, bien sûr. Je n'ai pas pu m'asseoir pendant une semaine. J'arrivais à peine à dormir.

Le pauvre John avait tout essayé pour apaiser la douleur, en vain.

— Ils n'avaient pas l'intention de me laisser des cicatrices, mais elles sont pourtant là.

— Je me demande…

Nathaniel caressa les bords irréguliers.

Faucon patienta, son regard balayant le contour de la Petite Ourse. Finalement, il insista :

— Quoi ?

Nathaniel reprit la parole dans un murmure.

— Je me demande ce qui ne va pas chez moi, pour que j'apprécie un tel traitement ?

Secoué par la surprise et une fureur s'insinuant soudainement en lui, Faucon tourna la tête et s'allongea sur sa hanche gauche afin d'être face à Nathaniel et de le toucher.

— Était-ce ton père ? Te donnait-il souvent des coups de bâton ?

Nathaniel cligna des yeux.

— Non. Non, je voulais dire… l'autre jour, quand j'étais penché au-dessus de votre bureau.

La bouche du pirate s'assécha.

— T'ai-je vraiment fait mal ? Je croyais que…

Sa haine de lui-même commençait à le paralyser comme un rhum de mauvaise qualité.

— Non, non.

Nathaniel ouvrit sa main sur le torse de Faucon.

— Comme je l'ai dit, j'ai aimé. Mais c'est étrange, n'est-ce pas ? C'est malsain ? Je sais que je suis contre nature, mais dans ces moments-là, j'ai l'impression de l'être deux fois plus.

Faucon saisit son visage et effleura du pouce les poils qui luttaient pour pousser sur sa joue.

— Ne serais-je pas malsain également ? Puisque c'est moi qui t'ai coincé et qui ai pris tant de plaisir ?

Le jeune homme replia ses doigts dans les poils ornant le tatouage de Faucon.

— Je n'en sais rien.

— Ça ne ressemblait pas à la punition que j'ai reçue. Je n'en ai tiré aucun plaisir. Aucun plaisir ne m'a été proposé. Ce que nous avons fait n'était pas la même chose. J'avais le sentiment que tu le souhaitais. Que tu en mourais d'envie. Que tu voulais être besogné de cette façon. D'être maîtrisé, mais également… libéré.

Nathaniel hocha la tête.

— C'était le cas. J'en avais envie. J'en ai toujours envie.

Il se rapprocha de lui, son regard scintillant sous le faible clair de lune, caressant le torse de Faucon tandis que leurs jambes restaient emmêlées.

— Je ne peux pas l'expliquer, mais j'en mourais d'envie. De m'offrir ainsi. Vous ne pensez pas que c'est malsain ?

— Pas si la permission est donnée. Pas si le désir est présent chez les deux partenaires, et je peux t'assurer qu'il l'était.

Nathaniel sembla y songer.

— Lorsqu'un homme est enrôlé de force, combien de temps dure son service ?

— Tant qu'il le souhaite, je crois. Je suis resté huit ans sur cette frégate.

— Comment vous en êtes-vous sorti ?

— Nous avions un nouveau capitaine. Il était insoutenable. Cruel et déraisonnable. Il n'y a pas de votes sur un navire de la marine. Plusieurs matelots et moi, nous avons conspiré pour déserter. Nous avons décidé que même si nous finissions pendus sur la fusée de vergue, ce serait préférable.

— Êtes-vous retourné à Plymouth ?

— Je ne le pouvais pas. En tant que déserteur, c'était trop risqué. De plus, revoir ma famille aurait été comme rencontrer des inconnus. Ce serait encore le cas aujourd'hui. Je pense que ce serait pire de les voir maintenant et de me rendre compte que nous ne nous connaissons plus du tout.

Il réprima un frisson.

— Ensuite, vous êtes devenu corsaire ?

— Oui. J'ai pris une nouvelle identité et je me suis rendu dans le Nouveau Monde. J'ai trouvé du travail à bord d'un navire corsaire en tant que gréeur et vigie. J'ai monté les échelons jusqu'à devenir maître d'équipage. Au moins, j'avais beaucoup appris dans la marine. Finalement, j'ai gagné mon propre bateau et engagé un équipage.

— Quel nom chrétien utilisiez-vous en tant que corsaire ? Je doute que vous ayez été Faucon, tout simplement.

Son cœur se serra. Ce soir-là, il remuait le couteau dans cette vieille plaie et le nom se coinça dans sa gorge.

— John.

C'était un prénom extrêmement commun. Il l'avait vu et prononcé à de nombreuses reprises. Pourtant, c'était la première fois qu'il le disait en voulant parler de *son* John. Et, curieusement, Nathaniel semblait le savoir.

— Qui était-il ?

Étonnamment, Faucon *répondit*.

— Un ami. Plus que ça. Il avait également été réquisitionné sur la frégate. Nous étions jeunes, tous les deux. Il… il est mort au cours d'une bataille.

— J'en suis sincèrement navré. Est-ce que vous et lui…

— Oui. C'est strictement interdit dans la marine, mais bien sûr, c'est arrivé. Je crois que pour beaucoup de marins, c'est une question de circonstances. Quand on se retrouve coincés en mer avec d'autres hommes pendant des mois, on devient pragmatique. La plupart des matelots avaient besoin de se relâcher.

— Mais pour vous, c'était plus que ça ?

Déglutissant difficilement, il songea aux gémissements essoufflés de John à son oreille et à ses mains qui le parcouraient.

— Oui.

Sa relation avec John avait été si brève. Elle n'avait duré qu'une courte seconde, si la vie de Faucon se résumait à quelques heures.

Que représentera Nathaniel dans tout ça ?

— Et vous n'avez jamais eu honte ? s'enquit-il. D'être un pécheur ?

Faucon lui lança un sourire narquois.

— Je commets des péchés de biens des manières. Ça ne m'a jamais dérangé. Mon père m'a dit un jour que se battre contre la nature, c'était perdre une bataille à coup sûr. Bien sûr, il parlait des pluies intenses que nous avions eues un hiver. Pourtant, ses mots avaient sonné juste.

Nathaniel fronça les sourcils.

— Vous ne croyez pas que c'est contre nature ? Ce que nous faisons ensemble ?

— Comment cela pourrait-il être le cas ? Cela arrive également chez les animaux. Nombre de béliers à la ferme n'étaient aucunement intéressés par les brebis. Ils se montaient les uns les autres.

— Vraiment ? demanda-t-il tandis qu'un sourire illuminait son doux visage. C'est merveilleux. Peut-être que tout ça est logique, singulièrement.

Faucon enroula une mèche des cheveux de Nathaniel autour de son doigt.

— Effectivement.

— Dites-m'en plus sur la façon dont John Faucon, corsaire en toute légalité, est devenu le capitaine de son propre navire. Vous avez dit que c'était grâce à un pari ? Et que plus tard, vous ne vous êtes pas simplement mué en pirate, mais en roi parmi vos hommes. Comment est-ce arrivé, exactement ?

L'intéressé ricana.

— Je ne suis pas un roi. J'ai réussi à me bâtir une réputation, mais je crois t'avoir déjà expliqué que c'est en grande partie lié au fait de raconter les bonnes histoires dans les oreilles les plus naïves, dans les bons ports.

— Répondez tout de même à mes questions, murmura Nathaniel.

Faucon était censé être celui qui donnait les ordres, mais il obéit.

— J'ai eu de la chance, un soir, en jouant aux cartes à Port-Royal. Un idiot a parié son vaisseau. J'en suis devenu le capitaine. L'Amirauté de Jamaïque ne s'intéressait pas trop aux détails. La Couronne avait grandement besoin de corsaires pour aider à combattre les Espagnols dans les Caraïbes.

— Alors John Faucon a reçu une lettre de marque et le droit d'user de représailles.

— Oui. J'ai été autorisé à capturer les navires ennemis et à les présenter devant la Cour de l'Amirauté. La Couronne prenait une part des gains. Tout était réglementé. Honorable, même. Du moins, j'en avais l'impression. J'avais hâte de servir mon pays.

Il secoua la tête, se remémorant l'étrange sensation de fierté que cela lui prodiguait d'être estimé.

— J'ignore pourquoi, étant donné ce qu'il nous a fait, ce pays, à moi et aux autres. Il fait kidnapper ses propres enfants dans la nuit et pire que ça, il bâtit un Nouveau Monde sur le dos d'esclaves. Pourtant, je voulais toujours prouver que je valais la peine.

Le sourire endormi de Nathaniel devint alors chagriné.

— Je comprends certainement ce sentiment.

Il se rapprocha davantage de Faucon et blottit le nez dans son cou.

— Je suis fier de vous procurer du plaisir. De vous prouver ma valeur.

Bien qu'il soit comparé directement à l'Angleterre et à sa décadence, la chaleur s'étira dans le torse de Faucon. Il glissa les doigts dans les poils de son prisonnier. Il s'aventurait sur un terrain dangereux. Il était censé avoir le contrôle et pourtant, il n'arrivait pas à se dépêtrer de cette situation. Nathaniel était en sécurité entre ses bras, comme si c'était sa place.

— Ensuite, mon père a prétendu que vous aviez enfreint les régulations et que vous n'aviez pas traité le capitaine espagnol convenablement, chuchota Nathaniel. Il a pu vous priver de votre lettre de marque sans audience ?

— Oui. Il avait été nommé juge. Il possédait un pouvoir total. En un instant, j'ai été déclaré pirate. J'avais entendu des histoires similaires sur d'autres corsaires désignés comme pirates. Si des traités sont signés pendant qu'ils sont en mer, ils peuvent revenir au port après avoir capturé le navire d'une nation qui n'est plus un ennemi. Les juges ne font pas de quartier et le corsaire est soudain mené à la potence, puisqu'il est considéré comme brigand.

— C'est si injuste. Ça n'a aucun sens.

— C'est le gouvernement. Dans le cas de ton père, je crois qu'il était désespéré à l'idée de mettre un pied dans le Nouveau Monde. La rumeur dit qu'il a saisi mon butin et l'a gardé pour lui. Ses camarades et lui n'ont donné qu'une portion à la Couronne et ont menti à propos de la marchandise.

Nathaniel soupira.

— Je peux le croire. Il a toujours été avide de pouvoir, ce qui nécessite de posséder des richesses. Il a l'impression que ces richesses lui sont dues. Il a épousé ma mère pour son patrimoine et sa fortune modeste, puis il l'a dilapidée. Il l'a condamnée pour m'avoir, afin de détenir un fils par pure fierté. Pour l'honneur de son nom.

Je suis navré pour la mort tragique de ta mère, mais je suis ravi que tu sois vivant.

Les mots lui brûlaient la langue, mais Faucon les ravala.

— Heureusement, ton père nous a sous-estimés, mon équipage et moi. Ils m'ont libéré et nous avons réussi à nous échapper.

— La revanche est maintenant à portée de main.

Nathaniel se rapprocha et appuya ses lèvres contre la gorge de Faucon.

Celui-ci aurait aimé voir le visage du jeune homme et lui demander à quoi il pensait. Il ne restait que quelques jours avant l'échange de la rançon. L'estomac du capitaine se serra et la bile l'embrasa. Il enroula ses bras autour de Nathaniel. Manifestement, aucun d'eux ne voulait prononcer à voix haute les questions difficiles qu'ils devraient se poser.

Comment s'étaient-ils autant enchevêtrés en aussi peu de temps ? Que se passerait-il si Walter Bainbridge ne payait pas la rançon ? Étaient-ils tous les deux fous d'avoir baissé la garde ? Faucon avait beau le nier, cette paix fragile et merveilleuse était simplement l'œil de la tempête.

Chapitre 16

L A VOIX DE Faucon, à la proue du navire, fut balayée sur tout le pont alors qu'il tournait le dos au soleil.

— Nous allons jeter l'ancre pour deux nuits.

Les hommes l'acclamèrent et Nathaniel sourit en restant à l'écart. Il était ravi que l'équipage ait voté pour l'autoriser à monter sur le pont, mais à part monsieur O'Connell, la plupart des matelots gardaient leurs distances. Nathaniel était toujours leur prisonnier, après tout. Leur aubaine.

Alors que la date de l'échange de la rançon s'approchait, ses inquiétudes ne faisaient que grandir. Inspirant profondément, il se réprimanda et s'intima de se concentrer sur le jour présent. Sur chaque heure, chaque minute même. Il ne pouvait faire autrement.

Il s'autorisa à sourire. S'ils jetaient l'ancre, il aurait enfin l'occasion de courir. Si Faucon tentait à nouveau de ne pas honorer sa parole, Nathaniel ferait un scandale. Mais il avait confiance en lui pour ne pas revenir sur sa promesse, cette fois-ci.

Nathaniel avait aperçu les plages de sable blanc au loin, ainsi que les arbres aux feuilles bien plus exotiques que celles qu'on voyait en Angleterre. Oh, comme il mourait d'envie d'explorer. Respirant l'air salé, il se concentra sur l'idée merveilleuse de courir enfin, pour la première fois depuis des mois.

— Allons-nous à Nassau ? s'enquit une voix pleine d'espoir.

— Tu n'as toujours aucune idée de l'endroit où on se trouve, bon sang, Barney ? On est à des milles marins de Nassau, espèce d'ahuri. En fait, le port le plus proche est celui de l'Île Primevère, où nous nous rendrons immédiatement après cette excursion.

L'estomac de Nathaniel se retourna et la chair de poule monta sur sa peau tandis que le regard de Snell se posait sur lui.

— Il est bientôt l'heure d'échanger notre butin contre de l'argent.

Bien sûr, tous les yeux se rivèrent sur le jeune homme, bien que Faucon continue de fixer l'horizon devant lui, la mâchoire crispée et les mains jointes derrière son dos droit. Les matelots les plus proches de Nathaniel, à tribord, se décalèrent, même monsieur O'Connell, qui lui était pourtant reconnaissant. Le captif maintint son regard sur ses pieds nus, la sueur coulant sur sa colonne vertébrale. Être au centre de l'attention lui donnait l'impression de recevoir des coups d'aiguille.

Faucon prit la parole, comme si le malheureux monsieur Barney ne l'avait pas interrompu.

— Nous arriverons sur cette terre d'une minute à l'autre, à présent. L'île n'appartient pas aux routes commerciales. Elle est assez grande pour nos besoins et est inhabitée. Il devrait y avoir des crabes, du poisson et des fruits. Bien sûr, nous avons apporté une bonne quantité de rhum, finit-il avec un sourire narquois.

Les hommes l'acclamèrent à nouveau.

— Et rapides comme l'éclair, nous réparerons le navire demain. Nous carénerons ce que nous pourrons, maintenant que nous avons trouvé une plage convenable.

Un grognement collectif emplit l'atmosphère et Snell leva les mains.

— Ce n'est la tâche préférée de personne, mais nous savons tous ce que cela doit être fait. Ces bernacles sur la coque nous ralentissent. Nos cales sont vides, il sera donc beaucoup plus facile d'amarrer le navire. Après notre accrochage avec le *Javelot*, nous avons effectué toutes les réparations que nous pouvions à l'intérieur, mais certaines choses doivent être faites quand nous sommes sur la terre ferme. Et nous voulons que notre vitesse nous permette de filer avec la rançon donnée par cette ordure qu'est Walter Bainbridge. Pensez simplement à l'argent que vous recevrez bientôt. Vous avez envie de le garder, n'est-ce pas ? Une fois que nous aurons déposé ce petit seigneur, nous devrons nous hâter de laisser l'Île Primevère derrière nous.

Qu'adviendra-t-il de moi, alors ?

Tandis que les hommes se remettaient au travail et que Faucon discutait avec son quartier-maître sans jeter un coup d'œil à Nathaniel, celui-ci resta devant le bastingage et observa l'île minuscule grandir.

Bientôt, la prochaine terre dont ils s'approcheraient serait l'Île Primevère et l'aventure serait terminée. Son estomac se retourna et la mélancolie monta dans sa gorge jusqu'à lui couper le souffle.

Supposant que Walter allait payer la rançon – et il refusait de s'attarder sur la possibilité qu'il ne le fasse pas, chassant tout élan de panique – Nathaniel devrait trouver un moyen d'abandonner la colonie et de se bâtir une nouvelle vie.

L'aveu de Faucon, selon lequel il aimerait prendre sa retraite, fit écho dans l'esprit de Nathaniel. Il jeta un coup d'œil au capitaine qui scrutait son équipage en faisant quelques pas, puis en s'arrêtant, les mains jointes dans le dos. Son manteau avait été laissé dans la cabine, étant donné la chaleur qu'il faisait, et ses manches sombres avaient été remontées. Son pantalon noir moulait ses hanches fines et ses cuisses musclées. Sa ceinture dorée et l'extrémité de ses bottes luisaient.

Rougissant, Nathaniel se souvint du goût quand il avait léché ces bottes – celui de sa propre semence salée et musquée, ainsi qu'un parfum de chêne qui lui rappelait du vin rouge. Il arrivait à peine à croire que tout cela était réel et qu'il ne s'agissait pas de son imagination fiévreuse. Il s'était allongé avec cet homme, son fantasme était devenu concret.

Faucon regarda l'horizon, l'air calme, digne et prêt à affronter tout ce qui entraverait leur chemin. Un tel homme serait-il satisfait de vivre une vie simple au bord de la mer, plutôt que d'être piégé dans son étreinte, à des kilomètres de tout ?

Peut-être voudrait-il partager une existence avec Nathaniel ? Ils pourraient bâtir une maison quelque part, vivre simplement et surtout *ensemble*.

Non. Arrête. Encourageant son esprit à revenir en arrière — puisqu'il avait été plus traître que jamais — Nathaniel évinça les visions de pêche matinale et de récolte de fruits sous le soleil. Il ne pouvait se permettre de s'engager sur un chemin si dangereux.

Faucon le besognait et se montrait gentil envers lui. Plus que ça, il faisait preuve de compassion et d'attention. Il lui avait dit des choses qu'il n'avait peut-être jamais partagées avec personne. Et bien que Nathaniel ne croie pas réellement que le capitaine lui ferait du mal, il n'osait espérer que leur lien deviendrait plus grand et qu'il durerait au-delà de sa captivité. C'était bien trop d'espoir, peu importait à quel point ils s'étaient rapprochés.

N'est-ce pas ?

Ils seraient bientôt séparés et Nathaniel s'enfuirait… quelque part. Il ferait… quelque chose. Pour le moment, il comptait se délecter de toute caresse qu'il pourrait arracher à Faucon, chaque aveu, chaque sourire. Heure par heure. Minute par minute. L'avenir inconnu resterait hors de sa portée.

SOUS LA LUMIÈRE de l'infime croissant de lune derrière les nuages, la plage s'étirait devant lui et les vagues roulaient jusqu'au sable. Derrière Nathaniel, les hommes s'affairaient.

Certains installaient un campement, d'autres attrapaient de quoi dîner et d'autres encore transportaient des denrées depuis le navire, qui était aussi près que possible de la côte. Son tirant d'eau lui permettait de voguer sur seulement deux mètres cinquante d'eau. Le vaisseau projetait actuellement son ombre massive sur l'ancre qui serait levée à la lueur de la journée.

Nathaniel fixa l'étendue déserte devant lui avant de se tourner vers Faucon qui l'observa avec un petit sourire.

— Eh bien, vas-y, dit-il.

Nathaniel ne perdit pas une seconde. Il courut à toute vitesse sur le sable mouillé près de l'eau calme, se délectant des minuscules vagues qui s'enroulaient autour de ses chevilles de temps en temps. Il agita les bras, respira régulièrement, détendit ses jambes et poussa le sable avec ses pieds. Son cœur martelait d'une manière des plus agréables, lui rappelant qu'il était merveilleusement *vivant*.

Il n'y avait rien d'autre que la mer et lui. Son corps travaillait et son esprit se vidait autant que s'il se hâtait dans une prairie à Hollington. Il se retrouva à bout de souffle plus vite que d'habitude, après des semaines à rester cloîtré, et ses muscles le brûlèrent encore plus rapidement. Mais il n'hésita pas et parcourut l'étendue de sable, déterminé à profiter grandement de chaque instant, peu importait à quel point il devait souffrir.

Il aurait probablement dû être plus prudent dans l'obscurité et ralentir pour s'assurer de ne pas trébucher ou de ne pas se briser la nuque sur l'affleurement d'un rocher, mais il ne sentait que le sable fin sous ses pieds.

La plage lui paraissait infinie jusqu'à ce qu'elle cède brusquement la place à un tas de rochers et de cailloux à l'extrémité de l'île. Il ne pouvait reprendre que le chemin d'où il était venu, à moins de vouloir s'aventurer dans l'ombre menaçante de la forêt tropicale.

Il ne savait pas vraiment quelle distance il avait parcourue et il s'arrêta au bout de cette île sans nom, merveilleusement *seul*. Inspirant profondément l'air frais, édulcoré par les bourgeons exotiques, mais alourdi par la pluie imminente, il reprit son souffle avant de trottiner sur la plage.

Un moment plus tard, la lune disparut et il distinguait à peine les crêtes blanches des vagues tandis que le vent s'accentuait. Le feu de camp de l'équipage était faiblement visible au loin.

Il s'arrêta et tira sur sa chemise trempée de sueur pour la passer par-dessus sa tête et la jeter derrière lui. L'eau était merveilleusement fraîche, sans être froide, et il s'y enfonça jusqu'aux cuisses, ses hauts-de-chausse collant à sa peau.

Il s'apprêtait à plonger quand une voix l'appela dans l'ombre.

— Attends !

Sautant dans les vagues avec ses bottes, Faucon attira Nathaniel sur le sable sec.

— Vous croyez que je vais nager jusqu'en Jamaïque ? s'enquit le jeune homme en riant.

Le pirate soupira.

— Je crois que tu vas te noyer. Il n'y a peut-être pas de marée haute et basse dans cette mer, mais il y a quand même des putains de courants !

Il faisait trop sombre pour distinguer l'expression de Faucon, mais son inquiétude était évidente. La main du capitaine était toujours enroulée autour du haut du bras de Nathaniel, mais pas pour le punir. Sa poigne était ferme et l'ancrait dans le sol.

Et si nous pouvions avoir un avenir ?

Le cerveau de Nathaniel luttait avec son cœur et le ciel se brisa en un instant, laissant tomber une pluie chaude et drue. Il se rappela : *minute par minute. Profite de chaque instant.*

Il rit et se libéra de la poigne de Faucon avant de tourner sur lui-même en écartant les bras et en rejetant la tête en arrière. Il se débarrassa de ses hauts-de-chausse ainsi que de son caleçon tant il avait besoin de ressentir la pluie partout sur son corps, coulant sur sa peau.

Il pleuvait des cordes. Étourdi, Nathaniel tituba et finit par s'arrêter face au capitaine.

— N'est-ce pas magnifique ? Je pourrais mourir dans un endroit joyeux comme celui-ci.

À travers les gouttes et dans l'obscurité, le poids supposé du regard de Faucon était comme un fer rouge sur la chair du jeune homme. Nu, trempé jusqu'à la moelle, sauvage et libre, Nathaniel n'avait absolument pas honte.

Se rapprochant, il remarqua le désir luisant dans les pupilles de Faucon et une vague de pouvoir le traversa et envoya tout son sang dans son membre. Il gonfla sous le regard du capitaine et Nathaniel garda les bras sur ses flancs, ne se cachant aucunement.

Au cœur de la nuit, entièrement vêtu de sa chemise noire, son pantalon et ses bottes, Faucon aurait pu être un spectre, un démon. L'un des cavaliers de l'apocalypse. Menaçant et inflexible.

Un étalon.

— Voulez-vous me trousser ainsi ? s'enquit le jeune homme qui ne pouvait – ni ne souhaitait – s'arrêter. Ici. Maintenant. Vous restez habillé et moi, je suis nu, à quatre pattes. Voulez-vous bien me monter et…

Faucon fit un pas en avant en ouvrant brutalement sa ceinture et les attaches de son pantalon. Il retourna son prisonnier et le poussa sur le sable. Nathaniel cambra le dos et, dans un grognement, le pirate s'appuya contre lui. Quelques instants plus tard, il avait son membre durci en main et crachait dessus avant de l'enfoncer dans l'orifice du jeune homme.

Cette brusque pénétration arracha un cri à Nathaniel. Il était certain d'être brisé en deux, mais il gémit.

— N'arrêtez pas. Plus fort.

Grondant, Faucon s'agrippa à ses hanches et le besogna avec de brefs coups de reins, sans le pénétrer totalement pour l'instant. Nathaniel écarta les doigts sur le sable mouillé et s'appuya contre le membre du capitaine.

La douleur faisait partie des ébats et il en voulait plus. Il avait *besoin* de plus. Il scruta par-dessus son épaule et vis la grimace de Faucon, les dents serrées, tandis qu'il le prenait.

— Tout entier, ordonna le jeune homme.

Lorsque le regard du pirate se riva sur le sien, il l'implora.

— *S'il vous plaît.*

Ses hanches hésitant, Faucon grogna et se retira avant de s'enfoncer complètement. Ils crièrent tous les deux et Nathaniel ne put que laisser retomber sa tête pour le prendre avidement. Cette vive brûlure s'entrelaçait avec le plaisir tandis que l'homme le troussait comme il en avait besoin.

Faucon posa les mains sur les épaules de Nathaniel et y plongea ses doigts alors qu'il décrivait des va-et-vient en lui, le tissu rêche de son pantalon se frottant contre ses fesses. Les hanches du pirate étaient aussi acharnées que la pluie et sa ceinture ouverte heurtait la cuisse du jeune captif.

Son épaule, toujours en train de guérir, protesta contre ce traitement brutal, mais Nathaniel ne tressaillit point et ne se libéra pas non plus de la poigne de son partenaire, tant il était désespéré à l'idée d'en avoir plus. Le monde rapetissait, comme s'il le regardait à travers une longue-vue. Seule la verge de Faucon en lui existait désormais, elle l'étirait à chaque va-et-vient, telle une punition, et leurs halètements laborieux faisaient écho sous la pluie.

Le sable avait semblé si fin entre ses orteils, plus tôt dans la journée, et pourtant, il était à présent râpeux sous ses genoux. Quand Faucon atteignit l'endroit parfait, Nathaniel hurla et émit des bruits incompréhensibles.

— Oh, oh, euh, *gaah*.

Il imagina à quoi ils ressemblaient, le capitaine pirate tout en noir, montant son prisonnier pâle et lui offrant chaque centimètre de son membre immense.

— Plus fort, le supplia-t-il.

Avec sa voix rauque, cela s'apparentait pourtant plus à un

ordre.

— Faites-moi jouir avec votre queue.

Grognant à chaque coup de reins, Faucon continua de le prendre et inclina ses hanches pour avoir un angle parfait et trouver ce petit nœud de nerfs secret et miraculeux. Nathaniel hurla, son propre membre se durcissant et suintant dans la nuit. La pression qui était montée dans ses testicules explosa.

Des étoiles blanches se dessinèrent dans le champ de vision de Nathaniel et le bonheur qui le traversa fut si intense lorsqu'il jouit qu'il laissa une traînée dans son sillage. Il se serra autour du sexe de Faucon, trembla et inclina la tête en arrière tant ses poumons le brûlaient.

— Emplissez-moi. Il n'y a que vous.

Faucon obéit en hurlant, ses doigts creusant presque les épaules de Nathaniel alors que sa semence se déversait si profondément que le jeune homme crut qu'elle allait atteindre son âme. L'idée aurait dû l'effrayer, mais ses testicules se crispèrent et il jouit à nouveau, laissant quelques gouttes sur le sable.

La pluie tombait toujours aussi dru et Nathaniel tourna la tête pour récupérer quelques gouttes sur sa langue. Ses bras tremblaient, chaque muscle dans son corps le brûlait. Il posa les coudes sur le sable, les fesses encore en l'air et Faucon penché au-dessus de lui. Il savait qu'il souffrirait lorsque le pirate se retirerait et il se prépara quand les doigts se relâchèrent autour de ses épaules.

Pourtant, Faucon ne se précipita aucunement. Il sortit son membre ramollissant centimètre par centimètre, caressant la colonne vertébrale de Nathaniel d'une main. Quand il se retira, le jeune homme se sentit incroyablement ouvert et intolérablement vide.

Lorsque Faucon fut totalement libéré, Nathaniel s'effondra sur le ventre, les jambes écartées, des grains de sable s'insinuant partout. Il était trop épuisé pour s'en préoccuper. Il plia les mains sous sa joue et ferma les yeux, attendant que le capitaine le relève et le ramène sur le navire.

La pluie se calma légèrement, bien qu'elle reste constante et fraîche sur sa peau fiévreuse. Faucon caressa les fesses de Nathaniel de ses paumes calleuses avant de l'ouvrir, sous la pluie, et de le nettoyer avec ses doigts qui étaient étonnamment doux après la férocité de leur ébat.

Il y posa ensuite sa langue râpeuse et *merveilleuse*. Sa barbe piquait l'orifice sensible et épuisé du prisonnier. Il le lécha et l'embrassa, goûtant certainement sa propre semence. Cette idée réveilla les testicules exténués de Nathaniel et il haleta, tant le sable devint difficile à supporter contre son membre mou et délicat.

Le pirate ouvrit largement son orifice et y plongea sa langue. Nathaniel grogna.

— Vous ne pouvez pas me faire jouir à nouveau. C'est impossible.

Ainsi, il se retrouva sur le dos, du sable mouillé à de nombreux endroits, la pluie en chassant heureusement une grande partie. Faucon mit les mains en coupe sous les gouttes afin de réunir suffisamment d'eau pour rincer l'entrejambe du jeune homme et enlever tout grain de sable.

Il souffla laborieusement entre les jambes pliées de Nathaniel et l'observa d'un air bestial tandis qu'un sourire diabolique recourbait ses lèvres pulpeuses.

Grognant à nouveau, le jeune Bainbridge dit :

— Ce n'était pas un défi. Simplement une vérité.

Le capitaine referma une main mouillée autour de la longueur de Nathaniel tandis que l'autre descendait pour appuyer contre la peau sensible derrière ses testicules.

Un éclair de plaisir le traversa et lui coupa le souffle. Ses gémissements se muèrent en rire.

— Je parie que vous feriez n'importe quoi pour me donner tort, n'est-ce pas ?

La pluie s'étiola et les étoiles devinrent légèrement plus brillantes quand les nuages se dissipèrent. Faucon rit également. Ce n'était pas un aboiement dédaigneux ni un cri triomphant, mais un son doux et sincère. Son visage était étonnamment enfantin, fendu d'un sourire, et ses cheveux étaient collés à son crâne ainsi qu'à sa peau trempée.

Il traça le contour de la joue de Nathaniel, avant d'effleurer ses lèvres. Le cœur de ce dernier recommença à galoper lorsque Faucon se pencha, indéniablement tendre, le scrutant comme s'il pouvait lire une réponse quelconque sur son visage.

L'espace d'un instant grisant, Nathaniel fut certain que Faucon allait l'embrasser. Qu'il allait sceller leurs bouches et partager leur souffle dans une intimité qu'il imaginait bien plus profonde que n'importe lequel de leurs ébats.

Le masque se remit alors en place et le sourire du pirate redevint parfaitement féroce.

Avant que Nathaniel puisse espérer réfléchir à une réponse, Faucon lui releva les fesses sur ses propres cuisses. Il était exposé sous les étoiles, se tortillait et se dévoilait gracieusement au monde, tandis que la tête du pirate plongeait entre ses jambes pour lécher et sucer impitoyablement son membre et ses testicules épuisés.

Nathaniel fut bien trop heureux de perdre ce pari.

Chapitre 17

I L Y AVAIT tant de foutu sable.

Même si Faucon n'avait pas retiré ses vêtements, il s'était insinué partout. Sous la grande toile de tente, le pirate gigota sur la collection de coussins et de couvertures qui composaient leur lit. Une table du mess ainsi que le fauteuil de son bureau se trouvaient non loin.

Vêtu uniquement d'une chemise blanche trop grande, Nathaniel dormait sur le côté, son dos collé au torse de Faucon qui avait passé un bras autour de lui. Les pans de la tente étaient détachés et s'agitaient sous la brise matinale, la lumière du soleil dansait et faisait scintiller le lobe d'oreille du prisonnier.

Faucon ignorait quelle sorcellerie s'était emparée de lui, mais en contemplant Nathaniel sous la pluie, nu, magnifique et ravi, ses muscles fins luisants, il avait eu envie de faire tout ce que celui-ci lui demandait. Il aurait fait n'importe quoi pour qu'il reste aussi heureux et libre.

Peut-être était-il une nymphe de mer qui exerçait une magie quelconque. Enfin, ce n'était sans doute pas le cas, étant donné qu'il avait plongé sans songer au courant, surtout avec le vent qui soufflait.

Même maintenant, le cœur de Faucon loupait un battement lorsqu'il imaginait Nathaniel disparaître sous les vagues sombres pour ne jamais refaire surface.

Mais qu'est-ce qui ne va pas chez moi ?

Un chœur de « Hissez ! » s'éleva lorsque la plupart de l'équipage mit le navire sur son flanc. Le capitaine les aperçut quand les pans de la tente s'ouvrirent. Les cordages étaient tendus et plusieurs lignes d'hommes les tiraient tour à tour. La coque de la *Manta* était révélée par le soleil impitoyable, et la masse de bernacles devint visible, tout comme les planches qui avaient besoin d'être remplacées, et Dieu seul savait quoi encore.

Faucon devrait être dehors, à superviser, à les encourager, à leur prêter main-forte étant donné leur délai limité. Il avait un boulot à faire et il ne consistait pas à se cacher dans sa tente avec leur prisonnier dans les bras.

Mais Seigneur, il s'en moquait, désormais.

Une part de lui aurait aimé que les matelots prennent le navire et le laissent tranquille, ici, avec Nathaniel. Pendant tant d'années, la mer avait été sa maison et il ne doutait pas qu'il en avait assez, à présent. Snell avait affirmé qu'il serait incapable d'abandonner sa vie de pirate, mais Faucon savait qu'il le devait.

Il était probable qu'il échoue misérablement. Pourtant, alors qu'il écoutait la respiration régulière de Nathaniel – sentant son torse s'élever et retomber, souhaitant appuyer ses lèvres sur le grain de beauté au sommet de son épaule – le monde sembla empli de possibilités.

C'était de la folie. Il ne devrait se préoccuper que de la rançon, qu'il récolterait dans deux jours.

La nervosité le saisit et un frisson de peur glissa le long de sa colonne vertébrale. Il devait rester focalisé sur sa tâche, surtout quand certains de ses hommes commençaient à s'agiter. Lorsqu'il était parti uriner au milieu des arbres, l'aube à peine visible à l'horizon, il avait entendu des voix. Elles n'étaient pas aussi atténuées qu'elles l'auraient dû grâce aux tonneaux de rhum.

— *Si vous voulez mon avis, cette rançon est perdue d'avance. Le Cap'taine va tous nous faire tuer pour rien.*

— *Personne ne t'a demandé ton avis, Deeks, répondit sèchement une voix.*

Elle ressemblait à celle de Boland, navigateur et homme lettré qui avait déserté la Marine Royale – Faucon en ignorait la raison.

— *Bainbridge n'a p't-être même pas cet argent.*

Le capitaine tendit l'oreille, tentant de distinguer la voix. Ah, oui, Tully, leur nouvelle recrue à problèmes. Tully poursuivit :

— *T'as entendu cette catin le dire, Deeks. Que s'passera-t-il s'il ne l'a toujours pas à la fin du délai imparti ? On aura vogué dans le néant et perdu not' temps alors qu'on aurait pu pourchasser des navires.*

— *C'est vrai qu'elle l'a dit, confirma Deeks.*

— *On sait tous que le cap'taine se tape ce p'tit dandy, ajouta Tully.*

— *On peut pas lui en vouloir. Si on nous donnait la moitié d'une chance de le faire, on serait beaucoup à tenter le coup avec ce beau petit cul.*

— *Et pourtant, c'était quand la dernière fois que le capitaine s'est retrouvé avec quelqu'un dans son lit ? intervint à nouveau Boland. Ce n'est pas son habitude.*

Il marqua une pause.

— *C'est inquiétant, je vous l'accorde. Cette... tentative de séduction.*

Faucon restait figé au milieu des arbres. Les ombres des hommes étaient à peine visibles au bord de la plage. Il avait fini d'uriner, mais ne bougeait pas. Son membre était toujours sorti et son cœur tambourinait.

Deeks s'esclaffa.

— *J'ai entendu dire qu'il rêvait de prendre sa retraite et de devenir un putain de fermier ou quelque chose du genre.*

Des rires rauques résonnèrent alors et Faucon demeurait là, dans l'obscurité. Il se sentait horriblement petit. À qui Snell l'avait-il dit ? Quelqu'un avait-il espionné leur conversation ? Il se disait que c'était futile et pourtant, cela restait tout de même douloureux.

— Un homme comme ça ? ajouta Deeks. Vous imaginez ? Il se moque de qui, franchement ?

— Ça m'paraît clair, répondit Tully. Le cap'taine est plus intéressé à l'idée de besogner ce p'tit cul et d'entretenir des fantasmes, plutôt que de faire c'qu'y a de mieux pour le navire. Pour nous. Il va vraiment abandonner le morveux ?

Quelqu'un que Faucon ne reconnaissait pas prit alors la parole.

— Bainbridge a sauvé la vie d'O'Connell. Il n'est pas si mal.

— Ouais, et on est contents d'ça, répondit Tully. On l'laisse monter su'le pont, sans être attaché ni rien. J'en veux pas à O'Connell, mais est-ce qu'y mérite votre part d'la rançon ? On a été gentil avec le cabot. On l'a laissé tranquille et on n'a pas levé la main sur lui.

— Parce que tu sais que le capitaine portera tes boules en boucles d'oreille si tu oses lancer un mauvais regard au gamin, répondit Deeks.

— Exactement ! Ça prouve bien c'qu'on dit, non ? Bien sûr, il faut que le butin reste intact pour qu'on soit sûr d'avoir la rançon. Mais c'est plus qu'ça. Le cap'taine a pas les idées claires. Vous avez vu, il a laissé Bainbridge courir sur la plage. Il est...

— Compromis ? proposa Boland.

— C'est ça, répliqua Tully. Compromis. Vous l'servez tous depuis trop longtemps. Moi, j'le vois clairement.

— Alors, qu'est-ce que tu suggères ? s'enquit Boland. Une mutinerie ?

L'estomac de Faucon se crispa et sa respiration devint erratique.

Après quelques murmures étouffés, Tully répliqua :

— C'est pas une mutinerie si on vote, si ? Je croyais que les bateaux pirates étaient tous... c'est quoi le mot ?

— Démocratiques, répondit Boland.

Faucon l'imagina lever les yeux au ciel.

— Oui, mais tu n'étais pas avec nous quand Walter Bainbridge nous a trompés. Nous avons suivi les règles de l'Angleterre à la lettre et

*il a menti avant de faire de nous des pirates. On aurait tous proba-
blement été pendus pour ça si on ne les avait pas pris par surprise. Ils
nous ont sous-estimés – surtout le capitaine. C'est une blessure
profonde. Il veut sa revanche contre Bainbridge, peu importe à quel
point il s'est amouraché de son fils.*

*— C'est vrai, répondit Deeks. Sous-estime le Cap'taine Faucon à
tes risques et périls. On doit se montrer malins.*

*— Tout c'que j'dis, insista Tully, c'est qu'on doit être certains
d'obtenir ce qui nous r'vient. Sans moi, il aurait jamais su qui était
cette p'tite merde.*

La voix inconnue lança alors :

*— Il est impossible que le capitaine abandonne cette rançon et ne
crache pas au visage de Bainbridge. Aucun cul n'est aussi bon. Il en
profite tant qu'il peut et, comme on l'a dit, qui peut lui en vouloir ?
Mais si Bainbridge n'a pas l'argent, le Capitaine Faucon coupera ce
gamin en petits dés et les livrera à son père un par un.*

*La bile monta dans la gorge de Faucon et il tendit la main vers
l'écorce rêche d'un arbre alors que les hommes poursuivaient.*

*— Il enverra probablement les oreilles en premier. Peut-être les
lèvres.*

— Les doigts.

— Puis sa queue.

*— Mais le f'ra-t-il ? demanda Tully. J'pense qu'il faut pas autant
le craindre. Il est devenu faible. À mon avis, ses priorités sont pas
claires.*

Faucon resserra son bras autour de Nathaniel, qui murmura et
gigota dans son sommeil. Il avait eu envie de faire irruption sur la
plage, de sortir son coutelas et de *les* tailler en pièces pour que les
oiseaux et les insectes affluent. Surtout Tully. Faucon prendrait un
malin plaisir à lui arracher sa langue de sa grande bouche.

Mais, à vrai dire, ils avaient raison. Il était compromis par sa
verge. Non, bien pire que ça, il l'était par de douces sensibleries en
lui qu'il n'avait pas déterrées depuis des années. Il ignorait même

qu'elles existaient encore depuis qu'il avait connu John, tant de temps auparavant.

Il avait autorisé Nathaniel à creuser en lui, à déplacer les grains de sable un par un jusqu'à ce qu'il soit nu.

Il effleura de ses lèvres les nœuds dans la colonne vertébrale du jeune homme, son cœur se réchauffant lorsqu'il entendit un soupir endormi. L'entrée de la tente s'ouvrit dans une bourrasque et à l'autre bout de la plage, Faucon repéra quelques matelots réunis en pleine discussion. Parmi eux se trouvait Tully. Ils jetèrent un coup d'œil vers la tente et le capitaine ignorait si le soleil étincelait trop pour qu'il le voie. Pour qu'il remarque qu'il tenait leur prisonnier dans ses bras.

Ça suffit.

Il était temps de mettre un terme à tout ça. Fermant les yeux, il songea à Walter Bainbridge et à ce jour, à la Cour de l'Amirauté, quand Faucon était resté incrédule, alors que l'homme le désignait comme pirate après tant d'années de loyauté envers la Couronne.

Il appuya sur cette blessure qui gangrenait depuis et invoqua toute sa fureur. Oui, il aurait sa revanche et sa rançon. Sinon il perdrait le contrôle de son navire. Pire que ça, si les matelots décrétaient qu'il avait agi contre leurs intérêts, il pouvait être mis à mort. Il avait vu des équipages se retourner contre leur commandement et cela pouvait se produire en un clin d'œil. Comment avait-il pu dériver à ce point ?

Les paroles de Snell firent écho dans son esprit. *Les sentiments ne feront pas tout.*

C'était allé trop loin. Roulant loin du jeune prisonnier, il attrapa ses bottes et en enfila une.

— Dites-moi que vous n'allez pas vraiment porter ces bottes, murmura une voix endormie. Nous allons passer la journée sur la plage. Les hommes vous respecteront toujours, vous savez.

Nathaniel resta blotti sur son flanc, incapable de voir ce que Faucon faisait.

Seigneur. Me connaît-il déjà si bien ? Comment ai-je pu per-mettre ça ?

Nathaniel avait sans doute raison. Le capitaine n'avait proba-blement pas besoin de s'habiller pour assumer son rôle. Toutefois, il enfila tout de même la seconde botte, ses pieds protestant immédiatement dans le cuir humide et moisi qui lui donnerait bientôt l'impression d'être un four. Il ne pouvait suivre les conseils de Nathaniel. Il devait mettre un terme à cette attirance indési-rable qui le bouleversait bien trop.

Bientôt, il échangerait Nathaniel contre de l'argent et ne le reverrait jamais. C'était le plan. C'était ainsi que cela allait se produire. Sauf que Nathaniel avait insisté sur le fait qu'il se créerait une nouvelle vie.

Peut-être…

Nathaniel rit légèrement et du coin de l'œil, Faucon le vit se lever et prendre une brusque inspiration.

— Quoi ? demanda-t-il immédiatement.

Il saisit les bras du jeune homme avant de pouvoir y réfléchir à deux fois. Haletant, le prisonnier haussa les épaules et se dégagea, appuyant les mains sur la couverture froissée et voilée de sable.

Faucon tira sur le col de la chemise usée de Nathaniel et obser-va les ecchymoses en forme de doigts. La culpabilité le submergea, vive et tranchante. Peu importait l'état de ses épaules, d'ailleurs, puisqu'il imaginait à quel point l'orifice de Nathaniel serait sensible après ce qu'ils avaient fait sans huile et dans le sable. Avant qu'il puisse dire quoi que ce soit, le jeune homme prit la parole.

— Ce n'est pas votre faute. Je vous ai demandé de le faire. J'avais envie que ça se passe ainsi.

Ce n'était pas faux, mais… Faucon s'éclaircit la voix.

— As-tu besoin du physicien ?

Nathaniel observa par-dessus son épaule et leva les yeux au ciel.

— Pour quelques ecchymoses ? Je crois que je vais survivre.

— Tu es sûr qu'il n'y a que les ecchymoses ?

Nathaniel gigota avec précaution et s'assit. Il sourit légèrement.

— Je crois. Si je me rends compte du contraire, je vous le dirai.

Fronçant les sourcils, Faucon croisa les bras et envisagea d'appeler le physicien dans un cri.

— S'il y a une déchirure…

— Je vais bien.

Le captif posa une main chaude et douce sur l'avant-bras nu de Faucon, où ses manches étaient relevées, et il le caressa.

— Ne vous inquiétez pas.

Et *merde*, c'était trop difficile à supporter. Cette familiarité si aisée, la manière dont Nathaniel grattait son torse d'un air absent, bâillant, comme s'il s'agissait d'une matinée tranquille dans un autre endroit. Une autre vie.

C'était une farce et elle pouvait potentiellement être mortelle. Faucon se libéra et se leva dans ses stupides bottes, perdant presque l'équilibre dans le sable quand une couverture s'enroula autour de sa cheville.

Il donna un coup de pied pour la chasser.

— Je ne m'*inquiète* pas. Mais je ne peux pas te rendre à ton père avec trop d'ecchymoses.

Nathaniel lui lança un autre sourire charmant et exaspérant.

— Peut-être que vous n'avez pas besoin de me rendre. Nous pourrions…

— Faucon !

Snell se tenait juste devant la tente.

— Si tu es prêt à commencer ta journée, nous avons quelques problèmes à régler.

Sans jeter un coup d'œil à Nathaniel, Faucon sortit et longea la lisière de la forêt, hors de portée de voix de la tente. Ses bottes étaient déjà trop chaudes et il n'avait pas mis sa ceinture. Il redressa le dos en chassant une mouche.

— Qu'y a-t-il, monsieur le quartier-maître ?

Snell souffla interminablement avant de se pincer les lèvres.

— Eh bien, *Capitaine*, je veux m'assurer que vous avez la tête sur les épaules. La vôtre, soit dit en passant. Parce que l'équipage commence à se poser des questions.

Faucon garda un ton calme, puisqu'il avait conscience que les hommes les observaient de l'autre côté de la plage. Tully avait-il continué de planter les graines de la rancœur ?

— S'ils sont aussi motivés à élire un nouveau capitaine, ils devraient le faire.

— Quelle ânerie est-ce là ?

— Ce serait peut-être pour le mieux. Je pourrais… passer à autre chose.

Soupirant, Snell secoua la tête et ses épaules s'affaissèrent.

— Nom de Dieu, Faucon. Je sais que vous êtes troublé. Mais je vous dis que j'ai déjà vu ça auparavant et il est impossible que vous soyez satisfait en faisant autre chose. Les seules règles que nous suivons sont les nôtres. Pas celle de la tyrannie anglaise. Vous recommenceriez vraiment à vivre comme ça ? De toute façon, ils ne vous laisseraient pas faire. Vous êtes recherché dans le Nouveau Monde et dans l'ancien.

— Il y a sûrement une autre manière de bâtir sa vie en restant hors de portée de l'Angleterre. Une île espagnole ou française. Ou un tout nouvel endroit. Ça ne sera pas facile, mais… Eh bien, pourquoi diable ne devrais-je pas essayer ? Pourquoi ne devrais-je pas vivre, vieux et gros, avec mon amant à mes côtés au lieu de lutter constamment pour survivre ?

Snell plissa les yeux.

— Ne me dites pas que vous rêvez de ce petit seigneur guindé.

Faucon dut faire de son mieux pour ne pas écraser son poing dans le visage grassouillet et usé de Snell qu'il avait toujours regardé avec affection. Il débordait d'une violence qui ne demandait qu'à être libérée.

Levant les mains en signe de reddition, Snell secoua la tête. Il baissa la voix pour le supplier.

— Dites-moi que vous ne croyez pas sincèrement qu'il *voudrait* de vous ? Une fois qu'il sera de retour à la civilisation, dans une demeure majestueuse, avec de jolies filles et des bains chauds dès qu'il le souhaite, ainsi que de la viande succulente dans son assiette tous les soirs ? Il a beau aimer votre queue, vous pensez réellement que le fils de Bainbridge abandonnerait une vie de luxe et de richesse pour *vous* ?

Faucon eut envie de crier *oui !*

— Il n'a pas dit qu'il voulait ça, répondit-il plutôt. Il a dit…

Faucon était écorché, à vif sous le ciel sans nuage, la sueur perlant sur son front.

La compassion dans les yeux de Snell était bien ce qu'il y avait de pire.

— Il a dit ce qu'il croyait devoir vous dire. C'est un gamin intelligent. Il a réussi non seulement à rester en vie, mais à obtenir un certain confort. On lui a accordé bien plus de libertés qu'à tous les prisonniers que j'ai jamais vus. Vous vous souvenez de ce que vous nous avez dit, le soir où nous l'avons capturé ? De ne pas nous laisser charmer. De ne pas nous laisser piéger. Je crains que ce soit trop tard, mais vous devez tenir compte de vos propres mots, Faucon. Je vous en supplie. Et si vous tenez réellement à lui, laissez-le avoir sa vie de privilégié.

Le capitaine ouvrit la bouche avant de la refermer.

Snell poursuivit :

— Il est jeune. Il s'est laissé emporter par l'aventure et il a réchauffé le lit d'un pirate. C'était un fantasme pour vous deux. Ne vous infligez pas cela. J'ai vu tant de marins rechercher de jolies petites choses et ça a toujours fini de la même manière. Je ne veux pas que vous viviez une telle déception. Ce gamin a toute une vie devant lui. Franchement, que pouvez-vous lui offrir ? Réfléchissez-

y. La réalité, c'est que nous sommes des voleurs. Des tueurs.

Le déni se manifesta et Faucon cracha.

— Parce que Bainbridge nous a trompés et nous a désignés comme des pirates. Des criminels.

Snell demeura silencieux de longues secondes et l'observa avec une expression indéchiffrable, jusqu'à ce que son capitaine tangue d'un pied sur l'autre et que le désespoir le saisisse.

— Il l'a fait !

— Oui. Et nous avons accepté cette vie. Nous avons fait du Faucon des Mers l'un des noms le plus redoutés sur ces eaux, en quelques années. Nous avons volé et nous avons tué. Oui, d'autres pirates sont bien pires. Nous ne violons pas et ne torturons pas, sous votre surveillance. Mais n'allez pas croire que vous êtes ce que vous n'êtes pas.

Faucon sursauta quand Snell saisit gentiment son bras.

— Vous êtes trop doué pour abandonner. Vous ne connaissez aucune autre manière de vivre. Vous l'oublierez dans peu de temps et votre cafard finira par passer. Vous vous rappellerez ce que vous aimez à propos de la mer quand nous pourchasserons notre prochain butin.

La gorge de Faucon était sèche, mais il déclara :

— Qu'y a-t-il de mal à vouloir un peu de paix ?

Snell soupira et serra une dernière fois son bras.

— Les hommes comme nous n'ont pas la paix.

Faucon observa celui qui était la chose la plus proche d'un ami se retourner et rejoindre l'équipage. Snell avait raison. Il ne méritait pas un seul moment de sérénité. Il ne méritait pas une vie avec un garçon aussi brillant, beau et *bon* que Nathaniel. Plus important encore, ce dernier méritait mieux qu'un pirate marqué et épuisé avec trop de sang sur les mains. Faucon en avait conscience.

Le savoir était une chose. Mais le désir martelant dans son cœur, coulant dans ses veines comme la marée – incessante et implacable – en était une autre. Toutefois, il était clair qu'il s'était laissé emporter par ses fantasmes depuis trop longtemps.

Il repartit vers la tente et se baissa pour entrer. Il coinça sa chemise dans son pantalon et saisit sa ceinture. L'envie de rejoindre Nathaniel sur le lit de fortune l'attirait comme si un hameçon s'était planté dans sa chair.

Le jeune homme roula pour se mettre à genoux et tenta de dissimuler une nouvelle grimace.

— Puis-je aider avec les bernacles ?

Posant son regard partout sauf sur Nathaniel lorsqu'il avança vers son bureau de fortune, Faucon cracha :

— Non. Tu vas rester ici.

— Ici ? Dans la tente ? Mais…

— Mais rien. Tu es le prisonnier et tu resteras où je te le dirai. *C'est moi* qui contrôle la situation.

Le poignard devait être posé sur la gorge de Nathaniel et non sur la sienne.

— Je t'ai bien trop laissé faire ce que tu voulais. C'est fini. Bientôt, tu seras rendu à ton traître de père sur l'Île Primevère et moi, je serai riche.

Nathaniel resta silencieux quelques instants, puis il s'éclaircit la gorge.

— Que vous a dit monsieur Snell ? s'enquit-il d'une voix tremblante. Qu'est-ce qui a changé si soudainement ?

— Rien n'a changé, lui assura Faucon en détournant le regard. Cela a toujours été la réalité de la situation. Bientôt, ce sera terminé.

— Pourtant, jusqu'à ce que ce soit le cas, nous pouvons encore profiter de ce qu'il y a entre nous, répliqua Nathaniel d'une voix rauque.

— Il n'y a rien *entre nous*.

— Mais… Hier soir, nous…

Avec des mouvements brusques, Faucon attacha sa ceinture et

repoussa sans ménagement les souvenirs de leurs ébats frénétiques : les cris du jeune homme, la chaleur de son corps, la pluie trempant leurs peaux fiévreuses. Il était même certain d'avoir pu entendre leurs cœurs battre à l'unisson.

— On a baisé, cracha-t-il. J'ai coincé ma queue dans ton petit trou serré. Rien de plus. Je suis un capitaine pirate et tu es une pépite. J'ai aimé trousser ton cul vierge, en sachant à quel point ton père en serait horrifié, mais je m'en suis lassé. Tu es usé, maintenant.

— Vous ne le pensez pas.

— Ne me dis pas ce que je pense ! brailla-t-il.

Il rangea son arme dans sa ceinture, sa fichue main *tremblant*. Cette conversation devait prendre fin. Il devait rester déterminé.

Cherchant une cruauté particulièrement saisissante, il trouva enfin sa cible.

— Je dois dire que j'ai hâte de raconter en détail à ton père toutes les choses obscènes que tu as dites et faites. Tu as supplié pour avoir ma queue. Tu es une vraie catin. Je vais peut-être même lui faire quelques dessins.

Nathaniel prit une brusque inspiration.

— Vous ne feriez pas ça.

Le capitaine rit sévèrement.

— Pourquoi pas ? C'est une question de vengeance, N… *Pépite*. Rien de plus. Si j'ai pu te faire croire une fausse fatuité, tu ne peux en vouloir qu'à toi-même. Puisque je ne suis qu'un pirate, après tout. Tout le monde sait qu'on ne peut pas nous faire confiance.

Ne le regarde pas. Mets un terme à tout ça avant de t'enfoncer encore plus dans ce fossé.

— Je ne comprends pas ce qui a changé en une nuit.

Faucon s'arrêta près des couvertures, les jambes écartées. Il toisa son prisonnier de haut, son sourire narquois bien en place. Il asséna le coup fatal.

— Alors, apparemment, tu es un imbécile, après tout.

Sur ces mots, il sortit en essayant déjà d'oublier l'image de Nathaniel, la bouche ouverte sous l'effet de la surprise, et une douleur indéniable creusant son beau visage.

Chapitre 18

— *ALORS, APPAREMMENT, tu es un imbécile, après tout.*

Nathaniel savait que cette insulte ne devrait pas autant l'atteindre, mais elle le fit tout de même. Il avait accueilli volontiers les ecchymoses sur son corps, mais le revirement soudain de Faucon était un coup dur pour son âme et une sensation de vide grandit en lui. Il aurait dû savoir que cela arriverait, mais il avait été pris totalement de court.

Alors que la matinée se poursuivait, le capitaine ne refit aucunement son apparition et le jeune homme s'allongea donc sur le côté pour apaiser la pression sur ses fesses – qui palpitaient mollement, lui rappelant constamment ce qu'il s'était passé. Il était parfaitement idiot d'être surpris, étant donné que Faucon était effectivement un pirate. Un tueur, un voleur, un criminel.

Nathaniel ne l'avait-il pas détesté au début ? N'avait-il pas tremblé devant lui et ressenti la poigne éprouvante de la main de Faucon sur sa gorge ? Il n'aurait pas dû l'oublier un seul instant.

Pourtant, ils avaient pris tant de plaisir l'un avec l'autre. Il savait que l'homme ne l'avait pas feint. Et c'était plus que des ébats. Ils avaient *discuté*. Ils avaient confessé des vérités. Faucon l'avait bercé dans ses bras et rien de tout ça n'avait aidé à affaiblir ses désirs. Faucon lui avait lancé ces beaux sourires.

Les yeux de Nathaniel le brûlèrent, maintenant qu'il y songeait.

À travers les pans ouverts de la tente, il l'observa marcher dans ses bottes ridicules, tandis que tous les autres avaient choisi ce qu'il y avait de plus pratique et étaient restés nus pieds. Les ordres tonitruants de Faucon faisaient écho sur le sable et les hommes s'échangeaient des regards en se hâtant d'obéir.

À la mi-journée, monsieur O'Connell apporta au prisonnier de l'eau et du poisson fraîchement cuisiné, ainsi qu'un fruit acidulé et sucré qui aurait dû être un délice. Nathaniel s'assit et tritura son assiette d'un air abattu, le remerciant. Il était heureux d'avoir remis ses hauts-de-chausse, plus tôt.

Fronçant les sourcils, O'Connell tira sur les pointes de ses longs cheveux bouclés qu'il avait attachés pour lutter contre la chaleur. Il avait peut-être trente-cinq ans et des rides commençaient à marquer son visage barbu, les poils sous son menton devenant suffisamment longs pour qu'il les retienne avec une perle.

— Que s'est-il passé pour que le capitaine soit aussi furieux et que tu sois coincé ici ?

Nathaniel haussa les épaules, malgré la protestation de ses muscles. Il fut incapable de dissimuler son amertume.

—Je suis prisonnier, après tout. Je ne suis qu'une chose à échanger. Il a trouvé opportun de me le rappeler.

O'Connell soupira.

— Ne te tracasse pas. Ce sera bientôt terminé et tu rentreras chez toi, en toute sécurité, conclut-il en lui souriant.

Chez toi. En toute sécurité. Ces mots faisaient écho dans l'esprit de Nathaniel. Il n'avait pas de chez-lui, et la sécurité qu'il avait ressentie dans les bras de Faucon s'était évaporée. S'était-il convaincu que le pirate tenait à lui, rien qu'un peu ?

Mon Dieu, était-il réellement aussi stupide ? Et franchement, à quoi s'était-il attendu ? À ce que Faucon et lui voguent ensemble au soleil couchant ? Il ne connaissait même pas le vrai nom de cet homme.

Il sursauta en voyant monsieur O'Connell lui agripper le bras et s'agenouiller à ses côtés.

— Sincèrement, je ferai tout ce qui est en mon pouvoir pour que tu rentres chez toi en toute sécurité.

Nathaniel hocha la tête, reconnaissant.

— Où est votre maison, monsieur O'Connell ?

— Alan.

Il haussa les épaules, s'assit et croisa les jambes.

— C'est le navire. Peu importe où le vent nous mène.

— Mais à l'origine ? Était-ce l'Irlande ?

L'homme sourit.

— J'ai essayé de me débarrasser de mon accent, mais oui. Le comté de Clare. Ma famille est morte quand une fièvre a balayé notre village. J'ai traversé les océans pour tenter ma chance dans le Nouveau Monde. Je n'avais pas prévu de devenir pirate, mais voilà où j'en suis. La vie peut être amusante, à sa façon.

— Comment avez-vous fini sur *La Manta Maudite*.

— J'étais sur un navire marchand, dans le port de Tortuga. Le Capitaine Faucon recrutait. Je savais que j'allais sûrement mourir plus tôt que je ne l'aurais voulu, si j'étais un brigand, mais les conditions de vie sur le navire marchand étaient encore pires. Le scorbut était endémique. Nous n'avions aucune liberté. Aucun respect. Le Capitaine Faucon nous a offert les deux. C'est un chef exigeant et dur, mais il est juste.

Nathaniel joua avec sa nourriture.

— Je suis désolé pour vos parents. Quel âge aviez-vous ?

— Dix-neuf ans, mais mes parents ont survécu. Ce sont ma femme, Nuala, et notre fille qui ont péri. Elle venait tout juste de naître. Aileen.

Son regard était perdu dans le vide et ses épaules se soulevèrent avant de retomber lorsqu'il prit une profonde inspiration et soupira.

— C'était son nom. Elle avait une mèche de cheveux roux,

comme sa mère. Elle aurait aussi eu des taches de rousseur, je pense, si…

Il inspira laborieusement.

— Nous n'avons pas eu la chance de la baptiser.

Il baissa les yeux et sa pomme d'Adam tressauta.

— Mais je sais qu'au moins, ma Nuala est en sécurité au paradis.

Il secoua la tête.

— Seigneur, je ne sais pas ce qui m'a pris ! J'imagine que je pense plus souvent à elles depuis ce jour sur le gréement. Quand on affronte une mort imminente…

— Cela n'est pas sans conséquence.

L'homme lui lança un autre petit sourire.

— C'est vrai.

— Je suis sincèrement navré pour Nuala et Aileen.

Il aurait aimé pouvoir en dire plus ou faire un geste supplémentaire. Il posa doucement la main sur l'épaule d'Alan.

— C'est quoi ce délire ? rugit Faucon en surgissant dans la tente et en attrapant son pistolet.

Bondissant si rapidement qu'il manqua de basculer, Alan recula, les mains levées.

— Rien, mon Capitaine. Je vous le jure. Je lui ai simplement apporté ses rations.

Les dents serrées, Faucon ordonna :

— Dégage de là.

Alan sauta presque sur les pans ouverts et sortit en un instant. Ce fut au tour de Nathaniel de se lever d'un bond et de demander :

— Mais qu'est-ce qui ne va pas chez vous ?

Saisissant le col lâche de la chemise de Nathaniel, le capitaine le fusilla du regard et souffla chaudement sur son visage.

— Tu pensais user de tes charmes avec lui ? Retourner mes hommes contre moi ?

— Eh bien, je *suis* une catin, d'après vous.

Nathaniel se mit sur la pointe des pieds pour que leurs nez se touchent quasiment.

— Mais non. Je l'écoutais simplement me parler de sa femme et de sa fille mortes.

— Pourquoi devrais-je te croire ?

Faucon le repoussa et se dressa au-dessus de lui dans toute sa splendeur.

Nathaniel serra les poings et attrapa la chemise de Faucon, s'ancrant dans le sol puisqu'il était déterminé à ne pas céder d'un pouce.

— Vous savez ce que je crois ? Vous êtes jaloux. Mais surtout, vous avez peur.

Faucon l'écarta et s'enfuit. Nathaniel tituba, mais resta debout. Il fit les cent pas dans la tente pendant de longues minutes, le sang palpitant à ses oreilles et l'envie de frapper quelque chose devenant presque écrasante.

Finalement, sa combativité s'évanouit et il se laissa tomber sur le nid de couvertures. Ne souhaitant pas s'affaiblir, il mordit une bouchée de poisson, mais faillit la recracher puisque son estomac était trop noué pour qu'il mange.

Bien sûr, cela lui rappela la fois où il avait vomi sur Faucon, qui n'en avait été aucunement furieux. Il s'était si gentiment occupé de Nathaniel et l'avait même mené jusqu'à son lit pour qu'il soit plus à l'aise.

Pourquoi avait-il fait ça si Nathaniel n'était rien d'autre qu'un trou à besogner ? Pourquoi, plus tard, avait-il pris tant soin à procurer du plaisir à son prisonnier avec sa bouche et ses mains ? À lui faire la lecture pendant des heures, même quand sa voix devenait rauque ?

Posant son bol sur le côté, Nathaniel se blottit à nouveau sur le nid de couvertures. Il tourna la tête vers le tissu et, malgré lui, prit une profonde inspiration. Il s'était habitué au parfum de Faucon –

une odeur de bois et d'embruns s'accrochait à sa peau. Il s'était habitué aux bruits qu'il faisait – aux grognements graves et aux grondements, mais aussi à ses petits soupirs quand il pensait que Nathaniel dormait.

Surtout, il s'était habitué au contact des mains calleuses de Faucon sur son corps. À la merveilleuse entièreté et au pouvoir de sa verge. À ses doigts érodés qui glissaient parfois sur la peau du jeune homme avec une douceur incomparable.

Faucon se familiarisait-il avec Nathaniel, de cette manière ? Ressentait-il une pulsion de désir rien qu'en le sentant ?

Toutefois, les envies contenues en Nathaniel étaient devenues trop grandes et encombrantes. Oh, comme il mourait d'envie de retirer d'autres couches marquées dans l'esprit de Faucon afin de se blottir là où se dissimulaient ses sourires tendres et même son rire.

Il avait envie de le serrer contre lui et d'être étreint, de partager du vin et du pain, ainsi que la chaleur d'une cheminée en hiver, tout en écoutant Faucon lui faire la lecture. Il souhaitait qu'ils se créent un foyer, ensemble.

— Je suis vraiment un imbécile, marmonna-t-il.

Il n'avait pas de foyer. Il ne pouvait s'en bâtir un sur l'Île Primevère, bien que sa chère Susanna lui manque terriblement. Seigneur, que penserait-elle si elle savait ce qu'il avait fait ?

La menace de Faucon d'exposer la véritable nature de Nathaniel à Walter faisait violemment écho dans son esprit et la rancœur grandissait. Le capitaine ne lui avait-il pas affirmé qu'il n'y avait aucun déshonneur là-dedans, que ses désirs étaient naturels ? Et à présent, il menaçait de lui faire honte avec cela.

La peau de Nathaniel le picotait sous l'effet de l'humiliation, pourtant l'hypocrisie l'irritait, l'excédait.

Catin.

Il s'était senti à l'aise, dans sa propre peau, avec Faucon, le suçant, le troussant et le prenant sans être déconcerté le moins du monde. Quand le capitaine l'avait tenu et maîtrisé, une étrange sensation de pouvoir avait empli Nathaniel en même temps que cette verge imposante. Et maintenant, Faucon disait qu'il devrait s'en sentir coupable, que c'était mal ?

Les larmes lui montèrent aux yeux et il les essuya furieusement. Non. Il ne permettrait pas à Faucon de le priver de l'épanouissement qu'il avait trouvé dans son âme, de l'harmonie qu'il avait enfin atteinte. Il savait qu'il *pouvait* avoir les choses qu'il avait toujours souhaitées et que ce n'était pas un péché. C'était vrai, c'était approprié et il ne se le refuserait pas.

Les poings serrés, il s'assit et tendit la main vers le bol. Il mangea à pleines bouchées, laissa la rage bouillonner et le nourrir en même temps que les rations. Il conserverait sa force. Il ne s'inclinerait pas devant les fanfaronnades de Faucon. Il ne se soumettrait pas à sa cruauté, peu importait à quel point l'homme insistait vigoureusement et absurdement à ce sujet.

— Je ne le crois pas, chuchota-t-il.

Fixant Faucon sur la plage, travailler côte à côte avec ses matelots pour nettoyer et réparer la coque, Nathaniel hésitait entre la colère et la compassion, comme un navire naviguant en mer agitée.

Il songea au garçon qui avait été enrôlé de force dans la marine et qui avait pourtant voulu servir son pays. Il avait ensuite été désigné comme pirate. Mais il avait accepté ce rôle, peu importait ce qui – ou qui – le motivait.

Nathaniel tâtonna à la recherche de son poignard, que le capitaine l'avait autorisé à apporter sur la côte sans ciller. *Il me fait confiance.*

Pourquoi cette idée devrait-elle l'emplir de chaleur et de satisfaction ? Peu importait s'il s'était parfois montré sensible, Faucon était son geôlier. Nathaniel ne devrait aucunement se préoccuper de ses pensées ou de ses sentiments.

Il se leva d'un bond et s'entraîna à manier la lame, faisant des feintes et plongeant sur des ennemis invisibles, la sueur luisant sur sa peau. Si Faucon disait qu'il n'en avait rien à faire, Nathaniel devrait le prendre au mot.

Pourtant, chaque fois qu'il tentait de se convaincre qu'il n'y avait rien entre eux, qu'il avait tout imaginé, des souvenirs des douces mains de Faucon, de son sourire sincère ou de son rire le sillonnaient.

S'agrippant à sa dague, il fendit l'air. Il ignorait comment mettre un terme à sa confusion, surtout que Faucon était apparemment déterminé à l'éviter comme la plus contagieuse des pestes.

L'équipage travailla bien après le coucher du soleil et Nathaniel fit les cent pas dans la tente, le poignard à la main. Manifestement, il y avait pire que d'être rabaissé : être négligé. Après une journée terrée dans la tente, les arbres, la mer et cette plage glorieuse le narguant – tout comme le mépris de Faucon – il en eut assez.

Il était tard, à présent. Nombre de membres d'équipages dormaient et les autres buvaient leur rhum autour d'un feu. S'accrochant à sa dague comme à un talisman et rassemblant son courage, il sortit de la tente et traversa la plage sans hésitation.

Il était déjà passé devant le feu de camp lorsqu'il entendit les premiers cris. Bientôt, la voix de Faucon tonitrua.

— Où crois-tu aller ? Retourne dans la tente. *Maintenant.*

Le cœur tambourinant, Nathaniel fit volte-face. Le capitaine était toujours assez loin, mais il avançait vers lui, les lèvres pincées et le regard rivé sur lui.

— Je vais courir ! hurla Nathaniel.

— Tu as couru hier.

Puisque Faucon passa devant le feu en s'approchant, le jeune homme vit que ses traits étaient sévères et ses poings, serrés.

— Je t'ai dit de rester dans cette tente. Tu n'as pas le droit.

Nathaniel attendit que le capitaine soit presque à portée de main.

— Je parie que vous ne pouvez pas m'attraper.

Les jurons de Faucon résonnèrent dans la nuit quand le prisonnier se mit à courir. Il ordonna ensuite à ses matelots de rester là et leur promit qu'il allait effectivement l'attraper.

Un rire bouillonna dans la gorge de Nathaniel, affolé et frénétique, alors qu'il menait Faucon dans cette poursuite et savait qu'il pouvait largement le distancer – surtout que le pirate avait insisté pour enfiler ses bottes.

Le jeune homme rejoignit le bord de l'île en un clin d'œil, ses pieds volant au-dessus du sol, son cœur tambourinant et son poignard dans sa main, puissante et vivante. Intacte.

À l'extrémité de l'île, le sable se noyait dans un enchevêtrement de rochers et de cailloux. Le poignard entre les dents, Nathaniel grimpa pour attendre Faucon, mais il était déterminé à ne pas être ignoré. Il allait confronter le capitaine avec sa vérité. Il...

Une silhouette apparut au coin de son œil, par-dessus la crête de ce méli-mélo de pierres. Le cœur de Nathaniel cessa de battre lorsqu'il se retourna pour lui faire face, la dague toujours entre les dents.

Ils se fixèrent à la lumière des étoiles et le jeune homme vit alors l'ombre d'un navire ayant jeté l'ancre au large. Trois mâts, dont l'un était clairement brisé et abîmé. Des hommes en canots ramaient pour rejoindre la côte. Ils ne portaient aucun uniforme distinct.

Des pirates.

Le brigand ouvrit la bouche pour crier et Nathaniel plongea sur lui, l'écrasant contre le rocher et lui coupant douloureusement le souffle. Ils tombèrent ensuite entre deux rochers, sur le sable, heureusement, et les propres poumons de Nathaniel souffrirent sous l'impact tandis qu'il mordait le manche en bois du poignard et refusait de l'abandonner.

Le pirate, qui faisait environ la même taille que Nathaniel et qui avait sa corpulence, tenta de se dégager de ce fatras de membres dans l'espace étroit entre les rochers. Sur le dos, il réussit à saisir sa dague alors que le pirate frappait son crâne avec de petits coups, puisqu'il n'avait pas la place pour prendre de l'élan.

Le sang coula tout de même du nez de Nathaniel pendant qu'ils luttaient, couinaient, tâtonnaient et crachaient. L'homme était toujours sur lui. Lorsque les doigts ronds du pirate se refermèrent autour du cou de Nathaniel, la panique le saisit.

Mourir ! Non !

Nathaniel donna de violents coups de pied, heurtant la pierre avec ses orteils nus et faisant de son mieux pour décaler le poids du brigand et renverser la situation. Il haletait et des étoiles blanches faisaient leur apparition dans l'obscurité.

Le pirate était trop fort, il était impossible de déloger ses mains autour de la gorge de Nathaniel qui n'avait pas assez d'espace pour relever un genou ou pour se retourner et se servir de son élan.

Il allait mourir ainsi.

Nathaniel se débattit, la lame du poignard cliquetant contre les rochers. Il avait ajusté sa poigne et donna un coup vers le haut. L'homme hurla quand le jeune Bainbridge toucha sa chair et sa clavicule.

Le cri se mua en gargouillement dès que Nathaniel lui enfonça la lame dans le cou. Il la ressortit et lui trancha la peau, le sang chaud se déversant sur son visage pendant que le pirate s'étouffait, les doigts sur sa gorge pour essayer d'atténuer le flot continu.

Le brigand était encore sur Nathaniel dans cet espace humide et sombre. Ce dernier le poussa et lui grimpa dessus. Il venait de le tuer, mais n'attendit pas qu'il soit mort tant il était désespéré à l'idée d'échapper à ces ultimes respirations sifflantes.

Debout, sur lui, Nathaniel se hissa et réussit à poser les mains et les pieds sur les rochers. Il avait du sang dans la bouche, mais tenait toujours le manche de sa dague en métal et bois.

Inspirant l'air frais, ses membres tremblant, il se leva sur les rochers quand Faucon approcha, son torse se soulevant douloureusement et son ton implacable. Il n'avait aucune arme à la ceinture.

— J'ignore ce que tu crois faire, mais…

Il s'interrompit et l'observa, prenant une inspiration si brutale qu'il sursauta. Le désarroi creusait son visage.

Jetant un coup d'œil derrière lui en direction des pirates s'organisant sur le flanc est de l'île, Nathaniel rangea son poignard dans ses hauts-de-chausse et chancela vers Faucon, qui le rejoignit à mi-chemin. Sa confusion avait été remplacée par de la détermination et il mit sur lui des mains fermes avant de le soulever des rochers pour le reposer sur le sable. Il l'observa de son regard frénétique.

— Comment ? s'enquit Faucon.

Il parcourut la tête, les bras et le torse de Nathaniel, avant de prendre son visage en coupe.

— Où es-tu blessé ?

Nathaniel tendit la main pour essuyer le sang sur son visage.

— Je l'ai tué. Les pirates. Ils arrivent.

Après avoir fait asseoir Nathaniel sur un petit rocher, tout en continuant de l'examiner à la recherche de plaies, Faucon grimpa pour jeter un coup d'œil derrière la crête. Il revint rapidement aux côtés de son prisonnier et siffla.

— Merde alors. Le Borgne n'a pas abandonné, après tout.

Agenouillé près des pieds de Nathaniel, il saisit une nouvelle fois son visage.

— Tu peux courir ?

— Oui.

Le choc céda la place au frisson horrible de la bataille qu'il ressentait pour la première fois, et Nathaniel se leva d'un bond.

— Oui, répéta-t-il.

Toujours à genoux et levant les yeux, Faucon lui prit les mains.

— Dis à Snell de réunir tout le monde. Nous serons impuissants tant que le navire sera hors de l'eau. C'est tout ou rien. Nous sommes en infériorité numérique, alors nous devons les surprendre.

Il serra tant les doigts de Nathaniel que celui-ci craignit qu'ils se brisent.

— Attends au campement. Si nous échouons, rends-toi et dis-leur qui tu es, ce que tu vaux. Dis-leur qu'ils ne peuvent pas te faire de mal, au risque de ne pas recevoir l'argent. Promets-moi que tu ne te battras pas. Promets-moi que tu resteras en sécurité.

— Non, je peux aider ! Je l'ai tué. Il allait me tuer, mais je ne l'ai pas laissé faire. Je n'ai pas pu. Je devais... Ils sont si nombreux, je dois...

À genoux, Faucon l'implora.

— *S'il te plaît.*

Nathaniel comprit qu'il ne pouvait le lui refuser. Il acquiesça et le capitaine se leva avant de lui lancer un sourire maladroit.

— Je parie que tu peux retourner au camp avant que j'atteigne leur navire.

— Leur navire ? Mais... Ils sont trop nombreux.

— Oui, mais ils se réunissent sur la plage, ce qui signifie qu'il ne restera que quelques membres d'équipage à bord.

Il se pencha et retira ses bottes.

— C'est une bonne soirée pour une petite baignade. Vas-y, maintenant.

Nathaniel avait envie de dire tant de choses – trop de choses. Il arracha plutôt ses mains à celles de Faucon et mit sa dague ensanglantée dans la paume de son geôlier.

Il courut ensuite.

Son esprit s'affaira lorsqu'il réfléchit à ce que Faucon allait faire pendant ce temps-là. Il priait pour que l'homme attende des renforts, mais il savait que ça ne serait pas le cas. Nathaniel se hâta en direction de la plage, refusant son envie démente de retourner vers Faucon, comme si *lui*, il pouvait le protéger de hordes de pirates débarquant de l'autre bateau.

Il hurla le nom de Snell en arrivant et les matelots bondirent avant de passer à l'action, jetant leurs verres de rhum sur le côté et réunissant leurs armes. Ils semblèrent oublier Nathaniel en fonçant sur la plage, monsieur Snell envoyant également des contingents dans la forêt. Le jeune homme les suivit simplement, restant près du feuillage, dissimulé par les ombres, le sable indulgent sous ses pieds usés.

L'explosion secoua la nuit alors qu'il s'approchait de l'extrémité de l'île, et il faillit tomber à la renverse. Les oreilles bourdonnant, il se hâta et se cacha, ignorant les branches coupantes, les racines et les pierres sous ses plantes de pied. Il avança vers les hommes que monsieur Snell avait envoyés au milieu de la jungle et suivit leurs traces.

À la lisière, il s'arrêta et observa la scène sous ses pieds, éclairée par les flammes. Le *Javelot* non protégé brûlait, des feux orange léchaient son mât principal qui n'avait pas été entièrement réparé et les pirates criaient tandis que le premier pont était englouti. L'odeur de la poudre à canon s'élevait lourdement dans l'air, alors même qu'il était loin du navire, et il voyait une épaisse fumée noire se propager.

Faucon ! Où était-il ? Avait-il réussi à nager assez promptement après avoir sûrement allumé une mèche ? Nathaniel se tenait au bord du précipice surplombant la plage et il scrutait désespérément le paysage, calculant le chemin le plus rapide dans l'eau alors que l'équipage de la *Manta* arrivait de deux côtés.

Ils acculèrent les pirates du *Javelot* qui furent apparemment surpris. Ces derniers titubèrent et s'agitèrent, ébahis de voir leur navire brûler. Et puis… *là*.

Faucon émergea de la mer, sa silhouette soulignée par l'éclat orange derrière lui alors qu'il empoignait l'homme le plus proche et lui brisait le cou, avant de dérober son coutelas pour rejoindre la bataille où les bruits de lame métallique s'entrechoquant résonnaient.

L'autre équipage se défendit avec une ferveur meurtrière, une fois leur surprise passée. Nathaniel retint son souffle dans ses poumons épuisés, ses côtes devenant douloureuses. La terreur à l'idée de voir Faucon se faire tuer le saisit, mais il demeura enraciné sur place à cause de sa promesse de rester en sécurité – et sa peur de se joindre à une telle bagarre.

Des cris et des hurlements d'agonie emplirent la nuit et le glacèrent. Il avait tué un homme et désormais, la mort régnait partout. Le métal s'entrechoquait et des coups de feu retentissaient. Nathaniel n'avait jamais été le témoin d'une telle brutalité. Il avait même été incapable de l'envisager.

Il aurait dû être horrifié, pourtant tout ce qui comptait, c'était que Faucon survive. Une haine envers les autres pirates bouillonna en Nathaniel et il aurait souhaité qu'ils périssent tous afin que le capitaine Faucon puisse vivre.

Le Borgne courut d'ailleurs dans sa direction en hurlant et le fit tomber sur le sable. Ils dévoilèrent leurs dents en luttant. Chaque retournement de situation, chaque coup durait une éternité aux yeux de Nathaniel et il souhaitait de tout son être que Faucon prenne le dessus.

Ce dernier utilisa la dague pour tuer le capitaine ennemi. Comme il était étrange de penser que monsieur Chisholm l'avait offert à Nathaniel dans une vie si lointaine et que maintenant, à un océan de là, elle se trouvait dans la main d'un pirate. Nathaniel s'exclama en voyant le sang se déverser alors que Faucon, victorieux, étripait son adversaire.

Les hommes d'Alfred le Borgne étaient anéantis. Le reste de l'équipage se rendit, mais Nathaniel ne put réellement respirer jusqu'à ce que Faucon hurle des ordres et abandonne le carnage fumant pour grimper sur les rochers d'un pas déterminé.

Il revient vers moi.

Nathaniel battit en retraite dans les arbres, arrivant avant lui de l'autre côté et patientant plus loin sur la plage. Au coin de l'île, des cris faisaient écho à la suite de la bataille.

Pourtant, ici, ils n'étaient que tous les deux. Lorsque Faucon le remarqua, il s'arrêta, son torse se soulevant difficilement et ses pieds toujours nus. Ils se regardèrent fixement pendant qu'un oiseau pépiait au-dessus de leur tête, que les vagues se brisaient sur la côte, que les bruits de destruction résonnaient au loin et que la fumée était emportée par le vent.

Faucon commença à avancer dans sa direction et Nathaniel ne put rester figé. Il se hâta pour aller à sa rencontre. Le visage taché de rouge, le capitaine prit une inspiration pour parler, mais Nathaniel l'attira vers le bas et le fit taire en l'embrassant comme il en rêvait depuis des semaines. Pourtant, ce n'était pas du tout tel qu'il l'avait imaginé.

Écrasant leurs lèvres, s'irritant contre la barbe mouillée de Faucon, Nathaniel se délecta férocement de sa présence et l'explora avec sa langue tandis que le pirate haletait pour respirer. Il avait un goût de sueur, de poudre à canon et de sang métallique. Était-ce le sien ou celui des hommes qu'ils avaient tués ? Il n'en savait rien.

Il aurait dû être horrifié. Dégoûté ou désespéré. Aucune de ces émotions ne se manifesta pourtant. En réalité, Nathaniel ne s'était jamais senti si puissant, si libre, si *vivant*.

Grognant, ils s'agrippèrent l'un à l'autre, leurs lèvres se scellant et leurs mains brutales s'accrochant, se noyant. Faucon souleva Nathaniel et le prit dans ses bras, leurs bouches désespérées et leurs langues dévorant l'autre alors qu'ils titubaient.

Nathaniel se libéra, ses poumons le brûlant tandis qu'il poussait Faucon vers les arbres et dans l'obscurité. Ce dernier grommela quand son dos heurta un large tronc, l'éclat de ses yeux tout juste visible sous la canopée des palmiers. Son amant lui mordit les lèvres, l'embrassa fiévreusement, dans un mélange de dents et de salive.

— Je ne crois pas un mot de ce que tu as dit ce matin, marmonna-t-il. C'est réel.

Il ouvrit la chemise mouillée de Faucon et posa les mains sur son torse, plongeant les doigts dans les tatouages qui se trouvaient là. Des poils irritèrent ses paumes.

— Nous sommes réels.

Soupirant lourdement, le capitaine le décala légèrement et le retourna contre l'arbre. L'écorce fut étonnamment lisse quand le dos de Nathaniel s'y écrasa. Sa tête ne la heurta aucunement, puisqu'elle était protégée par la grande main du pirate.

Faucon l'embrassa et gémit dans sa bouche tout en se frottant contre lui, avec ses muscles, ses os, son désespoir et ses lèvres chaudes. Le membre de Nathaniel était douloureux et il essaya de glisser une jambe sur la cuisse de son homme afin de chercher davantage de friction. L'eau salée – présente grâce à son bain de nuit – mouillait le pantalon du jeune homme également. Cette fraîcheur fut la bienvenue sur sa peau fiévreuse.

Faucon s'agrippa à sa taille et le souleva comme s'il ne pesait rien. Il passa l'autre main derrière sa tête en collant leurs hanches, en grondant et grognant.

Entre leurs baisers précipités, trempés et *glorieux*, de petits cris échappaient à Nathaniel. Il enroula les jambes autour des hanches de Faucon, leurs membres durs comme de la pierre se heurtant à travers leurs pantalons. Il avait envie de sentir cette chair chaude, mais il était incapable de s'arrêter. L'idée de se séparer ne serait-ce que quelques instants était impossible à envisager.

Il suçota la langue de Faucon alors qu'ils se frottaient l'un à l'autre. Rien n'existait à part leurs halètements et leur poursuite éhontée de jouissance. Leurs bouches fusionnèrent, leurs dents se cognèrent et leurs lèvres mouillées gonflèrent.

La pression dans l'entrejambe du jeune homme s'enflamma et la poudre à canon embrasa ses veines. Il avait envie de dire à Faucon de le prendre, il mourait d'envie d'être à nouveau ouvert par une verge, de brûler de l'intérieur.

Toutefois, il ne pouvait supporter de briser leur baiser, de pourchasser l'essence même de Faucon avec sa langue maintenant que le barrage était tombé et qu'il goûtait enfin sa bouche. Il s'agrippa aux épaules du capitaine, mais glissa une main sur son torse et griffa le tatouage avec ses ongles pour y laisser sa propre marque.

Faucon arracha sa bouche à celle de Nathaniel dans un cri, frissonnant et tremblant contre lui, jouissant dans son pantalon mouillé. Il colla leurs fronts l'un contre l'autre, ses lèvres effleurant celles du jeune homme qui serra les cuisses autour de lui, ses poumons luttant pour se gonfler.

— C'est ça, marmonna Faucon alors que son souffle chaud pénétrait la bouche de Nathaniel. Jouis pour moi.

Il décrivit des va-et-vient contre lui avec une vigueur retrouvée, même s'il avait déjà joui. Ses doigts se resserrèrent autour des boucles de Nathaniel.

L'extase de ce dernier le saisit et le secoua. Il était comme un prédateur avec une proie impuissante. Il ne pouvait que gémir contre la bouche de Faucon tout en palpitant, la brûlure de son plaisir le traversant et le faisant faiblir contre l'arbre. Le capitaine caressait ses cheveux trempés de sueur de sa main chaude, tout en continuant de protéger son crâne.

Ils haletèrent, leurs nez se touchant, leur torse se soulevant difficilement. Dans un grognement, Nathaniel relâcha ses jambes autour de la taille de Faucon et celui-ci l'aida à se remettre sur pied. Ni l'un ni l'autre ne tenait en équilibre et ils restèrent appuyés l'un contre à l'autre, à l'abri contre l'arbre.

— Il n'y a que toi, chuchota Nathaniel.

Faucon traça le contour de sa bouche du bout des doigts avant de se pencher pour coller leurs fronts et l'enlacer. Nathaniel s'accrocha à lui et enroula ses doigts dans les cheveux mouillés de Faucon.

Lorsqu'ils s'embrassèrent à nouveau, le soupçon de sang et de lutte s'attardait. Mais derrière les charbons ardents du feu qui venait de faire rage, derrière les lents mouvements de langue implorants et de la douce pression de ses lèvres, derrière les gémissements et les soupirs, Nathaniel ne goûtait que l'amour.

Chapitre 19

La corde rêche s'enfonça dans les paumes de Faucon alors qu'ils tiraient afin de redresser le navire. À l'est, le ciel s'assombrissait enfin et la lumière orange et argenté causée par l'incendie s'estompait, mais dans peu de temps, le soleil ferait son apparition.

Toutes les mains s'affairaient pour remettre *La Manta Maudite* en position. Les derniers hommes vaincus du *Javelot* avaient conscience qu'ils n'avaient d'autres choix que d'aider, étant donné que leur capitaine était décédé et que leur navire avait été détruit, l'explosion ayant été visible sur plusieurs kilomètres. Ils couraient tous le même danger, puisque la Marine Royale se tapissait toujours dans l'ombre.

À côté de lui, Nathaniel grimaça et grinça des dents. Faucon savait qu'il tirerait jusqu'à ce que ses mains soient rouges de sang. La fierté l'envahit et il mourait d'envie de le serrer contre lui, de se perdre pendant quelques minutes merveilleuses avant de reprendre sa tâche.

Oh, comme il souhaitait embrasser Nathaniel à nouveau, même si leurs bouches étaient gonflées et contusionnées.

Sa colonne vertébrale fut parcourue d'un frisson bien que sa peau soit trempée de sueur dans la chaleur de la nuit. La manière dont Nathaniel lui avait sauté dans les bras, comme il avait attiré

sa tête vers le bas et fusionné leurs lèvres…

Le baiser avait été invasif. Nathaniel avait exigé de pouvoir entrer, ses doigts s'enfonçant dans le crâne de Faucon, clamant sa victoire avant même que celui-ci ne puisse organiser ses défenses.

À cet instant, il avait été parfaitement conquis, mais la reddition avait été glorieuse. Faucon s'était volontiers laissé couler avec le reste du navire. Il goûtait enfin Nathaniel – malgré la forte amertume du sang et de la bataille qu'il n'arrivait pas à effacer avec sa propre douceur.

Les baisers s'étaient ensuite poursuivis avec une légère ferveur qu'il ne pouvait qualifier que d'adoration. Ils n'étaient jamais satisfaits, leurs corps épuisés et couverts de bleus étaient entrelacés pour ne faire qu'un.

Mais ils n'avaient plus le temps. L'aube impitoyable approcherait à toute vitesse, se moquant de savoir qu'ils n'avaient caréné qu'une partie du navire, se moquant de savoir qu'ils devaient voguer sur les derniers milles jusqu'à l'Île Primevère sans tarder. L'attention qu'ils avaient potentiellement attirée avec l'explosion était trop dangereuse pour qu'ils attendent un jour de plus.

Le jour où Faucon devrait abandonner Nathaniel arrivait et il aurait aimé que la nuit ne s'achève jamais.

Tant de sang avait coulé. Sous la lumière pâle des étoiles, il était apparu sombre et mortel, masquant le visage de Nathaniel comme un linceul. À cet instant, tandis que son cœur se serrait et se brisait, Faucon avait été certain que le jeune homme était condamné, qu'il avait assisté à ses derniers moments et qu'il entendrait son ultime souffle lorsque ses yeux deviendraient vitreux et que son corps refroidirait.

Le chagrin qu'il avait ressenti en y songeant le hantait encore et il s'émerveilla du fait qu'il avait un jour pu menacer nonchalamment – inconsciemment – la vie de Nathaniel. Désormais, il comptait le protéger de tout son être, peu en importait le coût.

Alors que l'aube s'approchait, il mourait d'envie de serrer le jeune Bainbridge contre lui afin de s'assurer qu'il n'était pas un fantôme, mais qu'il était bien là, en chair et en os. Ils s'enfoncèrent tous dans l'eau, à la fois l'équipage et les prisonniers qui tiraient le navire presque assez profondément. Leurs muscles les brûlaient et leurs talons sombraient dans le sable.

Nathaniel grogna et Faucon souhaita de lui ordonner de battre en retraite sur la terre ferme afin de laisser son corps épuisé se reposer. Néanmoins, égoïstement, il garda Nathaniel à ses côtés, sachant que celui-ci protesterait, quoi qu'il arrive.

Il savait que son égoïsme prendrait fin sous peu.

Le fait que Nathaniel soit encore en vie était un miracle, et Faucon ne le prendrait aucunement pour acquis. Il avait aperçu le corps de l'éclaireur entre les rochers. Dans son esprit, c'était Nathaniel qui s'était effondré, la gorge tranchée. Il aurait été caché, à moins qu'on sache où regarder.

Faucon aurait pu quadriller l'île en vain pendant des jours, ne le découvrant que grâce à des oiseaux qui auraient volé en rond au-dessus de lui. Il imagina Nathaniel en pleine putréfaction, à moitié dévoré, et ses yeux couleur miel sortant de leurs orbites.

À cause de sa respiration tremblante et de la barre de fer qui l'entourait, il tituba et aurait pu s'écraser dans les vagues si le jeune homme n'avait pas tenu son bras.

— Tout va bien ? lui demanda Nathaniel en respirant laborieusement.

Faucon ne put qu'acquiescer, et mon Dieu, les voilà, au loin, les premières traces de l'aube s'élevant au-dessus de l'horizon. Il saisit doucement la main de Nathaniel et l'éloigna en lui offrant un petit sourire qui sembla apaiser l'esprit du jeune homme alors qu'ils s'enfonçaient dans des eaux plus profondes. Ils y étaient presque, ils y étaient presque...

À la fin de cette journée, Faucon livrerait Nathaniel à la colonie – à sa famille. Il le verrait abandonner *La Manta Maudite* pour aller dormir dans un lit convenable, pour manger de la bonne nourriture. Il retrouverait sa sœur et planifierait une nouvelle vie loin de son père.

Loin de Faucon. En sécurité.

Nathaniel méritait de vivre là où il n'aurait pas besoin de poignard, où il ne serait pas obligé de tuer et d'être davantage corrompu.

Quand le navire se mit à flotter, les acclamations s'élevèrent. Nathaniel sourit en même temps que les autres hommes. L'équipage d'Alfred était tout aussi joyeux. Ces matelots-là n'avaient pas insisté pour se battre à mort, ils tenaient plus à leur survie qu'à leur loyauté envers un capitaine mort.

Bien que Faucon fasse un signe à Snell pour lui ordonner de les enfermer dans la cale, maintenant que le navire était redressé, ils pourraient être des remplaçants non négligeables pour les marins que la *Manta* avait perdus dans la bataille. Seul le temps le dirait.

Ils devaient se mettre en route et le capitaine n'avait d'autre choix que de laisser ses pensées dans un coin de sa tête.

— Peux-tu récupérer les couvertures dans not… la tente ?

Dès que la question fut prononcée, il sentit les regards en coin lancés par les membres de l'équipage non loin et il aboya donc :

— Maintenant !

Les lèvres de Nathaniel tressaillirent, mais il retint son sourire et traversa la plage. *Merde.* Comment Faucon avait-il pu se permettre de se perdre dans leur… Mon Dieu, c'était un jeu de séduction, n'est-ce pas ? Il ne pouvait le nier.

Tentant de vider son esprit de tout ce qui ne concernait pas sa tâche, il discuta avec Snell et donna d'autres ordres afin de préparer le navire à partir, puisque les stocks devaient être remontés à bord.

Jetant un coup d'œil à la tente, il se figea en remarquant une touffe de cheveux roux scintillants se baisser pour y entrer, sous la lumière trouble de l'aube. Laissant les hommes s'affairer, Faucon marcha sur le sable et entendit la voix rauque de Tully qui s'élevait au-delà de la tente alors qu'il approchait.

— Va pas imaginer qu'on ignore c'que tu mijotes. Tu f'rais mieux de pas essayer de tout gâcher pour nous.

— J'en prends bonne note.

— Écoute, espèce de p'tite merde pleine aux as. On voit tous que tu mènes le cap'taine par le bout de la queue. Qu'y te mange dans la main. C'est pathétique, c'est clair. Tu lui aurais pas prêté attention dans d'autres circonstances. J'connais les gars comme toi. Les riches. Qu'est-ce que tu lui chuchotes à l'oreille, hein ? Si tu nous prives de c'qui nous revient…

— Que ferez-vous, exactement ? s'enquit Faucon à travers ses dents serrées alors qu'il surgissait dans la tente.

Tully se trouvait juste devant Nathaniel, mais celui-ci tenait ses positions. Faucon tira son matelot en arrière en enfonçant les doigts dans sa nuque.

Celui-ci lutta, s'agitant comme un poisson sur un hameçon.

— On veut juste être sûrs que vous vous êtes pas ramolli. N'importe qui peut voir la manière q'vous avez de l'regarder. Vous feriez mieux d'régler ça ! Sinon, on aura b'soin d'un nouveau cap'taine qui l'fera.

— Un nouveau capitaine. Vraiment ?

— J'crois !

Tully leva le menton, indigné.

— Et j'suis pas l'seul qui vous fait pas confiance !

— Eh bien, allons voir si les hommes sont d'accord.

Serrant toujours une main impérieuse autour de sa nuque, Faucon le poussa hors de la tente. Il était temps de mettre un terme à toutes ces rumeurs de mutinerie.

Il pivota et vit que Nathaniel le suivait. Il secoua la tête.

— Retourne dans la tente jusqu'à ce que ce soit terminé. Je le pense vraiment.

La mâchoire crispée, Nathaniel obéit. Faucon conduit Tully

près de la mer. Le murmure des matelots au travail cessa et tous les regards se posèrent sur eux lorsqu'il relâcha l'homme en le poussant une dernière fois.

Il s'assura que sa voix porte sur la plage.

— Monsieur Tully m'a informé que mes capacités en tant que capitaine sont remises en question. Tout comme ma loyauté envers vous. Mes frères.

C'était une chose de chuchoter dans la nuit et de parler du capitaine après quelques verres de rhum. Sous la lumière éblouissante en pleine journée, après qu'ils eurent combattu pour leur vie, c'en était une autre.

Faucon scruta l'équipage, regardant chaque homme dans les yeux, et les examina sans battre des paupières. Ils demeurèrent silencieux. Certains frottaient leurs pieds dans le sable, tête baissée.

— Si vous souhaitez élire un nouveau capitaine, vous en avez le droit. Je ne me mettrai jamais en travers de votre chemin, sauf au cours des batailles où ma parole fait loi. Nous sommes égaux. Je vous ai dit que nous échangerions le prisonnier contre une grande rançon et cette heure approche. Bainbridge s'est montré courageux. Il a sauvé monsieur O'Connell sur le gréement et hier soir, il est revenu ici en courant pour sonner l'alerte. Nous lui en sommes reconnaissants et il a donc profité de quelques libertés. C'est vrai.

Les hommes attendirent et certains fronçaient les sourcils.

Faucon les laissa patienter encore quelques instants.

— Pourtant, il n'est qu'un moyen d'arriver à nos fins.

Un sourire narquois et suggestif fendit son visage.

— De bien des façons, je dois l'avouer.

Cela provoqua un gloussement parmi les membres d'équipage, comme il l'avait espéré.

— Mais ne vous trompez pas. Il ne m'a pas ensorcelé. C'est l'argent, qui compte. La revanche. Vos avenirs.

À ses côtés, Snell s'éclaircit la voix et posa les mains sur sa taille ventrue.

— Et au cas où certains d'entre vous auraient la mémoire plus courte que ma grand-tante Bertha, laissez-moi vous rappeler que notre capitaine a nagé jusqu'au *Javelot* la nuit dernière et l'a fait exploser. Il a éliminé la menace alors qu'il voguait près de la côte et aurait pu nous propulser dans l'au-delà avec ses nombreuses, nombreuses armes. Nous avons perdu certains de nos frères dans la bataille et j'aurais aimé que nous ayons le temps de leur offrir de véritables obsèques. La cérémonie devra attendre. Néanmoins, la seule raison pour laquelle nous sommes encore là, à nous souvenir de ceux qui sont tombés, c'est parce que le Capitaine Faucon était là. Parce qu'il a un énorme culot et qu'il sait nous guider, ce qui ne s'est jamais retourné contre nous par le passé. N'est-ce pas ?

— Non ! crièrent plusieurs voix en chœur.

Snell observa l'équipage.

— Parce qu'*il* ne s'est jamais retourné contre nous, n'est-ce pas ?

— Non ! confirmèrent les hommes.

— Et il ne le fera pas maintenant, mes frères. Nous pouvons dépendre du Capitaine Faucon, comme nous l'avons toujours fait.

— Tully nous cause des ennuis depuis qu'il nous a rejoints, cria O'Connell.

— Ça, c'est bien vrai, répondit Snell en se rapprochant de Tully qui tremblait de colère. Et tu veux semer la zizanie, à présent ? Alors que nous sommes si proches du butin ? C'est le moment d'être unis. Nous sommes des frères.

Le visage de Tully était écarlate et il serrait les poings, observant le reste de l'équipe.

— Z'êtes tous des idiots. Vous savez qu'il laissera pas tomber ce morveux pleurnichard ! Il vous ment ! J'parie qu'il nous laissera pas nous venger sur cette colonie non plus, ou sur la catin qu'est la sœur de Bainbridge. Je croyais qu'les pirates étaient censés être des hommes courageux qui prennent ce qu'ils veulent. Qui suivent pas les ordres ! Tout ce que j'ai fait sur ce navire, c'est laver de la merde et faire la putain d'vaisselle !

Snell se rapprocha de Tully et baissa la voix pour prendre un air menaçant.

— Je suis désolé que ça te déçoive. Que, oui, nous soyons obligés de travailler, comme tu le faisais sur ton vaisseau marchand. La différence, c'est que notre équipage est traité justement. Tout le monde est sur un pied d'égalité. Nous tuons quand nous le devons, mais nous ne sommes pas des animaux. Et pour l'instant, avec la Marine Royale qui pourrait apparaître à l'horizon d'une minute à l'autre, nous n'avons pas de temps à consacrer à un futur mutin faible et pleurnicheur. Surtout un mutin qui chuchote à l'oreille de l'équipage du Borgne pendant qu'on travaillait. Peut-être que tu as comploté contre nous.

Faucon ignorait si c'était vrai ou non, mais cela engendra clairement une réaction puisque des murmures s'élevèrent parmi les hommes, la rancœur et la colère bouillonnant.

Tully regarda autour de lui et son visage devint encore plus rouge.

— C'est faux ! Vous êtes un putain de menteur ! cracha-t-il à Snell.

Ce fut une erreur de jugement conséquente.

— Ah, alors le Capitaine Faucon n'est pas le seul menteur. J'en suis un aussi. Moi, votre quartier-maître. Eh bien, matelots, si vous pensez que c'est vrai, peut-être devrions-nous organiser deux votes ce matin, que la Marine Royale se dirige vers nous ou non.

Bien sûr, ils ignoraient si la Marine avait vu l'explosion, mais ça n'avait aucune importance. Faucon observait avec satisfaction et appréciation l'habileté de Snell pour gérer l'équipage alors que les marins s'écriaient pour défendre Snell, leur opinion de Tully se noircissant.

Deeks, qui avait été l'un des hommes discutant de mutinerie avec Tully l'autre soir, hurla :

— J'dis qu'on doit le laisser ici ! On veut pas de rats à bord.

Au milieu du chahut, quelqu'un brailla :

— Votons !

Tully grogna et tapa du pied comme un enfant faisant une crise de nerfs.

— Allez tous vous faire foutre ! J'ai pas besoin de vous !

— Ah non ? s'enquit Snell en baissant la voix encore davantage pour s'exprimer dans un soupir mortel. Alors tu peux rester ici. Et tu seras heureux d'être débarrassé de nous.

Tully pâlit.

— Quoi ?

— Qui y est favorable ? demanda Snell.

Les *oui* résonnèrent de manière retentissante.

— Monsieur Jones, monsieur Grady. Attachez-le à un arbre. Nous le libérerons avant de partir. Je suis certain que vous serez très heureux ici, monsieur Tully.

Alors que ce dernier se lançait dans un torrent de calomnies, Snell ajouta, en le regardant froidement :

— Bâillonnez-le aussi.

Le matelot se débattait et criait alors qu'il était emmené.

Faucon ignorait totalement comment il survivrait seul et il s'en moquait. Il s'adressa calmement à l'équipage bien que son cœur tambourine.

— C'est réglé. Bientôt, nous échangerons notre prisonnier contre la rançon. S'il n'y a aucune rançon, le sang coulera.

Puisqu'il ne spécifia pas à qui appartiendrait ce sang, ce n'était pas réellement un mensonge.

— Maintenant, on se remet au travail, ordonna Snell.

Faucon tourna les talons et s'en alla vers la tente, où Nathaniel avait certainement entendu chacun de ces mots furieux. Le capitaine ne savait pas ce qu'il allait lui dire, à présent.

Snell le rattrapa.

— Je cherchais une façon de me débarrasser de ce salaud emmerdeur depuis qu'il est monté à bord.

— Merci, murmura Faucon.

Snell hocha la tête, mais saisit fermement le bras de son capitaine.

— Ne me faites pas mentir.

— Je n'en ferai rien, répondit-il d'une voix rauque.

— Retournez sur le navire. Je vais faire monter Bainbridge.

Faucon eut envie le contredire, mais n'en fit rien, pas après ce que Snell venait tout juste de faire pour lui. Peut-être que cela lui donnerait le temps de trouver ce qu'il voudrait dire à Nathaniel.

Ou ce qu'il *pouvait* dire.

L'équipage remonta les stocks à bord, y compris tout ce qui avait été abandonné sur la rive est de l'île et alors que le soleil s'élevait dans le ciel, plus impitoyable que jamais, Faucon se tenait sur le pont de son navire, les mains jointes derrière son dos. Nathaniel était à ses côtés, extrêmement proche.

Le jeune homme fixait du regard les volutes de fumée noire qui s'élevaient toujours au loin, aussi silencieux qu'il l'avait été quand ils s'étaient collés l'un à l'autre contre cet arbre, rassemblant leur force entre chaque baiser.

— J'ai tué un homme, murmura Nathaniel après un long silence. Je suis… Je…

Son souffle était chaud contre le cou de Faucon.

— C'est normal. C'est de la culpabilité. Évidemment que tu es désolé d'avoir pris une vie.

Nathaniel leva la tête, le regard lucide.

— Justement, c'est ça. Je ne le suis pas. Il aurait pris la mienne. Il a failli le faire. Et je ne suis pas désolé de l'en avoir empêché.

Faucon traça du bout du doigt le contour des ecchymoses qui apparaissaient sur la gorge de Nathaniel, tentant de maîtriser la rage, la terreur et l'impuissance qui bouillonnaient en lui.

Il déglutit difficilement.

— Moi non plus. Le monde fonctionne ainsi. Tu n'avais pas le choix.

Il essayait d'imaginer ce qui traversait l'esprit de Nathaniel, derrière ses sourcils froncés.

— Même si tu avais pu le semer…

— Je n'aurais pas essayé. J'aurais probablement pu le faire. Mais il aurait sonné l'alerte. Je ne pouvais pas prendre ce risque. Je devais l'en empêcher. Je ne pouvais pas risquer de te perdre.

Faucon avait été impuissant, il n'avait rien pu faire d'autre que l'embrasser.

Les contusions livides sur la gorge de Nathaniel étaient désormais violettes et Faucon se souvint qu'il avait laissé ses propres marques sur cette peau pâle quand Nathaniel était monté à bord, la première fois. La honte le submergeait, devenant un déluge alors qu'il songeait aux insultes qu'il avait crachées hier. Que des mensonges, des mensonges, des mensonges.

Nathaniel méritait tellement mieux.

Il méritait cette existence paisible que Faucon ne pourrait jamais avoir lui-même, ses rêves pathétiques de quitter la mer et son épée étaient risibles face à toutes les morts qu'il avait provoquées… face au feu, au sang et aux vies qu'il avait arrachées à ses hommes avec ses mains nues.

Il en avait voulu à Walter Bainbridge, mais la vérité était indubitablement dévoilée à présent. Il était un monstre et il l'avait choisi. C'était lui qui était piégé dans les serres du Faucon des Mers. Il avait laissé l'amertume et la colère le modeler et désormais, il devait accepter les conséquences.

Les voiles étaient hissées, le vent poussait *La Manta Maudite* loin de la plage où Tully râlait et délirait, ses jurons faisant écho sur la mer. Faucon sourit vivement. Peut-être aurait-il pu être plus clément et le tuer rapidement, mais le capitaine n'avait jamais prétendu qu'il n'était pas vindicatif.

— Monsieur Boland, s'écria-t-il.

Boland se retourna et riva son regard sur Faucon, prêt à exécuter son ordre.

— Fixez le cap sur l'Île Primevère.

— Oui, Capitaine !

Avant que Nathaniel puisse dire quoi que ce soit, Faucon saisit son bras et le poussa vers l'échelle, puis la cabine, où les livres étaient empilés par terre. Ses possessions dérisoires avaient besoin d'être remises en place, mais le bureau avait été enchaîné pour le carénage.

Cette petite pièce était sa maison. Il était idiot de penser qu'il pouvait en trouver une autre. Snell avait raison. Les hommes comme lui n'avaient pas le droit d'abandonner la pagaille et les bains de sang. Il ne laisserait pas Nathaniel suivre le même chemin.

Peu importait à quel point il voulait le garder près de lui, oublier la rançon et en affronter les conséquences, l'image de Nathaniel baignant dans son sang ne quittait pas son esprit. Même si le jeune homme tendait la main vers lui alors que Faucon reculait vers la porte.

— Attends. Tu dois savoir que mes sentiments sont sincères. Ne me dis pas que tu crois ce que Tully a dit ! Oui, c'était peut-être vrai quand on a commencé, je pensais que je pouvais accroître mes chances. Mais maintenant, tu sais certainement que…

— Notre histoire touche à sa fin. Je vais récupérer la rançon pour mon équipage. Je le dois. Et tu dois rester en sécurité.

Il maintint Nathaniel à un bras de distance et s'agrippa à la poignée de son autre main.

— Je suis désolé pour ce que j'ai dit. Tu n'es pas une catin. Ni un imbécile. Loin de là.

Il ferma la porte et tourna la clé d'un air décidé, ignorant les tambourinements et les supplications de Nathaniel. Faucon n'avait pas mérité d'avoir la paix, mais si c'était la dernière chose qu'il faisait, il s'assurerait que son jeune amant ait une chance.

— Il est l'heure.

Faucon se tenait devant la porte de la cabine. Nathaniel se précipitait déjà vers lui, alors qu'il faisait auparavant les cent pas près des fenêtres sombres. Cette force de la nature fonça directement dans les bras de Faucon et tendit la main derrière lui afin de fermer la porte.

— Non. Pas comme ça. Tu m'as laissé ici toute la journée, nous devons discuter. Je ne veux pas y aller. Je ne peux pas vivre sur l'île Primevère et épouser Elizabeth Davenport. Je ne peux pas obéir à mon père. Je ne le ferai pas.

Il secoua la tête, le désespoir brillant dans son regard affolé.

— Mais il y a plus que ça, dit-il en se penchant et en plongeant les doigts dans la chair de Faucon. Je veux être avec toi. Je *dois* être avec toi.

La poitrine de Faucon se serra douloureusement, laissant le rêve d'un avenir étincelant avec le sourire de Nathaniel le saisir un instant, laissant l'idée de paix et de *joie* osciller en lui avant qu'il l'étouffe.

— Non. Ce n'est pas…

— Quoi ? C'est le moment où tu m'accables de plaisanteries cruelles que tu ne crois pas vraiment ? Je me fiche que ce soit fou, je veux être avec toi. Et je *sais* que tu veux être avec moi.

Non sans effort, Faucon écarta les doigts de Nathaniel et recula, le maintenant à distance avec des mains fermes sur ses épaules.

— Et que feras-tu ? Tu entameras avec moi une vie de pirate ? Ce n'est pas ce que tu souhaites.

— Non, je n'en ai pas envie.

Avant que Faucon déclare que c'était donc réglé, Nathaniel se jeta et enroula les bras autour de la taille de son amant, le regardant si sincèrement que celui-ci ne put le repousser.

— Tu n'as pas envie d'être pirate non plus. Tu n'en as jamais eu envie.

Il prit une grande inspiration.

— Mais je le ferai si ça signifie que je reste à tes côtés. Je veux me blottir dans tes bras à l'aube et me livrer le soir. Je veux la liberté de passer nos journées comme nous le souhaitons, sans être jugés. Avec autant de paix que nous pouvons en trouver, peu importe où elle se trouve.

Le cœur de Faucon martela. *C'est trop beau pour être vrai.*

— Tu ne le penses pas. Pas réellement.

— Tu crois franchement que je mens ? Que je te mène par le bout du nez, comme Tully le prétend ? Après tout ça ?

Il resserra les bras autour de la taille de Faucon, son regard implorant.

— J'admets que la première fois où je me suis allongé avec toi, ça m'a traversé l'esprit. Comment cela aurait-il pu en être autrement ? Tu avais menacé de me tuer. De tuer ma sœur. Je croyais que ce serait plus difficile pour toi, si on se rapprochait. Mais je t'ai toujours désiré. Ça a toujours été vrai. Ça le sera éternellement.

Snell cria à travers la porte.

— Capitaine ! Nous sommes prêts pour l'échange ! Amenez le prisonnier sur le pont.

Il surgit dans la cabine et s'arrêta, les observant en clignant des yeux. Il soupira, clairement exaspéré.

— Ça suffit !

Assez.

Mais Nathaniel tenait bon, son regard était fixe, exigeant.

— Me videras-tu comme un poisson s'il ne paie pas ?

Une part de Faucon voulait battre en retraite et rugir une fausse menace comme un capitaine pirate le devrait. Il aurait aimé ne pas se préoccuper de ce jeune homme qui sortait d'un autre monde, qu'il n'aurait jamais dû toucher. Qu'il n'aurait jamais dû autoriser à le toucher.

— Je sais que tu ne le feras pas, chuchota Nathaniel. Je le sais depuis des semaines. Ce qu'il y a entre nous est réel. Tu peux obtenir la rançon de mon père et on peut se retrouver dans quelques semaines. On peut être ensemble. Tu peux quitter cette vie.

— Capitaine ! hurla Snell en saisissant Nathaniel et en l'arrachant des bras de Faucon alors qu'une rage écarlate bouillonnait en lui.

Ce dernier écarquilla les yeux et tituba en arrière, relâchant Nathaniel et levant les paumes.

— J'essaie de vous empêcher d'être emporté par ces absurdités. Aussi sincère que soit le jeune monsieur Bainbridge, actuellement, c'est un fantasme. Les bourgeois ne s'enfuient pas avec des pirates.

— Vous ne savez rien de moi ! bafouilla Nathaniel. Vous ne savez…

— Ce que je sais, c'est que nous avons besoin de la rançon !

Snell lança un regard noir à Nathaniel, puis fit un pas en avant vers Faucon afin de le conjurer.

— Je vous ai soutenu dans cette histoire autant que je le pouvais. J'ai aidé à réprimer cette mutinerie, mais mon premier devoir est envers les hommes. On leur promet depuis un mois. Ils doivent toucher cette rançon. Il est l'heure. Assez de toutes ces balivernes.

Lorsque Faucon regarda Nathaniel, une vision de lui couvert de sang prit le dessus, inondant son estomac de bile. Le capitaine ne ferait que l'entraîner dans les abysses. Il devait faire tout ce qui était en son pouvoir pour que Nathaniel reste en sécurité.

Ce dernier secoua la tête.

— Ne l'écoute pas !

Réunissant toute sa force dans une profonde inspiration, Faucon se retourna et prit son manteau sur le crochet cloué sur la coque, enfilant ce cuir chaud sur ses épaules. Il noua l'étoffe rouge autour de sa taille, avant d'attacher sa ceinture et ses armes, la chaleur du regard furieux de Nathaniel lui démangeant la peau.

Il ouvrit le tiroir du bureau et sortit ses bagues pour les passer autour de ses articulations. Sur le pont principal, une voix s'écria :

— Chaloupe en approche !

Faucon fit face à Nathaniel qui l'observait avec les mâchoires crispées et les narines dilatées.

— Veux-tu t'habiller convenablement ? Mettre ton gilet ? Tes souliers et tes bas ?

Il grinça des dents.

— Non. Finissons-en.

Il se retourna avant de faire volte-face.

— Tu es de nombreuses choses, mais je n'aurais jamais imaginé que tu étais lâche.

— C'est bon, monte, morveux !

Snell le sortit de la cabine et Faucon le suivit, ses bottes martelant le plancher, le sang tambourinant à ses oreilles. Il devait résister. Nathaniel le remercierait une fois qu'il serait de retour sur la terre ferme, au chaud, surprotégé, en sécurité et sauvé.

Faucon plissa les yeux en observant l'Île Primevère au-delà du port où des navires de tailles variées flottaient. Aucun n'était assez gros pour dissimuler de nombreuses armes. Dans la nuit noire, les feux illuminaient les flancs de colline, se déployaient, mais ce n'était pas aussi imposant qu'il l'avait imaginé. En pleine journée, il serait plus facile de le juger, mais la colonie paraissait effectivement en difficulté.

Depuis la chaloupe en approche, un homme cria :

— Capitaine Faucon ?

Celui-ci se tenait à la proue.

— Oui.

— Nous devons voir Nathaniel Bainbridge, vivant et indemne.

Faucon tendit la main vers le bras de son amant, mais le jeune homme se libéra et alla se placer à ses côtés.

— Je suis là. Indemne.

Il plissa les yeux vers la chaloupe en bois, dans laquelle ramaient deux bourgeois. Celui qui parlait se trouvait à la proue.

— Où diable est le gouverneur ? demanda Faucon. J'ai exigé qu'il vienne à notre rencontre. Seul.

— Le Gouverneur Bainbridge est malade d'inquiétude. Il est couché depuis des jours.

La voix du messager se brisa.

— Je suis ici en tant que représentant.

Faucon ricana.

— Oui, je suis sûr qu'il est *assez* malade. Montez.

Bien qu'il ait hâte de revoir ce bâtard, de mettre sa revanche à exécution, tout ce qui comptait vraiment était le sac que tenait cet émissaire tremblant et en sueur, pour savoir s'il contenait la rançon. C'était tout ce qui *pouvait* compter.

Notre temps est écoulé. Depuis le début, on sait que ça doit s'arrêter ici. Il mérite mieux que moi. Il m'en remerciera dans peu de temps.

La supplication de Nathaniel fit écho dans son esprit. Était-il possible d'avoir l'argent *et* Nathaniel ? À cette minute même, pouvait-il avoir les deux ?

Ils devraient batailler, puisqu'il y aurait tout de même un affrontement, même s'ils ne voyaient aucun vaisseau en attente et qu'ils étaient hors de portée de tout canon sur terre. Une appréhension enthousiaste vibra dans son corps.

Ils pouvaient essayer.

Le messager portait une perruque ridiculement bouffante et était vêtu de tissus soyeux bien trop grands pour sa carrure. Il grimpa sur l'échelle de corde qu'ils avaient déroulée et trembla en passant une jambe par-dessus le bastingage à bâbord. Il donna le sac et Snell le saisit, l'ouvrit et claqua des doigts pour qu'on lui apporte une lanterne.

Faucon n'arrivait plus à respirer. Il tendit la main vers Nathaniel et lui saisit l'épaule. Celui-ci haleta légèrement, son regard implorant sous la lumière de la lanterne. Faucon pouvait le protéger, n'est-ce pas ? Dans une vie loin de l'agitation de la mer, il le pouvait. Il le *ferait* !

Ils avaient de l'argent – s'il gardait Nathaniel, qu'ils s'enfuient ou qu'ils arrangent une rencontre avec…

Un coup de feu résonna dans la nuit et Faucon tourna la tête, tendant la main vers son coutelas avant de grincer des dents à cause du juron et de l'un de ses hommes qui cria.

— C'était qu'un loupé !

Tandis que Faucon ouvrait la bouche pour leur ordonner de se calmer, le messager plongea sur lui avec un regard affolé et effrayé. Toutefois, Nathaniel se plaça soudainement devant lui et le poussa.

Faucon tituba et tenta de comprendre ce qui venait de se passer, le poids de Nathaniel s'affalant dans ses bras. L'émissaire cria puisque le poignard de Snell l'avait transpercé.

— Capitaine ! Des voiles !

Une autre voix résonna.

— Un brigantin de l'ouest ! Ils devaient se cacher de l'autre côté, déclara le marin avant de marquer une pause. On dirait une frégate de dix-huit !

Snell avait ouvert le sac et tenait la lanterne de son autre main.

— L'argent est là. Capitaine ! Nous devons partir !

Toutefois, Nathaniel semblait incapable de stabiliser ses pieds sous lui et s'appuyait lourdement contre Faucon. Il y avait quelque chose dans la main tendue de l'émissaire…

Une dague. La lame était teintée de sang, visible sous la lumière vacillante.

Le cri du capitaine fut distant et rauque, comme s'il sortait de la gorge de quelqu'un d'autre.

— Non !

Il allongea Nathaniel sur le pont et déchira sa chemise, la tache rouge sur le lin continuant de s'agrandir. Appuyant sur la plaie contondante dans le ventre de Nathaniel, il hurla :

— Pickering !

Faucon baissa les yeux vers ce beau visage, déjà horriblement pâle.

— Reste avec moi. Nathaniel !

Le jeune homme leva des yeux écarquillés vers lui, gémissant.

Pickering s'agenouilla devant eux et se pencha pour inspecter la blessure dont s'échappait trop de sang. Il secoua la tête.

— Il mourra s'il reste à bord de ce navire.

Faucon saisit la main de Nathaniel et entrelaça leurs doigts, gardant les pupilles rivées sur lui de peur qu'il soit parti la prochaine fois qu'il baisserait les yeux vers lui.

— Vous devez bien pouvoir faire quelque chose !

— Il a besoin de meilleurs physiciens et d'un endroit sûr, propre, et non de se vider de son sang sur un bateau de pirate puant – surtout un navire qui s'apprête à se battre !

Pickering attrapa le manteau de Faucon et se pencha, levant brutalement son menton et sifflant.

— Si vous tenez à lui, laissez-le partir. Sinon il sera mort avant demain matin.

— Non… Je… reste, haleta Nathaniel en tressaillant.

Avec un dernier long coup d'œil à ces iris couleur miel, Faucon arracha sa main aux doigts désespérés de Nathaniel. Il réussit à se relever sans que ses genoux cèdent.

— Bainbridge arrive ! cria-t-il en direction de la chaloupe.

Il se tourna ensuite vers son équipage.

— Faites-le descendre prudemment, monsieur O'Connell, monsieur Lee. Tous les autres, préparez-vous à hisser les voiles !

S'ils ne partaient pas, le brigantin en approche causerait leur perte.

Nathaniel toussa et haleta, ses doigts s'agrippant à la cheville de Faucon, mais glissant sur le cuir. Faucon devait se libérer. Il resta tout de fois sur place, même une fois que O'Connell et Lee eurent soulevé Nathaniel. Il gémit, agonisant, lorsqu'ils le déposèrent dans le hamac utilisé pour le transport.

Faucon ne put se décaler pour regarder par-dessus le bastingage et se figea lorsque Snell hurla.

— Ils l'ont ! Maintenant, sortez-nous de là, moussaillons ! Ne les laissez pas se mettre par le travers, sinon c'est la fin.

Les cris de Nathaniel firent écho sur l'eau, alors que les voiles gonflaient au vent et que l'autre navire les rattrapait. Faucon tourna le dos à l'Île Primevère et un trou se forma dans sa poitrine comme si la lame avait atteint sa cible, au bout du compte.

À la barre, il hurla des ordres et maintint son regard rivé vers l'horizon nocturne, ses doigts creusant le gouvernail si profondément que le bois déchira sa chair. Nathaniel devait vivre et *La Manta Maudite* devait semer le brigantin, orné de l'Union Jack et de la crête blanche signalant qu'il s'agissait de corsaires.

Il n'y avait aucune autre option.

Alors que le premier coup de canon explosait dans la nuit, il priait dans son univers sans Dieu pour que Nathaniel survive.

Chapitre 20

S'IL ÉTAIT MORT, il était apparemment au paradis, puisque Susanna était là. Nathaniel n'arrivait manifestement pas à ouvrir les paupières plus d'une seconde, mais il avait repéré les yeux noisette de sa sœur ainsi que ses boucles sombres. Il percevait aussi ses doux soins et entendait à la fois ses petites berceuses et le cri d'un bébé.

Imaginait-il tout ça ? Peut-être qu'ils étaient décédés et que Nathaniel les avait rejoints. Mais s'il avait rencontré son créateur, il aurait certainement été maudit dans les Enfers, pour ses nombreux péchés.

Nathaniel savait qu'il devrait probablement regretter ses fautes et se repentir, mais il n'arrivait visiblement pas à rassembler toute sa volonté, même s'il voyait la mort de près. Il avait la sensation d'être en vie, étant donné la souffrance déchirant son ventre chaque fois qu'il inspirait – ou expirait, d'ailleurs.

Il souffrait tout le temps, donc. Il avait l'impression que la dague qui l'avait transpercé était toujours là, s'enfonçant impitoyablement, son acier horriblement frais et pourtant brûlant à la fois.

La chaleur montait et il imaginait des flammes lécher son visage et son torse et, bien sûr, son ventre. Une véritable agonie. Le feu se mua en enfer avide et il reconnut à peine la voix de Susanna quelques instants plus tard. Ses paupières étaient trop lourdes. Il y avait une autre voix, également, celle d'une jeune femme qu'il ne reconnaissait pas, mais qui s'exprimait calmement.

Celle qui résonnait le plus, cependant, ne devait exister que dans son esprit, il le savait. Faucon criait son nom avec tant de ferveur, de supplication déchirante.

— *Nathaniel* !

Gémissant et délirant, trempé de sueur et frissonnant, pourtant Nathaniel tendit la main vers les satanées bottes de Faucon. Les embouts dorés glissaient sous ses doigts alors qu'il tentait encore et encore de s'agripper.

Il était incapable de faire autre chose tandis qu'il se blottissait sur le pont, coincé et seul, Faucon cruellement hors de portée.

— NATHANIEL ? S'il te plaît, s'il te plaît. Reviens-moi.

Grognant, il tenta d'ouvrir ses paupières lourdes comme du plomb. C'était Susanna qui l'appelait, à présent, et l'idée qu'elle puisse avoir besoin de lui l'arracha à ces profondeurs tourbillonnantes. Clignant des yeux, il aperçut sa peau pâle et pincée.

— Oui, c'est ça ! Ouvre les yeux.

Où étaient-ils ? Il tenta de se souvenir de la dernière fois qu'il s'était retrouvé avec Susanna – le navire marchand, les pirates montant à bord – *Faucon.* Non, ils n'étaient pas là. Tout ça n'avait pas été qu'un rêve. C'était impossible. Ce qu'il avait partagé avec Faucon avait été réel. Le contraire était inenvisageable.

Alors comment... La rançon. L'Île Primevère. Le messager plongeant sur Faucon, le poignard soudain en main, la lame s'enfonçant jusqu'à la garde dans le ventre de Nathaniel, la douleur lancinante le brûlant puis refroidissant atrocement.

Le monde était confus. Il y avait un plafond blanc, avec un motif gravé, de boucles et de spirales. Tourner la tête lui demanda un effort monumental, mais cela valut la peine pour observer le sourire larmoyant de Susanna. Il avait toujours détesté la voir pleurer. Il tenta de tendre la main et d'essuyer ses larmes, mais elle ne coopérait pas.

— Susie ?

Sa gorge était sèche comme un désert où il n'y avait que des pierres et du sable.

— Oui. Chhut, tout va bien. Tu es en sécurité. Tiens, bois. Tu dois boire.

Elle leva un verre jusqu'à ses lèvres et lui souleva la tête. L'eau tiède le brûla en coulant dans sa gorge.

— Où ?

Il était dans un lit plus doux que celui dont il se souvenait, mais il était probable que sa mémoire soit courte, pour le moment. Derrière Susanna, le soleil filtrait par une fenêtre ouverte et les rideaux pâles s'agitaient bien peu dans cette atmosphère poisseuse.

— Nous sommes sur l'Île Primevère. Tu es en sécurité, à la maison, avec nous.

Son sourire s'effaça, mais elle releva le menton.

— Qu'y a-t-il ?

— Rien, rien. Ça peut attendre. Oh, Nathaniel. Nous pensions t'avoir perdu à nouveau. Je ne sais pas vraiment ce dont tu te souviens. Ce pirate méprisable t'a restitué avec une blessure sérieuse, mais n'aie crainte – justice sera rendue.

Son cœur se serra.

— Que veux-tu dire ? Où est-il ?

Nathaniel tenta de se rasseoir, son corps tremblant, ses membres traîtres bien trop faibles.

— N'essaie pas de bouger ! S'il te plaît, mon cher. La blessure était déjà assez horrible. Quand j'ai cru que tu nous revenais enfin, l'infection s'est installée. Ça fait deux semaines et le physicien n'avait pas beaucoup d'espoir. Mais moi, si, et Elizabeth aussi.

— Qui ?

Susanna s'esclaffa et des rides de fatigue creusèrent son visage.

— Ta promise, bien sûr. Tout te reviendra bientôt. Tu t'es embourbé dans cette fièvre, mais elle est retombée, à présent. Elizabeth débordera de joie quand elle arrivera ce matin.

Il lui fallait faire trop d'efforts pour parler. Il ne prit donc pas la peine d'évoquer le problème Elizabeth Davenport. L'obscurité avait commencé à noircir les contours de son champ de vision, mais il déclara d'une voix rauque :

— Faucon ? Où est-il ?

Appuyant un tissu frais contre son front, elle l'apaisa :

— Tout va bien. Ce méchant homme ne peut plus te faire de mal, désormais.

Un cri déchira la gorge irritée de Nathaniel, mais il avait l'impression d'être sous l'eau et que des vagues sombres s'écrasaient sur lui.

LES FLAMMES DES bougies oscillaient tandis que Nathaniel se concentrait sur le paquet dans les bras de Susanna. Il se rappelait vaguement avoir entendu des cris de bébé, à un moment, et il se rendit compte que le ventre de sa sœur était plus plat, quand il s'était réveillé.

Il fut capable de lever sa main, cette fois-ci, et Susanna releva la tête en s'exclamant. Le nourrisson gémit. Une jeune femme blonde arriva précipitamment pour prendre l'enfant tandis que Susanna aidait Nathaniel à boire plus d'eau.

Se couchant contre les oreillers duveteux, Nathaniel tenta de se souvenir de ce dont ils avaient discuté plus tôt, son cœur se serrant quand il se le remémora.

— Où est-il ?

— Qui ? Père ? Il est venu tout à l'heure avec le physicien. Bien sûr, il mourait d'inquiétude. Nous mourions tous d'inquiétude.

Il reporta son regard sur la jeune femme, qui s'attardait là, berçant le bébé et roucoulant au-dessus de lui.

— Elizabeth ?

La femme répondit.

— Le bébé s'appelle Grace, m'seigneur.

Susanna rit maladroitement.

— Je te présente Cecily. La nourrice. Elizabeth est venue tout à l'heure, mais tu as dormi pendant longtemps. Elle revient demain matin, ne t'inquiète pas.

Elle se leva et s'adressa à Cecily avec une voix si basse que Nathaniel ne tenta pas de déchiffrer leur conversation, son esprit se focalisant sur les différentes éventualités concernant le destin de Faucon. Cecily partit avec le bébé et Susanna regagna son fauteuil. Elle portait une robe bleue qui avait connu des jours meilleurs, et des bijoux qui scintillaient à ses oreilles.

Il voulait lui demander davantage d'informations, mais il se rappela ses manières à temps.

— Vous allez, bien, toutes les deux ? Elle est belle. Grace.

Susanna lui lança un sourire radieux.

— Elle l'est, n'est-ce pas ? Et oui, nous allons merveilleuse-ment bien. Bart et moi, nous ne pourrions être plus heureux.

Son sourire s'estompa.

— Père aurait préféré un petit-fils, bien évidemment, mais nous espérons que ce sera pour la prochaine fois.

— Père peut aller se faire mettre.

Sa sœur s'exclama et leva brusquement une main pour couvrir sa bouche. Elle se tordit ensuite le cou pour regarder par la porte ouverte. Ne voyant apparemment personne, elle s'inclina et tenta de dissimuler son hilarité.

— Tu es allé sur un bateau pirate, effectivement.

L'inquiétude le rongeait.

— Où est-il ? Le Capitaine Faucon. Je dois le savoir.

Susanna balaya ses cheveux mouillés en arrière.

— Je te l'ai dit, ce monstre ne te causera plus d'ennuis. Tu n'as pas besoin d'avoir peur. Oh, Nathaniel. Était-ce horrible ? Évidemment que ça l'était, pourquoi je te pose la question ? Pardonne-moi.

Elle prit une inspiration tremblante.

— Tu n'imagines pas à quel point je suis soulagée de t'avoir à la maison. Je pensais ne plus jamais te revoir.

— Je vais bien, Susie.

Il frotta son visage, qui avait été rasé de près. Probablement sous les ordres de son père, puisqu'un gentleman devait toujours être respectable, même à l'article de la mort à cause de la fièvre.

Une femme à la peau sombre et aux cheveux grisonnants ouvrit brutalement la porte et entra avec un bol de bouillon fumant. Trop faible pour se nourrir, Nathaniel n'eut d'autre choix que de se soumettre à Susanna qui levait la cuillère jusqu'à ses lèvres.

Lorsqu'ils l'eurent dorloté comme s'*il* était le bébé – et malgré sa rancœur, puisqu'il ne pouvait nier son impuissance – ses paupières redevinrent lourdes, mais son cœur tambourina et la douleur dans son ventre blessé palpita.

— Susie. Qu'est-il arrivé au pirate ?

— Père a engagé un navire corsaire pour combattre les pirates, puisque nous n'avons pas de soldats anglais ici. Il avait espéré les faire couler dans le port, mais ils ont mené les corsaires dans une joyeuse poursuite. Tout cela pour rien. Le Capitaine Faucon affrontera bientôt la potence. Alors, tu vois ? Tu n'as pas à t'inquiéter. Tu n'auras plus jamais besoin de penser à cette abominable créature.

Il était certain que le poignard avait fait son retour, qu'il remuait en lui, qu'il lui coupait le souffle. Susanna se raidit et écarquilla les yeux.

— Nathaniel ? Non, rallonge-toi. Ne t'agite pas, sinon tu rouvriras la blessure.

Elle tourna la tête.

— Judith !

La vieille femme refit son apparition et l'esprit de Nathaniel bourdonnait bien trop pour qu'il comprenne ce que Susanna et elle échangeaient en le maintenant. Bientôt, elles lui administrèrent des gouttes amères de médicament et il eut un haut-le-cœur avant de haleter.

— Là, là.

Susanna déposa un autre tissu frais sur son front.

— Rendors-toi, mon cher. Tu as besoin de te reposer.

Ce dont il avait besoin, c'était de sauver Faucon, de le savoir en sécurité, heureux et entier, mais l'obscurité l'appela une fois de plus.

Chapitre 21

LE TONNERRE GRONDA. Nathaniel ne savait pas quelle heure il était. La lumière derrière les fenêtres était atténuée. Il se concentra sur la jeune femme assise à côté de son lit, qui passait une aiguille et des fils colorés à travers un tissu avec des doigts agiles. Une bougie était posée près d'elle, dans la pénombre, et sa robe en soie froissée était d'un rose foncé.

Elle avait des cheveux blonds, mais n'était pas la nourrice, dont il ne se souvenait pas du nom. Elle n'était certainement pas Susanna. Il fixa l'aiguille et le motif fleuri.

— Elizabeth ?

Elle leva brusquement la tête et un large sourire légèrement chevalin fendit son visage.

— Nathaniel ! Comment vous sentez-vous ? Laissez-moi aller chercher Susanna et envoyer un messager chez le physicien. Il était présent, tout à l'heure, mais vous dormiez profondément. Nous devons le rappeler avant que la tempête ne nous atteigne. Avez-vous soif ?

Puisqu'il acquiesça, elle l'aida à boire. Son front était haut, ses cheveux assez pâles, et ses yeux marron brillaient d'une douce lueur.

Il avait l'impression d'avoir dormi pendant des semaines, ce qu'il avait certainement fait. Au moins, il avait les idées plus claires. Lorsqu'il essaya de lever les mains, elles coopérèrent. Bien que la plaie contondante lui fasse aussi mal que si elle était ouverte et sanglante, son regain d'énergie était un signe encourageant.

Avant qu'elle puisse appeler quiconque, il lui demanda :

— Quand se déroule le procès ? Pour le Capitaine Faucon ?

Elizabeth entrouvrit les lèvres avant de les rabattre et de jeter un coup d'œil vers la porte qui n'était pas fermée.

— Je ne pense pas qu'ils veuillent vous inquiéter avec ça. Du moins, pas avant que vous témoigniez.

— Que je témoigne ?

— Lors du procès imminent, qui sera organisé avec nos… ressources limitées. Le pirate est transporté jusqu'ici.

Le cœur du jeune homme tambourina mollement.

— Depuis où ?

— Je ne sais pas vraiment. Mais manifestement, ses hommes et lui ont engagé une course poursuite avec les corsaires jusqu'à Hispaniola. Le bateau pirate a été sérieusement endommagé et s'est retourné, mais une partie de l'équipage s'est échappé sur la côte, vers une péninsule quelconque. Apparemment, le capitaine a créé une diversion, permettant à ses matelots de fuir. J'imagine qu'il existe un certain honneur parmi les brigands, en fin de compte.

Nathaniel ne put que hocher la tête, les visages de l'équipage défilant dans son esprit. Qui avait survécu ? Monsieur Snell, cet homme renfrogné ? Alan O'Connell ?

— Quand arrive-t-il ?

— Je n'en sais rien. Un ouragan est peut-être en train de couver.

Il se rappela qu'elle avait mentionné une tempête, plus tôt. Effectivement, une bourrasque fit trembler les carreaux.

— Est-il blessé ?

Elizabeth jeta un coup d'œil aux fenêtres en se mordant la lèvre.

— Le pirate ? s'enquit-elle en haussant les épaules. Il sera bientôt mort, de toute façon.

Les mots furent comme un coup de poing dans son ventre blessé. Il voulait se déchaîner, mais s'en empêcha. Ce n'était certainement pas la faute de cette fille. En aucun cas.

— Le tribunal est-il près d'ici ?

Elle grimaça.

— Ce ne sera qu'une simple estrade sur la Grand-Place. Nous n'avons toujours pas fait construire de véritable tribunal et ça n'arrivera jamais, comme la plupart des bâtiments sur cette île pitoyable.

Elizabeth sembla reprendre ses esprits et sourit.

— Ne vous préoccupez pas de tout ça, mon cher.

D'une main hésitante, elle saisit la sienne et il baissa les yeux, perplexe, vers leurs doigts entrelacés.

Comme il était étrange de se dire que cette fille assez agréable à côté de laquelle il s'était réveillé était sa promise. Il brûlait d'envie de lui annoncer immédiatement qu'ils ne se marieraient jamais, mais il ne fit qu'écouter quand elle reprit la parole.

— Vous n'imaginez pas à quel point je suis heureuse que vous soyez en vie. Nous pourrons nous construire une belle vie, en Jamaïque, une fois que vous serez en état de voyager. Même en Angleterre.

— Et cet endroit ?

Elizabeth rougit.

— Ne vous inquiétez pas pour ça. Mon père s'assurera que l'on s'installe convenablement ailleurs. Bien que le vôtre soit têtu. Comme je l'ai dit, il n'y a pas de quoi se préoccuper ! Susanna est adorable et elle m'a beaucoup parlé de vous. J'ai l'impression de déjà vous connaître.

— Euh…

C'était le moment où il devrait dire quelque chose en réponse, mais il ne put que cligner des yeux en la regardant, l'esprit vide.

Susanna arriva alors, merci Seigneur.

— Oh ! Tu es réveillé. Monsieur Taggart est ici.

Le grand homme chauve avait beaucoup de choses à dire sur la chance qu'avait eue Nathaniel et sur la blessure qui avait failli le tuer sur le coup, sans l'aide de l'infection. Elizabeth et Susanna restèrent en retrait, laissant de la place au physicien, mais Walter entra directement et lui donna presque un coup de coude pour passer.

— As-tu finalement retrouvé la raison ? s'enquit-il.

Nathaniel cligna des yeux devant son père, le revoyant pour la première fois depuis des années. Les boucles de sa perruque blanche étaient parfaitement poudrées et sa chemise pâle, son gilet, sa veste et ses hauts-de-chausse n'étaient pas chiffonnés malgré la chaleur sirupeuse.

Nathaniel se souvenait de lui comme d'un vieil homme, mais il vit maintenant qu'il était encore relativement jeune. Son visage était marqué, alors qu'il approchait de la cinquantaine, mais son dos était droit et le vif dynamisme émanant de lui faisait penser à une lame de couteau aiguisée.

— Oui, Père.

Walter sembla faiblir légèrement.

— C'est une bonne chose. Puisque tu as failli être tué par ce pirate, nous avions hâte que tu guérisses.

— Je… Merci. Mais F… il ne m'a pas poignardé. Le Capitaine Faucon. C'était votre émissaire.

Walter s'esclaffa si sèchement qu'on crut entendre le claquement d'un fouet.

— Balivernes. Ton esprit est encore manifestement embrouillé. Physicien ?

— Oh, oui, il est naturel qu'il soit toujours un peu confus. Ne vous inquiétez pas, monseigneur.

— Mais je vous dis que ce n'est pas le capitaine ni l'un de ses hommes qui m'a blessé.

Monsieur Taggart se pencha au-dessus de Nathaniel.

— Là, là. Ne vous agitez pas. Trop de laudanum ralentirait votre guérison.

Nathaniel grimaça en songeant au médicament amer et au long sommeil impuissant qu'il provoquait. Il avait besoin de se reposer, mais également de retrouver ses esprits.

— Je souhaite simplement que la vérité soit connue.

Son père le regarda impérieusement.

— La vérité, c'est que l'un des pirates les plus redoutés du Nouveau Monde t'a kidnappé et a failli te tuer une fois qu'il a obtenu sa rançon. Ces fléaux doivent être détruits. Tous ces diables ne se préoccupent que de l'argent.

Il jeta un coup d'œil autour de la pièce.

— Bien sûr, j'aurais payé n'importe quelle somme pour que mon fils me revienne.

Alors que le physicien et Elizabeth hochaient la tête pour marquer leur approbation, Susanna intervint.

— Je croyais que Bart avait dit que c'était surtout de la contre-façon.

Walter grinça des dents.

— Dans tous les cas, le Faucon des Mers doit être pendu. C'est tout ce qui compte.

Quelques secondes après, il ajouta :

— Et Nathaniel est sauf.

Soupirant, il sembla se radoucir et se rapprocha du lit pour poser une main sur le bras de son fils.

— Nous nous inquiétions grandement de ton bien-être.

Malgré tout ce qu'il s'était passé, Nathaniel voulait croire que son père tenait à lui et il grimaça à cause de cette envie enfantine qui montait en lui.

Un homme à perruque apparut dans l'embrasure de la porte.

— Je suis navré de vous interrompre. Gouverneur, nous avons un problème.

— Qu'y a-t-il ? cracha Walter. Ne voyez-vous pas que je suis au chevet de mon fils, qui a failli être assassiné par des pirates ?

— Nous avons besoin de plus de bois pour barricader les fenêtres dans la rue principale, puisque la tempête approche.

—Alors, allez chercher plus de bois, bon sang ! Pourquoi devrais-je me préoccuper de détails si insignifiants ?

— Il ne reste plus assez d'hommes pour en couper. Il s'avère que plusieurs navires sont partis hier pour la Jamaïque, afin de devancer la tempête. Davantage de citoyens ont fui.

Il était clair que tout n'allait pas bien sur l'Île Primevère. Nathaniel voulait demander des détails, mais il ne souhaitait pas agacer Walter pour l'instant.

— Nous devrons barricader nos fenêtres également, n'est-ce pas ? s'enquit Susanna.

Avec un sourire pincé, Walter dit :

—Tout est sous contrôle. Ne t'inquiète pas, ma chère. Tu peux te reposer, Nathaniel. Quand la tempête sera passée, le pirate arrivera et son procès commencera. Ton calvaire sera bientôt officiellement terminé.

Il s'en alla avant que son fils ne puisse protester et le physicien chassa les jeunes femmes afin d'examiner convenablement la blessure de Nathaniel, la palpant et fredonnant dans sa barbe de temps en temps.

— Elle guérit bien, déclara-t-il. Enfin, maintenant que l'infection est passée. Vous serez sur pied bien assez tôt.

Il jeta un coup d'œil au ciel obscurci par la fenêtre la plus proche.

— Reposez-vous et quand le soleil sera de retour, vous pourrez sortir de votre lit.

Si son esprit ralenti comprenait correctement ce qu'il se passait, la fin de la tempête devrait annoncer l'arrivée prochaine de Faucon. Nathaniel hocha la tête.

— Oui. Je serai très certainement sur pieds à ce moment-là.

BART LE PORTA quasiment jusqu'à une petite chambre sans fenêtre, au rez-de-chaussée, cette nuit-là, mais Nathaniel avait au moins fait quelques pas. Admettons, la douleur menaçait de faire remonter le bouillon et la petite quantité de pain qu'il avait ingurgitée, mais il avait finalement gardé cette nourriture dans son estomac. Ce n'était peut-être qu'une infime victoire, mais il l'acceptait volontiers.

Une fois que Bart était parti et que Susanna s'était tracassée pour Nathaniel, il avait demandé :

— Et si on lisait *Don Quichotte* ? Je ne l'ai pas entendu depuis des années.

Susanna grimaça quand une vitre se brisa au loin, le premier étage de la maison particulièrement affecté par la tempête. Le vent hurlait et le jeune homme se demanda pour la centième fois où se trouvait Faucon et s'il souffrait.

Les corsaires le traiteraient-ils équitablement ? Il avait un jour été l'un d'entre eux et si leur lettre de marque était révoquée pour une raison quelconque, ils seraient également considérés comme des pirates. Peut-être que Faucon pourrait faire appel à leur conscience. Il n'avait pas grand espoir, mais il ne pouvait s'accrocher qu'à ça.

— Oui, c'est un bon choix. Je vais le chercher dans la bibliothèque.

Susanna laissa la porte entrouverte et Nathaniel écouta les domestiques s'affairer.

Walter était terré dans son bureau, le bébé et la nourrice dans le salon, où Susanna dormirait également. Le premier étage avait été jugé dangereux, même avec les planches clouées à la hâte devant les fenêtres.

Plus tôt, Susanna avait insisté sur le fait qu'elle n'était aucunement fatiguée et Nathaniel était heureux de l'entendre lui faire la lecture pendant que le nouveau-né sommeillait plusieurs heures d'affilée. Il avait besoin de quelque chose – n'importe quoi – pour éviter de faire une fixette sur Faucon.

Lui ont-ils fait du mal ? Est-il en colère contre moi ? M'aime-t-il comme je l'aime ? Je l'aime plus que tout. A-t-il peur ? Désespère-t-il ?

La dernière fois que Nathaniel l'avait contemplé, cela lui avait rappelé leur rencontre : Faucon, portant son costume – son armure – qui faisait de lui un roi pirate effrayant. Les bagues sur ses doigts et une étoffe rouge autour de la taille, l'acier de son coutelas scintillant sur sa hanche, le manteau qui faisait presque office de cape.

Pourtant, il ne se souviendrait pas du mythe Faucon, mais de l'homme – marqué et fatigué, passionné et sensible. La terreur pure sur son visage quand il avait prononcé le nom de Nathaniel, qu'il s'était penché au-dessus de lui pour le protéger, qu'il avait serré ses doigts si fort avant de s'arracher à lui…

— Me voilà.

Susanna sursauta quand une bourrasque et la pluie s'abattirent sur la maison. Malgré le peu que Nathaniel avait vu de ce bâtiment avec un étage, il s'était rendu compte qu'il était solidement construit et était composé d'au moins une dizaine de pièces.

Comment le reste de la colonie s'en sortirait-il ? D'après ce qu'il avait entendu, il ne restait pas grand-chose. Susanna attira son grand fauteuil près du lit étroit, qui ressemblait plus à un lit pour enfant. Elle s'éclaircit la gorge et commença.

Sa voix et sa cadence familières apaisèrent suffisamment Nathaniel pour qu'il desserre les poings et respire tranquillement. Susanna lut pendant la nuit alors que Mère Nature les assaillait, et menaçait parfois d'arracher la maison à ses fondations.

Nathaniel ferma les paupières et tenta de se concentrer uniquement sur la voix chaleureuse et familière de sa sœur. Alors qu'elle lisait, le vent et la pluie s'en donnaient à cœur joie. Il frissonna, puisque la chaleur avait été balayée.

Trempé jusqu'à la moelle, Bart passa la tête à l'intérieur de la pièce, de l'eau coulant dans ses yeux depuis ses boucles molles. Son apparence n'était pas sans rappeler celle d'un grand chien hirsute. Susanna lui fit signe d'entrer, lui assurant que le bébé dormait paisiblement, au moins jusqu'à la prochaine fois qu'elle se réveillerait en gémissant comme les nourrissons le faisaient inévitablement.

— Tu dois me promettre de ne plus sortir ! lui dit Susanna. S'il te plaît, reste à l'intérieur jusqu'à ce que la tempête passe.

Bart soupira et essuya l'eau sur son visage.

— Ceux qui restent ont besoin d'aide et nous n'avons pas assez de bras. J'ai l'impression d'être un lâche qui se terre ici avec les femmes et les enfants.

Il observa Nathaniel d'un air coupable.

— Ce que je veux dire, c'est que…

— Je sais, lui assura Nathaniel. Je ne suis pas vexé. En ce moment, j'ai la force d'un chaton.

— Père est là et il n'est pas infirme, déclara Susanna.

Bart haussa les sourcils.

— Malheureusement, ton père n'est pas l'homme à qui je souhaite ressembler.

Il lui prit la main.

— Pardonne-moi d'avoir parlé si franchement.

Elle soupira et s'enfonça sur sa chaise.

— Inutile de t'excuser. Nous connaissons tous les… limites de Père. Qui sont devenues bien trop flagrantes.

— Bart, que veux-tu dire par « ceux qui restent » ? Que se passe-t-il sur cette île ? Il se passe quelque chose que personne ne veut m'expliquer. Je savais que la colonie rencontrait des difficultés, mais j'ai l'impression qu'elle s'est effondrée. Je vous assure que je peux supporter la froide vérité.

Échangeant un regard avec sa femme, Bart finit par dire :

— Je vais chercher un autre fauteuil.

Quand il fut installé et la porte à moitié fermée, il hocha la tête en direction de Susanna, qui se pencha vers le lit et baissa la voix.

— Oh, Nathaniel. C'est un *désastre*. Ils disent que le terrain est mauvais. Il y a trop de sable à certains endroits, trop de cailloux sur d'autres zones. C'est bien trop vallonné. Les hommes qui ont initialement proposé cette colonie à l'Angleterre étaient des idiots. Ils étaient trop confiants et pensaient que peu importait le terrain, il pouvait être façonné et dompté pour nous convenir.

— Pour être honnête, ce n'était pas la faute de ton père. En revanche, le reste…

Susanna soupira.

— Père a gâché d'incroyables sommes d'argent pour planter des céréales qui ne poussaient pas. Les colons sont partis en nombre et la rumeur de Whitehall dit que la Couronne abandonne cet endroit et l'émancipe. Père a échoué de toutes les façons imaginables. Il ne l'a pas encore admis, mais nous retournons en Angleterre. Ou nous irons peut-être ailleurs dans le Nouveau Monde. Il n'y a simplement pas d'autre alternative.

— Monsieur Davenport et lui sont dans une situation délicate, expliqua Bart en déboutonnant sa veste mouillée. Davenport a abandonné une entreprise prospère en Jamaïque et s'attendait à avoir plus de pouvoir ici qu'à Kingston. Sans tes fiançailles avec Elizabeth, je crains que leur partenariat ne se dissolve complètement. Walter t'aurait marié quand tu étais à peine conscient, si Susanna ne s'y était pas fermement opposée.

Le cœur de Nathaniel loupa un battement.

— Tu crois que je ne devrais pas l'épouser, Susie ?

Elle cligna des yeux.

— Oh, bien sûr que si. C'est un véritable trésor. N'est-ce pas, Bart ?

— Oui. Elle a la tête sur les épaules et est très gentille. Elle serait une femme convenable pour n'importe quel homme.

Sauf moi.

— Elle mérite un véritable mariage dans une église, avec une belle robe. Et tu auras certainement envie d'être éveillé et d'avoir les idées claires le jour de ton mariage.

— Je… Oui, concéda-t-il.

— Il est impossible de savoir quand le pirate arrivera pour son procès, déclara Bart. Ton père avait déjà ordonné la construction de la potence, ce qui était une véritable perte de temps. Sans parler du bois.

Il secoua la tête.

— Ces vents ne ressemblent en rien à ce que j'ai vu par le passé. Je crains qu'il ne reste pas grand-chose quand le temps se calmera. Ils auraient dû le juger à Kingston, mais ton père a insisté pour présider l'audience, comme si cela allait légitimer cet endroit et le sauver. Sa fierté causera notre mort à tous, si nous ne sommes pas prudents.

Susanna soupira.

— Oui. Il était déterminé à faire en sorte que sa colonie ressemble à l'Angleterre, bien que ce soit irréalisable. Ce n'était que de la poudre aux yeux.

— On se demande pourquoi il a voulu quitter l'Angleterre, déjà, dit Bart en grimaçant. Bien sûr, en tant que cinquième fils d'un compte, je comprends qu'il ait eu envie de se mettre en route pour le Nouveau Monde. Il devait y avoir plus d'opportunités là-bas.

Il jeta un coup d'œil à Susanna et baissa davantage la voix.

— En fait, monsieur Davenport et moi avons discuté. Il a encore de nombreuses relations en Jamaïque et est un nom respecté dans le trafic maritime. Il pourrait y avoir des aubaines pour nous, là-bas. Toi, moi, Nathaniel et Elizabeth.

Sa femme le fixa.

— Mais… Mais et mon Père ? On ne pourrait pas simplement…

— Pourquoi pas ? s'enquit Nathaniel. Pourquoi nos destins devraient-ils être contrôlés par ses caprices ? Cela n'a-t-il pas déjà duré assez longtemps ?

— Oui, siffla Bart. Ça fait assez longtemps.

Il reprit la main de Susanna et la serra dans la sienne.

— Ma chère, ta loyauté est l'une de tes meilleures qualités. Toutefois, il est temps pour nous de quitter l'ombre de ton père. Rapidement.

— Il a raison, Susie. Tu sais qu'il a raison.

Les larmes luirent dans ses yeux.

— Oui, répondit-elle avant de déglutir difficilement. Je dois aller prendre des nouvelles de Grace. Excusez-moi.

Lorsqu'elle partit, Bart se frotta le visage.

— Tu es d'accord, n'est-ce pas ? Que nous devrions quitter l'Île Primevère dès que la tempête et le procès seront terminés.

Il leva les yeux quand une autre bourrasque s'abattit sur les fenêtres.

— Peu importe ce qu'il se passe, j'ai grandement l'impression que nous devons tenter notre chance loin de l'influence de ton père.

Nathaniel pria brièvement pour Faucon et hocha la tête.

— Je suis parfaitement d'accord.

IL AVAIT DORMI par intermittence pendant un temps et Susanna était revenue dans la nuit, avec des cernes sous les yeux. La tempête faisait encore rage. Ils n'évoquèrent pas leur père ni le nouveau plan de Bart. Susanna avait toujours été pragmatique et même si, parfois, elle devait réfléchir longtemps à une certaine idée, elle accepterait si c'était du bon sens.

Ils partagèrent simplement un sourire fatigué et elle lui serra brièvement la main avant de rouvrir *Don Quichotte*. Plus tard, alors que la bougie fondait, elle lut :

— *Libre je suis né, et, pour pouvoir mener une vie libre, j'ai choisi la solitude des champs. Les arbres de ces montagnes sont ma compagnie, les eaux claires de ces ruisseaux, mes miroirs : c'est aux arbres et aux ruisseaux que je communique mes pensées et mes charmes. Je suis un feu éloigné, une épée mise hors de tout contact.*[2]

Il n'arrivait plus à respirer. Était-ce ce que Faucon souhaitait, malgré ses protestations ? *Une épée mise hors de tout contact.* Si Nathaniel pouvait le libérer d'une manière ou d'une autre, Faucon abandonnerait-il la piraterie afin de se bâtir une vie avec lui ?

Malgré la fureur de la tempête, lui remémorant qu'aucun chemin n'était facile, Nathaniel mourait d'envie d'être dans les champs, dans les arbres, dans les eaux claires et en toute liberté. Et Faucon lui avait confié la même chose, un jour.

Je pourrais trouver une île tranquille. Me construire une maison suffisamment résistante pour supporter les tempêtes estivales. Pêcher et cultiver. Rester proche d'un port sûr.

— Mon cher ? l'appela Susanna. Tu te sens mal ?

— Non. Je vais bien.

Est-il en sécurité, maintenant ?

Elle appuya la main sur son front.

— En es-tu certain ? Tu tremblais.

— J'en suis sûr. Je… Je pensais à l'avenir.

Susanna lui serra l'épaule.

— Il n'y a aucune raison de t'inquiéter. Père retombe toujours sur ses pieds et… s'interrompit-elle avant de soupirer. Eh bien, tu as entendu Bart. Manifestement, une autre voie s'offre à nous. Nous devrions en profiter au maximum. Monsieur Davenport s'assurera qu'Elizabeth et toi, vous soyez bien installés.

Elle fronça les sourcils puisqu'il demeura silencieux.

— Qu'y a-t-il ?

---

[2] *L'Ingénieux Hidalgo Don Quichotte de la Manche*, Cervantès. Traduction de 1836 par Viardot.

— Elizabeth. Je ne peux pas l'épouser.

Susanna le fixa, clairement choquée.

— Tu ne peux pas la trouver imparfaite, c'est impossible. Elle a été si loyale. Je sais que je m'avance, puisque tu viens juste de la rencontrer, en réalité. Mais quand tu auras passé plus de temps avec elle, je suis certain que…

— Ça n'aura pas d'importance. Je ne peux pas l'épouser. Susie, je ne l'aime pas.

Elle secoua la tête, d'un air affectueux et exaspéré.

— Eh bien, pas *encore*. Tu n'as pas eu le temps de l'aimer. L'amour viendra, j'en suis convaincue.

La gorge de Nathaniel se comprima, ainsi que sa poitrine.

— C'est impossible.

— Et pourquoi diable ?

Jetant un coup d'œil vers la porte, elle finit par se lever et la ferma avant de retourner sur son fauteuil et de croiser les mains.

— Elle te convient merveilleusement bien. Cette union est commode, bien sûr, grâce à sa dot, mais j'ai déjà appris à l'aimer comme une sœur. Sincèrement, elle est bonne et gentille. Et elle possède une certaine… beauté discrète.

Susanna fronça les sourcils et tordit sa bouche vers le bas.

— Je n'ai jamais eu l'impression que tu étais un homme étourdi par les beaux visages. J'espère que tu ne comptes pas la rejeter pour des raisons superficielles sans apprendre à la connaître réellement.

— Ce n'est pas ça. Elle est assez jolie. Je m'en moque.

— Alors quel est le problème ? C'est prévu depuis des mois. Vous êtes promis l'un à l'autre. Nos pères sont d'accord.

Elle rit.

— Ce n'est pas comme si tu étais amoureux de quelqu'un d'autre.

Sa gorge se referma complètement et il dut tourner la tête face au regard appuyé de Susanna.

Elle posa fermement les doigts sous le menton de son frère.

— Nathaniel ! lança-t-elle. Qu'y a-t-il ? Ne me dis pas que toutes ces fois où tu t'enfuyais dans les champs et en forêt, c'était pour retrouver quelqu'un ?

Un cri s'échappa entre ses lèvres et elle mit une main sur sa poitrine.

— Quelqu'un te manque ? As-tu un amour secret ?

— S'il te plaît, chuchota-t-il en retenant à peine son agonie. Je ne peux pas te le dire.

Faucon l'avait abandonné et pourtant, il n'arrêtait pas d'entendre son nom franchir les lèvres du pirate. La manière dont Faucon s'était accroché à ses doigts, la peur frénétique dans son regard, tout artifice disparaissant avant qu'on lui arrache Nathaniel…

— Si, tu le peux. Bien sûr que tu le peux. Tu peux tout me dire. Dis-le-moi. Qui est l'heureuse élue ?

À qui pouvait-il se confier si ce n'était à Susanna ? Sa respiration était hésitante. Sans avoir été averti, il se retrouvait au bord du précipice. Dehors, des torrents de pluie s'abattaient et dans la petite chambre sans fenêtre, ils étaient aussi seuls que possible – peut-être aussi seuls qu'ils ne le seraient jamais.

Sa sœur l'observait avec inquiétude et l'implorait de son regard. Avant qu'il puisse se convaincre du contraire, il se débarrassa des derniers vestiges du déguisement qu'il portait depuis qu'ils étaient enfants.

— Ce n'est pas une dame. Je suis un sodomite.

Les mots restèrent en suspens alors que le vent soufflait. L'espace d'un instant terrible, Susanna le fixa, les yeux écarquillés, et Nathaniel crut qu'elle l'abandonnerait et ferait comme s'il n'avait jamais parlé. Elle se rassit ensuite et son regard devint distant.

Il arriva à peine à prononcer son nom.

— Susanna ?

— J'aurais dû le savoir. J'aurais dû le voir. Peut-être même que je l'ai vu.

Elle parlait d'un air absent, comme si elle réfléchissait.

Il dut lui poser la question, bien que son estomac bouillonne et qu'il craigne la réponse.

— Je sais que c'est contre nature. Que c'est un péché. Est-ce que tu me détestes ?

Elle riva son regard sur le sien et se redressa vivement.

— Quoi ? Oh, Seigneur. Jamais.

Elle lui serra la main.

— *Jamais*. Tu es mon frère.

Elle battit des paupières pour chasser ses larmes.

— Plus que ça. Nous avons toujours été de très bons amis, n'est-ce pas ?

Nathaniel ne put qu'acquiescer, sa gorge trop crispée pour qu'il prononce quoi que ce soit. Il lui serra les doigts.

Elle s'essuya les yeux de sa main libre.

— Ça va.

Elle hocha la tête, réfléchissant clairement et digérant cette révélation.

— Oui. Ça va, répéta-t-elle alors que son visage se froissait. Tu crois que c'est un péché ? As-tu l'impression que c'en est un ? D'être… comme tu es ?

— Peut-être que ça devrait l'être, mais non. Je ne crois plus que c'est un péché. Je l'ai accepté, maintenant. Je suis ainsi depuis aussi longtemps que je m'en souvienne et j'ai eu envie de te l'avouer à plusieurs reprises.

— Oh, Nathaniel. Tu sais sans doute que je ne te tournerai pas le dos ? Jamais ?

Il s'agrippa à sa main.

— Je priais pour que ça ne soit pas le cas.

— Certainement pas. Non, tu es mon frère et… eh bien. C'est un choc. Mais tu n'es pas un scélérat.

— Pourtant, il n'y a pas que mon esprit qui me fait défaut. Je ne suis pas un homme normal. Je ne le serai jamais.

— Quand tu es né…

Sa voix se brisa dans un sanglot soudain et les larmes inondèrent ses yeux.

— J'ai vu Mère mourir et j'ai promis à Dieu que je prendrais soin de toi. Ai-je échoué ?

— Non ! Ça n'est pas ta faute, je te le promets, répondit-il sans pouvoir lutter contre ses larmes. Personne n'aurait pu s'occuper de moi mieux que toi, Susie. Merci.

Il se releva, ignorant la douleur criante dans son ventre, et l'attira dans une étreinte tandis qu'ils continuaient de pleurer.

Seuls les reniflements et les inspirations cliquetantes résonnaient et lorsque la jeune femme se rassit dans son fauteuil, elle s'essuya les yeux.

— Ça va. Maintenant. Y a-t-il quelqu'un à qui tu… tiens ?

De nouvelles larmes menaçaient de couler et il chuchota :

— Oui.

— Oui. Ça va.

Elle rit, légèrement étourdie, les yeux encore mouillés.

— Je n'arrête pas de dire ça, n'est-ce pas ? Je suis désolée. Alors, c'est… Eh bien, qui est-ce ? Quelqu'un de Worthingside ? Tu passais souvent du temps dans les bois, près de la propriété. Monsieur Stanford, peut-être ? Il n'était toujours pas marié, la dernière fois que j'ai entendu parler de lui.

— Non, ce n'est pas quelqu'un qui habite chez nous. C'est… Sur le navire…

Elle haussa les sourcils.

— Le navire marchand ? Je ne me souviens pas que tu aies passé du temps avec qui que ce soit, particulièrement… conclut-elle avant d'écarquiller les yeux et de chuchoter. Tu ne veux pas dire… Mon Dieu, le bateau pirate ?

Il hocha la tête.

— Capitaine Faucon.

— Le… Le capitaine ? L'homme qui t'a kidnappé ?

Elle attendit sa réponse, bouche bée.

— Oui. Je sais ce que tu dois penser…

— Je ne comprends pas. Que dis-tu ? Que tu… Que lui et toi… Avec un *pirate* ? Avec cet homme abominable ?

Elle s'exclama.

— Quand tu es arrivé, tu étais assez contusionné. Dis-moi la vérité. T'a-t-il… *violé* ? T'a-t-il obligé à te soumettre à ses désirs cruels ?

— Non, je le jure. J'en avais envie. Je me suis volontiers couché à ses côtés.

— Mais c'est inimaginable ! Nathaniel, c'est…

Susanna appuya une main sur sa poitrine et baissa la voix telle une conspiratrice.

— C'est terriblement *grisant*.

Le cœur de Nathaniel loupa un battement et l'espoir grandit au milieu de cette misérable crasse. Il attendit qu'elle continue, la regardant respirer rapidement et superficiellement.

Elle s'exclama légèrement et couvrit à nouveau sa bouche, comme si elle était choquée d'elle-même. Elle abaissa ensuite sa main.

— Est-ce que tu as vraiment… avec ce capitaine pirate ? murmura-t-elle.

Il avait l'impression d'avoir avalé du gravier et sa voix aurait pu le prouver.

— Oui. J'étais son prisonnier, admettons, mais j'ai choisi de le faire volontiers. Il était… J'ai appris à le connaître… à connaître l'homme derrière le mythe. Je…

L'émotion étouffa Nathaniel.

— J'ai commencé à l'aimer.

— À l'aimer ? murmura-t-elle, les yeux écarquillés comme des soucoupes. Je ne crois pas… Alors, c'est plus que simplement…

Elle agita la main.

— Oui. Bien plus. Il y avait de la tendresse, du partage entre nous. Je ne sais pas vraiment comment le décrire.

— Mais il t'a poignardé ! Tu as failli mourir.

— Ce n'était pas lui ni un membre de l'équipage. C'était le messager de Père. Il a tenté de tuer Faucon et je me suis interposé. Je ne supportais pas de le voir blessé.

— Bonté divine, dit-elle en s'éventant avec sa main. J'ai l'impression d'être l'une de ces femmes terriblement fragiles qui sont sujettes aux vapeurs.

Il s'assit lourdement.

— Devrais-je appeler quelqu'un ?

Il rejeta la couverture et grogna en tentant de passer ses jambes au bord du lit.

— Non, chut.

Elle le poussa à se rasseoir sur le matelas et le borda avec la couverture.

— Je n'ai jamais souffert de bouffées délirantes un seul jour de ma vie. Je ne vais pas commencer maintenant.

Elle soupira longuement, puis hocha la tête.

— D'accord. Tu aimes cet homme. T'aime-t-il ?

L'estomac de Nathaniel plongea. *M'aime-t-il ? Suis-je en train de me tromper cruellement ?*

— Je crois que c'est possible. Je souhaite le découvrir. Je le dois. Je veux être avec lui. Me réveiller à ses côtés, vivre nos vies comme… Eh bien, comme tout le monde, j'imagine.

Elle encaissa cet aveu.

— Je dois dire que c'est difficile à concevoir. Il était si terrifiant !

— Il joue simplement la comédie. En grande partie, en tout cas. Père l'a obligé à vivre cette vie en annulant sa lettre de marque injustement, il y a des années. Et oui, il a commis de nombreux crimes. Mais il y a plus que ça, chez lui, je le jure. De la gentillesse et du désir. Il ne ressemble à aucun homme. Tout le monde le voit comme un pirate…

— Parce que c'est ce qu'il est ! Un tueur.

Moi aussi. Toutefois, Nathaniel ne pouvait le dire à voix haute. S'il exposait également cette vérité, il ne pourrait plus jamais regarder Susanna dans les yeux, par peur de ce qu'il y verrait.

— Oui. Sans aucun doute. Pourtant, je l'ai accepté. Si cela dévoile une anomalie chez moi, je dois l'admettre. Je ne peux pas épouser Elizabeth. Je ne pourrais jamais être un mari convenable. Ce ne serait pas juste envers elle. Bien que ce soit contre nature de désirer d'autres hommes, c'est *ma* nature. J'ai fait la paix avec cette idée. Je dois trouver un moyen d'avoir une vie dans laquelle je ne suis pas malheureux tous les jours. Dans laquelle je me cache et je suis seul, même si je suis entouré par ma famille.

Le visage de sa sœur se froissa.

— Oh, Nathaniel. Ça me briserait le cœur. Non, jamais je ne souhaiterais ça pour toi. Tu devrais être aimé, connaître le confort et le bonheur.

Elle se rassit au fond de son fauteuil et demeura silencieuse en s'essuyant les yeux.

Elle se tut un si long moment que Nathaniel s'endormit. Il était si facilement épuisé et il ferma les yeux, écoutant sa respiration stable. Sa présence familière était comme un baume. Il avait révélé son âme et elle ne lui avait pas tourné le dos.

Elle finit par reprendre la parole.

— Ils disent que ce n'est qu'une question de désir basique. Deux hommes ensemble. Qu'ils sont vénaux et dépravés. Mais j'y ai réfléchi et je me rappelle le cas de deux hommes à Guildford qui partageaient un cottage. Une accusation a été formulée à leur encontre et peu de temps après, le scandale a éclaté. L'un est allé en prison, l'autre a été pendu. Si je me souviens bien, il y avait des soupçons depuis des années. *Des années.* Je n'y ai pas songé à l'époque, mais pourquoi auraient-ils vécu ensemble si longtemps s'il n'y avait aucune affection entre eux ? Admettons, de nombreux mariages en manquent cruellement, mais ils avaient *choisi* de passer du temps tous les deux.

Il ouvrit les yeux et découvrit que Susanna était à nouveau en larmes. Elle secoua la tête.

— Ce pirate. Père va le faire pendre. Et mon Dieu, tu courrais un tel danger si la vérité était déterrée. Ils pourraient te *tuer* pour cet amour.

— Je dois arrêter ce procès. Avec lui, j'étais… entier. J'étais un homme méritant. Puissant à ma façon, et non stupide et inutile. Avec lui, j'avais l'impression de pouvoir tout faire. Que le monde avait de nouvelles possibilités à me dévoiler, comme l'océan le fait lorsque la marée descend. Il y a tellement plus. Des choses que je ne vois pas, mais qui restent présentes sous la surface.

Il se souvint de la rugosité de la barbe de Faucon contre son visage, contrebalancée par la douceur de ses lèvres et sa langue glissante. Comme Nathaniel aurait aimé qu'ils s'embrassent pour toujours sous les palmiers ! Comme il s'était senti pleinement protégé et chéri après la mort et la destruction !

— Mais comment diable peux-tu arrêter le procès ?

C'était une question intéressante et Nathaniel aurait réellement souhaité avoir la réponse.

Chapitre 22

Ces deux mots firent écho, narguant infiniment Faucon dans les entrailles obscures du brigantin des corsaires. L'air était froid et humide dans la petite cale qui lui servait de cellule, et il était presque certain qu'une tempête couvait.

La sueur collait à sa peau. Son manteau de cuir était moisi et humide, les chaînes autour de ses poignets étaient trop serrées et érodaient sa peau suppurante puisqu'il avait inutilement tenté de se libérer. Ses pieds avaient gonflé dans ses bottes et il n'aurait pas pu les enlever même s'il avait essayé.

Il supposait que son unique consolation était qu'il ne se retrouvait pas coincé dans le ventre d'un navire de la Marine Royale. D'après ce qu'il avait entendu avant d'être emprisonné, Walter Bainbridge avait engagé des corsaires pour l'arrêter. On ne pouvait négocier avec la Marine, mais avec des corsaires ? Éventuellement.

Il n'avait aucune notion du temps dans cette noirceur et ne se fiait qu'aux coups de cloches distants et à l'eau saumâtre ainsi qu'aux restes de nourriture qu'on lui apportait. Les cris d'agonie de Nathaniel faisaient écho dans son esprit.

Pourquoi diable s'était-il tant efforcé d'éloigner Nathaniel ? Il aurait dû l'embrasser chaque fois qu'il en avait l'occasion. Désormais, il ne le ferait plus jamais et cela le blessait comme une lame de rasoir.

Nathaniel était-il en vie ? Faucon priait inutilement auprès de tous les dieux qui l'écoutaient afin que son amant survive. Afin qu'il ne meure pas après avoir sauvé l'existence pitoyable de Faucon.

La scène se jouait encore et encore dans sa mémoire. Nathaniel s'était jeté devant cette lame, acceptant cette lésion grave sans y réfléchir à deux fois.

Faucon n'avait pas cru qu'il pouvait retomber amoureux et à cet instant, il avait compris à quel point il s'était trompé. À quel point l'amour l'avait lacéré et paralysé. Il marchandait encore et encore avec l'univers, lui promettant n'importe quoi – *tout* – en échange de la survie de Nathaniel.

Ne pas connaître le destin de son amant était une torture. La tristesse le réveillait pendant ses sommes sporadiques alors que son cœur se serrait et que ses poumons gelaient. Bien sûr, il avait demandé des nouvelles et, *bien sûr*, on avait refusé de lui en donner. On ne lui avait même pas annoncé où il était emmené pour le procès.

Qu'en était-il des hommes ? Il avait attiré l'attention des corsaires avec des explosions et un capharnaüm afin que Snell et les matelots ayant survécu à la bataille puissent s'enfuir. Il était resté sur son navire autant qu'il l'avait pu et y serait demeuré jusqu'à la fin s'il n'avait pas été forcé à se soumettre par les ennemis trop nombreux. *La Manta Maudite* hisserait peut-être à nouveau les voiles, mais sans le Faucon des Mers.

Il s'esclaffa péniblement, les rats sursautant à cause du bruit. Le Faucon des Mers était mort, du moins son esprit l'était, et son corps suivrait bientôt. Sa fin avait été inévitable et Faucon espérait simplement que cela ne s'était pas fait aux dépens de Nathaniel. Tout cela pour une rançon qui ne signifiait plus rien maintenant.

Il aurait dû laisser Nathaniel sur le vaisseau marchand avec sa sœur, il aurait dû le laisser rejoindre son avenir sûr et confortable. Aussi étouffant et frustrant soit-il.

Une nuit – ou un jour – il se réveilla brutalement, en mourant d'envie d'être avec Nathaniel. Dans son rêve, celui-ci tendait la main vers lui et l'encourageait à venir au lit. Faucon avait été incapable de bouger. Désormais, il souffrait et ce n'était pas simplement par désir de prendre son pied.

Il mourait d'envie d'entendre les cris de plaisir de Nathaniel. De le faire jouir avec sa bouche, ses mains et son sexe. Puis de le tenir contre lui alors qu'ils dormaient, d'inspirer son odeur et de le serrer contre lui pour qu'il soit en sécurité et au chaud.

Seigneur, il mourait d'envie de l'embrasser.

Cette disparition aurait dû être comme un bras ou une jambe détruite lors d'une bataille, et amputée par la suite. Au fil des ans, plusieurs hommes de Faucon avaient été la victime de ce destin, et leur membre pendant et inutile avait été coupé avant de pouvoir causer davantage de dégâts. Une infection pouvait effectivement s'étendre jusqu'à leur sang.

Cette chair et cet os gaspillés étaient jetés par-dessus bord, abandonnés dans le sillage du navire afin d'être dévorés par les créatures des profondeurs.

Pourtant, Nathaniel refusait d'être abandonné. La perte même de son amant était plutôt comme une douleur fantôme ou un gouffre. Non, elle emplissait Faucon jusqu'à ses dernières limites, telle une pression inébranlable contre sa peau, se propageant et l'étouffant à chaque inspiration.

Faucon aurait aimé que sa propre peau molle et inutile se dissolve pour qu'il ne reste que ses os.

Aimer ne pouvait être qu'une folie.

Il avait été si certain d'avoir appris cette leçon après John, mais enfermé avec des rats pour seule compagnie, il se rendait claire-ment compte qu'il était avide de punitions. L'idée que Nathaniel se soit mis en travers du danger pour le sauver s'accrochait à lui. La culpabilité du survivant était comme une créature palpitante. Il donnerait n'importe quoi pour changer cela, pour chasser la douleur et sauver son amant.

Faucon serra ses poings vides. Il était idiot de mourir d'envie d'avoir un souvenir qu'il pourrait toucher, un témoignage, un bout de tissu ou un bijou, le poignard de Nathaniel, même. Faucon l'avait caché dans sa botte, mais on le lui avait confisqué et il était donc perdu.

Il ne restait rien de tangible pour lui rappeler Nathaniel. Même les griffures sur son torse – les marques que Nathaniel avait laissées quand il avait insisté sur le fait que leur relation était réelle – avaient disparu, sa peau traître guérissant.

Réelle.

Alors que les journées s'égrenaient dans l'obscurité perpétuelle, Faucon se demanda si tout ça n'avait été qu'un rêve fiévreux. Il savait que sa captivité aurait pu être pire. Il n'était pas torturé et ils lui donnaient suffisamment d'eau et de biscuits secs pour qu'il survive.

Son tourment ne venait pas du fait qu'il était enfermé dans les entrailles puantes du vaisseau, en sachant qu'il mourrait bientôt. Il pouvait accepter cela. C'était le destin auquel il s'attendait depuis des années. En revanche, l'idée de vivre le reste de sa vie misérable sans Nathaniel était répugnante.

Le véritable enfer, c'était d'aimer.

LORSQUE LA TEMPÊTE les frappa, il n'en fut aucunement surpris. Il l'avait aisément présagée, malgré le peu d'air qui atteignait la puanteur de sa cellule. Il détestait ne pas être à la barre et ne pouvait qu'espérer que les hommes guidant le navire soient compétents. Il n'avait aucune raison de croire qu'ils ne l'étaient pas, mais tandis qu'ils étaient balancés d'un côté, puis de l'autre comme un jouet pour enfant, il n'en fut pas aussi sûr.

Les liens autour de ses poignets étaient rattachés au mur et ses épaules le brûlaient alors qu'il était projeté dans tous les sens. Il craignait que les mâts soient arrachés, ce qui, bien sûr, lui fit penser à Nathaniel qui s'était précipité sur le gréement pour sauver O'Connell. Comme il était intrépide, courageux et beau.

Cette envie aurait achevé Faucon s'il n'était pas déjà à terre, impuissant dans les hautes vagues. Fermant les yeux bien qu'il soit dans l'obscurité, il s'autorisa le luxe de faire comme s'il était de retour dans la cabine qui avait été son foyer pendant si longtemps.

Se retournant dans son lit, il enlaça le doux Nathaniel qui soupira dans ses bras, leurs lèvres se rencontrant indéfiniment puisqu'ils n'avaient pas besoin de parler.

ILS AVAIENT SURVÉCU.

Et à en juger par la rapidité du navire ainsi que les bruits révélateurs faisant écho le long de la coque, ils se rapprochaient d'un pont pour jeter l'ancre. Effectivement, des marins vinrent promptement le traîner hors de sa cellule. Ils le tiraient et le poussaient comme un animal. Les poignets toujours liés, il réussit à peine à se lever.

Le capitaine, un grand homme plus vieux que lui du nom de Taylor coiffait ses cheveux gris comme s'il s'agissait d'une perruque, et les bouclait au-dessus de ses oreilles. Il s'approcha de lui, sous le pont, en fronçant les sourcils. Il boutonna ensuite son gilet.

— Voici ton dernier port, pourriture. J'ignore ce qui est le pire : la piraterie ou la désertion. J'imagine que ça n'a aucune importance, puisque tu seras pendu quoi qu'il arrive. Dommage que tu n'aies pas un plus grand public.

Il s'adressa ensuite à son équipage.

— Je l'amène sur la terre ferme avec l'avant-garde. Dès que nous aurons récupéré l'argent, nous quitterons cet endroit maudit.

Clignant des yeux à cause de la lumière aveuglante et refusant de baisser la tête, Faucon tituba sur le pont principal et vit l'Île Primevère sous le soleil de cette journée.

— Mais où est le reste, bon sang ?

Chapitre 23

L E BRUIT TONITRUANT résonna si violemment que les fenêtres du salon – toujours barricadées à la va-vite – tremblèrent. La tempête avait fait rage pendant plusieurs jours, mais le soleil avait finalement refait son apparition.

Nathaniel poussa sa chaise loin de la table du petit déjeuner et grimaça en se levant. Il suivit le grondement des cris indistincts de son père et croisa Susanna dans le couloir.

Elle l'arrêta.

— Pourquoi n'es-tu pas au lit ? Je m'apprêtais à t'apporter ton plateau.

— Parce que j'ai passé suffisamment de temps au lit. Je vais devenir fou si je ne *bouge* pas, même si ce n'est que pour me traîner jusqu'à la table. Et pourquoi *tu* m'apporterais mon petit déjeuner ?

Elle coinça une boucle brune derrière son oreille alors que le reste de ses cheveux étaient attachés dans un chignon hâtif et que sa jupe de soie bleue était tachée de farine.

— Les domestiques ont fui. Ils ont attendu que la tempête se calme suffisamment et ils sont partis. Par la mer ou dans les terres. Ça n'a pas d'importance. Merci mon Dieu, Cecily est restée. Mais pas les autres.

— Tu veux parler des esclaves ?

— Oui, répondit-elle en rougissant.

— Bien.

— Oui, je trouve aussi que c'est une bonne chose, ajouta-t-elle en souriant. Maintenant, nous devons également quitter le navire. Bart est en train de parler à Père des plans de Monsieur Davenport pour retourner en Jamaïque et profiter d'opportunités qu'il pourrait nous offrir.

Elle commença alors à chuchoter.

— Je n'ai pas dit à Bart que tu rompais tes fiançailles. Il vaut mieux laisser les choses se… dérouler.

Il acquiesça tandis que son paternel rugissait au bout du couloir. Bart surgit du bureau et les rejoignit, son visage arborant une teinte écarlate alarmante. Ses hauts-de-chausse et son gilet avaient été éclaboussés de boue.

— Il est parfaitement déraisonnable ! s'écria-t-il. Je jure qu'il a perdu la tête. Il agit comme s'il restait une colonie à gouverner. Il refuse d'aller constater les destructions. Peut-être que les choses auraient été différentes si les bâtiments avaient été érigés avec le soin nécessaire, mais il ne reste presque plus rien.

Il se frotta le visage et dévoila les cernes sous ses yeux.

— Sur ce, je dois y retourner pour voir qui je peux aider.

Il embrassa Susanna sur la joue et inclina la tête en direction de Nathaniel.

Ils le regardèrent partir et le jeune Bainbridge redressa les épaules.

— Je vais parler à Père.

— Habillé comme ça ? Père va…

Elle secoua la tête.

— Écoute. C'est idiot. Oui, va lui parler. Je m'occupe du petit déjeuner.

Elle lui serra le bras.

Ses pieds étaient nus et sa chemise blanche était trop grande, mais il avait enfilé des hauts-de-chausse propres. Quand Nathaniel ouvrit la porte du bureau, il trouva son père entièrement vêtu, bien que l'un de ses bas tombe au niveau de sa cheville et que sa perruque ridicule soit de guingois.

Une bibliothèque avait été renversée dans sa rage. Elle était désormais couchée dans le coin opposé et avait fait un trou dans le sol poli. Les planches de bois avaient été enlevées derrière les fenêtres du bureau, probablement par Bart, étant donné que les souliers à boucle de son père brillaient encore et qu'on n'y voyait pas un soupçon de boue.

— Quoi ? aboya-t-il.

Il y avait tant de choses à dire. Nathaniel ignorait par où commencer. Il décida donc de passer directement au cœur du sujet.

— Le Capitaine Faucon n'est pas le premier corsaire honnête que vous dupez, n'est-ce pas ? Combien d'hommes, avec vos partenaires corrompus, avez-vous condamnés injustement à la potence, comme de vulgaires pirates, afin de pouvoir saisir leurs navires et leurs cargaisons et augmenter votre propre bénéfice en mentant à l'Angleterre sur leur valeur ?

Walter le fixa un long moment, ébahi, comme si la peinture à l'huile, encadrée d'or, représentant l'un de ses ancêtres chassant avec un chien, venait tout juste de prendre vie.

— Après tout ce que j'ai fait pour m'assurer que tu rentres sain et sauf à la maison, dit-il enfin, tu veux m'interroger ? Je ne devrais pas en être surpris. Tu as toujours été ingrat.

— Répondez à la question. Combien de corsaires avez-vous trompés ?

Walter agita la main dédaigneusement.

— Les corsaires, les pirates. Il n'y a pas grande différence.

— La différence est que les corsaires sont soutenus par la Couronne ! On leur donne des lettres de marque pour les légitimer. Ils aident l'Angleterre contre ses ennemis. Si vous voulez que des hommes suivent les règles de ce pays, vous devez également y obéir !

— Ces hommes sont des sauvages, comme tu dois le savoir.

Il fronça les sourcils.

— Regarde-toi. Nous sommes civilisés et tu dois donc t'habiller en conséquence !

Nathaniel l'ignora.

— Certains hommes sont des bêtes, oui. Mais beaucoup n'ont pas eu d'autres options afin de gagner leur vie. D'être libérés de conditions horribles, d'être payés de manière juste. Ou même afin d'être payés, tout simplement !

— Ce ne sont que des coquilles inutiles, répondit Walter en ricanant. De plus, ton argument – si on peut le qualifier ainsi – a un défaut fatal : le Capitaine Faucon est un déserteur de la Marine Royale.

Derrière son bureau, il récupéra une liasse de papiers et la tendit en direction de Nathaniel. Son visage se tordit ensuite cruellement.

— Tu ne peux pas le lire, étant donné que tu es un véritable faible d'esprit. Laisse les affaires aux hommes qui les comprennent. Aux hommes cultivés.

Nathaniel avait beau faire des efforts pour rester sur ses positions, les coups ne cessaient de pleuvoir. Il ouvrit la bouche, puis la referma, et Walter fut comme un requin repérant une trace de sang.

— Devrais-je te le lire ? Je vais utiliser des mots simples.

Il s'éclaircit la gorge.

— Michael Biddle a encouragé une mutinerie à bord du *HMS Leaside* avant de déserter le douzième jour de…

Nathaniel arrêta d'écouter son père.

Il fit plutôt rouler prudemment ce nom dans son esprit, comme s'il pouvait se briser. *Michael Biddle. Michael.*

Le nom d'un ange. Si Faucon l'entendait, il poufferait et dirait qu'il n'y avait que des démons, ici. Un picotement de désir traversa Nathaniel et il fut obligé de tendre la main vers le bord du bureau de son père.

Seigneur. Il aimerait entendre la voix de Faucon et ressentir ses caresses chaudes et rugueuses. Simplement lui parler, *être*, faire quoi que ce soit tant qu'ils étaient ensemble. Nathaniel le sauverait, peu en importait le prix.

— Et ainsi, Michael Biddle… s'interrompit Walter pour ricaner dédaigneusement. Aussi connu comme le célèbre pirate Faucon des Mers ne devrait recevoir aucune clémence.

Se redressant et ignorant la palpitation sourde de sa blessure, Nathaniel serra les poings, songeant aux cicatrices sur la chair de Faucon.

— Il a déserté une marine qui l'avait enrôlé de force. Vous parlez de sauvages… en quoi votre gouvernement est-il meilleur ? Ils l'ont arraché à sa maison et l'ont engagé contre sa volonté. Oui, il a fini par déserter quand il s'est retrouvé sous les ordres d'un capitaine tyrannique et cruel, après des années de service. Et malgré tout, il voulait *toujours* aider son pays. Vous avez détruit cela. Il n'était pas le premier, n'est-ce pas ? Vous avez menti et avez volé. Vous l'avez leurré pour votre propre bénéfice.

— Oh, Seigneur.

Le visage de Walter rougit et se froissa.

— Ça suffit, ces âneries. En quoi est-ce important ? Ce pirate a failli te tuer et tu défends son bien-être ? Tu es vraiment un benêt.

— Vous oubliez que j'étais là. Je sais que c'est votre homme, qui m'a attaqué, attendant une ouverture pour occire F… le Capitaine Faucon. J'ai évité cette tentative d'assassinat. Il devait avoir conscience que c'était du suicide. Je me demande comment vous l'avez convaincu d'obéir, quel stratagème vous avez utilisé. Et pourquoi vous avez essayé de tuer le Capitaine Faucon ainsi plutôt que d'en faire un spectacle public.

— Si cet empoté de Taylor était arrivé à temps avec la brigantine…

Walter s'interrompit et ses narines se dilatèrent.

— Je me devais d'avoir un plan B. Le pirate devait mourir d'une manière ou d'une autre. Je n'accepterai pas d'être dominé par ce bon à rien. Je devais prouver que les pirates échouaient s'ils osaient s'en prendre au Gouverneur Bainbridge. Je devais être le responsable de la mort du Faucon des Mers.

Il tapa du poing sur la table et un encrier cliqueta.

— Je dois être respecté !

— Et moi, dans tout ça ? Si votre assassin avait touché sa cible, pensez-vous que les pirates m'auraient relâché ? Ou s'ils s'étaient rendu compte que la rançon était en grande partie contrefaite ?

La joue de Walter tressauta dans un tic nerveux.

— Cela aurait été… regrettable. Mais à la guerre, certaines pertes doivent être acceptées.

Nathaniel fixa son père, cet inconnu à la perruque de guingois, qui avait lourdement dominé sa vie, même à un océan de distance.

— C'est vous, le criminel, déclara-t-il gravement.

— Nous savons tous les deux que tu n'as pas l'intelligence de comprendre comment fonctionne le monde, rétorqua Walter en plissant les yeux. Tu es ma plus grande déception. Dire que j'étais déterminé à avoir un fils…

Sa voix se brisa et il déglutit difficilement.

— J'aurais peut-être encore Margaret si tu n'étais pas là.

La culpabilité submergea Nathaniel et la colère n'était pas loin non plus.

— Je n'ai pas demandé à naître pour que vous prouviez que vous étiez un homme capable d'avoir un héritier. Enfin, il n'y a rien à hériter, de toute façon. Vous avez fait faillite, sur le plan moral et financier.

Ignorant cette insulte, Walter haussa les épaules.

— Temporairement. Il y a une fortune à saisir et tu vas épouser la fille Davenport afin de l'acquérir. Son frère est mort et son père lui lègue tout. Même si l'idiot retourne en Jamaïque, tant que tu épouses cette gamine, nous aurons assez, un jour, pour tout reconstruire ici. Je montrerai à la Couronne que l'Île Primevère n'est pas tombée. Davenport est un vieil homme. Son cœur est fragile. Avec l'aide de Dieu, sa fille héritera bientôt.

— Je ne l'épouserai pas. Je ne l'aime pas, Père.

Walter s'écria.

— Tu ne l'*aimes* pas ? Quel est le rapport avec tout le reste ? Je sais que tu es un imbécile, alors je vais t'expliquer la situation lentement. Le mariage…

— Allez vous faire foutre.

Walter sursauta et rougit davantage.

— Mon garçon, tu t'engages sur un terrain glissant.

Nathaniel secoua la tête et le répéta plus fort cette fois-ci.

— *Allez. Vous. Faire. Foutre.* Je ne vais pas abandonner ma vie pour votre désillusion. Vous avez détruit cet endroit par votre avarice. Tout le monde ou presque a fui. Susanna et Bart s'en vont en Jamaïque avec monsieur Davenport. La Couronne a rappelé sa milice depuis des semaines, Bart m'en a informé. Il ne reste plus rien. Il a dit que les bâtiments s'étaient presque tous effondrés, à part celui-ci et quelques autres. C'est terminé, Père.

La cloche devant la porte d'entrée tinta au loin et dans le silence qui suivit, ils se regardèrent. Le papier tremblait dans les mains de Walter et il lissa les pages sur son bureau.

— Je n'accepterai pas la défaite. L'Île Primevère prospérera. Avec un peu de chance, je serai respecté.

La cloche sonna à nouveau et il cracha :

— Seigneur, pourquoi personne ne va ouvrir ?

— Parce qu'ils sont tous partis, Père. Engager des esclaves est la pire des cruautés, et je prie pour qu'ils ne vous soient jamais rendus.

— Euh… Bonjour ? dit une voix.

— Ici ! aboya Walter. Que voulez-vous ?

Le messager apparut dans l'embrasure de la porte. Il s'agissait d'un garçon d'une douzaine d'années, avec d'imposantes boucles blondes et de la boue sur les souliers, ainsi que sur le pantalon, presque jusqu'aux genoux.

— Le pirate a été livré.

Alors que Nathaniel tenta de ne pas vaciller sous l'effet du soulagement, Walter frappa une fois des mains.

— Ah ! Enfin des bonnes nouvelles, ce matin. Excellent.

— Le Capitaine Taylor exige son prix, monsieur. Il garde le pirate à bord jusqu'à ce que vous le lui donniez.

Nathaniel observa le visage pincé de son père. *Mon Dieu, il n'a pas d'argent.* Son esprit vrilla. Si le messager relayait cela à Taylor, il était impossible de savoir ce qu'il adviendrait de Faucon.

Nathaniel s'adressa au garçon.

— S'il vous plaît, dites au Capitaine Taylor qu'il sera intégralement payé demain matin. Après la dévastation causée par la tempête, le gouverneur doit aider ses citoyens.

En jetant un coup d'œil suspect à Walter, le messager acquiesça et détala.

Une veine palpita dans la tempe du vieux Bainbridge.

— Je n'ai pas besoin de ton aide. Je suis le gouverneur et ma parole fait loi. Quand j'exige que le prisonnier me soit rendu, Taylor m'obéit ou le regrette.

Vous allez également révoquer sa lettre de marque ? Sans un seul soldat pour vous aider à imposer vos règles ? Nathaniel se mordit la langue. Il devait laisser Walter entretenir ses désillusions pour l'instant.

Celui-ci parla sans réellement s'adresser à son fils.

— Oui, que Taylor le garde ce soir, et demain midi, le Capitaine Faucon sera pendu au bout d'une corde. Ce sera un jour historique pour l'Île Primevère. Nous avons survécu à l'ouragan et nous allons nous assurer que le pirate redoutable qui a terrorisé les mers soit traduit en justice. Ils disaient que ça ne pouvait être fait, qu'il était un genre de sorcier. À présent, le Nouveau Monde verra qu'il n'est fait que de chair et d'os. Grâce à moi.

Les pieds de Nathaniel le démangeaient, tant il avait envie de courir jusqu'au port, mais il devait se montrer patient. Il n'y avait qu'une chose à faire et il devrait attendre l'obscurité.

— NATHANIEL ?

— Hmm ?

Il tenta de sourire.

Susanna fronça les sourcils et écarta une mèche de ses cheveux, alors que sa peau rougissait.

— Tu me fixes. Quel est le problème ?

Je mémorise ton doux visage, parce que je ne le reverrai peut-être plus.

— Rien.

Grace s'agita dans ses bras, mais Susanna repoussa Cecily. Elizabeth sourit faiblement.

— Votre sœur est une mère si dévouée, dit-elle. J'espère que cela me viendra aussi naturellement.

Elle lissa un pli sur sa jupe, le corsage serré de sa robe jaune remontant sa poitrine. Des traces de saleté s'attardaient obstinément sur l'ourlet de son vêtement bien qu'il ait essayé de la laver. Elle devait avoir incroyablement chaud.

— Hmm. Je suis certain que vous ferez une bonne mère, déclara Nathaniel quelques instants plus tard.

Elizabeth lui lança un sourire radieux.

La culpabilité s'amoncela dans son estomac.

Même à l'ombre de la maison, qui avait perdu une grande partie de ses ardoises et plusieurs fenêtres, la chaleur de l'après-midi les brûlait. Pourtant, ils restaient obligeamment assis autour de la table ronde. Bart l'avait descendue de l'une des salles à manger, puisque l'ancien salon de jardin avait été brisé en mille morceaux.

La demeure du gouverneur était au cœur des terres, sur une colline avec vue sur la mer depuis le jardin détruit, à l'est. Ils étaient loin des bruits du port. D'ici, ils n'apercevaient que des feuillages entortillés, une mer de vert disparaissant dans le bleu de l'eau.

Ils buvaient du thé et mangeaient des biscuits de la veille, faisant comme si l'île n'était pas en ruines autour d'eux et que des arbres tombés avec leurs racines noueuses n'étaient pas éparpillés sur toute la propriété. Comme si les habitants restants de l'Île Primevère n'étaient pas en train de fuir, que de nombreux bâtiments n'étaient pas en pièces, que la colonie en faillite n'était pas clairement irrécupérable à présent.

De loin, les voix stridentes de monsieur Davenport et de Walter leur parvenaient, les mots trop confus pour qu'ils les comprennent. Elizabeth déglutit difficilement et mélangea un autre morceau de sucre dans son thé en faisant rapidement cliqueter sa cuillère. Susanna lui lança un sourire compatissant, puis haussa les sourcils en direction de Nathaniel.

Malgré tout, il ne trouva aucun mot pour l'apaiser. Pas quand ils faisaient encore mine qu'Elizabeth et lui se marieraient. La vérité lui brûlait la langue, impatiente de s'envoler au milieu du chœur des cigales.

Je suis un sodomite et le roi pirate m'a besogné de toutes les façons imaginables – et même de certaines manières que vous n'arriveriez pas à concevoir. Je vais le sauver et m'accrocher à lui s'il le veut bien. Je veux vivre le reste de mes jours à ses côtés, puisque même s'ils sont comptés, ce sera une véritable existence.

— Fait-il parfois aussi chaud, en Angleterre ? s'enquit Elizabeth d'une voix tremblante.

Un autre écho de la fureur de leurs pères leur parvint depuis ce qu'il restait du jardin. Même l'herbe sous leurs pieds avait été retournée.

Susanna et Nathaniel se regardèrent et la première se pencha pour serrer tendrement la main d'Elizabeth.

— Non. Les étés sont très agréables là-bas.

— Nous sommes partis quand j'étais si jeune que je ne m'en souviens pas. J'aimerais visiter ce pays, un jour. Enfin, j'aimerais surtout rentrer à la maison, en Jamaïque.

— Je pense que vous y retournerez bientôt.

Je l'espère, de tout cœur.

— Si la potence n'est pas construite à temps, alors nous le pendrons à un satané arbre !

Susanna se pinça les lèvres, son regard compatissant devenant trop difficile à supporter. Nathaniel visualisa Faucon à bord du vaisseau pour la centième fois, si proche, et pourtant hors de portée jusqu'à la tombée de la nuit. Était-il blessé ? Nourri ? Les corsaires l'avaient-ils traité justement ?

La bile lui monta dans la gorge lorsqu'il imagina Faucon souffrir et il s'agrippa à sa tasse de thé si fermement qu'il aurait pu la briser si Susanna n'avait pas couvert sa main tremblante avec la sienne pour la reposer sur la soucoupe.

— Vous allez bien ? s'enquit Elizabeth en se penchant vers lui avant de secouer la tête. Évidemment que vous n'allez pas bien. Cela doit terriblement vous éprouver de savoir que ce monstre est si près.

— Oui, confirma-t-il en ayant du mal à garder un ton calme.

Elizabeth soupira.

— J'ai hâte de quitter cet endroit.

— Moi aussi, ajouta sincèrement Nathaniel. Je crois que, bientôt, nous devrions laisser la nature reprendre le contrôle de l'Île Primevère.

Se relevant et grimaçant à cause de la douleur dans son ventre, il fit une révérence guindée devant Elizabeth, puis se pencha au-dessus de Susanna pour embrasser la joue potelée de Grace. Lui serrant les doigts pour l'empêcher de trembler, Susanna le fixa intensément et des larmes chaudes lui montèrent alors aux yeux.

Il l'embrassa sur le front et s'en alla, comptant les minutes alors que la journée s'écoulait plus lentement que jamais.

Il devait préparer certaines choses.

FINALEMENT, IL ENFILA son costume d'obsèques.

C'était étonnamment approprié. Boutonnant le manteau noir par-dessus sa chemise foncée et renonçant au gilet, il s'observa dans le grand miroir au coin de sa chambre.

Ses cheveux étaient plus longs que lorsqu'il avait quitté l'Angleterre et ils bouclaient à présent au-dessus de ses oreilles. Son visage était couvert de nouvelles taches de rousseur. Le bronzage qu'il avait acquis s'était estompé pendant sa convalescence, mais ces taches de rousseur subsistaient.

Curieusement, il paraissait plus âgé, bien qu'il ne soit pas convaincu de pouvoir laisser pousser une véritable barbe, un jour. Il était trop fin et ses muscles mous, affaiblis, mouraient d'envie de faire de l'exercice. Bientôt, ce serait le cas.

Il aurait aimé avoir un pantalon plutôt que des hauts-de-chausse, et des bottes plutôt que les ridicules bas noirs et les souliers à boucle, mais cela devrait faire l'affaire. Le plus important était qu'il possédait le pistolet de son père, déniché dans son bureau quand Walter était occupé à hurler sur Bart dans le salon, afin que la potence soit rapidement construite. Walter était déterminé à offrir ce spectacle pour la dizaine de personnes restant sur l'Île Primevère. Rien que par fierté insensée.

Coinçant prudemment le pistolet à l'arrière de ses hauts-de-chausse, Nathaniel tendit la main vers sa longue cape noire et l'enroula autour de ses épaules. Elle lui faisait penser au manteau de Faucon. Son envie brûlante de le revoir, de le sentir, de le goûter, de l'étreindre, lui faisait tourner la tête.

Il n'avait rien voulu manger, son estomac étant noué à cause de la blessure et de la nervosité, mais il s'était obligé à engloutir du pain et une cuisse de poulet froid. Il avait besoin de toute l'énergie qu'il pourrait réunir.

S'observant d'un œil critique à la lumière vacillante de la bougie, il se demanda s'il était capable de paraître intimidant. La cape aidait, mais il avait besoin de... Ah ! Il savait ce qu'il lui fallait et il partit à la recherche d'un nécessaire à couture.

Quelques instants plus tard, il passa l'aiguille dans la flamme de la bougie. Se penchant vers le miroir, il tira sur son lobe d'oreille et grimaça en le transperçant prudemment. Une goutte de sang apparut et il serra la peau percée une minute avant de sucer le sang au bout de ses doigts.

Le goût métallique lui rappela son premier baiser et il ferma les yeux, se remémorant leurs ébats désespérés contre le palmier. Ils avaient failli se dévorer quand leurs bouches s'étaient enfin rencontrées.

Alors que la nuit tombait, il s'obligea à s'étirer et à se reposer. Il patienta. Il avait préparé une sacoche avec des vêtements, des remèdes, un candélabre en argent, de l'argenterie ainsi qu'une tabatière en or. Il ne savait pas combien Walter avait promis au Capitaine Taylor, mais de l'or et de l'argent valaient sûrement mieux que rien.

Il était près de minuit quand Nathaniel se glissa dans l'antichambre de Susanna avec une lettre, sa bougie perçant l'obscurité. Il posa prudemment la lettre sur la table et ouvrit la boîte à bijoux.

Bien qu'il ne lui reste plus de joyaux de valeur quand ils étaient partis pour le Nouveau Monde, elle avait dit que Walter avait affirmé avec insistance que sur l'Île Primevère, les oreilles et la gorge de sa fille scintilleraient de pierres précieuses et de perles. Dieu seul savait comment il les avait acquis.

Le cœur de Nathaniel loupa un battement lorsque la porte de la chambre s'ouvrit. Jetant un coup d'œil par-dessus son épaule, sa sœur entra et referma la porte derrière elle.

— Je t'attendais, chuchota-t-elle en le scrutant, puis en se tournant vers la commode avec les sourcils froncés. Tu comptais ne laisser qu'un mot ?

— Je pensais que ce serait plus facile.

La douleur dans son ventre à cause de la blessure palpitait. Sa poitrine ainsi que sa gorge se comprimèrent, menaçant de l'étrangler.

— Comment l'as-tu su ?

— Que tu allais tenter de sauver ton… pirate ? Je te connais, Nathaniel. Tu as toujours été courageux et ton cœur est pur, répondit-elle avant de se renfrogner. Pourtant… Est-ce que tu… *me voles* ?

— Non ! Enfin… Si.

Il hocha la tête en direction de la lettre.

— Je te l'ai expliqué. J'ai besoin d'une boucle d'oreille. Et de quelques-uns de tes bijoux pour payer le corsaire.

Les cheveux de la jeune femme étaient détachés et sa chemise de nuit glissait sur une épaule. Pieds nus, elle avança discrètement vers lui.

— Une boucle d'oreille ? Mais de quoi diable parles-tu ? Tu sais que c'est de la folie. Et si tu te faisais tuer ?

Elle jeta un coup d'œil derrière elle, puis observa Nathaniel et se retourna à nouveau.

— S'il te plaît, Susie. Si tu alertes Bart, ça le mettra dans une position insupportable. Il doit rester irréprochable pour que vous recommenciez votre vie en Jamaïque. Je m'en irai, d'une manière ou d'une autre. Je pars pour une autre existence. Je dois avoir la tête de l'emploi. C'est idiot, je le sais. Une boucle d'oreille. Mais j'ai l'impression que c'est symbolique.

— Une nouvelle vie de *pirate* ?

— Je l'ignore. Tout ce que je sais, c'est que je dois le sauver. Et même si…

L'idée que Faucon ne veuille pas de lui après tout ce qu'il s'était passé pesait comme une boule de plomb dans son ventre. La bile lui monta à la gorge et l'incertitude de la situation mettait ses nerfs à rude épreuve.

— Même si les choses ne se passent pas comme je le souhaite, Nathaniel Bainbridge va mourir. Je dois me lancer sur un nouveau chemin et tu dois aller en Jamaïque avec Bart, pour échapper à l'emprise de Père. Il se moque de nous. Il ne se préoccupe que de sa gloire. Il est devenu fou.

— Je le sais. Oh, Nathaniel. Mais je viens tout juste de te retrouver.

Son regard luit à la lumière de la bougie.

— Dis-moi que tu me comprends, chuchota-t-il.

Les lèvres tremblantes, elle jeta un nouveau coup d'œil par-dessus son épaule vers la porte fermée de sa chambre où Bart ronflait légèrement. Elle saisit ensuite la bougie et se pencha au-dessus de la boîte à bijoux.

— Argent ou or ? demanda-t-elle d'une voix tremblante alors qu'elle tentait de paraître courageuse.

Sa gorge était si comprimée qu'il put à peine répondre.

— Or.

Après quelques instants, elle se redressa et posa la bougie sur le bois poli de la commode. Il tourna son oreille percée vers elle et elle inséra doucement une petite créole simple.

— Là. Tu ressembles à un aventurier, maintenant.

— Merci, réussit-il à peine à répondre.

Elle inspecta sa boîte à bijoux.

— Tiens. Tu dois prendre tout ça. J'ai des perles et ces boucles d'oreille sont en rubis. Oh, ce collier aussi. Et ça. Rien de tout ça n'aurait dû m'appartenir. Père les a probablement volés à quelqu'un.

— Non, je ne pourrais pas.

Elle lui lança un regard sévère.

— Ouvre tes poches. Tu le peux. Et tu vas le faire.

Il hocha la tête, sans dire un mot, de peur de sangloter. Ils s'étreignirent farouchement et il inspira son odeur de lavande, posant la joue contre ses douces boucles indomptées.

Nathaniel se dit qu'il s'agissait d'un luxe dont étaient privés la plupart des gens – il savait que c'était la dernière fois qu'il la voyait. À moins d'un miracle, ils ne se retrouveraient jamais dans cette vie, mais alors qu'il s'éloignait d'elle et récupérait la bougie, il pria rapidement pour des retrouvailles miséricordieuses dans la suivante.

— Je penserai toujours à toi et je ne te souhaite que du bonheur.

Susanna prit une inspiration tremblante et mouillée alors qu'il ouvrait la porte donnant sur le couloir.

Nathaniel ne put résister à l'envie de se retourner une ultime fois. Il détestait voir si clairement les larmes sur ses joues, même si elle se tenait à moitié dans l'ombre, hors de portée de la bougie.

— Je penserai aussi à toi. Toujours.

Les larmes coulèrent également sur son visage.

Il partit dans le couloir avec sa sacoche, la passant prudemment sur son épaule, grimaçant alors qu'une douleur lancinante transperçait son ventre. Au rez-de-chaussée, la lumière brillait sous la porte du bureau de Walter et Nathaniel se rendit compte que le grondement qu'il avait entendu était le marmonnement enivré de son père.

Une part de lui eut envie d'ouvrir la porte et de savourer le regard de Walter quand il découvrirait que son fils unique fuyait pour une vie de sodomie avec un ennemi et que le Faucon des Mers échapperait au nœud coulant si le plan de Nathaniel fonctionnait.

Mais, bien sûr, Walter n'en valait pas la peine, loin de là. Nathaniel se faufila dans la nuit sans un mot. Faucon attendait et c'était tout ce qui comptait.

Nathaniel avait à peine quitté l'ombre de la maison en ruines qu'une silhouette apparut dans le feuillage.

— Bainbridge ! C'est moi, Alan O'Connell.

Il avait un pistolet à la main et la lame de son épée luisait sous le croissant de lune.

— Monsieur O'Connell ?

Nathaniel le fixa, sans y croire.

Alan sourit.

— Je ne suis pas un fantôme. Je t'assure. Je suis soulagé de te voir en vie, et sur pied, qui plus est.

Il tendit la main et Nathaniel la saisit.

Sa blessure le tiraillait déjà, mais il l'ignora.

— Je suis également ravi de vous revoir. Vous êtes venus secourir votre capitaine ?

— Oui. Monsieur Snell et d'autres membres de l'équipage attendent dans les collines à l'ouest du port pendant que nous nous familiarisons avec le terrain. Nous avons volé un petit sloop à Hispaniola. Nous l'avons laissé du côté du vent. Il n'y a qu'une vingtaine de matelots, à peine assez pour le faire naviguer, mais nous devions essayer de sauver le Capitaine Faucon. Il s'est sacrifié pour que nous échappions à ces corsaires.

Le pouls de Nathaniel martela, mais il respira plus facilement.

— J'allais moi-même tenter de le sauver, et je suis ravi d'apprendre que je ne le ferai pas seul. Faucon est à bord du navire corsaire qui a jeté l'ancre dans le port.

— D'accord, laisse-nous faire. Le capitaine ne nous le pardonnerait jamais si tu étais blessé à nouveau. Nous allons nager et monter à bord du vaisseau avant qu'ils comprennent ce qui leur arrive.

— Mais vous seriez sans doute en infériorité numérique ?

Alan grimaça.

— Oui, mais nous aurons l'effet de surprise. Ça devra être suffisant.

— Et si ça n'est pas le cas ?

L'idée que Faucon soit si proche de lui, mais qu'il finisse par être tué lors d'un combat sanglant, lui était insupportable.

— J'ai une autre idée. Une meilleure idée, je parie. Moins violente.

— Ce sera à Monsieur Snell de trancher.

— Je suis certain de pouvoir le convaincre. Avec votre aide, peut-être ?

— Oui, si ça sauve le capitaine et notre propre peau, je suis partant.

Alan jeta un coup d'œil à la demeure.

— Prévois-tu de revenir ?

Imaginant Susanna et son bébé à l'intérieur, Nathaniel déglutit difficilement la boule qu'il avait dans la gorge. Il secoua la tête et s'enfonça dans la nuit.

<h1 style="text-align:center">Chapitre 24</h1>

COMME S'IL N'AVAIT jamais quitté cet endroit, Faucon se blottit dans la cellule moite plongée dans l'obscurité. Son manteau et ses bottes de cuir ne sécheraient probablement jamais, mais il paraissait approprié que le Capitaine Faucon porte son costume jusqu'à la fin.

Humide, infesté de rats, c'était un avant-goût de sa tombe, si on oubliait le manque de terre et d'insectes grouillants. Le navire ancré crissa et le silence indiqua qu'il s'agissait d'une nuit tranquille. Il se demanda à nouveau si Nathaniel allait bien et s'il était en sécurité, ou même vivant.

S'il te plaît, sois vivant. S'il te plaît.

Manifestement, Walter Bainbridge n'avait pas de quoi payer le corsaire, ainsi la potence attendrait un jour de plus. Faucon dormit par intermittence, ne sachant plus vraiment quand il se réveillait et quand il rêvait.

Lorsqu'il entendit des cris, des bruits d'éclaboussure et des pas martelant le plancher, il ne fut pas certain d'être en train de dormir. Le matin arriva et son exécution se rapprocha – à supposer que Bainbridge avait satisfait le Capitaine Taylor.

Toutefois, lorsqu'il fut remonté sur le pont principal une fois de plus, il se rendit compte que les étoiles brillaient encore dans le ciel. Il jeta un coup d'œil autour de lui et distingua deux groupes en désaccord. Certains corsaires étaient éparpillés sur le pont, leurs armes brandies. Le capitaine Taylor se trouvait au centre et observait un rassemblement d'hommes près du bastingage à tribord.

Sous la lumière argentée, Faucon reconnut immédiatement la courbe des épaules de Snell ainsi que sa lourde silhouette. Son cœur bondit. Et oui, il reconnaissait également d'autres membres d'équipage avec Snell ainsi que…

Ses genoux cédant quasiment, Faucon fut submergé d'une joie plus puissante qu'il n'aurait pu l'imaginer. Il ouvrit la bouche pour appeler Nathaniel, puis se tut au risque de se mettre davantage en danger.

Son cœur martelait comme un tambour de guerre, régulièrement et franchement. Il était prêt à se libérer des mains qui le tenaient, à leur déchirer les doigts avec ses dents si cela signifiait qu'il pouvait rejoindre Nathaniel qui était *en vie*.

Celui-ci se tenait là, vêtu de noir, une cape dissimulant son corps. Ses boucles étaient ébouriffées et quelque chose luisait à son oreille. Son visage paraissait blême, mais Faucon ne savait pas vraiment si c'était à cause de la lumière de la lune ou des conséquences de sa blessure. Il avait tant envie de le serrer dans ses bras, de sentir que Nathaniel était sain et sauf.

— Très bien, dit le Capitaine Taylor. Je vous écoute.

Il avait la main posée sur la garde de son épée. L'une de ses boucles grises retombait au-dessus de son oreille et il avait enfilé une veste sans mettre de gilet, ce qui prouvait sans doute qu'il avait été réveillé dans sa cabine.

Ce fut Nathaniel et non Snell qui parla. Faucon ne put que l'observer, bouche bée, lorsqu'il dit :

— Je m'appelle Nathaniel Bainbridge. J'ai cru comprendre que mon père vous devait une somme considérable.

— C'est vrai. Vingt-cinq mille livres, un quart de votre rançon. Je lui ai dit que je n'accepterais pas moins pour me lancer à la poursuite du Faucon des Mers, répondit Taylor en jetant un coup d'œil à l'intéressé. Bien qu'il ne soit plus aussi intrépide, à présent.

Certains corsaires gloussèrent et d'autres s'esclaffèrent.

Faucon les ignora. Il aurait souhaité que Nathaniel le regarde. Pourtant, celui-ci restait concentré sur Taylor.

— Faites-vous équipe avec ces pirates, désormais, Bainbridge ? s'enquit-il, incrédule.

— Oui. J'en ai franchement marre de mon père et de ses mensonges.

Il parlait avec conviction et… grossièreté. La fierté submergea Faucon au même moment qu'une vague de *désir*.

Nathaniel poursuivit, les épaules droites et la tête haute.

— Nous avons vos vingt-cinq mille livres, ainsi que de l'or et de l'argent pris dans la demeure de mon père, en supplément. Tout ce que nous exigeons, c'est le retour de Faucon et une route sûre pour nous en aller loin de cet endroit maudit.

Si c'était un rêve, Faucon dormirait volontiers éternellement. Il retint son souffle tandis que Taylor y réfléchissait.

— Mon père n'a pas deux shillings en poche. Si vous lui cédez, vous n'aurez rien en retour, ajouta Nathaniel en faisant un signe de la main vers l'île. Vous pouvez constater par vous-même que la colonie a échoué.

— En effet, répondit Taylor en grimaçant.

— Mon père va vous duper, comme il l'a fait avec le Capitaine Faucon, qui a un jour été corsaire comme vous, jusqu'à ce que sa lettre de marque soit révoquée sans qu'il soit averti, pour une accusation montée de toutes pièces. Afin d'éviter d'avoir des dettes, mon père n'hésitera pas à en faire de même avec vous.

Taylor tangua d'un pied sur l'autre et son visage se froissa.

— Suffisamment de sang a déjà coulé à cause de mon père, vous ne croyez pas ? Et vous n'imaginez certainement pas que nous sommes si peu ? demanda Nathaniel en montrant Snell et leur petit groupe composé d'O'Connell, de Grady et de quelques autres.

L'équipage de Taylor s'agita nerveusement et jeta un coup d'œil en direction de l'eau, ainsi que de l'île. Taylor se pinça les lèvres.

— Laissez-moi voir la somme, dit-il enfin. Et cet argent. Et cet or.

Tout s'enchaîna rapidement, ensuite. Une sacoche fut passée et inspectée. Faucon fut détaché et poussé près du bastingage, vers ses matelots. Vers son amant. Il saisit trop brièvement le visage de Nathaniel en coupe, vibrant sous l'effet de la sensation du jeune homme chaud, entier et *vivant*.

Il mourait d'envie de l'embrasser et de le serrer contre lui, de lui dire une centaine de choses pour lesquelles il n'avait pas les mots, mais ils n'étaient pas encore en sécurité.

— Merci, murmura-t-il.

Cela devrait suffire alors qu'il reportait son attention sur le capitaine Taylor qui lui fit un signe dédaigneux.

— Très bien, allez-y.

— Notre navire est un petit sloop. *Le destin d'Essa*. Si vous envisagez de vous en prendre à nous une fois que nous serons à bord…

— J'envisage de mettre les voiles loin d'ici et de partir à la poursuite de galions espagnols remplis de trésor, répondit Taylor en ricanant. Partez.

Bientôt, ils passèrent par-dessus le bastingage et montèrent dans une petite chaloupe pour rejoindre la côte. Nathaniel était assis à la proue et il y avait bien trop d'hommes entre Faucon et lui pour qu'il puisse le toucher. Faucon attrapa une rame et s'affaira vigoureusement.

Après avoir atteint le rivage, les deux amants marchèrent côte à côte. Le pirate saisit la main du jeune homme et serra ses doigts. Il mourait d'envie de l'embrasser, de constater par lui-même qu'il avait guéri, qu'il était en vie et qu'il n'était pas un fantôme.

Nathaniel lui donna un coup d'épaule.

— Nous devons rester sur nos gardes, chuchota-t-il.

Effectivement, ils le devaient. Faucon reporta son attention sur le chemin jonché de débris derrière le port si silencieux que c'en était menaçant, où seuls quelques navires étaient amarrés.

Les bâtiments de la colonie avaient largement été balayés, l'eau remplissait encore des fossés et des arbres avaient été déracinés. Les quelques habitants restants étaient probablement réunis dans l'église, qui avait été construite en pierre et qui avait survécu à la tempête, ou dans les demeures plus grandes, visibles au loin en lisière de jungle.

Faucon resta prudent, prêt à trancher la gorge de quiconque tentait de se mettre sur son chemin.

Un homme apparut d'ailleurs.

Walter ne leur tomba pas dessus par surprise. Il annonça plutôt sa présence dans un tumulte de pas et de jurons, de la mousse sortant presque de sa bouche tandis qu'il hurlait :

— Alors c'est vrai ! Tu fais équipe avec ces brigands !

Faucon serra la main de Nathaniel et tendit son autre bras en direction d'O'Connell qui lui passa une épée sans un mot. Un grand homme aux cheveux bouclés qui avait enfilé ses hauts-de-chausse sous sa chemise de nuit appela Walter, glissant dans la pente puisqu'il était pieds nus.

— Bart, je vais bien, dit Nathaniel. S'il te plaît, ne t'approche pas.

Il ajouta pour Faucon :

— C'est le mari de ma sœur. C'est quelqu'un de bien. S'il te plaît, ne lui fais pas de mal.

Faucon acquiesça et observa Walter Bainbridge, le rencontrant pour la première fois depuis ce jour fatidique à la Cour de l'Amirauté. Bien qu'il ait envie de lui sauter dessus et de l'étrangler à mains nues, il hocha la tête.

— Bonsoir, Gouverneur, le salua-t-il calmement.

La perruque de Bainbridge était tombée et ses cheveux

sombres étaient ébouriffés. Il était entièrement habillé, ses souliers et ses bas étaient tachés de boue, et son regard frénétique.

— Je croyais que le messager était devenu fou quand il m'a dit que mon fils avait été repéré là-bas. Mon fils, qui est à peine sorti de son lit, mon fils…

Il se tut et sa mâchoire se décrocha quand son regard se posa sur les mains jointes et les doigts entrelacés de Faucon et Nathaniel.

— Ton fils, qui est un sodomite. Ton fils, qui est amoureux du Capitaine Faucon et qui s'en va pour se construire une vie avec lui.

Toutes les parties sensibles de Faucon, qui avaient suppuré quand Nathaniel et lui s'étaient retrouvés séparés, guérirent en un instant. Son cœur chanta comme il ne l'avait pas fait depuis plusieurs décennies. Il serra la main de Nathaniel, qui tremblait légèrement.

Walter était bouche bée, et Bart aussi. Le premier ferma ensuite la bouche, grondant et dévoilant ses dents dans une grimace.

— Espèce d'imbécile. Tu as toujours été faible et inutile. J'aurais dû voir que tu étais également une abomination !

Les mots faisaient écho alors que Faucon relâchait Nathaniel et sautait sur Walter qui s'effondra par terre. Il posa la botte sur le torse de Bainbridge et baissa l'épée au niveau de sa gorge.

— Bart ! Fais quelque chose, espèce de lâche !

Faucon jeta un regard noir à l'intéressé, qui secoua la tête et recula.

— Prends soin de toi, mon frère, dit-il à Nathaniel.

— Je le ferai. Toi aussi. Prends soin de Susanna et de Grace.

Bart hocha la tête avant de baisser les yeux vers Walter qui se tortillait dans la boue.

— On récolte ce que l'on sème.

Sur ces mots, il fit demi-tour et remonta la colline, disparaissant dans les feuillages entremêlés.

Ce serait si facile d'exécuter Bainbridge avec sa lame, de lui trancher la gorge ou même de lui couper la tête et de l'exposer sur une pique pour que tout le monde la voie, ce qui rappellerait qu'il ne fallait pas contrarier le Faucon des Mers.

Pourtant, alors qu'il regardait l'homme gémir et jurer dans la boue, parfois rebelle, parfois pétrifié, sa fureur s'évanouit. Cet homme, qui avait changé le cours de la vie de Faucon, celui qu'il détestait si passionnément depuis longtemps, s'était anéanti.

— Tu ne mérites pas une seule seconde de mon temps.

Il leva sa lame et Bainbridge bafouilla, peut-être à cause de l'affront envers sa fierté.

Faucon eut envie de lui cracher au visage, mais il se contenta de reculer et de tendre aveuglément la main vers celle de Nathaniel. Il inspira profondément quand les doigts chauds de son jeune amant s'agrippèrent aux siens.

Aux côtés de Faucon, Nathaniel jeta un coup d'œil à Walter.

— Au revoir, Père.

Dans leur sillage, les jurons hurlés de Walter furent oubliés et ignorés dans la boue.

SI UNE QUELCONQUE alarme avait sonné, elle ne fit aucunement écho sur les eaux alors que *Le destin d'Essa* partait vers l'ouest. Ce qui restait de la colonie disparaissait dans leur champ de vision. Les voiles du navire du Capitaine Taylor étaient visibles au loin et ils demeuraient à bonne distance.

— Est-il possible que ce soit réellement terminé ? chuchota Nathaniel en se tenant à la poupe.

Il tint la main de Faucon, le caressant paresseusement du pouce, le regard porté sur l'horizon et sur les ondulations que la mer ravalait rapidement. Il s'était déjà débarrassé de ses bas, de ses souliers et de sa cape.

— Je crois que les vents du destin ont tourné, pas toi ?

Nathaniel croisa son regard, un sourire hésitant sur les lèvres.

— Je dirais que oui.

Ravi de laisser Snell donner des ordres, Faucon lutta pour trouver les bons mots.

— J'ai… craint que tu sois mort. Pour avoir sauvé l'être pitoyable que je suis. C'était…

Sa poitrine se comprima.

— Ne refais plus jamais rien d'aussi imprudent. Promets-le-moi.

Nathaniel haussa les épaules.

— Non. Ce serait un mensonge. Car je risquerais tout pour toi.

Faucon jura doucement, pourtant il ne put s'empêcher d'être submergé de chaleur.

— C'est évident, puisque tu as recommencé ce soir.

— Je savais que tu pourrais me repousser, que tu peux encore le faire. Mais je devais essayer. Je ne pouvais pas vivre dans le regret. Au moins, de cette façon, j'en serai certain.

— Que je te repousse ? Parce que tu m'as sauvé de l'exécution ? Tu ne crois tout de même pas que je perds la tête avec l'âge.

Nathaniel détourna les yeux.

— Non. Je veux dire… que tu t'éloignes de ça. De nous. Tu as dit…

Faucon s'agrippa à ses doigts.

— De nombreuses choses.

De sa main libre, il releva le menton de Nathaniel et caressa la petite fossette sans avoir besoin de la voir pour savoir où elle se trouvait exactement.

— Des mensonges pour te protéger, je le croyais. Sur cette île, quand je t'ai vu recouvert de sang… Je voulais simplement te protéger. Maintenant, te voilà, et tu veilles une nouvelle fois sur moi. Pourquoi ? Après tout ce que j'ai fait ?

— Je pensais ce que j'ai dit. Je t'aime.

Nathaniel le fixa et haussa les épaules.

— C'est peut-être idiot, mais je n'ai jamais été aussi sûr.

Faucon lui relâcha la main pour poser la sienne sur sa joue.

— Tu n'es pas un homme insignifiant. Encore moins à mes yeux. Et l'amour que je ressens pour toi ne ressemble à aucun autre.

Il était sale et devait dégager une odeur abominable, mais Nathaniel l'embrassa passionnément, soupirant dans sa bouche, l'attirant près de lui, impatient, précieux et parfait. L'air salé emplit les narines de Faucon, ainsi qu'un parfum qui n'appartenait qu'à Nathaniel – une douceur musquée.

Le jeune homme se raidit ensuite en haletant. Avant que Faucon ne puisse lui demander pourquoi, il le rassura.

— Ce n'est rien. La blessure est un peu douloureuse.

Avec un sourire chagriné, il glissa les doigts sur la joue de Faucon.

— N'aie pas l'air aussi coupable. Comme je te l'ai dit, ce n'est rien. Tu dois continuer de m'embrasser.

Bien que Faucon ne croie pas que son regret et sa honte à cause de ce coup de poignard s'évanouissent un jour – même actuellement, il revoyait Nathaniel se mettre sur le chemin de la lame – il ne put que hocher la tête et sceller leurs lèvres une nouvelle fois, leurs langues s'explorant doucement.

— Hum.

Faucon et Nathaniel se retournèrent et virent Snell à quelques mètres de là. Il arborait une expression mêlant exaspération, affection et résignation.

— Où voulez-vous que nous vous déposions ?

Faucon haussa un sourcil.

— Vous n'allez pas essayer de me convaincre de rester votre capitaine ?

— Je reconnais une cause perdue d'avance quand j'en vois une, répondit Snell en ricanant.

— Devrions-nous aller à Port-Royal ? rétorqua Faucon en souriant. Nathaniel et moi pourrions acheter des denrées et planifier notre itinéraire. Que reste-t-il de la rançon ?

Snell soupira.

— Eh bien, nous avions déjà deviné qu'il s'agissait de contre-façon, en grande partie, et les vrais sous étaient posés sur le dessus pour faire bonne mesure. Monsieur Bainbridge l'a confirmé.

— Ah, répondit Faucon. Et la somme donnée au capitaine Taylor ?

— De la contrefaçon, en grande partie, et les vrais sous posés sur le dessus pour faire bonne mesure.

Ils s'esclaffèrent tous les trois et Faucon tendit la main.

— Merci, mon ami. Pour tout. Et merci de me laisser partir.

Snell saisit sa paume.

— Eh bien, si vous insistez avec cette sornette, qui suis-je pour me mettre en travers de votre chemin ?

Il l'attira dans une brusque étreinte et Faucon s'agrippa à lui, la gorge bien trop serrée pour parler.

S'éclaircissant la voix, Snell recula et jeta un coup d'œil à Na-thaniel.

— J'imagine que le jeune seigneur a prouvé sa valeur.

Il tendit la main et Nathaniel la saisit en souriant. Puis Snell tourna les talons en grommelant et en retournant au gouvernail pour aboyer d'autres ordres.

Seigneur, comme il allait manquer à Faucon.

Quand ils pivotèrent tous les deux vers la barre, le croissant de lune sur reflétait sur l'anneau à l'oreille de Nathaniel. Faucon glissa un doigt sur le métal doré tandis que son amant riait.

— Je me disais que je devais ressembler à un vrai pirate pour te sauver, expliqua-t-il.

Faucon suivit son regard vers l'horizon. Leurs uniques poursuivants étaient une flopée d'oiseaux traversant le ciel.

— Et tu m'as effectivement sauvé.

Doucement, Faucon ouvrit la petite créole et la retira de l'oreille de Nathaniel. Celui-ci rit à nouveau.

— Ça me donne l'air si idiot ?

Sans un mot, car aucun ne pouvait rendre justice à son affection, Faucon retira sa propre boucle d'oreille et la passa dans le trou sur le lobe de son amant. Toute trace d'hilarité ayant disparu, le jeune homme le scruta intensément tandis qu'il glissait l'anneau doré dans sa propre oreille.

Nathaniel demeura silencieux si longtemps que Faucon crut que la signification de son geste n'était pas claire : il ne voulait personne d'autre à ses côtés pour le reste de sa vie. Toutefois, Nathaniel se pencha ensuite et captura ses lèvres dans un baiser essoufflé et ardent qui disait tout.

Chapitre 25

FAUCON NE FERAIT plus jamais de mal à Nathaniel. Toutefois, à cet instant, l'époque où le jeune homme tremblait en sa présence lui manquait. C'était utile pour obtenir ce qu'il souhaitait. Il réessaya et aboya :

— Quand la blessure a-t-elle commencé à saigner ?

Étendu sur la paillasse dans la cabine du capitaine, Nathaniel haussa les épaules sous une faible lueur.

— À un moment, pendant notre fuite.

— À un moment, répéta Faucon.

Une sueur froide et poisseuse coulait le long de sa colonne vertébrale sous cette aube humide.

Une fois qu'il eut été certain qu'ils étaient assez loin de l'Île Primevère et qu'ils n'étaient pas pourchassés, Faucon avait attiré Nathaniel sous le pont en souriant, impatient de se nettoyer et de s'enfermer avec son amant. Ses envies d'ébats jusqu'à ce qu'ils atteignent Port-Royal s'étaient évanouies subitement quand il avait senti le liquide trempant la chemise foncée de Nathaniel et que sa main levée avait dévoilé un rouge terrifiant.

— Pourquoi ne m'as-tu pas dit que la blessure s'était rouverte ? s'enquit-il.

— Tu n'aurais rien pu faire. Je ne voulais pas que tu t'en préoccupes.

— Monsieur Pickering ! Descendez immédiatement !

Faucon avança vers la porte pour traîner le physicien jusqu'en bas, puisqu'il l'avait vu parmi les survivants de l'équipage.

— Tu restes ici. Au lit. D'accord ?

Nathaniel fit mine d'y réfléchir, et si le cœur de Faucon n'était pas déjà au bord de ses lèvres, il aurait été charmé.

— Je ne le qualifierais pas vraiment de *lit*. C'est plus un hamac solide, étant donné qu'il est retenu par des cordes.

Faucon se pinça les lèvres et se pencha de son air le plus féroce par-dessus la paillasse dans la petite cabine.

— Je t'étrangle si tu oses t'asseoir.

— Eh bien, dans ce cas, j'aurai *effectivement* besoin du physicien.

Nathaniel eut le culot de sourire.

— Ce n'est vraiment rien.

— *Rien* n'a apparemment pas la même signification pour toi que pour moi, dit-il en plissant les yeux vers le sang qui avait trempé le bandage sur le ventre de son amant. Ce n'est pas rien ! C'est ma faute, si tu as été blessé.

Nathaniel leva la main et Faucon la saisit avant de se mettre à genoux.

— C'est la faute de mon père, pas la tienne, lui assura-t-il en lui serrant les doigts. Je vais me reposer. Je te le promets. Va chercher le physicien et je suis sûr qu'il sera d'accord pour dire que tout va bien.

Faucon l'embrassa brièvement et se releva, sinon il risquait de lambiner trop longtemps contre ces lèvres. Les retrouvailles de leurs bouches étaient bien trop revigorantes. Il n'imaginait pas se lasser un jour du goût ou des soupirs de Nathaniel.

— Veux-tu bien m'offrir un vrai sourire ? s'enquit le jeune homme.

— Quoi ?

— Il y a une grande différence entre cette grimace et un véritable sourire joyeux. Je les ai étudiés.

La chaleur monta en lui malgré son inquiétude.

— Ah oui ?

— Hmm. Je suis devenu un expert.

— Eh bien, je m'assurerai de sourire sincèrement dès que ce foutu physicien me dira qu'il n'y a rien à craindre.

Heureusement, O'Connell arriva avec monsieur Pickering, qui fit claquer sa langue en examinant Nathaniel, pendant que Faucon faisait les cent pas dans la cabine minuscule et envisageait de lui arracher cet appendice à mains nues. L'Irlandais lui jetait des coups d'œil nerveux.

— Il devrait guérir correctement, annonça Pickering. Je vais suturer une nouvelle fois la blessure et tant que vous vous reposez et que vous mangez pour garder vos forces, vous serez bientôt sur pied.

— Oh, il va se reposer, lança Faucon d'un air menaçant. Croyez-moi.

— Merci, monsieur Pickering, déclara Nathaniel en levant les yeux au ciel.

— Vous avez du rhum à portée de main ? s'enquit le physicien. Ça va faire mal.

Une fois que Faucon eut fouillé dans la cabine pour en trouver, Nathaniel but quelques gorgées et acquiesça.

— Je suis prêt. Si je continue, je vais vomir.

Il croisa le regard de Faucon et lui lança un sourire discret.

S'asseyant aux côtés de son amant, Faucon lui prit la main et intima à Pickering d'être extrêmement prudent. Alors que le physicien s'affairait, Nathaniel se pinça les lèvres et ses narines se dilatèrent. Mais il supporta la douleur, comme il le faisait toujours, et Faucon se pencha pour l'embrasser sur le front, sans se préoccuper de ce que Pickering ou O'Connell pourrait penser.

Lorsque le physicien eut terminé et partit, Faucon s'assit sur la paillasse de sorte que la tête de Nathaniel soit posée sur ses genoux. Il enroula une boucle autour de son doigt, écoutant le matelot irlandais énumérer les membres d'équipage restant, qui s'étaient éparpillés dans leur fuite désespérée. O'Connell s'appuya contre le bureau, clairement épuisé.

— Ils se rendront probablement à Port-Royal ou Nassau dans peu de temps, répondit Faucon.

— Vous pourriez peut-être les réunir, lança Nathaniel d'une voix languissante. Pour former un nouvel équipage avec un autre capitaine.

— J'imagine. Monsieur Snell est capable de le faire, mais il n'en a pas envie. Être le prochain capitaine, c'est difficile. Comment faire mieux que le Faucon des Mers ?

Nathaniel haussa les épaules contre les genoux de son amant.

— Peut-être qu'on ne peut pas. Peut-être qu'on peut le ré-ré-ressusciter.

— Je crois que tu as bu assez de rhum, déclara Faucon en riant. Et j'en ai fini avec la piraterie.

— Pas toi. Quelqu'un d'autre. C'est le nom qui compte, non ? La répudiation ? Non. La réputation ? Enfin, la plupart des gens ne savent pas à quoi ressemble réellement le Faucon des Mers.

O'Connell but une gorgée de rhum.

— C'est vrai. Certains hommes du Nouveau Monde l'ont vu, mais beaucoup ne l'ont jamais rencontré. Ne serait-ce pas incroyable ? Que le Faucon des Mers reprenne son envol ?

L'intéressé se surprit à sourire et se dit qu'aux yeux de Nathaniel, ce serait un sourire sincère.

— Il s'est échappé de l'Île Primevère avant d'être condamné. Qui peut bien dire où il a fini ? Qui peut bien dire à quoi il ressemble ?

Il haussa un sourcil en scrutant O'Connell.

— Peut-être qu'il a laissé pousser ses cheveux.

Le matelot irlandais cligna des yeux.

— Vous voulez parler de…

Il regarda par-dessus son épaule.

— *Moi*?

— L'élément qui l'identifierait sans l'ombre d'un doute, bien sûr, ce serait le tatouage sur son torse. Un balbuzard en plein envol.

Faucon se dégagea prudemment de la tête de Nathaniel afin de retirer son manteau de cuir. Il acquiesça en direction d'O'Connell en lui tendant le vêtement.

Celui-ci l'observa avec émerveillement et un enthousiasme immanquable brillait dans ses yeux. Faucon passa le manteau autour des épaules fines de l'Irlandais. Il était également un peu plus petit, mais suffisamment imposant. De plus, ça n'avait pas d'importance. Il s'en sortirait assez bien, tant qu'il restait fier et distant. Puissant.

— Moi ? répéta O'Connell. Un pirate légendaire ? Oh, je n'en suis pas sûr.

Faucon lui jeta un coup d'œil critique.

— Eh bien, vous allez devoir travailler sur votre attitude pour que l'on vous croie. Tout est une question de performance. Ayez confiance en vous. Soyez convaincu de tout. Ne trahissez aucun doute, aucune peur.

— Alan, imaginez simplement ce que Faucon dirait dans une situation donnée, puis ricanez et grognez. Ça devrait faire l'affaire, intervint Nathaniel. J'ai compris que les trois-quarts de la piraterie n'étaient qu'un spectacle.

Le sourire d'O'Connell faiblit.

— Je me demande ce que ma Nuala penserait si elle me voyait maintenant.

Faucon se moquait de savoir qui était Nuala et de ce qu'elle penserait, mais Nathaniel sourit gentiment à l'Irlandais.

— Elle retomberait amoureuse de vous. Et, vous savez, le Capitaine Faucon est connu pour autre chose.

— Le fanion, bien sûr, ajouta Faucon. On peut facilement le reproduire.

Un sourire espiègle étira les lèvres de Nathaniel.

— Oui, il y a ça. Mais aussi ses bottes. Les embouts dorés annoncent son arrivée sans même qu'il prononce un mot.

— J'imagine que oui.

Après avoir inspiré profondément, Faucon ne put que sourire lorsqu'il se pencha et se libéra du cuir chaud et usé une fois pour toutes, afin de tendre les bottes à O'Connell qui les prit d'une main hésitante.

— Je ne suis pas sûr qu'elles m'aillent. Au propre comme au figuré.

Faucon haussa les épaules.

— Alors, Monsieur Snell et vous, vous trouverez quelqu'un à qui elles iront comme un gant. Le Faucon des Mers renaîtra tel un phénix.

Plus tard, quand Nathaniel dormait, Faucon se dirigea vers le bureau et subtilisa le carnet de bord de l'ancien capitaine, souriant quand la couverture usée craquela. Il y avait également des livres, sur une étagère, et il plissa les yeux en lisant les titres.

Nathaniel avait mentionné que sa sœur avait commencé à lui lire *Don Quichotte*. Peut-être que Faucon pouvait reprendre où elle avait arrêté le matin même.

Comme ses livres et son carnet de bord robuste lui manquaient, tout comme cette sensation dans ses mains, comme si sa vie n'avait de sens et de valeur qu'à travers les pages. Il lut les précédentes inscriptions de l'ancien capitaine du *Destin de l'Essa*, un certain Rosewater.

Les gribouillis n'étaient que de simples notes, mais il les parcourut obligeamment, puis laissa une page blanche avant de saisir la plume trempée d'encre. Sur une nouvelle page, il commença une liste.

Le premier élément fut : *Nouvelles bottes.*

— ALORS, IL ne reste plus personne sur l'Île Primevère ?

— Je ne crois pas. Peut-être quelques esclaves qui se sont enfuis. La marine a envoyé un navire pour emmener les survivants à Kingston. Et ce taré de gouverneur a brûlé sa maison dans un éclat de rage. Ils ont dû lui tirer dessus.

— Oui, j'ai entendu dire qu'il avait essayé d'attaquer les officiers venus le récupérer. Il est parti dans une crise et a dû être abattu.

— Oui, il est mort.

Bien.

Par-dessus sa chope, Faucon scruta Nathaniel à la faible lueur de la lanterne. Leur table était dans un coin et Faucon était assis dos à la petite pièce, une main sur son nouveau coutelas. Son jeune amant observait intensément les marins, qui étaient à deux tables de là.

— Hé, Smitty ! cria l'un des hommes d'une voix devenue traînante à cause de la bière ou du rhum. Tu étais là-bas, non ? Sur l'Île Primevère ?

— Ouais, répondit Smitty dans un grognement rauque. Bon débarras. Même avant l'ouragan, l'île avait été détruite par sa putain d'incompétence.

La serveuse s'approcha pour prendre les assiettes de Faucon et Nathaniel – vides à présent, à part pour quelques os de poulet – et remplir leur coupe. Faucon but une gorgée et essuya la mousse sur sa bouche, toujours surpris de sentir son visage fraîchement rasé. Ses cheveux poussaient et personne ne l'avait reconnu. Bien sûr, ils gardaient la tête baissée quand ils s'aventuraient dans Port-Royal.

— Le gouverneur a vraiment fait brûler sa maison ?

Smitty rit sèchement.

— Ouais. Avec sa fille et son mioche à l'intérieur. Heureusement, son mari les a sorties.

Les articulations de Nathaniel étaient blanches autour de l'anse de sa chope, et il laissa échapper un soupir tremblant. Smitty reconnaîtrait-il Nathaniel s'il regardait dans sa direction ? Peu de gens l'avaient vu sur l'Île Primevère, puisqu'il avait passé toute sa convalescence au lit.

Faucon se demanda s'il valait mieux rester là ou s'en aller et potentiellement attirer l'attention sur eux. Nathaniel but une gorgée de bière, sa pomme d'Adam s'agitant, et il en fit de même. Ainsi, ils poursuivirent leur soirée ici.

— Il y avait pas une histoire avec son fils et le Faucon des Mers ? Un kidnapping et une rançon ?

Le souffle de Faucon vacilla.

— J'ai entendu dire que le Capitaine Faucon avait tué le gamin, répondit l'un des hommes.

— Non, non, répliqua Smitty. Le gosse était blessé, mais il a aidé le pirate à s'échapper de l'île avant que Bainbridge puisse le faire exécuter. C'est ce qui l'a poussé à mettre le feu. Le gouverneur était si enragé qu'il a perdu toute sa tête. Il savait que la fin de sa colonie était proche, et je pense qu'il a décidé de détruire ce qu'il restait plutôt que d'accepter la défaite.

— Alors, il est où, le Faucon des Mers, maintenant ? Son navire a coulé, non ?

— J'ai entendu dire qu'ils avaient pu le sauver. *La Manta Maudite* va hisser les voiles à nouveau. Ils envisagent de longer la côte vers le Cap.

— Donc, il est en vie ?

— Oh, ouais. Tu connais Jones, de la *Madeline* ? Il a vu le Capitaine Faucon à Nassau, en train de réunir un équipage.

— Je me demande si le gamin est toujours avec lui ?

— Eh bien, j'ai entendu dire…

D'autres marins vinrent s'installer bruyamment à la table à côté de la leur et la discussion devint un brouhaha impénétrable. Faucon sirota sa chope et scruta Nathaniel.

— Je suis désolé.

Nathaniel soupira et but sa bière.

— J'imagine que je devrais l'être aussi, mais tant que Susanna et Grace sont en sécurité, avec Bart pour prendre soin d'elles, c'est tout ce qui compte. Il est peut-être sans le sou, mais il est fort et courageux. C'est un homme bien. Je ne peux que supposer qu'Elizabeth et son père se sont également échappés. Je l'espère.

— Ah, ta promise. Tu n'avais pas parlé d'elle.

Bêtement, un éclat de jalousie apparut dans l'estomac de Faucon.

— Elle était comment ?

Un sourire étira les lèvres de Nathaniel, comme s'il voyait clair dans son jeu.

— Très agréable. Loyale. Elle aurait fait une excellente épouse et une excellente mère. Je suis certain que son avenir sera merveilleux, avec un époux qui lui conviendra mieux. Et loin de cette colonie maudite. C'est dommage que mon père l'ait à ce point ruinée. Il a essayé de la dompter plutôt que de se servir de ses forces naturelles.

— Je suis sûr qu'il existe une parabole biblique, sur l'écoulement d'une rivière, qui conseille de faire le contraire.

Le jeune homme rit doucement.

— J'en suis convaincu.

— Tu as des regrets ?

Nathaniel croisa franchement son regard, ferme, clair et honnête.

— La vie que j'ai choisie n'est pas faite pour les regrets. Et même si c'était le cas… Non.

Sous la table, il coinça son pied derrière le mollet de Faucon, le cuir de leurs nouvelles bottes ordinaires se frottant.

— Devrions-nous nous retirer dans notre chambre ? s'enquit Faucon.

L'auberge se trouvait en périphérie de la ville. Port-Royal avait été décimé par un tremblement de terre quinze ou vingt ans plus tôt et, plus récemment, par un incendie. Toutefois, il restait le paradis des pirates, un trou sordide pour le commerce et les vices. Des cabanes et des tentes étaient alignées sur la rive et dans des rues étroites bondées.

Leur chambre était à peine plus grande que le lit, mais la porte avait un verrou et ils étaient tranquilles depuis des semaines. C'était un paradis.

— D'abord, on va nager, déclara Nathaniel.

Faucon fronça les sourcils.

— Il se fait tard. Tu as eu une longue journée et…

— Et je suis prêt à nager. Tu sais que le physicien a dit que j'étais guéri.

Il se leva et s'éloigna de la table.

— Je vais te faire une concession et marcher jusqu'au cours d'eau plutôt que de courir. À moins que tu veuilles faire la course ?

Grommelant Faucon repoussa sa chaise.

— On va marcher.

Le fleuve qui s'écoulait dans la forêt en périphérie de Port-Royal était juste assez profond pour que Faucon nage au lieu de marcher. Leurs vêtements étaient empilés sur la berge. Sous la brise nocturne, avec les étoiles pour seuls gardiens, l'eau fraîche était merveilleuse.

Nathaniel nagea en cercle autour de son amant, avec de longs mouvements de bras fluides. Il se délectait clairement de la crispation de ses muscles.

— Plus jamais je ne prendrai pour acquis le fait d'être entier et en bonne santé, déclara-t-il en éclaboussant le visage de Faucon, apparemment par accident puisqu'il ne rit ni se moqua.

Faucon ne répondit pas. Il essuya l'eau dans ses yeux et une autre vague le bouscula quand Nathaniel s'approcha, pour poser une main sur son épaule.

— Qu'y a-t-il ?

Faucon cligna des yeux.

— Je ne suis pas en train de pleurer, bon sang. Tu n'arrêtes pas de m'éclabousser !

— Oh ! Désolé.

Bien sûr, il saisit cette opportunité pour lancer de l'eau directement au visage de Faucon, puis s'échapper hors de sa portée. Son rire se mua dans un cri quand le quadragénaire lui saisit le pied.

Tout dégénéra alors.

Lorsqu'ils revinrent sur la berge, ils étaient essoufflés et continuaient de se bagarrer sans enthousiasme. Nathaniel enroula les bras autour du cou de Faucon.

— Prends-moi. Je sais que tu en as envie.

— Évidemment que j'en ai envie. Mais…

— Pas de mais.

Il saisit la main de Faucon et l'appuya sur son ventre.

— Tu vois ? Il est intact. Ça ne fait pas mal du tout, je te le promets. Viens.

Sur la pointe des pieds, il chuchota à son oreille :

— Ça fait si longtemps que je n'ai pas eu ta queue.

Faucon traça la cicatrice de cinq centimètres. À la lumière du jour, elle était rose, plutôt que rouge, et elle continuerait de s'estomper jusqu'à ne devenir qu'une bande blanche argentée. Il était difficile de croire qu'il ne restait qu'une si petite marque alors que tant de dégâts avaient été causés.

Il prit une profonde inspiration et détendit le nœud de peur dans sa poitrine.

— Tu te lasses de mes mains ? De ma bouche ? le taquina-t-il.

— Jamais, répondit Nathaniel en saisissant le sexe de Faucon et en le caressant pour que le sang s'y amasse. Mais elle me manque. Tu n'as pas envie de l'enfouir en moi ? Si profondément, où aucun autre homme n'est entré ?

Grognant, Faucon empoigna les fesses de Nathaniel.

— Où aucun autre homme ne doit entrer.

— Ah, mais si tu ne me trousses pas, par peur de me blesser, je vais peut-être devoir chercher quelqu'un qui le fera.

Nathaniel se mordit la lèvre, un éclat taquin dans ses yeux couleur miel.

— Tu crois que je vais trouver un volontaire ?

Grommelant, Faucon scella leurs lèvres. Il s'apprêtait à faire tomber Nathaniel sur la rive herbeuse quand des voix d'enfants résonnèrent et s'approchèrent le long du cours d'eau.

Nathaniel et lui grognèrent et se séparèrent avant d'enfiler leurs vêtements et leurs bottes sur leur peau mouillée.

— Ne devraient-ils pas être au lit ? marmonna Faucon.

— Tout comme nous.

Le regard de Nathaniel pétilla lorsqu'il ajouta :

— Je te retrouve là-bas.

Avant que Faucon ne puisse l'en empêcher, le jeune homme se précipita dans la nuit et il n'eut d'autre choix que de le suivre.

Une quinzaine de minutes plus tard, haletant alors qu'il montait quatre à quatre l'escalier menant à leur chambre, Faucon découvrit que leur porte était déverrouillée. Le deuxième nœud d'inquiétude ne se relâcha pas avant qu'il observe Nathaniel sur le lit, attendant près de la bougie.

Nu, ses boucles toujours mouillées, les jambes écartées, il se masturbait lentement, le flacon d'huile ouvert sur la vieille table de nuit et son sexe luisant.

Après avoir tourné la clé dans la serrure, Faucon se déshabilla et vint se placer entre les cuisses de Nathaniel. Il se pencha pour embrasser la cicatrice, puis le gland lubrifié. Nathaniel trembla et gémit :

— S'il te plaît.

Pliant les jambes de Nathaniel et relevant ses genoux, exposant son joli petit derrière, Faucon l'ouvrit et plongea son visage entre ses fesses, le léchant et se délectant du goût et de l'odeur musqués, ainsi que du soupçon d'eau fraîche qui s'y attardait.

Il se décala et appuya la langue sur son orifice, prenant un moment pour suçoter l'anus de Nathaniel et cracher alors que les cris du jeune homme faisaient écho dans la petite chambre et s'envolaient par la fenêtre ouverte.

— Oh, s'il te plaît. Je ne peux pas… C'est trop. Mon amour, je veux jouir quand tu seras en moi.

Comment Faucon pouvait-il résister à une telle supplication ? Il lubrifia son membre et le pénétra. Ils grognèrent tous les deux. Nathaniel rejeta la tête en arrière, ses fesses se crispant. Il était si serré, si beau.

— Oh, merde, marmonna Faucon.

Les talons de son jeune amant se plantèrent dans ses fesses.

— Je peux le supporter. Donne-moi tout.

Incapable de lui refuser quoi que ce soit, Faucon appuya davantage son poids sur ses mains posées sur le matelas bosselé, de chaque côté des épaules de Nathaniel. Il s'enfonça alors entièrement.

— Je ne veux jamais arrêter.

Avec un petit rire victorieux, Nathaniel leva la tête et attira celle de Faucon dans un baiser mouillé et obscène. Son souffle était chaud sur les lèvres de son amant.

— Ne le fais pas. Je te l'interdirai. Tu es si merveilleux en moi. Tu vas devoir me prendre jusqu'à la fin des temps.

— Ma vie est sous un charme.[3]

Il se retira pour se renfoncer profondément.

Nathaniel gémit et rit en même temps.

— Espérons qu'elle finira mieux pour toi que pour ce pauvre Macbeth.

L'embrassant entre leurs sourires, Faucon le prit lentement, le plaisir montant à chaque coup de reins, le feu embrasant ses veines jusqu'à ce qu'il en perde ses mots et ne puisse que grogner ou haleter. La sueur perla sur sa peau et le claquement de leurs chairs s'éleva dans l'air, de plus en plus fort.

---

[3] *Macbeth*, acte V scène 8, William Shakespeare.

Nathaniel s'agrippa à l'épaule de Faucon, à son cou, puis à sa joue. Leurs regards se rivèrent l'un sur l'autre.

— Michael, chuchota-t-il.

Faucon ne put que crier en jouissant, la sensation qui le traversait étant plus que du plaisir ou une satisfaction physique. Elle bousculait son âme, le laissait parfaitement nu et dévoilé – vu, *connu* et vulnérable. Il trembla en emplissant Nathaniel de sa semence.

Ses nerfs étaient à vif, et une part distante de lui hurlait de battre en retraite pour se protéger. Toutefois, Nathaniel continuait de tenir son visage.

— Reste avec moi, ordonna-t-il.

Faucon l'embrassa, coincé par sa chaleur et sa lumière, frémissant quand un autre filet de semence jaillit profondément, comme s'il était un prisonnier obéissant. Alors que les frissons disparaissaient, il glissa une main entre eux et saisit le sexe de son amant.

Après trois caresses, Nathaniel jouit, son fluide poisseux retombant sur sa peau alors que des cris adorables s'échappaient entre ses lèvres. Il s'agrippa à Faucon, tremblant pendant son orgasme, avant de souffler. Une boucle parfaite s'abattit sur son front mouillé.

Déposant des baisers sur cette peau fiévreuse, Faucon demeura en lui, refusant de briser leur connexion, même s'il devait être lourd et que Nathaniel était presque plié en deux, les chevilles en l'air. Nathaniel enroula les jambes autour de lui, ne lui accordant aucune pitié.

Lorsque leur sueur refroidit, Faucon se retira afin qu'ils puissent s'allonger sur le flanc, les jambes enchevêtrées, l'un en face de l'autre. Il était étrange que le lit ne tangue pas, que le bois ne grince pas constamment et que l'eau n'éclabousse pas leur chambre. Il se disait qu'il allait s'y habituer.

— Comment l'as-tu su ? s'enquit-il d'une petite voix.

— Grâce à la sorcellerie, bien sûr.

— Ah. C'est ce que je me disais. Tu es une nymphe des mers, en fin de compte.

Il traça le contour du nez de Nathaniel.

— J'aime bien. Michael. Le nom d'un ange.

Son cœur tambourina. Il l'entendait pour la première fois depuis tant d'années.

— Il n'y a que des diables, ici, répondit-il en haussant les sourcils.

L'éclat de rire de Nathaniel illumina son visage.

— Je savais que tu allais dire ça ! Je le savais.

— Suis-je si prévisible ? demanda-t-il avant de soupirer.

— Seulement pour moi.

Nathaniel l'embrassa, sa langue glissant lentement et profondément en lui. Faucon l'abandonna dans un soupir.

— Je ne te mérite pas, chuchota Faucon lorsque leurs lèvres se séparèrent. Ces dernières années, j'ai fait certaines choses…

— Je te pardonne.

Il n'eut d'autre choix que de sourire.

— Je ne pense pas que l'Angleterre soit si encline à le faire.

— L'Angleterre t'a kidnappé.

Nathaniel tendit la main pour caresser les cicatrices sur les fesses de Faucon.

— Ils t'ont enrôlé de force dans leur marine. Ils t'ont traité atrocement. Puis mon père a une nouvelle fois essayé de te priver de ta liberté. Je suis ravi qu'il soit mort.

Ils s'embrassèrent alors férocement, leurs corps emmêlés. Faucon sut que, peu importait ce qu'il méritait, il s'accrocherait à Nathaniel et ne le relâcherait plus.

Ils finirent par dormir, mais quelques instants plus tard, Nathaniel commença à s'agiter au point que son amant grogne et ouvre un œil.

— Quoi ? Tu es mal à l'aise ?

Une pensée traversa alors son esprit et il se réveilla brutalement en s'appuyant sur un coude.

— Tu as mal ?

— Non, non. Je réfléchis simplement.

Sur le dos, Nathaniel saisit la main de Faucon et la posa contre son ventre, où la cicatrice était encore intacte.

Il soupira et se rallongea, se mettant sur le ventre afin de pouvoir garder la main sur Nathaniel.

— Je pense que ça peut attendre demain matin.

— Hmm. Rendors-toi.

Fermant les yeux, Faucon essaya au moins trente secondes.

— À quoi penses-tu ? demanda-t-il finalement.

Il aurait aimé pouvoir lire dans les pensées de Nathaniel, aussi facilement que celui-ci semblait pouvoir le faire avec lui.

— À l'endroit où nous nous installerons. Nous avons les bijoux de Susanna pour nous faciliter la tâche. Mais où devrions-nous aller ?

— Hmm. Nous devons trouver un endroit sûr où l'Angleterre n'aura aucune influence et où elle ne reviendra jamais.

— C'est tout ? Ça devrait être facile.

Il gloussa et embrassa l'épaule de Nathaniel.

— Sans aucun doute.

Alors que Faucon commençait à se rendormir, Nathaniel bondit en se libérant de sa main et en manquant de lui provoquer une fichue crise cardiaque.

— Bien sûr ! Je connais l'endroit parfait.

À nouveau éveillé, Faucon roula sur le dos.

— Très bien. Où ?

— Il y aura beaucoup de travail, mais nous n'avons rien à perdre et tout à gagner.

— Ça m'a l'air prometteur. Tu veux bien m'éclairer un peu plus ?

Un sourire illumina le visage de Nathaniel.

— Oui. Quand on aura repris notre pied. Nous avons tant de

temps à rattraper.

Glissant un doigt sur la fossette au menton de Nathaniel, Faucon s'esclaffa.

— J'ai créé un monstre.

— Effectivement, Michael.

Il chevaucha les hanches de Faucon et déposa des baisers sur son torse, sa langue taquinant ses tétons et faisant tressauter son membre tandis que ses mains le parcouraient.

Son cœur rugit.

— Je n'arrive toujours pas à savoir ce que tu comptes faire avec un vieux pirate comme moi.

Nathaniel leva la tête.

— Je veux…

Il sembla y réfléchir, ses sourcils se fronçant légèrement. Il haussa ensuite les épaules.

— Tout.

— Rien que ça ?

Il attira Nathaniel dans un lent baiser insondable. Que Dieu lui en soit témoin. Faucon – ou peut-être Michael Biddle ressuscité – allait tout lui donner.

Épilogue

UN JOUR PEUT-ÊTRE, Nathaniel en aurait assez de courir sur la plage balayée par le vent, tous les matins, quand le soleil se levait, puis le soir lorsqu'il descendait sur la terre et au-delà. Mais après trois ans, ce jour n'était pas encore visible à l'horizon.

Ne portant que son pantalon usé et confortable, il enfonça les pieds dans le sable mouillé. La sueur coulait sur son torse nu, sa peau désormais bronzée comme il ne l'aurait jamais imaginé si longtemps auparavant, en Angleterre.

Il écarta une boucle rebelle de ses yeux et fit un signe de la main à leur voisin, Juan, qui vidait des pièges à crabes sur le rivage avant la tombée de la nuit. La pêche semblait excellente et Nathaniel avait hâte de manger la soupe que Michael et lui prépareraient avec leur part.

— Je vais à Hispaniola pour chercher quelques denrées, cria Juan. Devrais-je vérifier si tu as une lettre au bureau postal ?

Nathaniel ralentit.

— Oui, s'il te plaît !

Juan était d'origine espagnole et était l'un des quelques hommes de confiance ayant rejoint Michael et Nathaniel qui s'efforçaient de créer une enclave paisible. Certains habitants de leur communauté hétéroclite étaient des esclaves qui s'étaient enfuis, d'autres des colons anglais désabusés – sans parler des Français et des Espagnols. Leur île acceptait rarement de nouveaux venus et ils les accueillaient seulement s'ils étaient strictement envoyés par quelqu'un de leur connaissance.

Nathaniel se demanda si Juan reviendrait également avec des rumeurs sur les derniers exploits du Faucon des Mers, soulageant de riches navires anglais de leur marchandise. Nathaniel ignorait s'il s'agissait d'Alan O'Connell ou d'un autre successeur, mais cela le réconfortait d'une manière qu'il ne pouvait expliquer.

Adressant un autre signe de la main à Juan et reprenant sa course, Nathaniel songea à l'écriture soignée de Susanna. Bien que les mots le perturbent encore, il aimait la regarder et sentir le faible parfum de lavande sur les pages.

Ses lettres joyeuses étaient envoyées à monsieur Nathan et devaient être récupérées au bureau postal. Michael les lui lisait autant de fois qu'il le lui demandait, sans se plaindre.

Il lui avait écrit pour la première fois deux ans auparavant, avec pour seule adresse son nom et la ville de Kingston, en Jamaïque. Toutefois, la missive qu'il avait dictée à Michael l'avait trouvée.

Juan et son fils n'allaient chercher des denrées que tous les quatre ou cinq mois, mais Nathaniel chérissait les aperçus de la vie prospère de Susanna, qui avait désormais deux enfants et dont l'époux, Bart, excellait dans l'entreprise de transport maritime de monsieur Davenport. Elizabeth s'était mariée et attendait un heureux événement, ce dont Nathaniel était ravi.

Ses orteils plongeant dans le sable chaud, ses jambes le brûlant plaisamment et ses bras s'agitant, Nathaniel respira profondément l'air salé. Il tourna sur un chemin bordé de fleurs étincelant d'orange, de rouge, de violet, de rose et de blanc. Elles étaient comme des couchers de soleil capturées par des feuilles qui paraissaient délicates, mais qui étaient pourtant robustes et inflexibles.

Bientôt, il se rapprocherait de la maison que Michael et lui avaient bâtie. Elle avait été construite avec les arbres les plus résistants de l'île, ceux qui se pliaient, mais ne se rompaient pas pendant les tempêtes, leurs racines restant fermement ancrées dans le sol.

Dejen, un charpentier, avait rejoint leur communauté et tout le monde travaillait tranquillement et paisiblement en harmonie. Dejen avait tant enseigné à Nathaniel, et il apprenait encore plus chaque jour.

Michael et lui n'avaient pas pu résister à l'envie de construire leur maison sur une colline, afin de voir la mer infinie, tous les matins en se réveillant. La cabane se trouvait sur un plateau et n'était composée que de deux pièces : l'une pour leur lit, face à des fenêtres qui s'ouvraient pour laisser entrer l'eau salée, et une pièce principale avec une cheminée, une table et une cuisine.

Ils n'avaient pas besoin de plus et leurs latrines étaient plus basses sur la colline, à l'ombre, en lisière de forêt – mais loin des noix de coco qui tombaient des arbres.

Le sommet de la colline était un bon point d'observation pour Michael et sa longue-vue puisqu'il scrutait l'horizon plusieurs fois par jour. Il pouvait voir dans toutes les directions en s'éloignant un peu de la maison.

Il y avait d'autres points d'observation sur l'île, ainsi qu'un stockage de munitions. Si cela s'avérait nécessaire, ils seraient prêts. Mais isolés comme ils étaient, Nathaniel ne s'inquiétait pas excessivement.

Michael se trouvait là, au sommet de la colline, et Nathaniel ralentit pour monter la pente herbeuse en marchant. Les pieds nus, son amant ne portait également que son pantalon. Ses cheveux étaient mi-longs et attachés par un nœud, et sa barbe taillée assombrissait une nouvelle fois son visage.

Nathaniel ignorait comment il pouvait la supporter sous cette chaleur. Lui-même choisissait de garder ses joues imberbes en été, même s'il réussissait enfin à laisser pousser une véritable barbe. En hiver, bien qu'il fasse rarement *froid*, il la laissait pousser librement.

Marchant devant leur maison et leur jardin, Nathaniel nota de venir récolter les tomates, qui prospéraient sous le soleil. Il scruta les palmiers grandissant dans le bosquet en lisière de forêt. Oui, les fruits seraient bientôt mûrs.

L'île n'était pas vraiment adaptée pour l'agriculture commerciale, mais leur jardin familial prospérait. Des poules caquetaient dans un enclos. Une vache à lait agita la queue et jeta un coup d'œil désintéressé à Nathaniel alors qu'il passait.

Il savait que Michael avait repéré son approche, bien qu'il surveille la mer. Avec un soupir satisfait, il enroula les bras autour de son amant, par-derrière, leur peau nue se collant l'une à l'autre.

Il se mit sur la pointe des pieds avant d'embrasser le lobe d'oreille de Michael, juste au-dessus de l'anneau doré de Susanna. La boucle d'oreille dorée du légendaire Faucon des Mers restait à sa place, sur le lobe de Nathaniel.

— Toujours rien à l'horizon ?

— Absolument rien.

— Hmm.

— Comment était ta promenade ? Tu l'as manifestement appréciée.

— Michael, tu es censé surveiller l'horizon, pas m'espionner.

Nathaniel posa la joue sur l'épaule chaude de son homme.

— Je ne l'ai fait qu'une minute. Ou deux. Peut-être cinq.

Il baissa sa longue-vue et la replia.

— Tu ne peux pas m'en vouloir. Je me demandais comment j'allais te prendre, ce soir.

Le désir monta en Nathaniel et il frotta son membre encore mou contre les fesses de Michael.

— Ah, vraiment ?

Il lui griffa légèrement le torse, traçant aveuglément les contours des ailes du faucon des mers.

Avec tout le plaisir qu'ils avaient partagé, il n'avait pas imaginé qu'il reste si vital au fil du temps. Le sexe de Michael était épais et inflexible, pourtant, ses baisers étaient souvent atténués par son affection et sa tendresse. À la fois sévère et doux, il ravageait

Nathaniel et vénérait son corps nuit après nuit. Jour après jour.

— Il vaudrait mieux qu'on s'y mette. Je veux en apprendre plus sur la relation des Adam et Eve de monsieur Milton. Tu dois te lever avant le soleil pour attraper ces poissons et je vais avoir une longue journée puisque je dois construire la nouvelle pièce dans la maison de Maria. Nous avons presque terminé. Les enfants vont adorer cet espace supplémentaire.

— Maria aussi, sans aucun doute, répondit Michael en gloussant.

— Oui, répliqua Nathaniel en riant.

Il retourna son amant et s'appuya contre lui.

— Eh bien, il est clair que tu as effectivement pensé à ce que tu allais me faire.

Michael mit la main dans sa poche et sortit deux fruits ronds et jaunâtres.

— Sanaa a découvert un petit bosquet de l'autre côté de l'île. Cette petite prune ressemble à une pépite.

Il les lui tendit en essayant de ne pas trop sourire.

Le cœur de Nathaniel loupa un battement lorsqu'il en prit une.

— Une pépite ? Ah oui ?

La première bouchée fut légèrement amère, mais la seconde fut une explosion sucrée. La troisième était mêlée à l'acidité des baisers de Michael, et Nathaniel soupira contre lui, ses pensées sur la pêche, la menuiserie et le reste s'échappant dans la brise poisseuse et douceâtre.

Avec la sueur de leur front et un travail régulier, leur petite communauté prospérait au milieu des fleurs sauvages, des affleurements rocailleux, des criques et des plantes grimpantes. Elle n'était plus connue sous le nom d'Île Primevère ni sous aucun nom. C'était simplement leur maison.

FIN

Également Par Keira Andrews

En Français
Kidnappé par un pirate
Un Daddy pour Noël
Un faux petit ami pour Noël
Lune de miel en solitaire
Huit Nuits en Décembre
Quand l'amour brille de mille feux…
Transfert à Ottawa
Au Pied du Sapin
Par-delà l'océan
Si ce n'est qu'un rêve
Rumspringa Interdit
Un Nouveau Départ
Trouver son Chez-soi
Le Voeu de Noël
Passion en Arctique
Vaincre les Ténèbres
Combattre la Marée

En Allemand
Kalter Krieg
Im Notfall
Jenseits des Ozeans
Geisel des Piraten
Codename: Valor
Testphase Valor

En Italien
Fuoco nel ghiaccio
Luna Di Miele Per Single
Il Patto Di Natale
Rapito dal Pirata

Segni d'intesa
In Capo Al Mondo
Beyond the Sea (Italian Translation)
Sogno di Natale
The Next Competitor (Italian Translation)
Valor on the Move (Italian Translation)
Test of Valor (Italian Translation)
Contro La Tenebra
Contro La Marea
Rise: Una favola gay
Una Passione Proibita
Una Nuova Vita
La Strada Verso Casa
Semper Fi (Italian Translation)

En Anglais

Contemporary
Honeymoon for One
Beyond the Sea
Ends of the Earth
Arctic Fire
The Chimera Affair

Holiday
The Christmas Deal
The Christmas Leap
Only One Bed
Merry Cherry Christmas
Santa Daddy
In Case of Emergency
Eight Nights in December
If Only in My Dreams
Where the Lovelight Gleams
Gay Romance Holiday Collection
Lumberjack Under the Tree (free read!)

Sports
Kiss and Cry

Reading the Signs
Cold War
The Next Competitor
Love Match
Synchronicity (free read!)

Gay Amish Romance Series
A Forbidden Rumspringa
A Clean Break
A Way Home
A Very English Christmas

Valor Duology
Valor on the Move
Test of Valor
Complete Valor Duology

Lifeguards of Barking Beach
Flash Rip
Swept Away (free read!)

Historical
Kidnapped by the Pirate
Semper Fi
The Station
Voyageurs (free read!)

Paranormal
Kick at the Darkness Trilogy
Kick at the Darkness
Fight the Tide

Taste of Midnight (free read!)

Fantasy
Barbarian Duet
Wed to the Barbarian
The Barbarian's Vow

À propos de l'auteur

Keira cherche le parfait mélange de personnages, d'intrigue et de fougue dans ses romances MM. Elle écrit de tout, des pirates flamboyants aux escapades bouillantes et émouvantes. Ses sujets préférés sont les ennemis qui deviennent amants, la différence d'âge, la proximité forcée, et les vierges passionnés. Bien qu'elle aime une angoisse délicieuse en cours de route, Keira garantit les fins heureuses !

Découvrez plus sur son site :

keiraandrews.com